读客® 知识小说文库

读小说，学知识

鬼谷子的局

第5季·天下归一 3

寒川子　著

河南文艺出版社
·郑州·

目录

第一章

见契机齐王谋燕　布仁义孟轲克蓟

返程途中，苏秦的心情极是沉重。

相国府离宫城不远，但对苏秦来说，这趟路却漫长得似乎走不到尽头。他晓得子之，看来，燕国的灾难已不可控，更大的灾难还在后面。

苏秦猛地想到什么，心底一颤，拉开窗帘，急道：“邹兄，停！”

飞刀邹喝叫驭手停车。自那次出事之后，飞刀邹不再驾车了，他雇了一个专业驭手，自己则一心于卫护。

“主公？”飞刀邹凑过来。

“宫中还有几个公子？”

“袁豹或知。”飞刀邹应道。

“快，回府。”

车马顷刻到家，出门迎候的不是袁豹，却是苏代。

“二哥，想死您了！”见到苏秦，苏代脸上再无矜持，就像在洛阳时一样，喜气洋洋地迎上来道，“没想到您会在这辰光回来！”

苏秦回他个苦笑，指向客堂。

见苏秦被飞刀邹搀着，苏代紧忙搀他的另一侧，回到客堂。

堂中，苏代一家全都来了，偌大个客堂竟然显得狭小。

苏秦坐下，目光落在一个女子身上。她看起来年纪不大，但头发已经绾起，衣饰是新妇装，一脸羞涩地站在苏代长子身边。

“二哥，这位是方今燕王的长公主，如今是您侄媳了！”苏代见苏秦看她，紧忙介绍，得意之情溢于言表，同时向二人招手道，“孩子们，这就是为父常常给你们讲的二伯，过来见礼！”

苏代长子拉住她，并行过来，行叩拜大礼。

“还记得我吗？”苏秦冲她笑笑，“我到过你家的草舍，那辰光，你才这么高！”说着比画出一个高度。

长公主勾首，点头道：“记得的，您还抱过我呢！”

众人皆笑起来。

接着，苏代招呼其他孩子一一见礼。苏秦吩咐袁豹拿出金子，每个孩子发放一块。

“老袁，”苏代看向袁豹，“你带他们去花园里转转，哪儿有杂草就让他们拔好了。”

袁豹应过，带上众家小出去。

许是太累，苏秦走到内间，在他的榻上躺下。

苏代紧跟过来。

“二哥，”见客堂里再无他人，苏代不无兴奋道，“这些年来，我遵从你的指点，读你所读，悟你所悟，颇有心得，近日有所小试，嘿，真还灵光呢！”

“你怎么试的？”

苏代将他如何使齐，如何揣摩各方情势，如何去找淳于髡，如何见齐王，之后归燕，子之如何求他，他又如何向燕王哙复命，子之如何赠给他金子等，事无巨细，悉数禀报一遍。

“你——”苏秦总算是明白内中隐情，指向苏代，手指发颤道，“你坏了我的大事不说，这又坑害燕国，坑害燕人，坑害子之，最后坑害的是你自己，你……”

苏代完全蒙了。

如此严厉的斥责显然不是苏代所期待的。

“二……二哥……”苏代带着哭腔问，“怎……怎么回事儿？”

“你呀，”苏秦气结，咳嗽几声，平稳一下情绪，盯住苏代，“蓟城血流成河，你这个始作俑者却不晓得怎么回事儿，这……这就是你所学的口舌之术吗？”

“燕王禅让贤能子之是上古圣德，是太子他想不通，硬要谋逆，才闹出这般事来。这不，市被将军明白了原委，就站在子之这边了，叛乱已除，燕国很快就会——”

不待苏代讲完，苏秦指着门口道：“你……给我出去，从今往后，不可再登我的房门！”

“二哥……”苏代吓傻了，扑通跪下，哭起来。

苏秦翻过身，留了个后背给他。

“二哥，我……”苏代哽咽，“我晓得错了，你说，事已至此，我该怎么办哩？”

“如果你还活着，也不想让你的老婆娃子死，三天之内，就带他们离开蓟城，离开燕国！”苏秦给出解招，迅即补充一句，“不要问我为什么！”

苏代的“为什么”还没出口，就被生生堵死，强咽几下口水，问出一句：“去哪儿？”

“你从哪儿来的，就回哪儿去！”

“二哥？”苏代真正急了，“我……我带全家高车大马出来，这若灰头土脸回去，面子往哪儿搁？”

“几百金难道不够你的面子吗？有燕国的公主做你儿媳，难道还不够吗？你的面子何时大到不知死活的程度了？”

“我……”

“出去！”苏秦语气果决，“还有，在我活着的时候，你不可再到任何一国抛头露脸！”

“我……”

“记住没？”苏秦语气严厉。

“记……记住了。”苏代嗫嚅，拱手道，“二哥，我……走了。”

“对了，”苏秦翻过身，看向苏代，“还有一事问你。子哙的几个公子可在宫里？”

“之前是在宫里，这辰光不晓得了。”

苏秦的两手捂在脸上，现出痛苦与无奈。

“二哥？”苏代压低声音。

“去吧，”苏秦再次指向门口，“你离开蓟城时，不可透露给任何人，否则……”

苏代这才意识到迫在眉睫的危险，连连拱手道：“谢二哥，苏代记下了！”

次日上午，苏秦几乎是在子之眼线的监督之下离开蓟城的。袁豹也跟着走了，苏秦保留多年的燕国相府完全空置。

苏秦走后不到三日，子之就把他所控制的所有公子，无论是子哙的还是易王的，全部赐死，正式立己子为太子。太上姬哙则被子之软禁在其所居住的宫院里，与外界完全隔绝。

此后数日，苏代听从苏秦建议，放弃所有不动产，以访友为名，让家人分批离开蓟城，在武阳会合后，再直入邯郸。

他是死也不肯回轩里村的。

太子姬平被杀的噩耗不消几日就传到临淄。

齐宣王候的正是这个消息，当即召来田婴、匡章谋议，几乎没有多余的话，直接授命匡章为主将，点五都之兵，以子之篡燕失道为名，筹备伐燕。

燕为大国，齐若伐燕，就要倾尽国力，且要确保后方无忧。为此，齐宣王使大夫沈同、田文分别出使中山国与赵国，约两国共同起兵。

沈同是鲁人，自幼受儒门熏陶，崇拜孟子。此番受命，沈同左想右想皆不是滋味，出使行至稷门，又拐回来，驱车驰至孟子馆舍，意外看到匡章也在。

“敢问夫子，”礼毕，沈同直入主题，“燕可伐否？”

孟子的眼角斜向他的使节，声音慢悠悠地道：“是齐王特使在问老夫吗？”

“非也，”沈同紧忙摘掉表征特使的冠饰，将使节放在一侧，态度恭敬，“是晚生沈同私下求教夫子！”

"若是私问，"孟子压低声音，如同透出一个秘密，"老夫这就讲给你，燕国可伐！"

"为何可伐？"沈同再问。

"因为子哙不得已将燕国送人，子之不能从子哙手中受让燕国。"

"这……"沈同不解，"燕国既然是子哙的，他为何不能将燕国送人？"

"燕国怎么能是子哙的呢？燕国是大周武王封赏于其弟召公的，燕国土地属于召公后人，召公后人又有后人，遍及燕国各地，是以燕国属于所有燕人，怎么是只属于子哙的呢？"

"可他是燕王呀！为何尧、舜可让天下，身为燕王的子哙就不可了？"

"唉，你呀，"孟子摇头道，"我且问你，你能将你的屋舍、田产送人吗？"

"属于我的屋舍、田产，我当然能送。"

孟子指向匡章："你能将他人的屋舍、田产送人吗？"

"不能。"

"你有子数人，皆在盼你分配遗产，你还能将自己的屋舍、田产送人吗？"

"这个……"沈同答不出了。

"这就是了。"孟子解道，"尧、舜可让天下，因为天下本来就不是他们的，天下是天下人的，他们是因贤能而受天下人的委托来治理天下的。他们只是治理者，不是天下的所有者，因而在力不从心时，只能再选贤能，禅让其位。子哙不同。他不能禅让燕国，因为燕国不是子哙一个人的。燕国是周天子封赏给召公的，属于召公所有。召公遗训是嫡长子承继，子哙之所以为王，是因为他是先王的嫡长子，同样，他让燕国于人，就等于将本该属于其嫡长子姬平的王位让于他人，这怎么可以呢？你也看到了，燕国正是因此而乱。乱燕国者，子哙也。"

"那……子之又为何不能接受子哙的禅让呢？"沈同再问。

"唉，你呀，"孟子摇头道，"身为臣子，去得不该得之财，去受不该受之位，难道不会有失人臣之道吗？"

“韩氏、赵氏、魏氏三家分晋，不是也失人臣之道了吗？”身为齐臣，沈同没敢提及田氏代姜。

“三家分晋，本为大逆，然而此逆在后来得到周天子的诏封，就不同了。”

“夫子是说，如果子之也能得到周天子的诏封，就可以了吗？”

“周天子诏封他了吗？”孟夫子反问。

“晚生知矣。”沈同拱手道，“谢夫子赐教！”

“请问夫子，”匡章接道，“燕为万乘之国，弟子受命伐之。就眼下情势，弟子确有胜算，但心依旧忐忑。敢问夫子，弟子之心，何以惴惴然？”

“未请王命。”孟夫子脱口而出。

“王命？”匡章怔了，“弟子所受，正是王命。”

“此王非彼王，此命非彼命。”孟子侃侃说道，“燕、齐同为万乘之国，燕国失道，确实该伐，但凭什么就该是齐人来伐呢？将军之心所以惴惴然，皆因于此。”

“夫子是说，请命于周天子？”

“正是。”孟子称赞道，“燕国乃周天子所封，燕国失道，燕民历劫，苦如水火，但只有周天子才有权问责。何人可伐之？奉周天子之命的人。今齐王颁诏伐燕，却未奉天子之命，是以无道伐无道。将军执锐，以无道伐无道，你心能不惴惴然吗？”

“弟子何以处置？”

“入宫奏报齐王，使臣贡周，请命伐燕。将军若奉天子之命救燕民于水火，燕必破，将军亦必立德威于燕地，成功名于后世！”

匡章当即入宫，奏明孟子的谏言。宣王苦笑一下，随手使田婴派个大夫，携带百镒黄金并百匹缟绸前往洛阳请命，由天子诏命齐王约盟天下列国伐燕。

见齐王纳下此谏，孟子踌躇满志，自告奋勇，向匡章请命道：“奉天子诏命，引正义之师，伐万乘之国，此乃千古伟业。孟轲不才，请命随行将军帐下！”

匡章拱手道：“有恩师随行筹策，弟子之心定矣！”

齐使沈同赶至中山，见到中山王，说以齐王之约。

中山王不再是个孩子了，正是年富力强、欲干大事的时候，遂召老相国司马赒谋议。

“回禀我王，”司马赒压住激动，缓缓应道，“此乃千载难逢之机。”

“何以难逢？”中山王倾身道。

“禀我王，”司马赒侃侃说道，“我北有燕，东有齐，西与南是赵。三国皆我天敌，唯赵最狠。敢问我王，可惧赵否？一定是惧的。莫说是王，纵使老臣，与赵大战数次，小战无数，真心惧它啊！尤其是近期，武灵王袭我涞源，占我西去要塞，若与燕合，就可东出涞水，由北袭我，使我腹背受敌。然而，天不亡我。燕人内乱，子之篡国，齐人若得天子之诏命，约我伐燕。齐人伐燕，志在河间。我若伐燕，志在北易水。若是我得控北易水，北上燕山，就可控制紫荆关与居庸关，彻底扼住赵人东出之路。那时，赵人再狠，能奈我何？”

“我若伐燕，赵人趁机在后袭我，相国可有应策？”

“听齐使所言，齐王使臣田文也到邯郸了。如果不出意外，赵人必会从齐伐燕。”

“为何赵人必从？”

“因为是齐王之约。魏伐赵，齐全力救之。齐王有约，赵能不从吗？”

“相国所言极是。”中山王点头，“不过，赵师伐燕，必借道我境。晋人多诈，借道伐虢之事，相国不可不察。”

“这个臣已有考虑。”司马赒应道，“赵既从齐伐燕，就与齐、我同为盟友。赵若背后袭我，齐王颜面何在？再说，赵师过我境时，我王亦当有所防备，可外松内紧，猪羊劳之，严阵待之。”

“甚好。”中山王一握拳头，下定决心，“如此，相国还是要派使臣使赵问聘，修好睦邻，听听赵王是何决断。”

“臣受命。”

在苏秦与姬雪前往燕地之后，菲菲少了约束，生活更为丰富多彩起来。

让她生活多彩的是公子职。此后有事没事，公子职总会来相府寻菲菲学武，夸赞菲菲的武功好，跟她习练剑法。菲菲一直是作为弟子，这下突然间成为师父，自是用心，没过多久，就将墨家剑法悉数教于子职。二人的情谊，也在这一教一学中突飞猛进，莫说是一日，纵使一个时辰不见，二人的心都像被猫儿抓了似的。

然而，无论是菲菲还是公子职，都被人严严实实地看管着。菲菲这儿是墨者，公子职那边是母后身边的那个女仆，也即嬴疾为他母子留下的守护黑雕。在黑雕台里，她的地位虽说不高，武功却是一流的，丝毫不亚于天香。在她身边，另外活动着秦国庞大的黑雕组织，单在邯郸就有不下二十人，或入王宫，或入达官显贵府宅，或入酒巷夜肆，监控着赵都的方方面面。

所有这些情况，公子职并不晓得。

这日后晌，二人在相府后花园里练剑，菲菲问道："职哥，想学邹叔的飞刀不？邹叔全都教给我了，若是近战，没有兵器比飞刀更具威力。"

"想学。"子职急道。

菲菲看下场地，皱眉道："此地不可。若是职哥甩刀失手，说不定会伤到人呢。"

"阿妹欲往何地？"

"有处地方极是清幽，"菲菲指向围墙外面，"就是那儿，原来是家小庙，这辰光废弃了。邹叔当初教我时，就是在那儿。"

"成。"子职笑道，"我们这就去。"

"屈将爷爷不让去呢。"菲菲略略一想，"有了，我们不走正门，跃过围墙就成，练完再翻回来。"

二人来到围墙跟前，菲菲纵身一跃，先上围墙，看到庙中寂无一人，伸手给子职。子职拉住她，跃上围墙，进入小庙。

二人察看一遍，将庙门闩了，在庙院里站定。

"职哥，"菲菲笑道，"此地无人，小刀任你甩呢。"说着将一块鹿皮所制的靶子绑在庙院的大树干上，摸出几把小刀，"职哥请看！"

嗖一声将刀子飞出，正中靶心。

公子职赞她几句，拿过小刀，亦飞出去，那刀子却不听话，嗖的一声远离树干，插向几丈开外的庙墙上。

“是这样！”菲菲捡回飞刀，手把手地教起来，包括握刀姿势及发力技巧等。

二人练有小半个时辰，忽听一阵响动，十二名蒙面刺客各持刀剑从小庙的不同方位突然杀出，迅速切断通往相府围墙的退路。

“什么人？”菲菲厉声大叫。

“小姑娘，没有你的事！”为首一人指向旁边，“让开路，放她出去。”

“你们是什么人？”菲菲再次大叫。

“阿妹，是燕国刺客，冲我来的，你快走！”子职说着，抽出宝剑，背倚大树，扎下架势，准备殊死一搏。

“职哥！”菲菲紧跟过来，在树干另一侧站定，一手去拔插在树干上的小刀，一手抽出软鞭，同时将手指弯起，挡在唇上，发出一声长啸。

“上！”众刺客扑向子职。

嗖嗖两声，菲菲甩出飞刀，击中二人，但其他刺客已到了跟前，几把剑同时刺向子职。

子职腾空飞起，伸脚蹬向树干，如鹰一般从众刺客的头顶掠过。与此同时，他将剑挑下来，连点数下，三人头顶中剑，倒地不动，子职亦在众刺客背后轻松落地。他旋即转身，再次扎下架势。

一切发生在眨眼之间。

菲菲看呆了。

十二名刺客，转眼倒地五人，余下的人再也不敢大意，五人围定姬职，二人欺向菲菲。

菲菲手中没有飞刀了，也无暇从树上再拔，只得抖鞭相迎。

刺客功夫了得，菲菲身小力弱，软鞭甩出去，被对方的剑连绕几下，缠住，用力一拉。菲菲把持不住，软鞭脱手，急切间拔剑，已是迟了，另一人的剑尖已经刺向她的胸部。

就在此时，只听嗖的一声，对方“哎哟”一声惨叫，捂住手腕蹲在地上，刺向菲菲胸前的剑亦掉落于地。紧接着，嗖嗖嗖一连数声，围攻公子职的五人中有四人倒地。挑走菲菲软鞭的刺客见势不妙，放下菲菲就逃，被一枚飞刀击中脚踝，翻不过庙墙了，只好仗剑守御。

见面前只有一人，公子职奋勇击剑，与那人连战数合。因有飞刀在侧，那人心里慌乱，被子职寻个破绽，一剑毙命。

子职持剑走向伤到脚踝的刺客。

那人扔下剑，跪地求饶。

菲菲晓得是屈将爷爷救援来了，大叫道："屈将爷爷，快来！"

屈将却没露面。

现身的是三个墨者。他们搜索完战场，在死者脸上蒙上黑布，将负伤的刺客带进相府，包扎，审讯。同时，相府这边也向赵国司刑府报案。

"职哥，"菲菲得空，扯住子职，目光诧异，"真没想到，你的武功高哩！"

"被逼急了！"子职笑笑，轻描淡写。

"不是，"菲菲盯住他，"快说，你跟谁学来的？"

"记得那天随我娘亲赶来的那个女子吗？是她教我的！"

"可……"菲菲一脸纳闷，"你有此武功在身，那天为何让他们欺负？他们根本不是你的对手！"

"我……"子职迟疑一下，"寄人篱下，不能得罪姓赵的人，我晓得他们，全都姓赵。"

"我明白了。"菲菲一脸钦佩，"你真能忍！"略顿，"可他们要是划破你的脸，你还能忍吗？"

"不是有你在场吗？"子职笑了，"我晓得你是不会让他们划的。再说，他们不是还没划吗？若是真划，就该付出代价了！"

"职哥，你……你该教我功夫才是！"

"不成。"

"为啥？"

"最有功夫的是屈爷爷，"子职一脸钦敬，"我要拜他为师。今朝若没有他，我怕就……"

"嗯。"菲菲扯起他，"我这就引你去见屈爷爷，只要我求，他一定收你为徒！”

在子职遇刺后的第三日，苏秦、姬雪等人一路风尘地从燕国返回。

听闻苏秦回来，武灵王没有召请，而是带着御医登门问候。御医诊过，说是并无大碍，开些补药，交给飞刀邹抓去了。

武灵王支走御医，详细问明燕国情势，求应变大计。

“庆父不死，鲁难未已。”苏秦轻叹一声，“子之一如庆父，在燕一日，燕乱一日。子哙与先易王的几个公子，在蓟城者悉数罹难，在逃者只有二人，皆遭子之追杀。一是子哙第三子姬柱，趁乱逃走，眼下不知所终；另一是先易王之子，姬职，今在邯郸。”

“寡人晓得他，”武灵王点头，“前几日子之派刺客来，差点儿就要了他的命。”

“是的。”苏秦应道，“如果子之不杀姬平，依旧立姬平为太子，燕人或会认可这次禅让，但他太急了，也太狠了。这次燕乱，真正战死的没有多少，反而在姬平死后，被子之以谋逆之名杀掉的多达万人，蓟城人心惶惶。军心更乱，因为三军中有不少将士跟从市被叛乱，凡与市被有交往的，全被他抓起来了。其实市被是个好人，是真正被冤枉的。”

“依苏子之见，寡人该当如何应对？”

“首先，燕不可图，望大王切记。”苏秦说着盯住赵雍。

“这个自然。”武灵王笑道，“寡人的胃口只在中山。”

“子之失道，燕人构难，齐人必会出兵。”苏秦回他一个笑，但满是苦涩，“臣之意，大王可与齐王结盟，兴义兵诛杀子之，再送子职入燕。我观子职不错，大王若立子职，一则燕人认可，二则子职避难于邯郸数年，又得赵恩，必定亲赵，感恩大王。”

“子职不是秦王的外孙吗？”武灵王眯起眼睛道。

“但他更是燕人。”

“寡人晓得了。”武灵王别过苏秦，召肥义入宫。

“王上，特大喜讯！”肥义一脸兴奋道，“中山王派使臣来了，是司马憘，司马赒的长子，这刚到驿馆，要见我王呢！”

“哦？”武灵王倾身道，“他想干什么？”

“求睦邻呀，还带来不少礼品呢。”肥义呈上中山使臣的礼单。

“寡人晓得他要干什么。”武灵王坐直身子，将苏秦的应策讲给肥义。

“我王不可！”肥义急道。

“哦？”

“齐人非兴正义之师，只想趁火打劫，得河间地。只要齐人兴兵，子之不敢不给他。我若与齐共同兴师，就把子之得罪了。那辰光，齐人得到好处退兵，我王又该如何？我王送子职入燕，就是子之的死敌。子之得燕，北有胡人支持，还不与我王为敌？抛开其他不提，单是他支持中山，我王能受得了吗？”

武灵王长吸一口气，陷入深思，良久，抬头道：“依你之计，我当如何应对？”

“与中山睦邻，让中山无后顾之忧，与齐人合力伐燕。”

“这……”武灵王拧紧眉头道，“燕经此乱，已不堪一击。若是中山参与，必得北易水。中山控制北易水，拿下紫荆关，就将我完全封堵在涞源的山道里，岂不是断我……”说着说着就屏住不说了。

“我王要的正是这个！”肥义脱口应道，“中山与齐共享燕国边境，若是伐成，必争地，争则失齐。燕国仅余二公子，一个在我王手里，另一个生死未卜，不知跑哪儿去了，齐人立不起新王，必使近臣治燕。齐人治燕，燕人必不服。那辰光，我王只需将子职送回燕国，燕人就会跟从子职，逐走齐人。中山趁危伐燕，燕人必恨之。中山与齐争燕，齐人亦恨之。我王若在此时图谋中山，齐人必不干涉，新燕王亦必肯借道……”说着顿住，看向武灵王。

显然，这是一石三鸟的上上之策。

“就依你计，”武灵王再无迟疑，拱手道，“中山使臣，对了，还有齐使，全都由你应对，寡人还有一桩大事呢！”说着看向宦者令道，“起驾，太傅府！”

“太傅？”宦者令蒙了，眼睛眨巴几下道，“王上没有拜过太傅呀！”

“这就去拜！”

“是哪位大人？”

“周绍。”

宦者令与肥义皆吃一惊，因为周绍是邯郸城中迄今仍旧拒穿胡服的臣子，按照武灵王所颁的法令，该当治重罪才是。武灵王非但不治其罪，还要拜其为太傅，着实出人意料。

周绍一门在赵是三世名儒，从成侯时就为赵室大夫，主司礼仪，执太庙，堪称赵国宫廷秩序的监护者。几个月来，让他始料未及的是，赵王自穿胡服不说，还大张旗鼓地改风易俗，使赵人皆穿胡服。作为儒者，这是他不能承受之重。周绍力谏无果，遂称病不朝，今日更向武灵王递交奏折，奏请自己年迈老朽，要归隐故里，颐养天年。

周绍不只是周绍，其门下还有数十名饱学儒士。周绍若走，这些儒士也就不会留在赵宫。天下儒者得闻，也必不肯赴赵。万乘大国不可没有礼乐，朝堂之上不能不讲秩序，是以周绍辞归，武灵王尤其上心。

武灵王不告而至，周绍先是震惊，继而整顿衣冠，迎出府门。

见武灵王依然穿着胡服，周绍的脸色马上阴沉下来，本来欲见大礼，却紧忙止住，只是微微拱手，语气揶揄道：“大王光临寒舍，不会是来治老朽罪的吧？”

“呵呵呵，”武灵王行个大礼，一脸是笑，“寡人此来，是想在周卿肩上加一副重担！”

周绍一脸狐疑，伸手礼让道：“大王，请！”

君臣一前一后，行至客堂。

武灵王在主席坐定，转头对立于身侧的宦者令道：“宣诏！”

宦者令朗声宣道：“周绍听旨！”

周绍跪地，叩首：“臣接旨！”

“大夫周绍忠孝两全，德才兼备，堪称赵之大贤，寡人特此诏命，任周绍为太子傅，列三公！钦此。”

周绍震惊了。

太子是未来国君，辅佐太子，就等于一国之师，因而，太子傅、列三公，堪称每一个儒者的最大梦想，也是周绍此前想都不敢去想的人生壮举。

然而，这是一个穿胡服的国王御驾上门，颁给他的使命是去辅佐一个同样穿胡服的王储。

“大王有诏，”周绍思虑再三，叩首道，“臣不敢不受。虽然，臣有一言，不敢不禀报大王！”

“周卿请讲！”

“是大王用错人了！”周绍奏道，“太子，国之未来。太傅，王储之辅，非大德之人莫能当此任。臣身贱才疏，不足以胜任王命，是以叩请我王另觅大德之人，以张国运！”

“呵呵呵，”武灵王笑出几声，“选子莫若父，论臣莫若君。太子之父是寡人，人臣之君亦是寡人。寡人为太子立傅，怎么可能立错呢？”

“大王可知立傅之道？”

“你讲。”

“立傅之道有六，”周绍侃侃而谈，“知虑不躁达于变；身行宽惠达于礼；威严不可易其位；重利不可移其心；施教恭谨，知循序渐进；待下谦和，不盛气凌人。上述六者，为傅必具，而臣不备任何一条。隐情不报，是臣子之罪。从君命而辱其位，末了烦扰有司处置，是为吏之耻。臣绍不才，敢请大王更立太傅！”

“周卿，”武灵王起身，深鞠一躬，行下大礼，“正因你知晓上述六条，寡人才要立你为傅啊！”看向宦者令，“赐太傅胡服！”

宦者令拿出为周绍量身定制的胡服，双手呈上。

“唉，”周绍心中感动，面上又作无奈，长叹一声，叩首道，“臣绍愚昧，迄今未明我王胡服深意，虽身为臣子，蒙王不计臣过，委臣重任，臣不敢不听！”接过胡服，当场穿上，行再拜大礼，“胡服之臣，叩谢我王厚遇之恩！”

尽管未能见到武灵王，但司马僖从肥义口中得知，赵王愿与中山睦邻互信，并同意签署三年之内互不征伐协议。司马僖喜甚，当日与肥义拟好协议行文，入赵宫加盖了印玺。

与此同时，武灵王听从苏秦之言，使宫人将公子职母子接入王宫，不但辟出一座宫院让其安住，还置宴压惊，好生款待。

司马僖持双边睦邻协议回到灵寿，中山王连看数遍，再无疑虑，盖好印玺，交给随行的赵使带回。次日中山王即到太庙祭祖，拜司马赒为主将，“率三军之众，以征不义之邦”。

除守御之外，中山国能点出的三军之众不过三万，战车为五百乘。拜将仪式上，年近六旬的司马赒踌躇满志，豪气干云，对天誓道：“燕王姬哙昏昧无道，不分大义，不告诸侯，而臣主易位，绝其召公之业，断其先王之祀，是可忍，孰不可忍。臣虽不才，今奉王命，愿从士大夫以靖燕疆，祈请皇天后土、列祖列宗，佑我功成，保我中山之域万世康宁。”

誓后三日，司马赒即引三军三万离开灵寿，发至燕国边境，在中易水南岸安营扎寨，以观齐人动静。

齐都临淄，出使赵、中山的使臣率先复命了。齐使田文带来赵国消息，说是秦人加兵少梁，有意伐赵晋阳。赵国须全力以赴，防备秦人，实在抽不出兵力，但赵国将无条件支持齐与中山伐燕。

赵人不出兵是齐宣王早就预判了的。当然，宣王也不希望赵人出兵。燕室自乱，燕地已是齐人的囊中之物，宣王由衷地不希望更多的人来瓜分这锅羹汤。

有中山就够了。

无论如何，燕国这锅羹汤不能由齐人一家独喝，必须让给中山喝几口，这样做于齐只有好处：一则中山可以死心塌地跟从齐人制约赵国，二则给天下列国一个交代。

伐燕三军，齐宣王也早备好了，起初是五万人，这见中山出兵三万，宣王就又追加一万，同时亲至太庙祭过祖宗，拜匡章为主将。

匡章上任数日，却迟迟不肯出征。

匡章在等出使洛阳的使臣。

其实，不是匡章在等，是孟轲在等。

得不到周天子的征伐诏命，孟轲坚决阻止匡章出兵。身为弟子，匡章不敢违抗师命，只好实言奏报宣王。宣王无奈，只得使人快马赴洛阳催促。

终于，在中山使臣回来之后的第十一日，使臣由洛阳归来，随身带回盖着大周王玺的伐燕诏命。

孟轲喜甚，约匡章入宫觐见宣王。

孟子出征，不能不受王命。

宣王迎出宫门，见过礼，携孟子手入内。

“听将军说，夫子也要随军出征，寡人梦里笑醒几次了呢！哈哈哈哈，这叫什么，这叫天佑寡人！”宣王又笑几声，朝孟子拱手，“夫子在上，请受辟疆一拜！”

“谢齐王看重！”孟子回礼，“孟轲此来，是请求王命的！”

“是了，是了，夫子出征，不能没个名分！”宣王说着看向匡章，“匡章将军，您是主将，看夫子担当何职合适？”

“夫子为臣师，臣为三军主将，没有比军师更合适的职分了！”匡章拱手。

“嗯，军师，”宣王点头，看向孟子，“请问夫子，此职可否？”

“孟轲既从王师，唯王命是从！”

“拟旨，”宣王看向御史，“诏命孟轲为三军之师，与匡章将军同领三军，伐无道之燕，特此。”

“敢请齐王再加四字，‘奉天子诏’。”孟子急道。

宣王眉头略皱，迟疑一下，再道：“拟旨，寡人特聘孟轲为三军之师，与匡章将军同领三军，奉天子诏，伐无道之燕，特此。”

“谢齐王厚遇！”孟子起身，叩拜，“天运转动，再逢文武之时。齐王奉天承运，邹人孟轲领受诏命，誓引正义之师，伐无道之国，竭诚尽力，助匡将军成就此功！”

“夫子请起！”宣王扶起孟子，“此番伐燕，得夫子神助，寡人幸莫大焉！”

“孟轲尚有一请，望齐王成全！”孟子看向齐王。

“夫子请讲。”

“孟轲斗胆，请王弓一用！”

“王弓？”宣王怔了，看向内臣。

“想是宫中所藏的武王大弓吧？”内臣看下宣王，又看向孟子，语气半是回禀，半是征询。

“正是。”孟子拱手。

“传旨，为夫子请武王大弓！”宣王朗声颁旨。

孟子请到王弓并三支御矢，谢过宣王，仅带弟子万章一人，以布衣之身直入军帐，从大军北征。

这一战是属于他孟子的，他也早已想定如何征伐了。

大齐三军走过河间地，将入燕境前夜，孟子使万章把主将匡章请入军师大帐。

“匡将军，”孟子改过称呼，“明日入燕，老夫问你，可知如何征伐无道之邦？”

如何伐燕是早在临淄就已拟定的战略，孟子也是知道的。此时孟子再次问起，匡章晓得他另有话说，拱手道：“弟子不知，敬请夫子赐教！”

“奉天子诏命，兴正义之师，伐无道之邦，身为主将，你须牢牢记住两个字！”孟子顿住话头，盯住匡章，目光征询。

“两个字？”匡章有点儿蒙。

“一个字为仁，一个字为义。”

“弟子记下了！”匡章拱手道。

“既为仁义之师，敢问将军，可知何为仁义之师？”

“这个……”匡章迟疑一下，“师出有名，不失礼，不出奇，不斩来使，不以险隘，不鼓不成列，不重伤，不追逃，不伤二毛……”

“此为春秋斗阵，非仁义之师。”孟子截住他的话头。

“这……”匡章挠起头皮来，看向万章，见他也是茫然，遂拱手道，“弟子不知，敬请夫子赐教！”

“你既不知，就听老夫的！”孟子胸有成竹，语气断然，“记令！”

匡章拿出笔与羊皮卷，眼巴巴地看向孟子，一如听写的蒙童。

“行旅：军容整齐，行伍划一，昂首阔步，目不斜视。”孟子声若洪钟。

匡章记下。

“扎营：错落有致，动静有序，按部就班，食宿听令。”

匡章记下。

“进军：过城不入，过邑不扰，直发蓟都，擒贼擒王。”

这个显然与之前所拟的伐燕战略大不一致。

匡章住笔，看向孟子，目光疑虑：“夫子？”

“记下！”孟子的语气毋庸置疑。

匡章记下。

“三斩：抢燕人财产者斩，乱燕人妻女者斩，闯燕人私舍者斩。”

匡章记下。

“三示：示天子诏命于市，示燕室失道于市，示三斩军令于市。”

匡章记下。

良久，见孟子没再出令，匡章抬头：“没了？”

“没了。”孟子看向他，“其他是你主将的事。”

“其他”是指落实。匡章咂巴一会儿老夫子仁义之师的味儿，扑哧笑了。

“匡章？”孟子声音严厉。

匡章紧忙敛笑，拱手道：“弟子谨听夫子！”

“错！”

匡章站起，屏息正气，行个军礼道：“齐国三军主将谨听军师之令！”

“实施之！”孟子给出三字。

匡章将所记之令颁行三军，严令实施。因有桑丘败秦战绩在先，五都将士无不慑服，无论匡章下出什么样的怪异军令，没有谁再去说三道四，尽皆落实。

真还叫歪打正着。

在控制蓟都之后，子之迅速任命将军，整合三军，将能战之士部署在燕齐边界。

然而，经过这番浩劫，三军将领多半受到太子平叛乱的牵连，或被斩首，或被清洗出局，近半士兵不愿服役，溃散回乡，子之所能调动的能战之士不足七万，而蓟都、武阳等几大都邑必须坚守，几个要命关卡，如紫荆关、居庸关等，更加失不得。还有与中山的边界，易水防线……子之越想越是头大，于是采用一套稍稍被动的防御方案，即弃小守大，坚壁清野，固守城池，以逸待劳，责令各大城邑屯粮储水，避战不出，坐等齐人来犯，违令者斩。

于是，原本严阵壁垒的河水防线被收缩为几处要塞。当齐人在要塞之外大张旗鼓地横渡河水时，所有燕军严守子之军令，站在要塞之内，眼睁睁地看着齐人渡完三军并粮草辎重，自顾自地踏上通往蓟都的宽阔衢道，行伍整齐、威仪具足地向北直驱，而对衢道两侧的大小城邑，无论是否屯有守军，皆不冒犯。

齐军每到一处城邑，就在近水处安营扎寨，架灶就炊，没有一人外出骚扰百姓。燕人可隐约望到齐人旗号上的“奉周天子诏，伐无道之君”“只伐不仁，不犯燕人”“仁义之师”“顺天承运”等出师之义，渐渐对齐人再无恐惧，甚至起了敬仰之心。那些亲近太子平、不满子之的燕人更是杀猪宰羊，前来劳师。孟子善待他们，礼仪具足，且一定付给他们相应的报酬。

在燕人的教育中，一直视齐军为虎狼之师。然而，短短几日，燕人的这种认识就在事实面前化解于无形。齐人入燕境之后，长驱数百里，一路逼近燕都蓟城，竟无一卒出头拦阻，亦无一矢射向齐人。

这个奇迹不得不归功于军师孟子。

当子之瞧出端倪时，齐人已经越过武阳，行伍整齐地踏上了武阳之东三十里处的南北衢道。子之震惊，急使快马驰向武阳，令武阳守将组织麾下追击齐军，截断齐人补给。

镇守武阳的是子之的心腹猛将单鹰。

单鹰是胡人，身体壮硕，力大如牛，一柄胡刀重约七十七斤，一旦抡起，所向披靡。这且不说，单鹰的真正厉害在于他的鹰。单鹰一如其名，以善于驯养鹰闻名燕地，其麾下有猎鹰一百，皆入编制，领军饷。一只鹰可捕一只狼，群体可组成鹰阵，剿灭狼群。两军阵上，经单鹰训练的百鹰可在空中组阵，盘旋扑击，抓顶啄眼，专袭敌阵主将，常使敌阵主将不敢处正位，不战自乱，防不胜防。

齐人是在武阳之东约百里处横渡河水的。单鹰于第一时间得到齐人渡河情报，但子之能给他调动的仅有两万人，除五千镇守紫荆关外，留在武阳的仅有一万五千人了。

单鹰判断齐人的第一目标一定是武阳，因而坚壁清野，将有限的军士分配于武阳周边的各个要塞，严阵以待。

让他始料未及的是，齐人未犯武阳，而是直驱蓟都。单鹰刚刚缓过一口气，子之的快马急旨来了，要他即刻追击齐人，截断齐人后援并辎重补给。

然而，一切皆晚。

在齐人出动的第三日，司马赒令中山军于深夜涉过中易水，如虎狼一般扑入燕境，在控制北易水之后，奇兵西入紫荆关，卡断了该关与武阳的通路。

紫荆关是西向防守的，中山人由东而来，又是在夜间，因而几乎没有遇到任何阻碍就攻到关顶。守关的五千燕军多在酣睡中被制伏，无一人逃脱。

在控制紫荆关之后，中山军迅速回撤，兵锋直入武阳，将营盘牢牢扎在武阳东北，插在武阳与蓟城之间。

中山人留下三千兵士固守紫荆关，在通往紫荆关的另外一处狭道上修建临时壁垒，阻断武阳向西的通道。

中山派出的三万人皆是能战锐卒，司马赒还专门发明了应对鹰击的套网，可谓有备而来。

向南是易水，有中山边军守候；向东是齐境，有齐国边军；向西是紫荆关，被中山人占了；唯有向北一途，又被司马赒完全控制了。

显然，中山人旨在吃定武阳，单鹰已是自顾不暇。

面对沿着大道浩荡而来的六万齐师，子之惊惧了。

是的，这是两败庞涓又击败五万秦卒的大齐雄师，主将是击败秦将司马错的匡章。

子之没敢出城迎战，而是旨令将蓟都所有城门封死，严阵以待。子之的算盘是，齐人长途远袭，补给线长，只要坚守城池，齐人就会不战而退。

留守蓟城的燕军原为两万，五千随从市被叛乱，全部溃散，又经子之二度清洗，余下来的不到一万人。子之急将周边各邑守军调配过来，使蓟都的守军数量达到三万，外加宫卫三千，虽说出击乏力，防守当是有余了。

子之亦有此自信。

与此同时，子之使其亲信快马驰往北胡，搬请胡人援军。子之坚信，只要据守蓟城三个月，胡人援军就会赶至，到那辰光，齐人再想撤退怕就没有那么容易了。

不过，子之始料未及的是，他遇到的是一个他从未遇到过的对手，邹人孟轲。

齐人围城三日，子之所期待的猛烈攻城并未发生。齐人围定东、西、南三门，还留下一道北门供燕人逃生。

燕人果然开始逃生了。

子之想也没想，急旨将此门锁死。

子之不想逃。他不能就这般仓皇地离开他费尽心力方才到手的燕国宫城。他舍不得燕室累世积聚的数不尽的奇珍、珠玉及所有奢华，还有两代君王圈在宫墙之内的各色美人。他晓得，只要离开蓟都，离开这座宫城，之前的所有努力都是泡影。

至第四日，孟轲吩咐匡章让齐军在南城门外列好阵势，打出旗帜，使一个口齿清晰、声音洪亮的兵士乘车出阵，拿着他用兽皮亲手卷制的扩声筒，对着城门楼宣讲大周天子征伐无道的诏书。他在宣讲燕室失道、失德、失义之处，明旨燕国是周天子封给召公的，子哙不得擅自禅让，子之亦不得擅自受让；宣讲齐王乃奉周天子诏命，兴正义之师，征伐无道，匡扶正义；宣讲齐师为仁义之师，已经颁布各种安民措施；宣讲齐军是来代周天子主持正义的，绝不扰民等。

守城将士静心聆听。

子之闻报，急驰南城门，登上城楼，听一会儿，伸出一手，指向齐阵，大喝道：“本王在此，犯境齐寇匡章何在？”

匡章正欲出场，孟轲摆手，应道：“匡将军，让老夫来！”

话音落处，万章扬鞭催马。

子之放眼望去，但见一辆轻车从齐人的中军核心缓缓转出，车上稳站一人，一身儒装，通身并无一块甲胄，亦无任何枪戟防身，唯有长弓一把横在车前，旁边罗列三支利矢。

万章驱车驰至阵前，之前喊话的战车则离场转回。

“来者何人？”子之的手再指过来，声如洪钟，毫无礼数。

“邹人孟轲！”孟子朗声，抱拳道，“汝非燕王，孟轲不作大礼了！”

邹人孟轲大名，天下皆知，子之亦早有闻，但听到更多的是他的酸腐逸事，每每当作笑柄了。今朝见他这般出场，子之忍俊不禁，手指孟轲，爆出一声长笑：“哈哈哈哈，孟老夫子，你不在邹地吟诗演礼，跑到人家齐人的军阵上作何来了？”

“回禀将军，”孟轲叫出子之此前做将军时的称谓，再次拱手道，“燕室失道，天子震怒，诏命齐室兴师伐罪。齐王受命，拜匡将军为将，拜轲为军师，兴义师六万，前来伐逆，匡扶正义。轲今劝你……”

“什么天子？什么诏命？”子之再次指过来道，声音洪亮。

“大周天子！”孟子从袖中摸出周天子的诏命，扬一扬，“诏命在此！”

“哈哈哈哈，哈哈哈哈哈哈。”子之爆出连串长笑，笑毕，看向他的将士，“你们可都听见了？他说大周天子，哈哈哈哈，这还诏命呢！天下并王，连中山都与他周室平起平坐了，他还大周之王呢！你们说说，天下列国，哪一国认他为王了？区区洛阳，不过弹丸之地，你们中有谁愿意认他为王？不过，他周天子若是来我大燕国，寡人倒是可在燕山之北划给他一块地皮，让他信马由缰——”

“逆贼反臣，不可无礼！”见他讲出这般大逆之词，孟轲生气了，不再拱手，扬起王弓，指向子之。

“哟嘿，”子之来劲了，“孟老夫子，你不会是想与本王一决射艺吧？”说着伸手，大声下令，“拿弓来！”

有军士递给他一张五石之弓。

“你个反贼，既不配老夫手中此弓，亦不配与老夫一决射艺！”孟轲再次扬弓。

“你，一介腐儒，”子之受辱，怒气上冲，弯弓搭箭，暴喝一声，“受箭！”话音落处，一支利矢脱弦而出，不偏不倚，直飞孟轲额头。

孟子所在之处，离城门楼一箭之外约五十步，子之随手射之，可见神力。

孟轲冷笑一声，待那支箭矢飞至，挥弓轻轻拨到旁侧，身体未动分毫。

拨转利矢，周身不动，这是非同寻常的功夫与定力。

子之震惊，略顿道：“拿王弓来！”

两名军士抬着一把长弓走过来，跪地，各执一端，呈送子之。

众人无不知晓，子之力大，可拉七石劲弓。这是他特制的专用弓，之前是将军弓，此时改称王弓了。

不过，此弓子之很少展示，众军卒难得一见。这辰光被他的侍卫抬上来，众人无不喝彩。

子之弯弓搭箭，大喝一声：“腐儒受箭！”嗖一声射出。

七石劲弓所射之矢，其疾如风，其劲如钉，再有力的拨力也难拨动。

孟子没有应他，亦弯弓搭箭，拉作满月，瞧准那支疾飞而来的利矢，放弦射出。

孟子的利矢更疾，更有力，直直迎向子之的飞矢。

随着啪的一声脆响，二矢相撞，空中火花一闪，孟子的箭矢将子之的箭矢撞作碎块之后，又飞一阵，划出一道弧形，完好无损地插进厚厚的城墙里。

子之的碎矢飘然坠地，且就坠在离孟子轻车不足三十步的大片空场上。

两边军士目瞪口呆。

就在子之两眼发直地盯住落在地上的断矢碎块时，又一支利矢破空飞来，不偏不倚，正中子之顶上王冠，随着嘭的一声闷响，那支箭矢带飞王冠，稳稳地插向其身后不远处的城门楼柱。王冠上的玉珠被巨大的冲力震落不少，滚得满地皆是。

“天哪！”众将士无不以为子之中矢，惊魂未定，却见子之毫发无损，只是王冠被牢牢地钉在城门楼柱上了。

子之摸摸头顶，看向身后那顶仍在晃动的王冠，脸色煞白，又惊又窘，急步走到城门楼柱前，用他的王弓捣那王冠，连捣几下，那冠却被钉死在柱上，只有更多的珠子被他捣掉、滚落。

子之脸色紫涨，咚地扔下王弓，跨步下楼。

“燕室逆臣姬之听好，此乃大周武王所佩之弓，七百年前赐予齐公姜尚，专射贼国逆臣。老夫请领三矢，已出二矢，还有一矢是留给你这个逆贼的。若是再不认罪服诛，下次受矢的就不只是你的顶上之冠了！”孟子声音清朗，不失时机地送上一句。

“呜啦——”齐阵里爆出雷鸣般的欢呼声。

子之原本想在孟夫子面前以孔武之力讨个便宜，不想却当着部属的面遭到一个天下皆作笑谈的儒者羞辱，灰头土脸地回到宫中，越想越是气恼。

坐有一时，子之冷静下来，耳边响起苏秦的一连串声音：“……苏秦劝兄做如下三事：一、归还王位于子哙，兄依旧为相；二、在子哙的公子中择其贤者立为太子；三、与齐议和……在此之前，齐人不过是要河间地。现在不了……子之兄您身死名裂不说，还将祸及宗亲子嗣，殃及社稷宗祠……子之兄，无论您信与不信，天命就是天命……”

子之冒汗了。

“召鹿毛寿！”子之转身对内臣说。

鹿毛寿来了。

“我王突召毛寿，可有——”

鹿毛寿话音未完，子之就摆手打断，指了一下对面席位。

鹿毛寿坐下。

“南城门的事，你晓得否？”子之盯住他道。

“刚刚听说。”鹿毛寿迟疑一下道，“臣——”

“毛寿，”子之再次打断他，“寡人问你，寡人的这顶王冠，是不是戴错了？”

“这……”鹿毛寿怔了道，“我王何来此话？王冠是燕王禅让于我王的，又不是我王自个儿戴上的，是不？燕王哙三让，我王三拒，这是所有燕人都看到的事，是不是？”

“唉！”子之长叹一声，“齐人却不这么想啊，真还打到家门上了！武阳如何？”

“臣刚接到单将军急报，中山人袭我，夺占紫荆关，困我武阳，主将是司马赒，共出锐卒三万，听说还要增兵呢。”

子之一拳震几道：“蕞尔小邦也敢欺我！”

“王上息怒，”鹿毛寿接道，“中山狼并不可怕，不过是趁火打劫而已。只要蓟城、武阳不失，料他们能奈我何！”

“你说得是！”子之猛地想到什么，“对了，你的相位，寡人早该给你了！”转身对内臣，“取印！”

内臣取出相印，呈给子之。

“毛寿，请受此印！”

鹿毛寿承印，叩首道：“臣叩谢我王厚遇！”

“相国请起！”子之改过称呼，“寡人想劳烦你走一趟齐营，见见匡章将军，只要他肯退兵，一切好谈！”

“王上，齐人若要河间地？”鹿毛寿小声问道。

“给他。”

“齐人若要武阳？”

“给他。”

“齐人若要蓟都呢？”

“去吧，看他怎么说。”

鹿毛寿迅即出城，不消一个时辰，复转回来。

“齐人怎么说？”子之急问。

“他们什么也不要，只要我王让出王位，束手就擒，让齐人押往洛阳，听凭周天子发落乱燕之罪！”

“岂有此理！”子之震怒。

“王上，”鹿毛寿苦笑一声，“就臣所见，我唯有二途可走：一是固守待援，与齐寇一决生死；二是暂弃蓟都，投向胡人。只要青山在，不怕没柴烧，是不是？”

“齐人肯放我们吗？”子之问道。

“就今日所见，齐人实为仁义之师，困我东、西、南三门，独留北门不置一卒，说是给我王三日辰光！”

“什么仁义之师？”子之鼻孔一哼，“自平王以来，你可曾见过有腐儒带兵的先例吗？”

“大王？”

“寡人晓得了。”子之摆手道，“容寡人斟酌斟酌。”

子之一连斟酌三日，仍旧未能决断是否离开。至第四日，齐人困住北门，子之也就死了突围的心，一门心思致力于守城。

在子之心里，蓟都固若金汤。他研究过齐魏桂陵、马陵之战，又研究过齐秦桑丘之战，笃定齐人擅长野战，不擅长攻坚。田忌与孙膑训练出来的骑卒，除骚扰之外，别无他能。只要他四门紧闭，这些骑卒一无所用。待胡人援军过来，那才真叫骑卒，不但能骑，还能射呢！

子之越想心里越是笃定，每日清晨都要与鹿相国等近臣沿蓟都城墙巡视一圈。由于孟夫子手中还有一支利矢，子之在巡视到南城门时，就不再登城门楼，只在隐蔽处远观齐人营帐。

连观数日，齐人依然故我，既没有攻城，也没有退后一步，只见连营一片，整齐有致，将城门外面的所有空地并远近的庄稼地全部占了。

“哈哈哈哈，”子之看得分明，长笑几声，看向鹿毛寿道，“桑丘之战，秦人是怎么败的，相国可知？”

鹿毛寿摇头。

“秦人败于仁义二字，”子之指向齐人每天一次的例行列阵，“一如眼前这般。”

鹿毛寿未能领会，再次摇头。

“桑丘之战，”子之侃侃说道，“秦人劳师远征，打仁义之旗，仪仗整齐，不抢不盗，说话和气，买卖公平，军律严明，甚至还颁出军令，犯柳下惠坟头一株草也要族诛。结果呢？秦人的所有仁义在一个月黑风高之夜让齐人的一把火全他娘地烧光了，哈哈哈哈！”

“我王圣明！”鹿毛寿亦笑几声，“齐王用一个老夫子带兵，实乃天下笑柄啊。”

“走走走，”子之一把扯起他，“相国可随寡人去宫里！这些日子，天天发闷，难得有个好心情，你我二人来几曲歌舞，放松放松。”

君臣二人兴致勃勃地回到宫中，传令乐坊歌舞侍奉。

然而，子之所失算的是，齐人的仁义并不等同于秦人的仁义，因为观赏仁义的对象不同了。秦人是做给天下人看的，齐人是单单做给燕国人看的。秦卒割耳领赏天下驰名，齐卒围魏救赵、围魏救韩，无不是行侠仗义，燕人心里自有一杆秤。燕王哙禅让，子之继位，燕人初时没看明白，皆认为是践行尧舜之道，待公子平闹腾起来，子之狠心株连，蓟都血流成河，燕人这才看明白了。尤其那日孟子出场，有礼有仪，说话客气，而他们的燕王却气盛心傲，辱人反而受辱，在场的所有将士无不看在眼里、记在心里，没过几日，整个蓟城百姓也就全晓得了。没有百姓说出来，但他们心照不宣。厌恶子之、同情太子平等被诛公子的蓟人越来越多，渐渐波及城上守卒。

最后的辰光这就到了。

就在子之、鹿毛寿悠然自得地在宫中欣赏歌舞的当儿，齐军阵中转出孟子，依旧是轻车一乘，直驱城门。

孟子的车上没摆弓矢，身上亦无一器，只有一袭洁白的儒衣，将老夫子衬托得如同圣人。

让燕人震惊的是，轻车越过前番停车的位置，向前，向前，一直向前，直冲吊桥。

孟子的轻车走到吊桥前面的护城河边了。

再有几步，孟子的马蹄就要掉进护城河里。

在此距离，莫说是五石弓，即使是寻常的三石弓，也能穿透坚硬的甲胄，何况孟子身上没有片甲。

阵中齐人无不为孟老夫子捏出一把冷汗。

燕卒也是，所有目光齐刷刷地盯住孟夫子，继而投向守将。

守将是姬韦，子之的亲侄，也是他一手带出的心腹爱将，堪称嫡系中的嫡系。

姬韦两眼直盯住孟夫子渐驰渐近的单马轻车，想弄明白他意欲何为。

轻车停住了。

待轻车停稳，孟子朝城门楼上深揖一礼，声音清朗："燕军将士们，邹人孟轲有礼了！"

城门楼上，众将士面面相觑，纷纷看向姬韦。

姬韦走过来，在显要位置站定，拱手道："燕国蓟城守将姬韦拜见夫子！"

"姬将军，诸位燕军将士，"孟子再揖一礼，"邹人孟轲有心腹之语诉于诸位，望诸位赏脸一听！"

"夫子请讲！"姬韦亦回一礼。

"人生于世，此物只有一个，"孟子指向自己的脑袋，"生命亦只有一次。无论何人，终究都是要死的。人有各种死法，或为财物而死，或为美色而死，或为饥饱而死，或为仁爱而死。"孟子指向众人，"身为将士，则以战死为荣。然而，诸位将士，你们可曾想过，怎样战死才能以之为荣呢？"

显然，这些将士从未听过这般训示，也从未思考过这些问题，无不竖耳。

"诸位将士，"孟子侃侃接道，"为财物而死者，死于贪；为美色而死者，死于淫；为饥饱而死者，死于食；为仁爱而死者，死于义。你们说说，作为将士，又该当为何而死呢？"

城头静寂，唯有风吹旗动，发出轻微的嚓嚓声。

"将士当为旗而死！为什么样的旗而死呢？为正义之旗！出师无名，气必馁；举旗非义，战必败。"孟子移过手指，指向城头上飘扬的燕旗，"诸位将士，你们看看头顶上的战旗，它们是否值得你们为之一死呢？"声音洪亮道，"完全不值！"

"老夫子，"姬韦手指孟子，厉声喝道，"不可信口雌黄！"

"姬将军，"孟子淡淡一笑，"你且说来，孟轲何以信口了？"

"这是我们燕国的战旗！"姬韦声音洪亮，"身为燕国将士，我们为燕国的战旗而死，无上荣光！"

"敢问将军，什么是燕国？"孟子质问。

"燕国就是燕国！"

“姬将军，看来你是不知燕国啊。”孟子语气缓慢，如在邹地对弟子讲学一般，“燕国是周武王封给其弟召公姬奭的，召公后人世代相袭，沿至今日，方是燕国！可今天的燕国呢？已不再是召公后世世代相袭的燕国，而是贼国之臣姬之的燕国！”

“夫子妄言！”姬韦断喝，“我王姬之受太上姬哙禅让王位，怎么能是贼国之臣呢？”

“燕王姬哙怎么有权禅让其位于子之呢？”孟轲反问。

“废话！”姬韦手指孟子，“燕国是燕王姬哙的，他想禅让于谁就禅让于谁，何来无权之说？”

“敢问将军，这个城门楼是你的吗？”

“当然不是。”

“是谁的呢？”

“是我王姬之的！”

“不是你的，你为何守在这儿？”

“受我王任命，本将有权镇守！”

“你能禅让镇守城门楼这个主将的权力于其他人吗？”孟子指向站在姬韦旁边的副将，“譬如说禅让于他。”

“这怎么可以？”姬韦急道，“本将无权禅让主将之位！”

“孟轲让你禅让的不是主将之位，只是这个城门楼的辖权！”

“不可以！”

“这就是了！”孟子侃侃说道，“你是主将，却不能禅让城门楼的辖权，为什么？因为城门楼不是你的，这个辖权也不是你的。城门楼是燕国的，它的辖权归属于燕国的辖权所有者燕王。可燕国的辖权又是怎么来的呢？是武王封赏给召公的，当由召公的法定继承人所有。召公的法定继承人是谁呢？是他的所有子嗣，就是在燕地的所有姬姓燕民，也包括你，姬韦将军。身为姬姓一员，姬哙怎么能将整个燕国的辖权擅自禅让于他人呢？”

“这……”姬韦让孟子搞蒙了，“太上是燕王，他当然可以禅让其燕王之位！”

“姬哙的燕王之位是禅让得来的吗？”

“不是。”

“怎么得来的？”

“从先王那儿继承来的。”

“为什么他能继承？”

“因为他是太子，是储君。”

“这就是了。姬哙怎么能将其从先王那儿合法继承来的王位拱手禅让于一个不是王储的臣子呢？”孟子声音洪亮，“若行禅让，姬哙只能禅让于一人，就是他的嫡长子，法定继承人，燕国王储，太子姬平！”

众将士终于听明白了孟子的话，纷纷点头。即使姬韦，也在孟子强大的推论面前无言以对，咂巴几下嘴皮子，又闭上了。

“姬哙无权禅让他依祖宗之法继承来的权力，因为这个权力只属于燕国储君。同样，身为人臣，子之亦无权接受主人姬哙的禅让，因为这个权力在法理上不属于他。然而，姬哙禅让了，子之接受了，这是什么？这是合谋贼国！”孟子指向旗帜道，“诸位将士，身为燕人，你们却为贼国之人镇守城门，倘若战死，是无上荣光吗？若下黄泉，你们何以面对自己的列祖列宗呢？你们为贼人而死，你们的后人，你们的亲人，又何以面对他人的指责呢？”

所有将士都低下了头。

“燕军将士们，”孟子趁热打铁，“你们再回头看看，禅让之前，燕国君臣和谐，上下同欲，其乐融融。禅让之后呢？太子反了，因为姬哙禅让的本来是属于他的权力。臣子也反了，因为子之得到的不是他法定应该得到的。无论何人，只要得到他不该得到的东西，就是乱礼。上下乱礼，燕国能不乱吗？燕王姬哙之所以禅让，是因为子之是个贤人。可你们全都看到了，子之是贤人吗？为相之前，他住草舍，穿粗衣。为相之后，他住华屋，着裘衣。谋国之前，他洁身自好，与其妻同甘共苦；谋国之后呢？他入住王宫，夜夜笙歌，美姬轮侍。谋国之前，他严于律己，宽以待人；谋国之后呢？他排除异己，杀人如麻，顺我者昌，逆我者亡。谋国之前，他对燕王哙尊敬有加；谋国之后呢？他以谋反罪杀死太子，又杀死并未谋反的几位燕室公子，立自己的嫡子为太子。由此可知，贼人姬之是个彻头彻尾的伪善之人，贼国乱臣！他的贤是装出来的！燕军将士们，蓟水是如何变红的，难道你们没有看到吗？蓟城上空是如何腥臭的，难道你们没有嗅到吗？昏君姬哙、贼人姬之口口声声效法尧舜，尧帝是这样的吗？舜帝是这样的吗？还有大禹，他是这样的吗？”

孟子声若滚雷，字字诛心。

“燕军将士们，”孟轲回首，指向身后的齐军道，“得人心者得天下。子之贼国，不得人心。齐王受天子诏命，使匡章将军兴师伐逆。齐军一路走来，秋毫无犯，未入一城，未杀一人，未刺一枪，未放一矢。这且不说，匡章将军还颁布三斩军令，抢燕人财产者斩，乱燕人妻女者斩，闯燕人私舍者斩。这是什么？这是仁义之师！所有这些，燕国百姓看到了，燕国百姓感动了。近些日来，各地燕人杀猪宰羊，从四面八方朝齐人的营帐里送啊！”

姬韦猛地反应过来，大喝一声：“儒生孟轲，休在此地妄言惑众！若敢再说，休怪本将利矢无情！”

话音落处，姬韦拿过弓，搭上矢，缓缓瞄向孟轲。

“哈哈哈哈，”孟轲爆出一声长笑，“姬将军，你就射吧！”拍拍胸脯道，“朝这儿射！”

姬韦的手抖了。

站在他面前的是两手空空的天下大儒孟轲啊！

然而，身为姬之亲侄，身为姬之麾下爱将，姬之已将整个蓟城的防御大权全部交给他了，姬韦无可选择。

姬韦闭上眼，拉起弓，心头默祷：“老夫子，只此一矢，中与不中，看天意！”

姬韦将弓拉作满月。

就在姬韦松手放箭的刹那，只听嗖的一声，一支枪头从旁伸来，精准地挑在弓上。那矢朝天飞射，远远地落在孟轲身后一百多步处。

众目视之，是其副将仓吾。

“将军！”仓吾扎枪入地，单膝跪下。

“将军！”所有将士扎枪入地，单膝跪下。

“唉！”姬韦长叹一声，缓缓蹲下，双手捂在脸上。

仓吾看得真切，朝众将士厉声喝道：“还愣什么？打开城门，列队恭迎孟老夫子并仁义之师入城！”

哐当一声，城门打开了。

哐嗵一声，吊桥放下了。

驾车的万章揉眼了。

轻车上的孟子落泪了。

当孟老夫子带着行伍整齐的齐国“仁义”之师昂首阔步地走在蓟城的大街上时，蓟人奔走相告，热泪盈眶，扶老携幼，夹道欢迎。

与前些日街坊邻居各为其主、互攻互杀之时相比，蓟城的民心逆转了。

数以万计的蓟人随着齐卒走向王宫，将宫城围个水泄不通。

男女老少对着宫墙放开喉咙，呼子唤夫，叫叔喊大。三千宫卫于顷刻间崩溃，不知是谁打开了宫门。

三千宫卫无一抗拒，各自弃枪，奔向自己的家人，边跑边脱掉身上戎装，扔在地上。

与此同时，宫墙深处，来自四面八方的所有声响皆被雄浑、刚猛的钟石管弦之乐淹没；六十四名披头散发的女子，甩头扭臀，劲跳巴舞；两名宫妃风情万种地偎依在姬之、鹿毛寿衣襟半敞的怀里。

当值宫人不顾一切地冲进来，见此场景，也不顾忌了，结结巴巴地禀报外面发生的事。正与鹿毛寿赏至兴处的子之哪里肯信，伸手就是几记耳光。

鹿毛寿连声叫停。

舞乐停下，宫中静寂，嘈杂之声于瞬间传进来。

子之、鹿毛寿终于明白，一切皆是真的。

子之抽出剑，快步冲出。

“王……王上……”鹿毛寿紧步赶上，话也说不囫囵了。

“快去，处置太上！”子之下令。

鹿毛寿急带两个宫人赶到子哙的宫院，将听到混乱而不知所措的子哙一剑封喉。

杀死子哙，鹿毛寿迅即换了宫人服饰，冲后花园急奔而去。

子之本欲寻找他的卫士，不想却迎头撞向列队入宫的齐师。

走在齐师行伍之首的是孟子，他一手握弓，一手拿着余下的那支利矢。

子之站住了。

“贼国逆臣，”孟子义正词严道，“扔下你的剑，俯首就擒吧！”

子之终于晓得，他败给的竟然是这个腐儒。

子之二目放出凶光。

子之晃晃宝剑，扎下架势。

倏地，子之猫腰仗剑，朝孟子疾冲过来，快如魅影。

孟子冷笑一声，弯腰搭箭。

就在子之冲近、腾空扑来时，孟子放弦，王矢正贯其心，穿背骨而出。壮硕躯体的扑力被强弓劲矢的冲力消去近半，子之就如一条灌满沙子的麻袋，重重地摔落在距离孟子仅三步远的石板地上，口鼻震出污血。

此后半个时辰，在宫人的举报下，鹿毛寿被其政敌从阉人堆里揪出来，在齐卒监视下，腰斩于闹市。

子哙的遗体被齐人寻到，孟子吩咐葬以王礼。因无子嗣在侧，亦无公子可立，孟子不能给他谥号，只好称他燕王哙。

是夜，匡章亲笔具表，向齐王报捷克蓟过程，详奏了这个由孟子主导的以仁义为器的战争奇迹是如何诞生的。

孟轲由此名噪齐宫。

第二章

施邪术黑觋祸楚　骂齐宫莽使遭烹

时入盛夏三伏，天气酷热。

于楚国古都丹阳来说，这热别有一番滋味，是那种让人特别难受的热。天空没有一朵云，但远不是往日的澄明，放眼望去，雾蒙蒙的如同罩着一层看不见的纱。田野没有一丝风，树梢纹丝不动，空中水汽饱和，人体中排出的汗水无处挥发，将衣服与皮肤结实地粘在一起。

楚国先庙位于古城中心略偏西南的一座岗坡上，是丹阳的制高点。整体庙院依岗坡而建，古木参天。岗顶是座主殿，主殿前面竖立一座方三丈、高两丈的祭坛。站在坛上放眼南望，滚滚丹水就如一条闪亮的丝带，由西北飘来，向东南甩去，在丹阳城的东南角张开怀抱，纳入另一条闪亮的丝带——淅水。

这日向晚时分，屈平、白云并肩站在祭坛上，放眼看向两条丝带交汇的地方。

在那儿，二水相融，苍苍茫茫，几只白鹭在空中盘旋，似乎在向快速西坠的落日惜别。

屈平的目光顺丹水缓缓向西移动，一直向西，望到丝带没入处。之后，他又收回目光，回到原点，再沿另一条丝带缓缓北移，再一次望到丝带没入处。

“阿哥，”白云一动不动，声音出来，“你看到什么了？”

“云妹，你可晓得它是从何方流来的？”屈平指向近在眼前的丹水。

“你说。”白云看向他。

“它从楚人的祖宗地流来！”

“祖宗地？”白云指向脚下的祭坛，“楚人的祖宗地不是在这儿吗？”

屈平摇头。

“是哪儿？”

“就是这条水流的源头！”屈平指向西北，“一直向西，有一片山，叫楚山，有几条川，叫荆川，我们的先祖就住在楚山脚下，饮荆川之水。几条荆川相汇之后，就成了它——丹水。我们的祖先在丹水之阳设邑修城，繁衍生息，是为丹阳。”

“可丹阳为什么又在这儿呢？”

“因为周人过来了。周人打过蓝田，我的祖先抗拒不过，只好沿此水东下，来到这儿，筑下此城。此城依然在丹水之阳，依然叫丹阳。后来周人伐殷，我的祖先熊绎从周所命，随从周军征伐有功，被成王封为楚子，立国于此，是谓楚国。”

“原来的丹阳呢？”

“它不叫丹阳了，改叫商城，百多年前楚秦修百年之好，先王将之拱手送给秦人了。”

“先王就不怕秦人沿着这条丹水打过来吗？”白云睁大眼睛问。

“是的。”屈平指向西北道，“不过，一则和亲了，二则先王有备。沿此河而上，在丹阳与商城之中，先王使人修筑一关，叫荆紫关，设重兵镇守。”

“哦。”白云看向另一条淅水问，“它又是从哪儿流来的呢？”

“於城。”

“於城不也是秦人的吗？”

“在我出生的时候，”屈平指着淅水道，“於城还是楚人的。那辰光，我大楚与秦人在於城之西各设一关，我们的叫西武关，以阻秦人。秦人的叫东武关，以阻楚人。所以，秦人虽据商洛，但我有於城十五邑，更有荆紫关、西武关相阻，秦、楚是以相安无事。然而今天，就在那儿，由此向北不足五十里，是淅邑，再不足五十里，就是於城，连同周遭十余邑，这辰光全都是秦人的了。”说着指向眼前的丹阳，长叹一声，“昔日的都邑，如今成为抗秦的前沿，且丹阳与淅邑之间，无任何关隘可以阻挡，叫我大楚情何以堪？”

“阿哥，”白云小声道，“大王不会一直把我们关在这儿吧？”

“是王叔他们，不是大王！”屈平为怀王辩护。

“嗬！”白云嘴角一撇，浮出笑意，目光远望，看向两条闪光的丝带。

倏地，白云眼睛大睁，嘴巴张开，不无惊愕地盯向西方，全身僵住了。

在那儿，在一轮血红日头刚刚沉下去的地方，是三颗明朗的星。

它们似乎是突然出现，出现在太阳光被西山完全挡住之后。三颗星虽然没有并作一排，却也很是接近了。在三颗星的下端，在太阳沉下去的地方，还有一颗拖着长尾的扫帚星。

三颗星中，屈平只晓得其中一颗——长庚星。

屈平盯在扫帚星上。他晓得，扫帚星出现，不是好事。但扫帚星所在的位置是秦州之野，也就是秦国所在的地方，倒是让他轻轻吁出一口气来。

白云的目光由西而近，沿着眼前这条丝带移向东南。

白云的眼睛陡然睁得更大了。

“云妹？”屈平盯住她。

白云转向巫咸山方向，两臂张开，屏息运气，二目闭合，进入冥想。

屈平晓得她在行功，不再吱声，只将两眼眨也不眨地盯住她。

白云嘴角微动，显然在与什么进行对话。

屈平的心吊起来。

良久，白云睁眼，回归自我。

“云妹？”屈平轻声道。

“阿哥，”白云盯住他，声音极小，“我收到不好的讯息了。”

“哦？”屈平收回目光，看向她。

白云看向天空，目光忧郁。

“是那颗星吗？”屈平看向西天，目光落在扫帚星上。

白云摇头，仰头看天。

“是这天吗？”

“是的，要下大雨了。”

“旱呢，”屈平笑起来，“稻子正在抽浆，是喜雨。”

“它不是。”

“哦？”屈平打个怔。

“是大雨，是淫雨，要下整整一十四日，”白云指向下面的两条丝带道，“就在方才，我看不到这两条水了，我看到的是洪水滔天，白茫茫一片……”白云看向丹阳城，“还有这座城，到处都是白茫茫的，只剩几处孤岛！”

“天哪，你是说，洪涝？”屈平震惊。

“非常大的洪涝。楚人要防灾了，尤其是低洼之地的人，必须搬走。稻子没了，可以再种；家没了，可以再建；人若没了，可就……”

“天哪！”屈平急了，抓住她的手，两眼盯住她，“你……可当真？”

“你不相信巫咸大神吗？”白云抽出手，闭上眼睛。

屈平转过身，如飞般奔下祭坛，奔向前院。

一个月前，偌大的先庙被临时砌起一堵墙，设起一道门，将庙殿与前院隔开。门紧关着，外面挂着锁。

“来人！”屈平大叫，拍门。

一阵脚步声急，一名宫尉跑过来。他是怀王的御前侍卫之一，叫邓盾，为邓国的邓氏后人，官至裨将军。

“左徒大人，有何吩咐？”邓盾的声音传进来。

“邓将军，请开门，我要出去，我要回郢！”屈平请求。

“回禀大人，”邓盾的声音又传进来，“大王谕旨，左徒要在太庙守庙九十九日，不可擅离半步。这才三十三日呢。”

“我有急事禀报大王，是天大的事！”

“大王谕旨，左徒大人若有急事禀报，可写奏折，由末将转呈！”

“你可确定是大王谕旨？”屈平语气严厉。

“禀左徒，末将是御前宫尉，只听大王一人。”

“谕旨何在？”

“禀左徒，是口谕，大王亲口所下！”

“你……”屈平跺脚。

“左徒大人，”一个巫女走过来，小声禀道，“祭司请您用膳！”

屈平握紧拳，良久，缓缓松开，跟巫女走向主殿左侧的耳房，这里一个多月前被军尉他们改作屈平一行的临时膳房了。

将至门口，屈平住步，转对巫女道：“随我来！”说完大步走向他的住室。

巫女跟他过来。

“研墨！”屈平指一下砚台，转身取笔，拿出一捆竹简，展开，润笔，疾书。

就在白云得到上天示警的同时，秦国太庙负责占星的太卜匆忙入宫，觐见秦惠王。

“太卜？”惠王略吃一惊，因为负责星相的太卜于此时觐见，必有大事。

“启禀我王，上天示象。”太卜奏道。

“哦？”惠王急问，“所示何象？”

太卜带惠王出宫，站在露台上，指向西天道：“我王请看！”

惠王看向西天，见一星闪亮，拖着长长的尾巴。

“启禀我王，”太卜指着那个长尾巴的星道，“此为孛星，于昨夜现身，长约丈许，象如龙腾。另有亮星追随，皆不常见。臣观两日矣，它们昼夜驱驰，前后相随，前面一星，其光红润，后面一星，其光黄白，见于日出之前，日落之后，天下兆民可睹。”

“所示何象？”惠王急问。

“依据卜象，此兆不吉，臣是以禀报我王。”

“何兆不吉？”

“天杀。”

“天杀？”惠王打个冷战，良久，盯住太卜道，“怎么个杀？”

“洪水滔天，猛雨倾盆，天塌地陷，河塘尽溃，蛇鼠无居，夜鸟无宿，庄稼尽毁，人民饥馑，战斗相争，干戈不歇，龙蛇不辨，是非不分，白骨堆山，难见明君……”太卜打住。

“怎么不说了？”惠王追问。

“适逢庚子，一切皆杀。”

“是了，”惠王微微点头道，“今年岁初，太庙令就对寡人说，今年庚子，木土火金水五气犯日，恐有大灾。寡人心里原本吊着这事儿，可年已过半，未见灾殃，寡人渐就搁下了。你这一讲，嘿，真还是个事呢！”惠王看向他道，“可有破解？”

“既为天杀，无可破解。”

“寡人晓得了。”

惠王摆手，太卜告退。

惠王正在思虑应策，公子华来了。

“华弟，”惠王身子没动，扬下手，指了指对面席位，给他个苦笑，“正打算请你呢。”

“王兄，”公子华一屁股坐下，脸色忧急，“有桩大事！”

“不会是大灾难吧？”惠王看向他。

“咦，王兄，您怎么晓得了？”公子华一脸诧异。

“太卜刚走。”惠王又是一个苦笑，“让我看了扫帚星，叫什么孛星。听太卜所讲，灾难多去了，个个皆是天杀，可这天，究竟会是哪个杀法，我正在盘想呢。”

“是水灾。”公子华脱口而出。

“说说，”惠王倾身道，“怎么个灾法？”

“是这样，”公子华禀道，“两个时辰之前，有人登臣弟府门，递进拜帖，上面什么也没写，只画一架骷髅。臣弟召其进来，是三个巫人，皆着黑衣，用黑巾蒙头。为首一人，显然是个祭司，另外二人为其弟子。”

惠王神情紧张起来，盯住他。

“他自报家门，说是叫杀蛮，居于北溟之滨，是主祭大神共工的祭司。”

“杀蛮？”惠王呢喃一下这个名字，“这名字不错。他说什么了？”

“他说，再过一十四日，荆州、秦州之野，要降大暴雨。暴雨连绵，秦川一片汪洋！”

“他……人呢？”

“臣弟带来了。”

“传他觐见！”

公子华出去，不一时，带进一个黑衣巫人，依旧黑巾蒙头，面部只露出一双眼睛。他的眼珠似乎深嵌于深不可测的幽暗眼窝里，泛出绿色的光。

那巫人并不下跪，在惠王前面直直站定，拱手，朗声道："北溟萨满见过大秦之王！"

“嬴驷见过杀蛮！”惠王拱手道，指向公子华旁边的客席。

“非杀蛮，是萨满，萨–满。”巫人纠正，席坐。

“萨满？”惠王眯起眼睛，“是你名字？”

“非也，”那萨满应道，“我们没有名字，都叫萨满。”

“何意？”

“萨为通达，满为人，萨满就是通达天地的人，大王可以叫我知者。”

“失敬，失敬！”惠王拱手道，“请问知者，您由北溟之滨来到我邦，可有教寡人之处？”

“天降大灾，贵邦行将洪水漫灌，山塌地陷，民不聊生，生灵涂炭。”那萨满道。

“洪水何来？”

“再过一十四日，上天之神将驱南、北二冥之云至荆、秦之野，巴山、蜀山、终南山、陇山，暴风骤雨连绵数日，暴风之大，骤雨之强，实乃百年难遇。其中巴山、蜀山将连降一十四日，终南山将连降二十四日，陇山连降一十六日，秦、楚之民——”巫人顿住话头。

惠王震惊，看向公子华。

“请问知者，”公子华拱手道，“可有消灾之方？”

“我既登宝殿，自有消灾之方！”

“快讲！”惠王急不可待。

“我可行法施术，使南海之云不过太白之顶，疾风骤雨不落终南之阴，至于陇山云雨，无不流入江水，增楚人之祸，于秦人无涉。”

“好！”惠王忽地站起，在厅中来回踱几圈，复又坐下，看向巫人道，“咦，南海之云不过太白顶，哪儿去了？”

“尽返楚地。”

“这……”惠王闭目，良久，拱手道，“上仙建下此功，要寡人作何回报？”

“天运流转，秦地将兴，上天示我前来贵邦，一为助王成就大业，二为扬我萨满之教。是以我等不求回报，只有一请，乞请大秦之王将终南山太白绝顶赐予我教，为我教在太白山地立庙设坛，准许我教收留信众，传扬法术！”那萨满开出条件。

惠王闭目良久，睁眼道：“兹事体大，望上仙稍候几日，容寡人斟酌一二，如何？”

“萨满恭候！”萨满起身，告退。

惠王送萨满出殿门，回来又想一时，转对公子华道：“华弟，相国还在寒泉养伤吗？”

“正是。”公子华笑了，“看那样子，伤还不轻呢。”

“你在咸阳，守着那个萨满。”惠王转身对内臣道，“明晨起驾，终南山寒泉！”

山外酷暑，山中却是清凉。

寒泉子专门为香女辟出一个院子，让她照料前来养“伤”的大秦相国张仪。张开地已经懂事了，也继承了他老爹的伶牙俐齿，一天到晚追在张仪的屁股后面，满山坡乱转，没有什么是他不想问的。

这日傍黑，张仪带着儿子从后山的小路上优哉游哉地正往回赶，迎头遇到香女。

“娘亲，你看！”望到娘亲，张开地飞奔下来，手中扬起一个花环。

“是给娘的吗？”香女蹲下来，抱住他，看向花环。

“是的，娘亲！”张开地不无兴奋地将花环戴在香女头上，嗅了嗅，“真香！”

“是你编的？”香女抱起儿子，在他脸上亲一口。

“是那个人！”张开地指向跟过来的张仪，附她耳边，悄声道，“花是我采的！”

香女回给张仪一个笑。

张仪看向戴着花环的香女，眼前不由浮出鬼谷里他送花环给师姐玉蝉儿的场景。

张仪的眼窝湿了。

“夫君？”香女怔了，盯住他道。

“真美！”张仪回过神，夸道。

“你就会哄我！”香女嗔他一眼，拉起开地的手，说给张仪，“快到先生那儿，你的主人来了。”

“秦王？几时到的？”

“有小半个时辰了。”香女笑道，“还带着妃子呢。”

“妃子？”张仪怔了，“哪个妃子？”

“你保媒的那个！”

“呵呵呵。”张仪笑了，快步走向山谷里的草舍。

寒泉客堂只坐二人，惠王于客位，寒泉子于主位。寒泉子二目闭合，进入冥思。惠王盯住他，神色忧急。

良久，寒泉子睁开眼睛，看向惠王。

“先生？”惠王倾身道，声音极低。

“唉！”寒泉子发出一声长叹。

“先生，这灾……”惠王急不可待了。

“此为庚子之灾。”寒泉子缓缓说道，“天干地支，六十年一个轮回，是谓六十甲子。运至庚子，适逢土、木、火三星连珠，外加金、水往来扰动，上天五气并发，致使太阳、太阴之大气紊乱，阴阳失衡。是以自古迄今，只要是庚子年，天下就不祥和。”

"还有那颗孛星？"

"是的，"寒泉子接话道，"近几日来，晨昏之时，老朽登山观之，详审此星，甚觉不安。此星非寻常孛星，其形其迹，皆通天地大气。听先师所述，此星或七十年一见，或八十年一见，但凡其出，天地大气受扰，必起灾殃，轻则兵革战乱，重则旱涝殃民。"

"也就是说，此星祸及天下，不单单指向秦国？"

"是的，就今年来说，前番燕乱，当是此星前兆。"寒泉子应道，"庚子本为灾年，遇到此星，堪称千年难遇，当是灾上加灾，大王不可等闲视之。"

"千年一遇？"惠王吸入一口长气，喃声重复。

寒泉子没再出声。

"那个萨满呢？"惠王此行的真正目的是这个。

"回禀君上，"寒泉子微微闭目道，"此人当属于巫觋，所行之术，亦可称作巫觋之术。君上可知巫觋之术？"睁眼，看向他。

巫觋之术为常识，行此术者，女为巫，男为觋。寒泉子此问，当是另有所指了。

"请前辈赐教！"惠王略略一想，拱手道。

"巫觋之术，由道而生。道生阴阳，阳者生，阴者杀；阳者白，阴者黑；是以主生者为白巫觋之术，主杀者为黑巫觋之术。行白巫觋之术者为白巫觋，通常衣白；行黑巫觋之术者为黑巫觋，通常衣黑……"

"这么说来，此人所行的是黑巫觋之术了？"

"是的。"寒泉子讲道，"由君上所言，老朽可知此觋所行之术为黑术、阴术，主杀。主杀不吉，以邻为壑，更是不吉，望君上三思而行之。"

"晚辈晓得了。"惠王略略一顿，"白巫觋之术呢？前辈可熟悉行此术的巫人？"

"白巫觋之术源起于巫咸大神，从巫咸者有大巫十二。就老朽所知，终南山中也有此巫，但习白巫觋之术者，通常是各司其命，听天所由。庚子之年，既为天杀，就当听天由命。是以老朽劝王早做筹备，移低洼之民于高坡之上，设帐立营，使民无风雨之苦，开仓赈灾，使民无饥馑之忧。”寒泉子略顿，双手拱起道，“诚能如此，天佑我王！”

“谢前辈赐教！”

话音落处，外面脚步声急，舍人与张仪的声音传过来。

“你们君臣议事吧，老朽告退！”寒泉子起身，朝惠王拱个手，大步出去。

惠王送至门口，刚好迎到张仪。

“王兄，”张仪心情甚好，拱手笑道，“晓得你热腻烦了，这是来山里乘凉了呢！”

“唉，”惠王长叹一声，“要是有妹夫这般闲心，驷哥就……”说着摇头，自回客堂，坐于寒泉子方才坐过的主位，说完指向客位。

“咦？”张仪没坐，绕他转一圈道，“你不为避暑，却带一个小嫂子，是为哪般？”

“听说我要进山寻你，她闹着要来，说要看看你的那个香夫人！”

“这辰光不香了。”张仪做个鬼脸。

“为何不香了？”惠王奇道。

“让我那个臭小子折腾没了。”张仪笑了下，在客位坐下，“说正事儿，观王兄气色不佳，有何大事儿？”

“五件大事。”

“哎哟，”张仪夸张地叫出一声，“是哪五件？”

“其一，楚使昭睢天天嚷着要进宫觐见，向寡人讨要六百里商於！”惠王摇头，苦笑，“你呀，把事儿招来了，却躲这儿图清净。”

“嘻嘻，”张仪涎着脸道，“这事儿你就甭管了。其二呢？”

“燕国。”惠王接道，“子之弑燕王，逼走子职，立燕王哙，这又使燕王哙让位于他，太子姬平起兵反叛，子之杀姬平，处死燕王哙的所有公子，篡燕南面，惹恼齐王。齐王使匡章为将，前往讨伐，燕人不战，开门迎接齐人，子之死。”

“好事呀！”张仪一拍大腿，“其三？”

“子职在赵，差一点儿死于子之的杀手。”

“现在如何？”

“被赵王接进宫里了。”

"嗯，"张仪称赞道，"赵雍在下一盘大棋。不过，真正的棋手当是苏秦。对了，燕、齐闹出这么大的事情，苏秦呢？想必他忙坏了吧？"

"这是第四件事，"惠王苦笑，"苏秦在生病……"

"生病？"张仪的心吊起来，"什么病？"

"说是伤寒，要命的那种。若不是鬼谷先生使人相救，这辰光怕就……"惠王顿住。

张仪两手捂脸，良久，抬头，眼圈红红的，盯住惠王："最后一个？"

"天现凶象，孛星冲日，适逢庚子，将有天灾降于秦楚之野。驷哥正是为此而来。"

"是何天灾？"

"水。"

张仪闭目，良久，抬头道："先生怎么说？"显然晓得他已就此请教过寒泉子了。

"先生说，既为天灾，就当顺其自然，让驷顺天应人，做好预防即可。"

"先生说得是。"张仪连连点头道，"不过，祸兮，福之所依。就地势而言，若成水灾，楚祸更甚。看来是天要亡楚了。"

"你真的这么想？"惠王盯住他。

"王兄难道不这么想吗？"张仪反问。

"哈哈哈哈！"惠王爆出一声长笑，起身道，"走，看看我的小外甥去！"

二人来到香女的小院，见小草舍里已挤满了人，有香女母子、林仙姑、芈月及侍奉她的几个宫女。在这山野里，女人扎成堆，就没人把惠王当个王了。尤其是香女与林仙姑，只是行了一个礼，顾自与芈月说话，将这两个大男人冷在一边，连个席次也没人让。

张仪吐个舌头，扯惠王在一边站了。

芈月抱着香女的儿子张开地不肯撒手，那孩子也是乖巧，任由她捏这揉那，惊惊乍乍的。

“香嫂子，不对，该是香妹子，不对不对，我该叫你香姐才是！”芈月看向香女，连改三个称呼，众人皆笑起来。

“香姐，你得传个宝经，究竟是咋生出这般漂亮的帅小子呢？”芈月盯住香女，“让人眼热哩！”

香女笑过，指向林仙姑：“这个你得问她。”

“哎哟喂，我的大仙姑姑呀，”芈月转过身，站起来，放下开地，连作几揖，“您老大恩大德，不可偏心哟！见面就是缘，您老送她一个，就也得送我一个！”

“已经送你了。”

“啥？”芈月惊愕，四顾道，“他在哪儿？”

“在那儿！”林仙姑指向她的下腹，笑了。

“咦？”芈月不无惊愕地摸向肚皮，“这不可能！半个月前我还来过那个什么的，听宫医说，是没有种上！之后，”剜一眼惠王，“那个人就让一群狐狸精迷住眼了，根本不近我身，是昨晚听说他要来这山里，今早我拦住他的王辇，缠牢他，方才……”

“我已看见他了，是个贵种。”

“天哪，”芈月既惊讶，又激动，“那就是途中的事了！”说着起身，走到林仙姑跟前，“好姑姑，您得看清爽点儿，甭走眼了，让我这可怜女人白欢喜一场！”刚要撩起衣襟，让她审看，想到还有两个大男人，便指着他们道，“你俩大男人，看个啥哩，背过脸去！”

众女人又是大笑。

张仪、惠王在笑声中走到门外。

“恭喜王兄，途中得子！”张仪拱手道。

“这……”惠王脸上略干，表情错愕，“同坐一辇，让这骚货撩得兴起，就……可这也才几个时辰，林仙姑哪能就……”

“呵呵呵，”张仪笑了，“若是不然，怎么能称仙姑呢？王兄你是晓得的，香女那儿原本是块不毛之地，一进这山，嘿，竟就唰唰唰地长出一棵芽儿来！”

众人说说笑笑，已是入夜。寒泉子腾出一间草舍，让惠王与芈月歇了。

次晨，惠王心中有事，早早登程，于黄昏时分返回秦宫，顾不上途中劳顿，召来公子华。

“那个萨满呢？”惠王问道。

“我安排在驿馆里，几个黑雕守着他呢。”公子华笑道。

“见到寒泉先生了，还有张仪。”

“他们怎么说？”

“先生之意是，顺天由命。张仪之意是，天要亡楚。”

“王兄之意呢？”公子华盯住惠王。

“唉，”惠王轻叹一声，“寡人思虑一路了，依旧拿不出个主意。这不，一回宫就召你们几个谋议。”

公子华看看四周，只他一人。

“马上就到。”惠王的话音未落，传来一阵脚步声，内臣引公子疾、甘茂、司马错等一拨重臣疾步走进。

入夜召见，必是大事。

果然，几人屁股尚未坐稳，惠王就盯住主抓农耕的甘茂道：“甘茂，秋庄稼长势如何？”

“回禀我王，”甘茂拱手禀道，“今年春旱，夏季歉收，臣已具表奏过。不过，自入夏以来，风调雨顺，臣前日赴乡野巡察，各类谷物长势喜人，若是不出意外，今秋当是丰年。”

“库粮可足？”

“可支三年。”

“是支全民，还是只支三军？”

“这……”甘茂怔了一下，“支三军并宫室官府。”

“若是加上所有臣民呢？”惠王盯住他。

“臣没估算过，不过，各家各户皆有余粮，储粮多少，臣没算过，当可支撑一年半载吧！”

“民众的储粮存于何处？”

“自己家里，家家都设有专门的谷仓。”

惠王闭目。

众臣不知惠王所指，面面相觑。

“国库储粮呢？是不是全部设在高处？”惠王突然睁眼。

“全在高处。”

“多高？会不会被淹？”

“这个……”甘茂略顿，“就臣所知，三十年来，从未被淹过。”

“三十年来，渭水可曾破堤？”惠王看向众臣。

众臣摇头。

惠王目光逼向甘茂道：“甘茂，假使暴雨肆虐，渭水破堤，关中泛滥，家园尽毁，你能保证所有的国库不会被淹吗？”

“这……”甘茂嗫嚅，“臣不敢保证。”

“有多少国库设在水线以下？”

“这个要看多深的水了。就臣所知，三十年前，渭水破堤过一次，单是栎阳附近就有三个粮库进水，谷物被泡。”

“那次破堤寡人晓得，”惠王略一沉思，盯住甘茂，“若是将所有低洼地区的库房全部移至高处，需要多久？”

“这……”甘茂略作迟疑，应道，“三个月吧，至少了！”

“寡人晓得了，”惠王摆手，“你们这就去，马上摸个底。若是渭水破堤，远甚于三十年前的那场大灾，关中可有多少灾民，三日之内报于寡人。”

几位臣子起身告辞。

“华弟，”惠王叫住公子华，“召萨满！”

公子华赶至驿馆，带萨满入见。

“能讲讲你的法术吗？”惠王开门见山。

“禀秦王，”那萨满拱手应道，“吾乃共工氏后人，世居北溟之滨，侍奉始祖共工大神。吾术乃先祖世代相授，吾自幼得之。去岁之末，始祖示我前来贵邦，助大王成旷世之功。”

“共工大神？”惠王闭目，自语，“寡人幼时曾有听闻，说是大禹之时，共工氏作乱，被发放幽州。”

“发放幽州者，非我始祖共工大神，实乃我先祖共工氏后人。共工大神为上皇伏羲帝之后，被上皇用为水正，治理天下之水。上皇之后，我始祖与颛顼争帝，颛顼使祝融战我始祖，我始祖不敌，怒触不周之山，撞断地维，使天倾西北，水流东南。女娲娘娘为之震怒，将我始祖发放于北溟，吾等族人遂在北溟之滨筑屋而居，供奉始祖。”

“北溟何在？”惠王问道。

“就在那儿，”那萨满指向北方，“离此三万三千三百里，水深万仞，不可探底，放眼四顾，无边无际。其地半年冰雪，寸草不生，暗无天日；半年光明，草木繁茂，日出不落。”

“嘿，”惠王慨叹，“天底下竟有此等奇地！”

“天下之大，无奇不有。”

“尔等既在北溟之滨侍奉始祖共工大神，为何又登临我邦，助我成功？”

“此乃因缘聚合，天道运化！”那萨满道，“吾始祖最恨祝融氏，而楚王为祝融氏之后，是以尚红而成火德。反观大王始祖，实乃我共工氏一支，是以尚黑而成水德。今岁庚子，天道逆化，五气紊乱，水汽盛，杀星出，有大灾降于世间。早在前年，吾始祖就示法于吾，嘱吾迁移秦山，一是助王成此大功；二是构难于楚，以报当年祝融氏逼我始祖之仇；三是供奉我始祖大庙于终南之巅。”

“以上仙所述，”惠王迟疑一下，道，“再过旬日，淫雨将至，而上仙若在太白顶上施法，就须设立祭坛。太白之巅，山高道险，积雪不化，风云莫测，怕是来不及设坛吧？”

“这个不消大王忧心，”那萨满道，“我等久居北溟，不惧严寒，且我等赶赴秦邦，已有经年，遍迹终南各山，对太白之巅已经熟识。一切设施，均已搭建。眼下万事俱备，只差大王一道准允诏书！”

惠王暗吃一惊，不由得看向公子华。这些萨满在终南山活动经年，而近在咫尺的黑雕却一无所知，想想也是后怕。

公子华吐了下舌头。

“若是上仙法成，结果又会如何？”惠王转向那萨满。

“云雨不过太白之巅，全部折回楚山。楚地将有连雨二十四日，其中暴雨十日，大雨十日，中至小雨四日，全程伴有风雷冰雹。届时江汉漫灌，洪水滔天，云梦泽增扩五倍，郢都半城被淹，接后是更厉害的……”那萨满顿住。

“什么？”惠王屏住呼吸。

“瘟神。”

“瘟神”二字，着实让惠王惊出一身冷汗。

闭目良久，惠王转向那萨满：“除去一道谕旨之外，你们还要什么？”

“三百六十名秦卒，布于山脚道口，充任护法，以免法场受人骚扰，功败垂成。”

“寡人晓得了，明日午时，在驿馆候旨。”惠王摆手道。

那萨满拱手别过，大步出去。

是夜，惠王一宵未眠，独坐于御书房，将前因后果梳理一遍，耳边轮换回响几个声音。

寒泉子声音：“庚子之年，既为天杀，就当听天由命。是以老朽劝王早做筹备，移低洼之民于高坡之上，设帐立营，使民无风雨之苦，开仓赈灾，使民无饥馑之忧。诚能如此，天佑我王！”

甘茂声音：“这个要看多深的水了。就臣所知，三十年前，渭水破堤过一次，单是栎阳附近就有三个粮库进水，谷物被泡……三个月吧，至少了！”

萨满声音：“今岁庚子，天道逆化，五气紊乱，水汽盛，杀星出，有大灾降于世间。早在前年，吾始祖就示法于吾，嘱吾迁移秦山，一是助王成此大功；二是构难于楚，以报当年祝融氏逼我始祖之仇；三是供奉我始祖大庙于终南之巅……云雨不过太白之巅，全部折回楚山。楚地将有连雨二十四日，其中暴雨十日，大雨十日，中至小雨四日，全程伴有风雷冰雹。届时江汉漫灌，洪水滔天，云梦泽增扩五倍，郢都半城被淹，接后是更厉害的……”

张仪声音：“就地势而言，若成水灾，楚祸更甚。看来是天要亡楚了……王兄难道不这么想吗？”

惠王七想八想，一直折腾到天色大亮，方才昏昏沉沉地倒在软榻上，刚刚迷糊过去，就被一场噩梦惊醒。

惠王索性不睡了，赶往太庙，祭过先祖，又到怡情殿里拿出孝公传给他的那块石碑，将那碑文默看数遍，吟道："周数八百，赤尽黑出，帝临天下，四海咸服。"

惠王耳边再度响起那萨满的声音："吾始祖最恨祝融氏，而楚王为祝融氏之后，是以尚红而成火德。反观大王始祖，实乃我共工氏一支，是以尚黑而成水德。"

"先君在上，列祖列宗诸灵在上，"惠王决心下定，望空祈祷，"驷儿今日始知，我始祖本为共工氏后人，循依水德，是以尚黑，而楚氏尚赤。水火不可并立，我与楚氏不可并存于世。今上天助我，使觋人自北溟之滨来。只是此觋所行乃黑巫之术，以邻为壑更非君子所为。但天既有杀，就非人力所可阻止。即使我不行觋术，楚人亦难脱洪水之劫。既然脱不过，淹多淹少皆是受灾，驷儿决定狠下此心，听凭那觋施术。自古迄今，凡成大事者无所不用其极。驷儿祈请我祖在天诸灵挡我祸灾，佑我秦室。"

惠王祈毕，心里踏实一些，眯盹一觉。于正当午时召请那萨满觐见，准允他在太白之巅立庙设坛，祭祀共工大神，传扬共工圣德，同时旨令公子华为他挑选三百六十秦卒，听其差遣。

屈平的火急奏章被邓盾差专人送入郢都，却未直接递呈怀王，而是被送到鄂君启府中。鄂君启读毕，冷笑一声："哼，回郢都就是回郢都，他却弄出这般理由，真正可笑！"

鄂君启将奏章束之高阁，两天之后，方才一脸不屑地讲于王叔。

"你……"王叔闭会儿眼，"将那奏报拿来我看。"

鄂君启取来奏报，王叔看毕，长叹一声，白子启一眼道："你呀，险些误下大事！"

"你是说，楚国真的要发洪水？"子启怔道，"发水好呀，稻米正旱呢，还能怕水？"

"你太年轻，是真的不知轻重呀！"王叔苦笑一下。

"呵呵，"子启笑道，"不是有我云妹吗？她祭的是巫咸大神，管着云雨二神呢！”

“轻重就在这儿！”王叔指着奏章，“云儿就在先庙，若是顺风和雨，屈平能写此奏吗？”指向外面东天，“天上那颗扫帚星，我审几日了，昨儿个召庙尹来，他说的就与此奏一般无二。”收起奏章，“阿叔这就进宫，你知会所有亲朋，就说是阿叔所讲，全力抗涝，搬离低洼之地，将薪柴、粮米等必需诸物全部备齐！”

王叔拿着屈平的奏报入宫，见怀王在与靳尚说话，二人表情皆是焦躁。

“贤弟来得正好，”怀王苦笑一声，“昭睢来报，张仪脚伤仍旧未好，一直在终南山里养病。昭睢求见秦王，秦王不见，传话说，这事儿是张仪办的，须等张仪回来。你说这……唉！”

“王兄，”王叔拱手道，“这事儿不重要了。”

“哦？”

“臣观天象，有孛星现于晨昏。孛星出，必有灾殃。臣问过庙尹并大巫，说是灾殃当应于洪水。近日天气燥闷，想必是预兆了。臣请我王诏告臣民，举国备灾。低洼之民，尽皆迁移至高处。”王叔奏道。

“洪灾？”怀王看向靳尚，“这不可能吧？这些日来宫中树叶都有些卷了，寡人还想着如何祈雨呢。”猛地想到白云，“对了，白祭司呢？她怎么还不回来？”

“白祭司和左徒皆在先庙，说是谨遵大王谕旨，守庙九十九日。”靳尚应道。

“寡人下过这谕旨吗？”怀王怔了。

“是大王亲口颁旨给护送军尉，臣也在侧。”靳尚坐实。

“改旨，”怀王略一思忖，“请他们尽速回宫，尤其是祭司，无论是祈雨还是祛雨，都离不开她呢！对了，还有屈平。他怎么样？”

“臣以为不可！”靳尚急道。

“哦？”怀王看向他。

“当下急务，不是祈雨祛雨，而是六百里商於谷地。”靳尚应道，“就臣所判，张仪跌伤是假，托故不出才是真章。”

“你据何而判？”

“臣素知张仪。张仪从坡上滚下，伤势再重，也不至于说不出话。若是他执意要办这事儿，莫说是跌伤腿，纵使把腿跌断，也不会不见昭雎。他避而不见，只有一个原因，是他不想经办这事儿了！”

“这……”怀王怔了，“不是讲好了吗？连契约也都签了！”

“臣细想来，”靳尚接道，“契约是张仪代签的，非秦王签的。而咱这边，是王上亲自签的。地是秦王的，张仪只是相国，他所签的字，秦王完全可以不认。因而这个契约，只能算是半个契约。只有张仪出面，让秦王签字加玺，交割商於，这份契约才算成立。”

“你说得是！”怀王看向靳尚，“不过，既然应下了，张仪就不该避而不见！”

“我王可想想那日宫廷上的事，”靳尚再道，“我王原本是与张仪讲好了的，可陈轸横插一杠子，愣是对秦人不信任，还讲出一嘴歪理来。陈轸不过是个客卿，秦、楚国事，关他屁事，可他……不说这个了，反正张仪那天是心里不爽的，但大王那天赞同陈轸，张仪不能不答应。之后呢，就是我王使昭雎入咸阳履约、使陈轸入临淄绝齐了。既然讲好了同时履约，可陈轸绝齐了吗？陈轸不绝齐，张仪的脚伤怎么能好呢？”

怀王嘴巴连张几张，竟是无话可说。是呀，一个在秦，一个在齐，二地相距两千多里，怎么能同时履约呢？

“嗯，”怀王沉思有顷，“寡人这就诏令陈轸履约，与齐绝交！”

“王上，”靳尚苦笑，“陈轸之所以迟迟不绝交，是在等秦人履约。张仪之伤迟迟不好，是在等齐人履约。一个是陈轸，一个是张仪。我王晓得的，张仪在楚国，是被陈轸陷害的，那陈轸在秦国又是被张仪赶走的，陈轸与张仪是死对头。我王却让这两个对头同时去履一个约，且一个在东，一个在西，相距两千多里，莫说是现在，只怕是驴年马月也做不到！”

“唉，”怀王越想越觉得是理，长叹一声，看向靳尚，“依你之意，如何是好？”

“臣之意是，我王可另遣使臣，至齐绝交。之后再与秦人履约。若见我王已绝齐于交，张仪之脚必好！”

“使何人为好？”

“就臣所知，”靳尚接道，“燕国内乱，齐军入燕，无暇南顾，是断不肯与我绝交的。只要齐人不肯，我就绝不了齐交。我绝不了，秦人就不信我，商於就……”说着自觉扯得远了，略顿一下，收回话头，“臣之意，我王可派一个口齿伶俐之人出使齐国，激怒齐王。齐王怒，必绝交于我。”

“怎么激怒他？”

“责斥之。”

“这……”怀王皱眉道，“齐王一未得罪寡人，二没做出对不起楚人之事，寡人怎么能责斥人家呢？”

“他怎么没有？”靳尚振振有词，“苏秦合纵六国，盟约依在，而齐王却举兵伐燕，是撕毁纵盟，是弃天下大义。我王完全可以据此正义，责斥之！”

怀王摆手道：“就依你言，寻人去吧。”

“臣已寻到合适之人。此人姓宋名遗，勇而好舌，一心只想名留青史。”

“就他吧。”

在屈平、白云日甚一日的焦灼中，连绵暴雨如期而至。

看守他们的军尉倒是听话，筹足了抗御洪灾所需要的粮、油、禽、蛋等一应食品，还扩建了柴棚，堆满干柴。先庙位于陵墓区，是丹阳城的最高点，远高出不远处的城门楼，雨水再大也奈何不得。

暴雨初来这日，又是一个闷天。凌晨还是晴空，鸡叫时白云扯屈平去看那颗孛星，见它位置移得远远的，尾巴也不够亮了。陪伴它的几颗星也渐渐拉开距离，其中一颗已经寻不到了，但白云晓得，它们仍在高高的天空运行着。天空愈加灰蒙，罩在空中的那层薄雾加厚了，原本红艳的霞光在这层雾里已失去生气。

“阿妹，”屈平抬头望天，“照你推断，这场大雨当是今日了！”

“申时！”白云语气笃定。

果然，上午起风，午时风大，南天现出云团。将近申时，狂风大作，乌云遮天，天空于突然间如同罩了个铁锅，庙中一棵合抱大树顶风面的一根如大腿粗细的树枝在一阵更紧的呼啸声中咔嚓折断，被狂风直接吹向大殿，削掉大殿一角。砖块瓦片飞散于庙院各处，砸得啪啪作响。

这还没完，那树枝又在房顶连滚几下，被风裹向设在殿前的祭坛，将祭坛一侧的三支旗杆齐根扫断。几面断旗就如失控的风筝，带着长长的旗杆，直向院墙飘去。两面飘出墙，不知飞向何处，还有一面的断杆卡在墙角里，被风卷得一翘一翘的，随时都会翻滚上墙。

雨还没有落下，老天就给出这个下马威。庙里的所有人都惊呆了，纵使那个眼中只有大王与王叔的邓盾，也情不自禁地“啊”的一声，冲出去欲抢那旗，被狂风裹得两脚离地，紧忙卧倒，伏地爬回。

狂风吹有一刻钟，渐渐小下来。一名兵士冲出去，欲取回那旗，还没跑到祭坛边，一道闪光划破黑空，一声爆响接踵而至。由于炸雷离先庙太近，众人被震得两耳轰鸣，十几个巫女花容失色，挤作一堆，惊恐的目光看向上天。

那兵士被巨雷震倒，邓盾飞冲而上，将他背回。

接着是更多的闪光与炸雷，只绕在先庙四周。

一连串的炸雷过后，暴雨终于落下，雨滴似有枣儿一般大，密密麻麻，从头顶的那口大黑锅上排空砸下。雨水落到干渴的地面上，根本不及下渗，就直接汇成水流，挟带着被风刮掉的落叶断枝，涌向排水沟。排水沟迅即不堪重负，更被树叶淤塞，不消一刻钟，庙院里就成为一片水汪。那军尉带着几个兵士，披起蓑衣，戴着雨帽，冲进雨幕，忙不迭地疏通排水沟。

自始至终，屈平、白云肩并肩站在大殿门口，面无表情。

殿门敞开着，二人当门而立，任狂风、断枝、碎片、折旗、炸雷、骤雨……任上天鼓起所有的威与力，在他们眼前一幕一幕地施展杀技。

二人皆着白衣，两手相牵。

雨滴越砸越大，电光越闪越亮，雷声越炸越响。说也奇怪，电光雷鸣不往别处，只在大楚先庙的大殿四周打转，似乎上天的所有威力，只为将这座大殿夷平。

闪电划破暗空，一道接一道。雷声响彻寰宇，一声紧一声。

陡然间，屈平爆发了。

屈平松开白云的手，如一道白光冲下大殿前面的台阶，冲向大雨，冲上设立在殿前的祭坛。

大雨倾盆而下，照头浇在屈平身上。

屈平的白衣贴在身上，原本被大风吹得飘散的长发缠在头上。

屈平两臂高扬，五指平伸，冲天长啸一声，大叫："我屈平来也！"

屈平在祭坛上狂舞起来，一边狂舞，一边大叫："来吧，天剑！来吧，雷霆！你们来吧，你们全都来吧。你们冲我屈平来吧。你们有何威，你们有何怨，你们有何狂，你们有何癫，全都发作出来吧，全都冲我屈平来吧！"

说也是奇，屈平话音落处，一道闪光劈向庙中最老的一株巨松，几乎是同时，一声爆响，那树被劈作两半，巨大的威力将屈平震倒在祭坛上。

"阿哥——"白云长叫一声，飘飞下去，抱起屈平。

炸雷显然没有劈中屈平。

屈平缓过神，无视那冒烟起火的大树，亦无视周边不断的闪电与惊雷，脱开白云，在坛中跪下，双手向天，再出一声长啸，继而是长歌当哭："呜呼哀哉，无边之穹苍兮，何以乌云遮掩？九天之玄鸟兮，何以飞离南国？云梦之茫渺兮，何以不濯我缨？先祖之英灵兮，何以不恤我民？众小之戚戚兮，何以闭塞视听？人主之惶惶兮，何以不纳忠谏？呜呼哀哉，乌雀猖狂兮，鸾鸟啼血！茅蒿癫疯兮，芝兰无容！商纣失道兮，比干剖心！举国蛀螨兮，生民多艰！呜呼哀哉，天剑何在？呜呼哀哉，雷霆何在？你们来呀，你们再来呀，你们全都来吧，全都冲我屈平来吧！"

话音落处，一道光电再次划过，劈向大殿之顶。

随着一声爆响，大殿的屋顶正中被击穿，冒出浓烟与明火。但这烟与火迅即被紧渗进来的倾盆雨水扑灭，火化作烟，继而完全消失。

眼见这雷这闪始终不离先庙，白云突然明白过来。

白云从祭坛上弹起，绕着屈平，跳起巫咸大舞。

白云边跳边向众巫女招手。

见祭司有召，众巫女不顾一切地跑出来，跟随白云的节奏，将屈平围在核心，如疯如癫地跳起舞来。

白云一边跳，一边快速地呢喃咒语。

渐渐地，闪电不劈了，雷霆不震了，只有倾盆大雨丝毫不减，从上苍的漏斗里倾下，似要将大楚的这座老庙冲塌。

太白山巅，晴空万里。

一团团冷云飘浮，一阵阵冷气入骨。山巅是个雪峰，峰上到处是雪。这些雪在冬天积厚，一入伏夏，就在强烈阳光的照射下纷纷融化，形成水流，汇入山巅四周，在四个方位各成一片水泽，大泽几十亩，小泽三五亩。四片水泽如四块明镜，从四个方位映照着总也融化不完的那团巨大白顶。在这四块水泽的旁边，由实木分别搭建起几十座草舍，来自北溟的数十名黑觋就分居在这些草舍里。

太白之巅的雪，边化边落，边落边化，落落化化，终归起来，落的比化的多，亿年下来，自然形成一层坚厚的雪盖。这层雪盖最厚处十多丈，薄处也有丈许，即使最高处的那块在强风下几乎存不住雪的圆石，也凝起一层厚厚的冰，踩在上面，一不小心滑下去，就是万丈深渊。

这块圆石方圆数丈，中无一缝，像只天生的鸟蛋。鸟蛋顶部方约丈许的一块平面被亿年来的冰水完全覆盖，形成一块光滑的冰面。

冰面上承载的就是这些从北溟而来的黑觋所搭建的祭坛。

祭坛搭得异常牢固。几只粗大的乌金钩插进坚冰里，钩在巨石上，从八个方位抓牢鸟蛋，紧紧牵住设在冰面上的由一排巨木横铺而成的方台。

方台长宽各丈八，宛如一个巨大的方桌，朝天而设。方桌四周竖起一圈围栏，以预防黑觋滑下深谷。远望上面，整个祭坛就如架在空中一般。

公子华穿一身冬服，戴着皮帽，在一个黑觋的引领下登上太白之巅，望着眼前叹为观止的一切。

为首的黑觋，就是面见秦王的那个萨满，正在坛上作法。

他是所有黑觋的首领，也是侍奉共工大神的大祭司。

令公子华目瞪口呆的是，在如此严寒之下，大祭司竟然身无一丝，一边在祭坛上绕圈转动，一边喃喃念着不知是什么的咒语。

公子华张口，刚要说话，小觋轻嘘一声，指向祭坛。

公子华咂舌。

“大人请看！”那小觋指向南方，声音低得几乎听不到，显然不想干扰坛上的法事。

公子华看向南天，天哪，到处是翻滚的乌云，从眼前铺设开去，一直望不到边。那些乌云由远处奔涌而来，到这山巅，就折返回去，堆叠成更厚的云层，砸向荆楚大地。

公子华细审，那些云团是顺坡爬上太白顶的，然而，未到山顶，就被一股巨大的力量吹走，掉转头奔向荆楚。

更让公子华惊愕的是，阻挡这些雨云的不仅仅是太白顶，还有由太白顶左右延伸的一条长线，是八百里终南山的所有山脊。

过了半个时辰，大祭司完成仪式，穿衣戴冠，向公子华招手。

公子华在小觋的引领下沿台阶登上祭坛。

坛上摆着四样黑色祭品，分别是一只黑熊、一只黑雕、一只黑猪、一条干黑鱼。除却那条干鱼，另外三样俱是公子华所熟悉的。

“这是什么鱼？”公子华指向那条鱼问。

“北溟之鱼，大神最爱享用！”大祭司道。

在几类祭品中间，是三只黑瓶，一只开着口，一只塞着口，一只半开半塞。三只黑瓶之后，才是共工大神的牌位。

公子华的目光落在三只黑瓶上，然后看向大祭司。

“它们是大神的法器。”大祭司未再多作解释，指向坛下，“华大人，草堂请！”

“飘风不终朝，骤雨不终日。孰为此者？天地。”老子如是说。

然而，降落于荆楚大地上的这场豪雨，竟然完全反了天地的禁忌，非但是终日，且在不住歇地连下三日三夜之后，仍未现出丝毫消停迹象。

楚宫内的巨大芈字水系是与整个郢都水系连在一起的，郢都水系又与江汉水系互为表里，而江汉之水在短短几日里暴涨数丈，云梦泽亦扩大一倍。楚宫里的流水先还能流淌，及至第四日，渐渐滞在那儿了。

大雨下到第八日，流水完全不动，滞水一寸一寸地上涨，洪水漫岸，从高阁上看去，芈字先是肿大，继而消失了。

楚宫的低洼之处一片汪洋，那些建在稍低处的宫院建筑、草木标牌，全都泡在水中。宫中的路径也渐渐找不到了，好在宫人们已经走熟，知晓每一处深浅，迄今没有溺毙的。

在郢都，楚宫所在地块，绝对不是洼地。

怀王慌神了。

看到雨水略小一些，变作细雨了，怀王从重楼高处急步下来，大步走到宫院里。

宫尹披着蓑衣，正在指挥引导宫人或排水，或搬家，抢救受淹的家私。

怀王走过来。

“王上。”宫尹停住，看向他。

“速召王叔、上官靳尚，还有所有朝臣，上朝议事！”怀王颁旨。

“禀王上，”宫尹声音极小，“朝臣们已经进不来了。”

“怎么进不来了？”怀王怔道。

“宫门呀。”宫尹指向宫门方向，“臣已使人探过，宫门前面的道上，有几处积水，最深处有三尺多呢。”

“三尺多深就不能走了？”怀王震怒，“纵使一丈深，也让他们给我泅过来！”

“王上——”宫尹看向他，欲言又止。

“说。”

“即使召请，怕也召不到人。”

“人呢？”

“这雨太大了，他们都在救灾，各顾家财，怕是……不在府中呀。昨日王上召请王叔，臣使人登门三次，王叔皆不在家，后来方知……王叔去他封地了，是乘一只大木船去的，看来，那儿的灾情更大呢。”

“靳尚呢？他也不在府中？”

“靳尚在呢，”宫尹朝后花园方向努嘴，“方才刚到，与南宫娘娘在祭巫咸大神，祈请大神止雨！”

“哼，他们懂个屁！”怀王爆粗了，气愤道，“硬要寡人赶走左徒并巫咸大神的祭司，这雨它能不下吗？接旨！”

“臣听旨！”

“传旨屈遥，让他速去丹阳，请左徒屈平、祭司白云火速回郢，入宫觐见！”

“臣领旨！”宫尹急急去了。

怀王抬头看天，见一大团黑云又涌过来，心里一紧，朝巫咸庙匆匆走去。

怀王新任特使宋遗受命之后，马不停蹄，昼夜兼程，不消旬日竟然赶路近三千里，于楚地开始落雨的这日抵达临淄。他在宫门外面递过使节名帖，被齐国负责邦交事务的大夫安置在馆驿，且就住在楚王前特使陈轸的隔墙。

宋遗是宋国人，其家谱上溯十一代，始祖是宋襄公，就是在与楚战于泓水时因不鼓不成列而使大军惨败且屁股上中箭的那个宋襄公。宋襄公因箭伤而死在位于睢水之阳的一个叫睢邑的行宫里，其子即位之后干脆将他葬在该宫，顺便改此邑之名为襄陵。宋遗的祖上一直住在襄陵先君的别宫里，守陵数代。之后百多年，襄陵被魏人占去，到宋遗这辈，又被楚人昭阳夺走，宋遗从出生及籍贯来讲，也就成了妥妥的楚人。

宋遗是个有为士子，博学多才，勇而善言，不甘只做守陵人之后，一心想效法其始祖宋襄公，梦中也想干出一番惊世骇俗、名动列国的大事业，无奈命运不济，家道至其爷爷的爷爷那辈已经中落，到他父亲这辈，完全沦落为寄人篱下的门客。襄陵入楚后，宋遗以楚人身份赶赴郢都谋生，先在昭阳府中混过一阵，见昭家落势，转投靳府，以忠诚与才干获靳尚赏识，成为心腹。此番得靳尚助力，宋遗被楚王聘为出使齐国的特使，等同于直接晋级楚国大夫，可谓他家上溯十代也未曾有过的恩遇了。

受同一君王之命出使相同国家的使臣不可能存在两个，若是前后相随，通常以后来者为尊，因而，宋遗的到来实际上昭示了陈轸使命的终结。

同为使臣，作为先来者，陈轸是要给宋遗接风的。

酒过三巡，行事老辣、年龄几乎是宋遗一倍的陈轸就轻松套出宋遗的使命所在，也得知他的幕后指使，然后连叹数声。

“前辈何以叹气？”宋遗饮完一爵，搁下，盯住他。

“说说，你想怎么样与齐绝交？”陈轸盯住他。

“递交国书，当廷申明与齐绝交！”

“邦交不是过家家呀，要绝交，就得有个理由，你的理由呢？”

“理由一大堆呀！”宋遗端起酒爵，一饮而尽，咚一声将空爵搁在案上，“最直接的一个，我王嫁楚室公主于秦室，已与秦室缔结百年之好。齐人是秦人的仇敌，自然也是我大楚的仇敌。我大楚怎么能与仇敌续履盟约呢？”

“这就是你的理由？”

“还不够吗？”宋遗朗声应道。

“哈哈哈哈！”陈轸爆出一声长笑，斟酒，举起，“来来来，干杯！”

二人饮尽。

“噫吁嚱，”陈轸发出一声富有抑扬顿挫的嗟叹，拿起酒壶，却没有斟给他，而是直送自己唇边，张开大口，仰起脖子一阵牛饮，直至见底，方才咚地扔掉空壶，盯住宋遗道，“年轻人呀，你晓得自己此行是在做什么吗？”

“绝齐呀！”宋遗声如洪钟，拳头握起，“晚辈的使命就是绝齐！”

“你绝的不是齐！”

“咦？”宋遗怔了，“不是齐，能是谁？”

“是你的大楚！”陈轸吐出一口酒气，指向他，“还有你，年轻人！”

“只要完成我王使命，晚生纵使粉身碎骨，亦在所不惜！”宋遗拳头捏紧。

“啧啧啧！”陈轸连出几声，轻轻鼓掌，“看来，你是成心要名垂史册了！”

"名垂青史是晚辈此生的夙愿！难道前辈不想吗？"

"想呀，"陈轸又是啧啧几声，"我陈轸哪能不想呢。"陈轸缓缓起身，"辰光不早了，年轻人，你我都早点儿歇息吧，明日一早，你我都要各奔前程了，是不？"

"各奔前程？"宋遗怔道。

"是呀，你去名垂青史，老头子我呢，要回郢复命。"

话音落处，陈轸头也没回，在宋遗的一脸错愕中，迈着小醉步走向他所居住的小院。

次日凌晨，宋遗早早起来，手持使节，昂首挺立于齐宫门外。

这日是齐国大朝，东方刚一发亮，各路朝臣就已络绎赶至，静候上朝钟声。见到这么年轻的使臣，持的还是楚国使节，朝臣们纷纷看向他，低声议论。宋遗听得出，他们议的是陈轸，是楚国为何又换使臣了。

入殿钟响，众朝臣依序登上正殿台阶。

约过三刻，殿内传召楚使。

宋遗大步跨上台阶，步入正殿。

使节入见，是有一定礼仪的。宋遗却无视任何礼仪，更未在殿内趋步，而是一路信步地走进来，目不斜视，昂首挺胸，直直地穿过两边臣子组成的通道，直面齐王。

楚使行此无礼举止，齐宫众臣面面相觑。连齐宣王也是呆了，两眼发直地盯住宋遗，不知他想干什么。

还好，宋遗走至距宣王五步远处，住步，但没有下跪，只将使节在地上略顿几顿，声如洪钟："楚王特使宋遗见过齐王！"

面对如此无礼之使，齐臣总算明白过来，个个怒容满面，无数道目光射向齐王。

"楚使宋遗，可知邦交之礼否？"齐王阴起脸，目光如剑。

"使无道之邦，宋遗自可不必拘礼！"宋遗再次以使节顿地。

作为楚使，宋遗是代表楚王来的。

齐王的脸色青了，看向田婴。

"大胆狂使！"田婴怒喝，"你且讲来，齐、楚睦邻协议未干，前来睦邻的楚使陈轸尚在我邦，齐、楚礼尚往来已有数年，何以今朝我大齐就成无道之邦了？”

“有道无道，请看国书！”宋遗从袖中摸出国书，拿在手中，二目无视田婴，直盯齐王，“请齐王受我大楚国书！”

齐宣王努嘴，当值御史走过去，接过国书。

御史展开国书，瞄几眼，吸一口冷气，看向齐宣王。

“念！”齐宣王闭上眼睛。

“齐王阁下，”御史当廷念道，“十余年前，洛阳人苏秦倡纵结盟，由燕国发起，列国群起响应，六国君王会于孟津，盟誓签约。今纵亲盟约依在，齐王却兴不义之师，征伐我纵亲发起之邦，有失天下公义。熊槐不才，唯愿秉承天下公义，维护纵亲盟约，自今日始，不再与尔等无道之邦往来。此前所签所有盟约，皆行废止。楚王熊槐。”

御史念毕，众臣尽皆愕然。

整个国书，纯粹是无稽之谈。

苏秦倡导六国纵亲，目标只有一个，制秦。秦人却结亲于燕，上下其手，使燕人内乱。之后秦使入魏，唆使魏人先伐赵，后伐韩，齐人不惜辛苦，响应苏秦，先救赵，后救韩，剿灭庞涓，方使天下稍稍安定。之后是秦人出兵，借道伐齐，齐人再败之。纵亲内争之时，无论是救赵还是救韩，他楚人在哪儿？今番燕人起争，齐人诏告列国，入周得授天子王命，兴的真正是正义之师，而竟被楚王诬为无道之邦，天下岂有此理？

齐宣王气得胡子都抖了。

但齐宣王并未失去理智。他晓得，有气不能发给使臣，也不宜与他置辩，因为一切皆是楚王的事。

“楚使，”齐宣王拉长脸，“你呈递的国书寡人已经收到。既然楚王不想与寡人再行往来，寡人成全他。自今日始，齐、楚不再往来，所签协议全部废止。你可以回去复命了！”

这是非常理智的声音了，但宋遗偏就不知深浅，朗声叫道：“齐王既说绝交，就当拿出一个绝交的国书来，否则，我回郢都如何复命？”

“齐人的国书是不可以交给楚使的，寡人会派使臣入郢，向楚王呈递绝交国书！”

“咦？”宋遗应道，“齐王若是派使臣至楚，岂不是又行来往了？”

“以你之见，寡人该当如何？”

“这就绝交！”

“寡人不是已经颁旨绝交了吗？”

“你只是口头说说，非正式绝交。宋遗所求是正式绝交！”

“你说，如何正式绝交？”

“写出绝交国书，一如我王所写，这就交给本使臣，带回复命！”

“齐国的国书，只能由齐国人呈送，这是邦交礼仪！”齐宣王皱眉。

“齐王可是一向遵守礼仪的？”宋遗突然问道。

“寡人何时不守礼仪了？”齐宣王问道。

“哈哈哈哈，”宋遗放声长笑，“齐王若守礼仪，天下就没有不守礼仪的人了！”

这是公然污辱了。

齐宣王的眼里冒出杀气，声音却是平淡地道：“楚使，你还没说寡人何处不循礼仪了呢！”

“我且问你，”宋遗两眼瞪起，盯住齐宣王道，“你们田氏本为陈姓，落难至齐，被齐公好心收留，用以为臣，改作田姓。身为姜齐臣子，你先祖非但未曾感恩戴德，反倒鸠占鹊巢，逐走真正的齐公，自己称公称王来了，你且说说，你们循的是哪门子礼仪？”

见他身为大国使臣，竟讲出如此揭人面皮的话来，众人皆是惊诧。

“你——”齐宣王冷笑一声，“看来是想品尝一下绝交的滋味了！”

“哈哈哈哈，”宋遗又爆出一番长笑，“宋遗识浅，真还没有品尝过呢！”

“来人！”齐宣王断喝。

几名甲士冲上来，拿住宋遗。

“置大鼎于宫门之外，燃薪！”

“哈哈哈哈，痛快，痛快，”宋遗再爆长笑，“哈哈哈哈，痛快！哈哈哈哈……”

当一尊大鼎被摆在大殿之外的空场上时，所有齐臣围站一圈，解恨地看着被绑在一根临时木柱上的宋遗。

薪柴堆在鼎下了。

一名兵士手持火把，站在大鼎旁侧。

“楚使，”齐宣王目光冷冷地看向宋遗，“寡人再给你一次机会，只要你肯叩首认错，收回方才所言，寡人放你一条生路！”

“哈哈哈哈！”宋遗长笑一声，“给本使松绑！”

“松绑！”齐宣王旨令军尉。

兵士松绑。

“本使的使节呢？”宋遗再道。

齐宣王示意，兵士归还他的使节。

宋遗朝楚国方向拜过两拜，手持使节，昂首走向大鼎，身子一纵，跃入鼎中，溅出一圈水花，声音清朗：“点火吧，你个贼国之君！”

“你……”齐宣王气得手指乱颤，指着宋遗，“你个莽夫，看来是真的不知进退了，寡人成全你！”冲拿火把的兵士下令，“点火！”

那兵士将火把投入薪柴。

那薪柴是泼了油的，刹那间，火光熊熊，将整个大鼎埋在火焰里。

“看哪，全天下的人，看哪，全天下的史官，你们这都看清楚了，这就是田齐的礼仪之邦，这就是贼国的仁义之君！这就是……”

“哼，你个找死的狂夫！”齐宣王甩下袖子，气恨恨地转身，在宋遗渐渐弱下去的狂笑与咒骂声中扬长而去。

“唉！”看热闹的宫人身后传来一声重重的叹息，是楚王的前特使陈轸。

经宋遗这个莽使一闹，齐王辟疆真就毛了，当日决策二事：一是遣使入秦，和秦伐楚；二是快马赴燕，调回匡章并其治下三军回齐，屯扎于齐准备伐楚。他同时命庶子公子重为征燕主将，引军三万驻守燕境。

调回匡章还真不是田辟疆一时的心血来潮。

自克蓟之后，在大儒孟轲的督导下，匡章仍然打着仁义之师的旗号，对燕民丝毫无犯，齐王期待中的燕国的奇珍异宝仍然被封存在燕宫里，燕人的财物一丝没有冒犯不说，齐人还倒贴进不少粮草与辎重。

当然，好处也是有的，齐师兵未血刃，先得蓟城，后得燕地的众多城邑。燕地举国无君，燕人不知所向，见齐人是真来助燕的，纷纷将城邑的辖权交给匡章。唯有下都武阳被单鹰死守着不放，气得中山司马赒将之完全包围，限时投降。单鹰也是厉害，使人联系匡章，称他愿意将武阳交给齐人，而不是中山人。匡章答应，使人前往武阳接收。单鹰交割完毕，令燕军就地解散，带着他的鹰及部分亲信北投胡人去了。就在这夜，中山人发狠，大兵进城，逼走齐人，将下都武阳据为己有。

匡章急报齐王，同时筹备夺回武阳。就在此时，新任主将公子重带着齐王的虎符到了，要他就地交割，挑选部众五万发往西都平陆，筹备伐楚。匡章没有多话，遂将武阳之事交代给公子重，引兵五万回到平陆。没有匡章，公子重是不敢轻易与中山人开战的，也就另拟一份战报，快马呈送齐都，由齐宫决定武阳的最终归属。

新将到任，军师孟轲的使命也就结束了。孟子吩咐万章驾车先沿燕宫转一圈，再到城外，绕蓟城转一大圈，不无遗憾地踏上返齐之路。

孟子回到临淄，入宫向宣王复命，归还王弓并那三支射出之后又回收上来的利矢。

宣王闻报，迎出宫门，执孟子之手，并肩入宫，设宴洗尘。

酒过三巡，宣王拱手谢道："夫子倡导仁义，寡人总以为是远古神明，今日始见果实。没有夫子，燕国之事，不知要费多少周折呢。"

"齐王有此见证，轲心甚慰。"孟子拱手回道，"诚如大王所见，仁义并非神明，它们就在身边。只要大王孜孜以求，法令非仁义不立，政治非仁义不施，三军非仁义不出，邦国非仁义不伐，莫说是征服燕国，纵使征服天下，在轲眼里，亦为囊中探物矣！"

"夫子之言，寡人深信不疑。"宣王为孟子斟一爵酒，双手敬上道，"夫子请满饮此爵，寡人另有一事求问！"

孟子谢过，举爵饮下，拱手道："齐王有何疑难，可以问来！"

宣王为他再度斟满，放下酒壶，拱手道："是燕国之事。"

"燕国何事？"

"夫子已经看到了，"宣王指向燕国方向，"燕室无道，自毁社稷。燕人弃之，夹道迎我仁义之师。姬哙为寡人外甥，寡人本欲扶之，不想他又死于乱贼之手。哙之子嗣，尽被乱贼子之赐死。今日看来，燕室已无人矣。然而，燕地广阔，不能无治。燕人错杂，不可无主。近日有人劝寡人取燕社稷，在燕地置都设制，以蓟城为上都，以武阳为下都。上都辖燕国北地，下都辖易水并河间地。当然，也有人劝寡人勿取。寡人在想，以万乘之国伐万乘之国，前后不过五十日，燕地尽归我有。如此大功，断非人力所能达成。既为上天所赐，寡人若是不取燕地，或遭天谴呢！寡人思来想去，实在拿不定主意，这想听听夫子之见。”拱手道，“诚望夫子赐教！”

“大王问错人了。”孟子拱手应道。

“寡人该问何人？”

“燕人。”

“这……”宣王怔了。

“大王取燕，若是燕民欢悦，大王就可取之。取而代之者，古有成例，譬如武王取商。大王取燕，若是燕民不悦，大王就不可取。不取而伺机者，古亦有成例，譬如文王不取商。至于大王方才提及的万乘之国伐万乘之国、燕人箪食壶浆以迎大王之师之事，原因无他，是燕国人在逃避自己的水火之苦。如果齐人治燕，使燕民所陷之水更深，火更烈，燕人怕就会有所行动了。”

“寡人受教了！”宣王心里不爽，略略拱手，看向田婴，“田相国，你陪夫子再饮几爵，寡人不胜酒矣！”宣王起身，缓缓而去。

望着宣王渐渐远去的背影，孟子苦笑一声，见田婴去拿酒壶，亦拱手道：“谢相国美意。轲亦不胜酒力，告辞！”起身出门，扬长去了。

出得宫门，万章望到孟子，驱车过来。

孟子跳上车，喝多酒的老脸拉得很长。

“夫子？”万章不晓得宫中发生何事，小声问道。

“万章，”孟子指向客栈方向，“你须记住，自今日始，燕国之事，不可再讲。”

“为何不讲？”万章急了，“夫子的仁义之战，弟子正要宣扬呢！真叫个惊心动魄，可歌可泣，纵使子牙在世，怕也是……”

“唉，”孟子长叹一声，望向北方，“老朽以仁义克人之国，却未能以仁义为其立之，怕是要害苦那些燕人了！”

“夫子？”

“不要问了，”孟子指向邹地，“回家。”

“夫子……”万章越发急了，看向孟子。

“好吧，”孟子改口，“回客栈。”

第三章

遭天灾祸不单行　赴民难白巫舍身

在宋遗被烹的次日，秦国黑雕已将楚齐绝交的快讯递至秦宫。张仪被秦王紧急召回，入咸阳时已过黄昏，被宫车直接载往秦宫。

惠王备好宴席，召来乐坊，歌舞侍候。

轻歌曼舞中，二人酒至半酣，惠王传旨摆棋。

一副棋具被宫人抬来，摆在二人中间。

“寡人执白如何？”惠王拿起一枚白子，笑看张仪。

张仪笑笑，摸过黑子棋盒。

惠王在棋盘上连布三子，看向张仪。

张仪看向三子，眯起眼睛道：“我王这是——”

“这第一枚，是雨神！”惠王指着三枚白子，“这第二枚，是瘟神！这第三枚，是将军魏章，其麾下二十万锐卒已于近日陆续赶赴商於谷地。下面的局，该当仪弟出手了！”

“若是此说，”张仪笑了，“是该到臣了！”拿起黑子，却不落下。

“怎么不落子呢？”

“臣在守个喜信儿！”

“是不是这个？”秦王掏出黑雕的密函，递给张仪。

张仪看完，震惊。

“唉！”秦王长叹一声，“这个楚王倒是别致，竟然想出这个妙招，实出寡人意料呀。”

“非楚王之意。”

“哦？”

“臣晓得宋遗。此人原在昭阳门下，后转投靳尚，由他出使，当是靳尚之功。”

“呵呵呵，”秦王笑了，“靳尚是个人物，待寡人攻克郢都，该当赏他一块地儿才是。”

“是我王会用人！”张仪称赞道。

“这个宋遗也是决绝。完成使命就成，大可不必受烹嘛。不过，田辟疆这一烹，算是把楚人的后路彻底烹断了。如果不出所料，与我结盟的齐国使臣这辰光当在道中了！”

“臣这就落子！”张仪提出一枚黑子，啪地落下。

张仪在秦王宫中一直守到翌日后晌，方才出城，改乘一辆有篷的辎车，优哉游哉地驰进咸阳南城门，直入相府。

在相府的门外下车时，张仪还刻意拄起拐杖，一跛一跛地走进府门。

回到府中，张仪还没歇过气来，门人报说楚使到访。

张仪请入。

“相国大人，您终于回来了！”昭睢一脸委屈，声音急切。

“唉，”张仪不无夸张地长叹一声，“人哪，该倒霉时喝口凉水都塞牙缝。”说着伸出依旧打着绷带的右脚，“昭兄弟请看，就是这只脚，他娘的那天也是闹鬼，本想登个高，望个远，不想却踩在一块松掉的石头上，那石头一滚，我这脚底一滑，人就整个滚下去了，滚得我是眼冒金星啊。其他还好，只这脚踝撞在一块硬石上，但听咔嚓一声，我就疼死过去了。”

这个故事昭睢早已听过，但这辰光不得不一脸同情地再听一遍。

“嘿，”张仪越说越来劲，“他娘的撞到石头上还不算倒霉，真正倒霉的是遇到庸医。庸医真叫个害人哪，他说我的骨头断了，要对骨，我就让他对，嘿！他一连对了四五次，疼得我是又死几次呀。可对来对去，他一直对不准，没过几天，这脚踝就肿成一个大圆球了。我赶他滚蛋，听闻终南山里有个老医师专治骨伤，就让人把我抬进山里，那老医师一摸，说是来太晚了，一伤到就该来的。我说，要紧不。他说，你的踝骨不是折了，是碎了，得重新拼合起来，箍牢，让它慢慢长。我说，那就快箍呀，他说，你得忍住疼。我说没事儿，你来吧。他让我连喝几碗老酒，然后把我绑起来，嘴里塞块布，拿把利刃，朝我那肿脚踝上嚓嚓嚓嚓，我是看不得呀！只有那疼是钻心的，我却动不得，叫不出，想死的心都有哇。之后我就死了，啥也不晓得了。待我醒来，已经躺在榻上，整条腿让他绑成一块长板板了……”

张仪讲得眉飞色舞，昭睢的目光却渐渐落在他的伤脚上。他听过的所有故事版本皆是左脚，而这辰光，张仪裹的竟是右脚！

“相国大人，”昭睢指着他的右脚，“不是伤在左脚上吗？”

“左脚？”张仪的眼珠子连眨几眨，眯起来，盯住他，“你何以晓得是左脚呢？”

“大人受伤辰光，人们无不是这么传说的，我专门问过为您裹伤的那医师，他也说伤的是左脚。”昭睢较真了。

“哎哟哟，”张仪一拍脑袋，“瞧这错的！这些人全都该杀！”伸出左脚，“你看看，我这左脚好端端的，是不？”说着朝地上连顿几下，“这像是受伤的样子吗？唉，”连连摇头，“这拨蠢货，伤整不好，忙帮不上，竟然连个左右也辨不清了，气杀我矣！”

“相国大人，”昭睢紧忙转换话题，“无论如何，您能回来就好，真正急死人呢。”

“咦，兄弟，何事急切？”张仪盯住他。

“是那盟约的事呀！”昭睢急了。

“盟约何在？”

“我带着呢！”昭睢打开一个随身携带的小箱，取出盟约，“这不，全在这儿！”

“是哩，”张仪点头，“我正是记挂着这事才不顾伤痛回来了呢。”

“谢相国记挂！”

“这样吧，”张仪瞄那箱子一眼，“昭睢兄弟，你把这箱子留在这儿，我今朝先歇一宵，明日就入宫觐见秦王，让他签字画押，再加个玺印，这事儿就成了！”

“好嘞！”昭睢不无爽气地将盟约装回箱子里，提到张仪跟前，小心放下，拱手道，“昭睢恭候佳音！”

翌日，昭睢早早来到相国府，从上午候至下午，天近傍黑时，总算候到张仪。

张仪没穿官服，只穿一身中衣，头上无冠，头发是凌乱的，气色也不太好。

张仪在小顺儿的搀扶下走进客堂。

昭睢迎出去，小心翼翼地跟在后面，直到张仪在主席位坐定，方才于客席坐下。

张仪木呆呆地盯住昭睢。

“相国大人？”昭睢轻问。

“唉！”张仪长叹一声。

“出什么事了？”昭睢再问。

“唉，还不是兄弟你的事。”张仪复叹一声，看向小顺儿，“愣着干啥？到车上，将那只箱子拿来，还给昭大人！”

小顺儿出去，不一时，拿回昭睢留下来的箱子，放在昭睢跟前，快步出去。

昭睢打开箱子，里面是空的。

“相国，盟约呢？”昭睢震惊。

“让大王一把火烧了！”

“啥？”昭睢惊得从席位上弹起来。

“唉，”张仪再叹一声，“不只是那盟约，”指指自己，“你瞧瞧我，一身官服入宫，出来就是这副模样了。大王看了那盟约，一时上火，烧了盟约不说，喝令侍卫将在下的这身官服官冕全都剥了。还有那颗金印，大王要我这就还给他呢。”

“这这这……”昭睢不知该说什么是好，“叫我如何回朝复命？”

“昭兄弟呀，”张仪两手一摊，“你复命事小，我这儿的事可就闹大了。我呀，我这是山中妖精照镜子，里里外外皆不是人哪！”

“这……”昭睢在厅中转圈，跺脚，“秦王他……不是讲好了吗，为何这般？”

“是呀，”张仪气恼，“在下也是这般问他，结果呢，我刚刚问出口，就又被他臭骂一顿。”

“秦王怎么骂的？”昭睢急问。

“骂我吃里爬外呀！怎么能把大秦国的土地拱手让人呢。秦王说，商於六百里来之不易，商地十五邑是楚王赠送的，於地十五邑，是秦国数万甲士拿性命换来的，骂我哪来的胆子竟然把这六百里拱手就送给楚人了！”

“大人，”昭睢急辩，“你在楚国不是这般讲的，你说，秦王他是同意的，是秦王使你使楚睦邻的。”

“是呀，秦王是要睦邻，可他没说要送商於谷地六百里呀！”

“可您是答应了的！”

“是呀，”张仪苦笑，“我是答应了的，所以我里外不是人哪！我说，我已经答应楚王了，也已经与楚王签下盟约了，楚王已经加玺签押了。秦王说，你答应的事，你拿地还去。我……昭兄弟呀，我哪儿有地呀！我只有这於城六里，”张仪猛地一拍大腿，“兄弟，豁出去了，我就把这六里於城归还楚王，如何？”

“这……”昭睢回他个苦笑，“如何能成？”

“能成，能成！”张仪连拍胸脯，“这是秦王封给我个人的，他封给我，就是我的地，我有地契，有诏命，该有的证据我全不缺，我想给谁就给谁，想他秦王奈何不得！”

“这这这，不是这样的！”昭睢的脑子这辰光开始转过来了，“秦王怎么能撕毁盟约呢？”

“唉，”张仪摇头道，“说起这盟约来，也怪在下考虑不周。那盟约其实并非盟约，因为秦王尚未签字画押。既然不是盟约，就是一张废契，秦王烧的不过是张废契而已。再说，如今已经烧了，你我手中除了这个空箱子，什么也没有了，我们又能怎么办呢？”

“天哪，烧了！一把火烧了，我……怎么回朝复命啊！”

“兄弟呀，”张仪接上话头，“在下是眼睁睁地看着宫人将它烧成灰烬的呀。不瞒兄弟，在秦王跟前，我大讲与楚结盟的好处，可谓据理力争呀！没想到秦王几句话就把我堵死了。我说，楚王答应与齐绝交，只与秦国结盟。秦王说，楚王与齐王绝交，寡人怎就不晓得呢？寡人在齐地还有不少朋友呢，听那些朋友说，楚王的特使陈轸这辰光就在临淄，可他从未提过绝交的事。我说，按照盟约，是约盟双方同时履约，在我们与楚国交割商於之时，楚国才与齐人断交，秦王听了之后一番大笑，说是拿来我看。我递上盟约，秦王看毕，上面真还就是这般写的，于是震怒了，骂我说这是什么狗屁盟约呀，一个在东，一个在西，两下相隔数千里远，怎么同时交割？如此盟约，留下来就是笑柄！我一时语塞，正在寻词儿应对，秦王于盛怒之下，就使人点火烧了。”说着起身，显然是忘记了跛脚的事，走到昭睢跟前，拍拍他的肩膀，“兄弟呀，回朝复你的命去吧，就说张仪我愿将於城六里，也就是属于我的那块封地，献给楚王，不加任何条件，算作我考虑不周的报应！”转身对外面，“顺儿，送客！”

小顺儿闻声走进，提起那只空箱，盯住昭睢。

看着张仪走过来时腿脚麻利的轻巧劲儿，昭睢恍然明白过来，一股怒气冲上头顶，想要发作却又忍下，鼻孔里恨恨地“哼”出一声，大踏步走出相府。

自大雨开始，屈平、白云每天都要站在大殿的高处，俯视城外的两条水流，眼睁睁地看着它们变得黄浊、凶猛。

大殿漏雨了。雨水穿过那日被雷公击穿的屋顶及被树枝扫掉的屋角灌进殿中，将殿中的泥塑淋得面容模糊。其中始祖高阳帝的塑像直接被屋顶漏水浇淋，于第三日就塌倒了。

高阳帝像塌倒时，屈平与军尉就站在旁边看着。那是整个大殿里最大的一尊泥像，在如山中小瀑布一般的雨水浇注下，搬没法搬，移没法移，只能眼睁睁地看着它被淋塌。高阳帝像在塌倒时，站在他左侧的始祖祝融像也被大雨淋透了，面部模糊，右半边脸几乎没了，右半个身子出现裂缝，只有两只眼睛依然在射火，但这火显然被水汽蒙住了。

在雨水间隙，邓盾引领众兵士冒险攀上屋顶，将屋角的漏洞堵住，但屋顶被炸雷击穿的那一处，实在是堵不住。他们所能做的，就是拿出各种雨具，将塌倒的那尊泥塑旁侧的几尊全部罩起，再将满殿的雨水导流到殿外。

大雨下至第七天，两条水流看不到了，只有泛着黄光的一片。

河堤外面依稀可辨的村落也于一夜之间看不到了。

他们晓得，河水一定是在夜间冲上堤岸的，低洼处的百姓也应该是在夜间失去家园的。

屈平眼眶湿了，紧紧握住白云的手。

茫茫四野，没有风，没有雷，唯有大雨倾盆。

“阿妹，”屈平看向白云，“你再求求巫咸大神，能否少下一点儿。这般下去，楚人真就毁了！”

“是上天降灾，不是巫咸大神的事，你让我怎么求呀？”白云一脸无奈。

“可这……”屈平看向仍旧向下砸的雨珠儿，“雨也太大了点儿！”

“不大能成灾吗？”白云剜他一眼，“我告诉你了，这次是超大的灾。”

“记得你说过，灾情共是一十四天，天哪，还有七日，这……”

“是祸躲不过。再熬七日吧，熬过或就好了。”

“不知我的奏报大王看到没？大王筹备了没？各尹司……”屈平顿住，似乎不敢再说下去。

之后的每一日，于屈平都如一年。

如是熬过六日，到第七日，也就是开始落雨的第十四日，屈平一大早就赶到露台上，仰望天空，仍旧是乌云密布，未曾见出一丝缝隙。雨水仍在噼噼啪啪地砸向庙殿前面的祭坛，在坛四周聚出一汪汪的水洼，打着旋儿涌向时不时就被军尉掏出淤塞物的排水沟。

屈平急了，返回他们所住的耳房去寻白云，却见众巫女赤裸跪在地面上，排作一个奇怪的图案，显然是在施法。

白云跪在正中，额头现出汗珠。

屈平退出，掩上房门，走进大殿，跪在列祖列宗的泥塑前面，闭目祈求。

除掉那个塌掉的与旁边两个半塌掉的，几乎所有泥塑都被罩上了一层护套。

过了一个时辰，屈平觉出身后有人，他晓得是白云。

“巫咸大神可有谕示？”屈平身体未动，开口问道。

“嗯。”白云语气沉重。

屈平心头一紧：“怎么说？”

“淫雨还要再下十日。”

“啥？”屈平几乎是弹起来，转过身子，盯住白云。

白云身着一袭白色巫衣。

殿外，大雨略小一些。白云走出殿门，走到露台上，透过重重雨幕，看向远处的一片汪洋。莫说是远处的村子，丹阳城内也是茫茫一片了，尚未塌掉的房舍泡在水中，将水面切割成无数条块。不少人踩着雨水走出来，在汪洋里艰难跋涉。

屈平跟过去，站在她身边，一脸急切道：“不是说只下一十四日吗？”

“是的，”白云看向远处，“依据巫咸大神谕示，这场大雨将落于荆、梁、雍、豫四州之野，其中荆、梁二州一十四日，豫州十二日，雍州是二十四日，不料情势变了。”白云指向西北方，“在那儿，就是太白顶，有觋人作法，不让云神越过太白绝顶，云神无奈返回荆、梁，加重了荆、梁二州的雨势，由此可知，此二州的山与野还将落雨十日。”

“什么觋人？”屈平震惊。

“是黑觋，从北溟来，所侍奉的是大神共工。”

“共工？”屈平脸色变了，“这就糟了！”

“哦？”白云看向他。

“我听太庙的大巫祝讲起过他，是我们楚人的死对头呢！”

“这个从何说起？”白云怔了。

“按照族谱，楚人的先祖叫季连，芈姓。季连之父为吴回，即祝融。吴回之父叫称，称之父叫高阳，就是帝颛顼，也就是大殿里被雨水冲塌的那尊。帝颛顼之时，水神共工作乱，我始祖高阳帝任命我祖祝融为火正，击败共工，共工怒，触不周之山，致天地倾斜，惹怒女娲娘娘，才将他发配北溟。”

“天哪，”白云咋舌，“难怪云神过不去太白顶呢。”

“我终于明白那日雷击的事了！”屈平看向大殿，倒吸一口冷气，“想是共工大神欲毁我先庙，以报当年战败之仇。所幸那日阿妹及时搬来巫咸大神，驱走雷神，否则，后果不堪设想！”屈平看向郢都，“难怪大王做下先庙失火的噩梦啊！”

“要是这么说，”白云盯住他，“那个大功该是你的！”

“为什么？”

“不瞒你说，”白云指向大殿，“这儿是楚国的先庙，巫咸是巴人之神，楚人不敬。这些先祖之灵皆对我巫咸大神怀抱敌意，不许巫咸大神靠近。”

“可她来了呀！”

“是的，”白云盯住他，“那日你冲到祭坛上，就如发了疯，被雷神震倒，我……我吓坏了，赶过去救你。现在想起来，真也巧了。雷神奉了共工之命，目标是摧毁大殿，而你我就站在大殿门口。由于你我站在那儿，雷神有碍于巫咸大神，没敢过来，只在周边打转，还劈树警示。后来，你冲到祭坛上，我赶过去守你，雷神方才得空，劈透大殿。你的先祖之灵早被雷神的威势震得东躲西藏，聚不起气，我适才得以求助巫咸大神。巫咸赶到，在我的祈求下喝走雷神，救下大殿，否则……”

“谢侠妹救我大楚先祖之庙！”屈平拱手道。

“谢你自己吧，”白云瞥他一眼，二目含情，“你的先祖不关我白云的事，也不关巫咸大神的事！我求巫咸，只是为你！”

“阿妹，你……”屈平凝视她，“叫屈平如何报答？”

“这就报答吧。”白云张开两臂，闭上眼睛。

屈平迟疑一下，近前一步，轻轻抱住她。

白云用力，将屈平抱紧。

大殿的露台上，两人紧紧抱在一起。

不知过有多久，两人分开。屈平退后一步，盯住白云，良久，看向大殿，再看向远处的洪水道：“云，巴、楚山水相依，不可二分。秦觋以邻为壑，嫁祸于楚，亦殃及巴人。巴山暴雨连绵，必有山洪暴发，山体崩塌，居住于山沟的巴人何以为家？你可祈告巫咸，救楚就是救巴，换过来也是，救巴就是救楚。你我一起祈请巫咸大神，求她以天下苍生为念，抗御共工，将灾难降至最小！”

“阿哥，”白云眼中出泪，“非白云不求，是巫咸大神也无能为力呀。巫咸是山神，共工是天神。山神是抗不过天神的。”

“这可如何是好？”屈平急了。

“若想解救民难，可有二法。”

“快讲！”屈平眼睛放光。

“其一，”白云盯住他，“阿哥可派兵士潜至太白之巅，杀死那黑觋，毁掉那祭坛，使共工大神无所依托，只能再回北溟。”

“我记下了。其二呢？”

“就是他们，”白云看向大殿，“能压住共工大神的，是祝融大神，而祝融大神是你们楚人的祖先。”

“我这就去求他们！”屈平就要入殿。

“你一个左徒是没有资格求的！”白云苦笑一声，“再说，求也没用。这儿的祝融快被淋塌，自顾不暇了。”

“何人能求？”

“大楚之王。”白云接道，“他可到太庙，行大祭，祈请先祖再施神威，赶走共工，保佑楚人！”

“云妹，”屈平略一沉思，“第一不太容易，因为太白山位于秦地，想那黑觋是秦人请来的，秦人也必有守护。再说，此地远离太白山，一路皆是山道不说，且都在秦人手里，这般雨天，即使赶到，也是迟了。眼下只有其二可行，你准备一下，我这就去找邓将军！”

屈平寻到邓盾，诉以回郢之事，不想他磨尽嘴皮，软硬兼施，邓盾只是不许。屈平气得全身发颤，却也无可奈何。

又过三日，先庙外面拥来数十灾民，齐刷刷地跪在雨地里，要求进庙避难。

庙门闩着，邓盾与众军卒披坚执锐，守在庙门之内，无视门外的哀求与跪泣。

更多的灾民拥过来，庙门外面嘈杂吵闹。

有人不跪了，上前撞门。

邓盾令军士们张弓架弩，又在门后支起多根撑棍。

屈平不忍再看下去，恳请邓盾开门。

“左徒大人，”邓盾哭丧起脸，“这门不能开呀！”

“为何不能？”屈平几乎是质问。

“只要开门，”邓盾指向门外，“单是门外就有数百人，丹阳城中更有数以万计的人。这儿是整个城区的最高处，他们全都要进来的。”

“为何不让他们进来？难道要让他们全部泡在水里，等着被水淹死吗？”

“大人有所不知，”邓盾解释，“外面还没有到淹死人的地步。所有人都遭灾了，我们让谁进来，又不让谁进来？我晓得他们，许多人是来求口吃的，不少人家的食物被水泡了。我们的储粮也不多了，灾民们进来，就会全部抢走，甚至还会抢走祖先的供品。万一他们抢了供品，这个责，末将负不起！”

“邓将军，”屈平指向大门，“你只管开门，这个责，我屈平负！”

“让屈大人负，末将就对不起大王了！”邓盾转对几个兵士，指向中间的隔离墙，“将屈大人请进内院！”

几个军卒不由分说，将屈平连推带拉地拖向内院，在外面啪地挂上大锁。

“邓将军，”屈平拍打隔门，“你这般做事，既对不起楚王，也对不起楚国，更对不起你的父老乡亲啊！”

众军卒看向邓盾。

邓盾双手捂脸，蹲在地上。

大雨又下十日，终于止了。

洪水却未歇，城中积水未见丝毫消退。

乌云减退，天地明朗许多。

一只可在云梦泽里捕鱼的大舟逆水而上，一人掌舵，十人划桨，缓缓停靠在丹阳城外的码头上。其实，码头早已寻不到了，那水一直连到城门楼处。但渔舟太大，再划就会搁浅。掌舵的渔人探过水底深浅，寻处泊了。

一人急急跳下渔舟，蹚着齐腰深的洪水进城门，半泅半蹚地奔向先庙。

是奉王命冒雨赶来的屈遥。

屈遥拍打庙门。

邓盾验过楚王令牌，打开庙门，见过礼，引他来到内院。

屈平上下打量眼前这个渔夫打扮的人。

“左徒大人——”屈遥摘下斗笠，解开蓑衣，现出戎装。

“屈遥！”屈平又惊又喜，眼中出泪，“你怎么来的？”

“奉大王旨，来接你与祭司回去的！”

“大王——”屈平眼中出泪，望空长揖。

“阿哥，”屈遥一脸沉重，声音极低，“出大事了！”

“什么事？”屈平急道，“我在这儿如同蹲监，”看向仍旧守在身边的邓盾，“邓将军朝夕盯着，外面的事我是什么也不晓得了！”

邓盾脸上发涨，退后几步，看向一侧。

“一个是江汉泛滥，百多年来从未见过这么大的水，百姓……家园多毁，流离失所！”

“这个我晓得的，还有什么？”屈平一脸急切。

“大王听信秦使张仪，派人使齐绝交，同时派昭睢使秦，接收商於！”

“糊涂，糊涂，大王糊涂啊！”屈平跺脚。

“更糟糕的是，”屈遥看向西北，“左司马得到探报，秦将魏章在汉中、终南山及商於谷地秘密屯驻十万大军，清一色乌金装备。这且不说，另有秦军陆续进驻，用意不明！”

屈平震惊：“左司马可曾奏报大王？”

“奏报了。”

“大王怎么说？”

“大王说，”屈遥耸耸肩，学怀王的样子，“寡人在汉中也有十万大军，加上邓、穰、宛三地的驻军，又岂止十万！”

屈平看向白云道："祭司，叫大家准备，我们这就回郢！"

"回不得呀，左徒大人，"邓盾听得分明，急了，"大王谕旨守庙九十九日，大人这还差着几十日呢！"

"宫尉邓盾听旨！"屈遥站好，重重咳嗽一声，从中衣里摸出谕旨。

邓盾单膝跪地道："末将听旨！"

"江汉泛滥，百姓遭灾，旨令左徒屈平、祭司白云速回郢都，入宫觐见！"

"末将领旨！"邓盾双手接过谕旨。

"遥弟，有桩大事，你须去做！"屈平盯住屈遥。

"是何大事？"屈遥急道。

屈平看向西北，指向太白山方向："就在那儿，太白山之巅，秦国请来黑觋，设坛作法，祭拜邪神共工。我们这场洪水，就是那邪神招引来的。此坛不除，我楚人永无宁日！"

屈遥看向那儿，良久，回望屈平道："阿哥，怎么除？"

"你可溯丹水而上，"屈平指向丹水方向，"至荆紫关，让关尹调配给你勇士五百，分散入秦，沿山路赶到太白山，捣毁他的祭坛，杀死那个黑觋。"

"这……"屈遥迟疑一下，"调动守关军卒，非王命不可！"

"唉。"屈平轻叹一声，"回郢，请王命！"

雨水完全停了，但天仍旧阴沉，湿热。

在雨水停歇的次日，云开日出，洪水渐渐退却，退向河湖，滚流入江泽，向东海奔涌。

荆楚大地稍高处渐渐露出地面，得以逃离大洪水的楚人纷纷返回家园，面对被洪水肆虐过的惨象，欲哭无泪。

仍未消停的水岸边，到处漂浮着人与动物的尸体。

就在此时，太白之巅的那个黑觋祭司小心翼翼地开启了那只一直塞着的瓶子。一缕黑气由瓶口逸出，在黑觋法术的作用下，飘飘荡荡，直往东南而去。

瘟病是从郊郢、荆门始起的。

郊郢是人口大邑，位于汉水东岸，处在郢都东北方向，距郢都三百里许，历代楚室皆视其为楚国陪都，悉心经营。

郊郢的西边是汉水，一条衢道由津渡口直通荆门，再由荆门向南，直达郢都。

屈平拟走的正是这条路线。

屈平的渔舟由丹阳沿丹水顺流而下，在老河口进入汉水，几乎不用人力，仅仅掌好大舵，不消三日，就沿汉水湍流漂至郊郢。

汉水未退多少，原先的津渡全然不见。屈平急于回郢，顾不上歇息，让渔人将舟向西划去，一直划到水岸边，弃船上岸，弃下辎重，寻到衢道，踩着泥浆，深一脚浅一脚地赶往荆门。

此时，疫情已经暴发数日，瘟神肆虐，楚人惊慌逃避，越逃疫情的范围越大，大规模死亡随之发生。

屈平一行却是不知。沿道没走多远，前面现出一片沼泽。

屈遥熟悉这条衢道。此处原本没有沼泽，只有一条小溪。小溪不大，连名字也没有，上面有座木桥，但在此时，什么都不见了，只有一片汪洋，一眼望去，竟有十多里远。

屈平一行人只得右转绕道，沿沼泽边缘走向一座土山。山坡上郁郁葱葱，到处是树。屈遥断出衢道被淹没部分不过数里，绕过这个坡就可以了。

走到半坡，前面传出哭声。

屈平加快脚步，刚走几步，见几人抬着一具尸体走下来，在他们前面不远处拐向水岸。他们的身后，几个女人与娃子哭着追出。显然，他们是死者的亲属。

一股异味照头扑来，被敏感的白云捕捉到了。

白云脸色变了，盯住他们。

几个男人抬着尸体走到水岸边，作势要朝水泽里扔。

“住手！”白云扬手大叫，“千万别扔水里，快埋土里！”

抬尸的人怔了下，表情木然，瞄她一眼，咚一声将尸体扔进水里，如木偶般返回山上。

山顶再次传来哭声。

屈平急往山顶走，被白云一把扯住。

“云？”屈平急问。

“是瘟神！”

听到“瘟神”二字，所有人心里皆是一紧，毛发都竖起来了。

十几个巫女花容失色。

“你可有治？”屈平缓过神来，看向白云。

“是瘟神！”白云几乎是喃声地重复。

话音落处，山上再次传来哭声，又一人被抬出，走向水边。

“苍天哪！”白云出泪了，“他们将尸体扔进水里，那正是瘟神想的……”

“为什么？”屈平急问。

“因为那水泡上尸体，就会成为瘟水，瘟水四处流动，瘟神他就……”白云说不下去了。

屈平拔腿冲出，不顾一切地拦向抬尸的人。

一匹快马冲进郢都北门，急急驰往宫城。

一封急报经由当值宫人转给当值宫尹，报上赫然写着一个“火”字。

怀王拆看。

怀王的手抖了，火急奏报顺势落在地上。

宫尹捡起，瞄向奏报，目光落在一个“瘟”字上。

外面一阵脚步声急，当值宫人趋入道：“启禀王上，王叔、靳大人求见！”

“快，快请！”怀王指向门外。

几乎是瞬间，王叔、靳尚快步进来。

不及对方见礼，怀王扬起奏报，看向二人，声音急切道：“二位来得正好，出大事了！”

“臣正为此而来！”王叔拱手道。

“快说，如何是好？”

王叔看向靳尚。

“回禀我王，”靳尚声音很低，语气沉重，“臣已获报，此瘟起于荆门之野，来势凶猛，罹瘟者无不死。”说着声音更低，“荆门有军卒也罹瘟了，且此瘟正向郢都逼近——”顿住。

“快说呀，如何是好？”

“前些年卫国罹瘟，卫人应对之方，我或可借鉴。”

“卫人所行何方？”

“第一步，封锁瘟区，使民不可走动；第二步，凡罹瘟之家，封户锁门，直至送走瘟神；第三步，凡瘟神选民，在罹瘟之后，焚其家室，以送瘟神；第四步，熬制散瘟汤使未罹瘟之民服用；第五步，以干石灰遍撒于街道……”靳尚挠挠头皮，“就这些了吧。”

怀王看向王叔：“贤弟？”

“瘟神是带着腿的，”王叔应道，“当务之急是封锁瘟区，封闭郢都城门，封闭宫门，不可使任何人进出，堵截瘟神于郢都之野，至少不可进入宫城，危及王兄！”

“就依贤弟！”怀王转身对宫尹，“传旨，宫禁！城禁！”略顿，看向靳尚，“靳尚，举国送瘟之事，就交给你了。通报各尹司，这就办去。”

“臣受命！”靳尚朗声道。

发现瘟病的山坡上，屈平照样未能拦住那些抬死尸的人，眼睁睁地看着他们将之扔进水中，返回坡顶。

看他们一身乏力的样子，屈平晓得，这些人确实没有力气挖坑掩埋尸体了。

屈平快步走向坡顶。

白云迟疑一下，紧跟上来。

陡然，白云的目光落在坡上的一株野草上，低声叫道：“阿哥！”

屈平停步，看过来。

是艾蒿，遍山坡皆是。

白云拔掉几株，拿在手里，跟屈平走向坡顶。

坡顶是个土庙，庙中供着楚国主神东皇太一的神像。大殿里或坐或躺几十个民众，不少人罹瘟了。他们无不跪在东皇太一的神像前，用尽最后的气力祈祷。

屈平站在院中，正要进门，被白云拉住。

白云扬起手中的蒿草，大叫：“乡亲们，你们马上去采这种艾草，煮成汤，所有人都喝。还有，将这些草晒个半干，拿火烧起来，烧出烟雾。瘟神怕艾蒿，嗅到这种烟味儿就会走的。”

没有谁相信她。

“乡亲们，”屈平朝众人拱手道，“我是大楚左徒屈平，她是巫咸山巫咸庙祭司，请大家相信她！巫咸大神不会不救你们的！”

听到左徒与巫咸大神的祭司，众人这才相信，眼中放出亮光，纷纷改向他们磕头。

“快去采艾蒿吧，越多越好，先熬汤喝，再将这草晒成半干，到处都烧。还有，你们要转告身边百姓，让大家都这么做！”屈平扬手大叫。

众人纷纷起身，向庙门外面跑去。

“快走！”白云扯下屈平，二人急步出庙。

“此地不可多待！”白云急道，“我们得抓紧回郢都，面见大王，让他速祭太庙，请先祖高阳帝让祝融驱走共工，这瘟病或与共工有关！”

屈平点头，众人寻路，绕过水泽，向荆门方向急步走去，路上到处可见罹于瘟难的死尸。

天将黑时，屈平一行赶到荆门，向驿站要来几辆驷马之车，分头坐上，连夜驰往郢都。道路仍旧泥泞，车马走得很慢，到郢都时天色已经大亮，霞光万道。

而郢都的城门依旧关闭。

“开门！”屈遥大叫，“门外是左徒大人，奉王旨入城，请速开门！”

“王旨何在？”城门尉叫道。

屈遥摸出王旨，向他亮亮。

“大王有旨，城外有瘟神，任何人不可进出城门！”

“将军，”屈平急了，大声，“大王急召我们回来，就是为这瘟神。巫咸大神的祭司在此，请速开门！”

门尉这才看到了一身巫衣的白云，晓得她是巫咸大神的祭司，拱手道：“左徒大人，你们稍等，末将这就禀报！”

门尉禀报的却不是怀王，而是城禁总司尹靳尚。

屈平是左徒，且是奉旨回来的。靳尚不敢私定，直入王叔府宅。

“你作何想？”王叔问道。

“王叔，”靳尚指向北城门，“他们奉王旨从丹阳回来，必走郊郢、荆门，而这两地正有瘟神肆虐。昨晚城禁，荆门至郢都的衢道是今晨才被设封，他们定是夜间由荆门回来，是以无阻。无论如何，臣之意，不能放他们进来，以防万一。”

“让祭司进来吧。”王叔略略一想，“有巫咸大神庇护，瘟神应该不碰祭司。有祭司在大王身边，大王心安。”

“就依王叔！”靳尚别过，径到南门，吩咐门尉只放进祭司一人。

“云妹，”屈平拱手道，“你进宫要比我进宫好。我想对大王讲的，你全晓得。你说话，大王会听！”

“嗯。”白云凝视他，良久，心里一抖，颤声道，“阿哥？”

“云妹？”

“你们几人，”白云看向同行几人，“马上回草舍，不可见任何人，多采艾蒿，煮之，再在房子四周燃艾，以艾蒿汁沐浴！身上衣服全部烧掉。我进宫禀明大王，马上回来。”

“你是说——”屈平神态紧张。

“快去！”

白云别过屈平，进入郢都。

郢都城禁了，街面上看不到任何人，只有白云孤零零地走着。

白云手持大王谕旨，出示给宫卫。宫卫无不晓得她，放她入宫。

白云没有去见怀王，而是直入巫咸庙，即刻拿出她所存储的几味药材，熬成汤汁，将自己随身衣服脱下，一把火烧掉，跳入汤汁沐浴。之后，她裸身走到大殿，跪在巫咸庙前。她面对大神，全身放松，不消一刻，就入通灵状态。从巫咸大神处得到全部信息后，她恍然出定，换上新衣，入见怀王，将秦国请到在北溟侍奉大神共工的黑觋、在太白山巅置下祭坛、使降于秦地之水全部返回楚地的根由悉数讲述一遍。怀王义愤填膺，一拳震几道：“秦人可恶！”

怀王喘会儿粗气，盯住白云道：“快请巫咸大神制伏那黑觋！”

“回禀大王，”白云拱手，“巫咸大神为山神，共工为天神，巫咸是制伏不了共工的。否则，楚国就不会有这么大的雨水，还有这瘟疫！”

“这……”怀王急了，“如何是好？”

“听左徒大人讲，大神共工与楚国始祖高阳帝不睦。当年共工作乱，是高阳帝使祝融克之。共工为水神，祝融为火神，水火相克，能敌共工的，只有祝融。不过……”白云顿住。

“快讲！”怀王倾身。

“今年庚子，五星并出，天上五气混乱，更有孛星扰世，水汽盛极，堪称千年一遇，荆、梁、雍之野该有这场水灾。共工大神正是看准这个时机，方才由北溟赶至太白山，为祸作乱，以报当年败于祝融之仇。而当年他之所以战败，是因为天上火气盛旺，祝融……”

“你之意，即使请到祝融，也敌不过共工了？”

“敌过也好，敌不过也好，这场水灾已经过去，南冥与北溟之水皆已收退。大王当务之急，是应对瘟神。”

“祭司可有治瘟之法？”

“此瘟为湿瘟，亲水，惧火，大王当以火克之。”

“怎么克？”

“隔离疫区，绑定瘟神；在疫区燃火，柴薪中杂入艾蒿，使生烟雾，以此雾早晚熏染疫区；再以艾蒿煮汤汁，杂以各种清热祛湿之草药，医师皆知，使罹瘟之人沐浴熏蒸，饮之；旨令所有臣民，不可近水，尤其是不可食用坑泽之水，最好是饮用井水。无井水者，要将泽水滤清，烧作滚水，方可饮用；再有，大王当亲去太庙，祭祀先祖高阳帝并祝融大神，祈请他们驱动天火，赶走共工，并使精壮勇武之人入太白山，杀死那黑觋，毁掉共工祭坛，使共工重返北溟。”

怀王使宫尹将白云所述一一记下。

“大王，我要出宫了！”白云心中有事，拱手道。

“你……不去太庙祭祀了？”怀王急问。

“太庙为楚人先祖，只有大王可祭。太庙有庙尹，有卜祝，只有他们才能与楚人的先祖沟通，白云去了，反而会生出是非。”

“可这巫咸庙里，不能没有你呀。”

“白云还有一桩急事，须去应对。”白云再次拱手道，转身急去。

白云的急事是屈平。

在城门处分手之际，白云已经嗅出屈平身上现出瘟气。只是那瘟气初起，屈平尚未觉出。

待白云匆匆出城，赶至屈平的草舍时，屈平已经觉出不适了，遂依白云所嘱取艾蒿熬汤沐浴，又将房舍悉数熏过，烧掉衣服，将自己关在房中，屏息静气，调动身上元气，迎战瘟神。跟他一起回来的屈遥与巫女，也都分开住了。

屈平喜欢住在高处，以观日出日落。他的草舍是这一带的高点，因而在这场洪涝中几乎没有受淹，只是满园的兰花被淫雨浸坏不少，烂根了，老园丁忙个不迭，正在全力抢救。

白云察过众人，其他人尚好，唯有屈平身上的瘟气越来越重，连呼吸也吃紧了。

白云先给屈平施针，继而拿出治瘟的草药，亲手熬过，让屈平服下，安抚他躺到榻上。

一连三日，屈平的症状不轻反重，终致呼吸困难，额头泛出黑气，现出死征。

以白云的针功及草药，屈平的瘟病不应该发展到这个地步。白云顿然悟出，定是事出有因，屈平的瘟病不仅仅是一个瘟病。

这夜子时，在屈平昏睡之际，白云离开屈平，走到户外的兰苑里，寻块空地坐了，屏气凝神，一念精魂径投巫咸山去。

鹖冠子端坐于席，正在定中。

“外公——”白云跪地。

“你终于回来了。”鹖冠子道。

“外公——”白云悲哭。

“孩子，是什么伤到你了？”

“是屈平，他……让瘟神缠上了！”

“你爱上他了？”

“是的。”

“去求巫咸吧，大神晓得你来，在候你呢！”

白云谢过，起身来到巫咸庙大殿，在巫咸大神塑像前面跪下。

“你来是为屈平吧。”巫咸大神开门见山。

“云儿求您救救他。”

“我救不了他。”

“大神——”白云悲泣。

“记得那天在楚国先庙的事吗？共工吩咐雷神毁掉那座庙，可你与屈平守在门口，雷神有碍于你，错过时辰，待他击穿房顶，雨神跟来了，庙未毁成。雷神报给共工，共工也就记下了你们二人。你是本神的人，共工不便得罪，屈平不同。瘟神是奉共工之命，特意缉拿屈平的。他躲不过这一劫！”

“天哪！”白云几近绝望。

“还有，屈平一心所念是振兴楚国，而上天是要亡楚，成一统于秦。共工也算是应天之命，从北溟赶赴雍州助秦一统。秦若一统，必先弱楚。屈平之志不合天意，是以道路多艰，终难完成。”

“上天为什么要一统于秦？难道一统于楚不好吗？”

“这是命数。”

“可……秦国是打不过楚国的，听屈平说，当年共工作乱，就是被楚人祖先祝融氏击败，才撞不周山，被女娲娘娘发配北溟的。”

“此一时也，彼一时也。”巫咸应道，“当年祝融与共工大战之时，天火盛炽，共工不占天时，是以失利。今岁不同。共工初来，楚始祖祝融就已知晓，是以托梦给楚王。祝融为火神，托梦自然是先庙着火。当其时，该去先庙行祭的是楚王，可惜楚王未去，而使屈平与你前往祭之。你是侍奉我的，祝融不喜；屈平亦非楚王，祝融觉得受到轻慢，生出怨气。再说，纵使他不生怨气，今年五星并出，孛星现身，天行水运，于共工来说正是千载难逢的逞雄气运，祝融是敌不过他的。”

“大神——”白云哽咽。

“回来吧。”巫咸大神叹道，“你终归是巴人，巴蜀相连，巴楚却不同源，楚国不可帮，帮之逆天。”

“我……我不是要帮楚国，我是……帮屈平！”

“要帮屈平，唯有一途，你去太白顶，求那黑觋！他是侍奉共工大神的祭司，或可助你！不过，那是个心狠手辣之人，你去凶多吉少，最好是不去。”

“谢大神指点！”白云叩首谢过，一缕精魂径投太白山巅。

白云刚到山巅，就被昼夜守坛的黑觋拿住，问明情由，押送至共工大神的大祭司处。

大祭司就是面见秦王的那个黑觋，此时，他正斜躺在自己的木舍里，似乎在等候白云。

“巫咸山祭司白云见过北溟大祭司！”白云拱手道，一脸谦卑。

“我晓得你会来！”大祭司笑了，略略欠下身子，指向对面席位，“来者即客，巫咸山祭司，请坐吧。”

“谢北溟大祭司！”白云在客位坐定，正襟。

“说吧，你为何而来？”大祭司开门见山。

“为屈平！”

“呵呵呵，”大祭司笑了，“祭司也重情吗？”

“天造万物，各赋其情。大祭司难道没有情吗？”

“没有了。”大祭司盯住白云，“本祭司只有怨恨。”

“您有何怨恨？”

“我所侍奉的共工大神的怨恨！”大祭司眼中射出两束冷光，投向白云，“你为屈平而来，而屈平是我大神钦点之人，这个你可晓得？”

“晓得。”

“既然晓得，你为何还来？”

“求您帮忙。”

“你我白黑分明，各执一端，各行其道，原本是井水不犯河水，今朝你来求我帮忙，可是巫咸授意？”

“非也。”

"既非巫咸授意，你……可有说辞？"

"天道阴阳，没有白，就没有黑。您我虽说各执一端，却也并非井水不犯河水。上天命您居于北溟之滨，您这不是来到太白绝顶了吗？"白云盯住他。作为大山之一，太白山亦当在山神巫咸的掌控之下，共工来此山巅，算是犯境了。

"哟嘿，"见她讲出这般话来，大祭司不敢怠慢了，起身，坐直，正襟，"想不到你还有两下子。说吧，要我帮你何忙？"

"应该是两个忙。"白云拱手道。

"两个什么忙？"

"其一，请求贵神共工召回瘟神，放回屈平并所有罹瘟楚人。"

"非本祭司不肯帮忙，是你所求过于难为。"大祭司摊开两手，回她一个苦笑，"瘟神奉上天之命前来行罚，只要出巡，就不会空手而归，这个你是晓得的！"

"是的，"白云应道，"但瘟神不会无故出巡。楚人何罪，屈平何罪，需要瘟神行罚？"

"这个怎么说呢？"大祭司道，"若不是楚人始祖，我神就不会被发配到北溟，我等亦不会世居于北溟之滨，长年与冰雪为伴。"

"这是女娲娘娘成全贵神并您等徒众的。"白云顺势应道，"请问大祭司，发配北溟有何不好？水为太阴之物，遇寒则藏，遇热则发。如果女娲娘娘将贵神发往南天，终日炎炎，玄鸟高翔，火气冲天，太阴无藏。敢问祭司，贵神何以为居？大祭司等何以为家？譬如现在，您等行祭，又为何选在这太白之巅、长年高寒之处？"

"这……"大祭司嘴巴连张几张，竟是回应不出，陡然想到屈平，寻到说辞，"那屈平之罪，你可晓得？"

"我不晓得。"

"不瞒你说，"大祭司看向白云，"我神此来太白之巅，亦为奉天承运，助秦成一统之功。而那屈平竟以一己之力，试图改制变法，强楚亲齐，阻碍我神行功，我神震怒，特命瘟神拿他。天意不可违，还望祭司理解。"

"此言谬矣！"白云拱手道，语气坦然，"天有天事，人有人事。

上天若要亡楚，就凭屈平一人能救过来吗？天意既不可违，祭司您又如何违背天意了呢？”

“本祭司何处违背天意了？”大祭司盯住白云。

“大祭司屡违天意，难道不自知吗？”

“你……”大祭司震怒，目中射出寒光，“且说来！”

“我神司掌巫山云雨，大祭司之神司掌北溟之水。今年天降灾情，我神也是知情的。共工大神奉天之命，驱北溟之水前来我神司掌之域降灾施罚，本无异议。但上天行罚，并非独罚荆楚之地。按照我神所受之上天旨意，荆州之野为暴雨一十四日，而雍州之野则为二十四日。然而，大祭司却在此地设下神坛，将本当降于雍州之野的二十四日雨水悉数挡回荆、梁之野，这般违天之命、以邻为壑、袒护秦人、祸害楚人之事，大祭司难道就这般心安理得吗？”

“这……你……”大祭司紧张了。

“假设本祭司这就去禀明女娲娘娘，女娲娘娘玉颜动怒……”白云顿住话头，盯住大祭司。

“别……别……”大祭司面现惧色，但迅即镇定，闭目有顷，看向白云，“说吧，你还有个其二呢？”

“既然贵神是奉天承运，其二我就不说了。”

“既然有二，就说出来吧。”

“说出来就是，天是天的事，人是人的事。人间兴衰离合，自有人事安排。本祭司欲劝大祭司的是，这就撤回祭坛，依旧回北溟之滨，享尽天年。”

“你……”大祭司震怒了。

“是大祭司一定要我说出来的。”白云嫣然一笑，“若有得罪处，本祭司这厢赔礼了！”说完起身，拱手，朝大祭司深深一揖。

纵有千般怒火，面对这般笑脸与大礼，也是发不出的。大祭司略一沉思，拱手道：“巫咸山祭司，你且回去，待本祭司禀明我神，自去寻你！”

“白云恭候佳音！”白云揖过，径出木舍，魂归本体，静坐守候。

不消半个时辰，大祭司如约而至。

见过大礼，大祭司在白云的对面坐了，深嗅几下道：“此地何以芳香如此？”

“这是兰苑，您坐在我的兰花上了！”白云应道。

“真好！”大祭司赞道，“在我北溟，未曾有过这等芬芳！”

“大祭司有此爱美之心，可见上天好生之德！”

“白祭司想多了！”大祭司回归主题，“你我的对话，我神共工全都听见了。我神对白祭司颇感兴趣，答应了你的请求！”

“真是一个好消息！”白云揖礼，“我神巫咸感谢共工大神好生之德！”

“还有一个不好的消息。”

“您说。”

“我神说，他可以令瘟神放过楚人，放过屈平，但白祭司须为此付出代价。”

“是何代价？”

“侍奉我神！”

“你……”白云心里一揪，良久，“如何侍奉？”

“你不是名叫白云吗？我神说，你的精魂就化作一团白云，日日盘在太白之顶，为我神阻挡太阳之光。”

“就这个吗？”

“是的。我神不想看到楚人的东皇，有你这块巫山巴云遮挡一下，真正是好。”

白云陷入长思。

良久，白云抬头道：“我有一个条件。”

“我神从不与人讲条件。”大祭司淡淡地说道。

“请大祭司转呈你的神，我白云的条件他必须应允！”

“你……”大祭司怔了一下，“讲！”

“我神魂可去，但魄气则要守于肉体，侍奉我神巫咸！”

“你没有神魂了，如何侍奉你的巫咸？”

“我虽无神魂，但有魄气萦绕，气即流通，体即温热，身即不死，我以不死之身供奉巫咸大神，与大神朝夕相望，日夜相处，岂不胜过万千牺牲？”

“唉，”大祭司长叹一声，“你是不知死呀。死了，死了，一死百了，你神魂既去，却要留下活体，生生造出生离死别的百般不舍来，岂不笑煞于天地哉？”

“唉，”白云亦叹一声，“你是不知生呀。生气，生气，一气百生。只要我有一口气在，就不是死，也就不存在生离死别的百般不舍。既无不舍，天地何笑我哉？”

“好了，好了，我不想与你贫嘴。”大祭司摆手，盯住白云，“只想劝你，不要把事情想得太好。上天造物，从未顺遂过人的志意。生也好，死也好，断非你我所能左右。生而为人，神魂魄志意五位一体，神魂既去，志意自失，唯余一魄，能久长乎？而你却想永葆肉身不死，岂不可笑？”

白云震惊。

大祭司的话无疑是对的，也最终粉碎了她对生命的最后一丝奢念。

“白祭司，”大祭司再砸一锤，“我敬重你，因为你是我神选中的灵。你须想清楚，你对我神的要求与你所提的条件之间，是不能共存的。再说，你不是要救屈平吗？不瞒你说，你的屈平已入死之门了。瘟神让我转告你，寒湿之毒已于昨日入屈平膏肓，他的魂魄将于明日午时离体归神。你若想要留住他，就须舍出你的先天真气，从他体内逼出瘟神所施的湿寒之毒。你自己想想，先天真气一旦没了，后天肉身还能久长吗？”

两行泪水从白云的眼眶里盈出，无声地滑落在面前盛开的一朵兰花上。

“唉，”大祭司长叹一声，“我冷酷、嗜血，容不得眼泪，却唯独你例外。”略顿，“我以我神名义，许你后天之体百日气在，千日不僵，万日不腐。但在万日之后，你的肉身必须回归于尘埃。白祭司，生死是大事，本祭司再劝你仔细斟酌。”

“谢大祭司成全！”白云擦掉泪水，拱手道，“请问祭司，如何才能从屈平体内逼出瘟神的寒湿之毒？”

“可由生之门。”

“谢祭司指点。”白云拱手谢过。

“还有，我神谕旨，你须在明日午时赶赴太白之巅，化云守值。”

“我记下了！”

“我与我神明日午时只在祭坛候你！”话音落处，大祭司化作一道精光，倏然而逝。

望着精光逝去的方向，白云泪水再出，恍然出定。

不远处，雄鸡啼晓。

白云紧忙起身，回到屈平舍内，见他的病果然又重许多。一切如大祭司所言，瘟毒已入屈平的膏肓了。

时不待人。

白云取过笔，在竹简上写出几句诀别的话，仔细摆好，回到榻上，抱起屈平，导引他进入生之门，将她的先天浑圆真气涓涓不绝地输入他的体内。

渐渐地，屈平腰身泛起一股热流。

这股热流先向下冲，抵达屈平的脚底，继而由下而上，经由小腿、大腿，入三焦，入六腑，入五脏，继续上冲，进入顶门。

屈平的额角现出汗珠。

屈平的全身现出汗珠。

终于，屈平周身大汗淋漓。

汗珠无不是黑色的，就像是掺了墨。

在最后一缕真气进入屈平的体内时，白云眼里盈满泪水，在他唇上深印一吻，默声泣道：“平哥，你的云……这就飞升了！保……重……”

心音落处，白云身子软瘫，与屈平一起倒在榻上。

随之，白云的嘴巴张开，一缕轻雾从她口中缓缓逸出，凝作一团，缓缓升腾。

烈日当空，万里无云，只有这块小小的雾团盘在草舍上空。

雾团越盘越高，越盘越大，化作一大块白云。

雨滴从这团白云上飘落，一丝丝，一缕缕，全部倾洒在屈平的草舍周围。

老园丁与囡囡各背一捆新刈的艾蒿，脚步匆匆地走回草舍。

囡囡推开栅门，惊叫：“爷爷，快看，又下雨了！”

“乱讲！”老园丁嗔道，“晴朗朗的天，火光光的日头，哪能下雨哩？”

“看呀，天上有云！”囡囡扔下背上的小艾捆，抬头望天，乍然惊道，“爷爷，快看，是我阿姐，她在天上呢！”

“呵呵呵，”老园丁看向天空，笑了，“是有块白云。”盯住那云看一会儿，又看看四周，敛起笑，半是诧异，“咦，只这一朵云，飞那么高，还能落下雨水来，且这雨水不偏不倚，刚好洒在咱家这块地里，真也奇了！”

“不是白云，是我阿姐，是我阿姐，是我阿姐！”囡囡带着哭音迭声抗辩，“她在天上呢，她在哭呢！”说完朝天上挥手，大声哭叫，“阿姐，阿姐——”

“唉，你呀，”老园丁苦笑一声，摇摇头，放下背上的艾蒿，将大小两捆全部解开，一一摊在空地上，“真就是个孩子！”

蓦然，囡囡就如疯了一般冲出栅门，向西飞奔，边奔边叫：“阿姐，你等等我，你不要走，你等等囡囡，阿姐……阿姐……”

“咦？”老园丁怔了，抬头看天，果见那块云团正在向西北方向飘去，且飘得极快，越飘越远，不一会儿就望不到了。

老园丁走出院门，抬头西望，见囡囡已经跑到路的尽头，站在一个土堆上，两只小手朝天高扬，仰望西天，绝望地哭着。

“唉，这孩子，”老园丁连连摇头，一步一步地走向囡囡，“刚刚还是好端端的，哪能说发疯就发疯了呢？还嫌这个家里不够乱吗？”

随着屈平屋顶的那团白云飘向西北，由荆门、郊郢等邑引发并弥散开去的瘟病奇迹般地消失了。已经罹瘟并被白云隔离开来的屈遥及几个巫女也都痊愈。

当然，最先痊愈的是病得最重的屈平。

将近午时，在囡囡为追不上飘在天上的那块白云而哭得稀里哗啦时，屈平醒了。

屈平睁开眼，看到白云伏在他的身上，全身松软，但依旧抱着他。

“云妹？”屈平盯住她，惊呆了。

白云的脸上有不少黑色斑点。

屈平伸手抹去，斑点没了，再一看，是沾上的黑水。

屈平刚刚吁出一口气，猛见自己胳膊上满是一条一条的黑色汗道，再看身上与腿上，到处都是，斑斑点点，条条行行。

天哪，他自己竟然成个黑人了。

屈平乍然明白，是自己身上的瘟毒排出来，化作汗水，沾在白云身上了。

一定是白云用她的功力帮他排出来的。

白云这是累瘫了。

一股暖流从屈平心头涌起。屈平将她小心翼翼地放到榻上，轻轻盖上薄被，见屋中放着一盆清水，将自己匆匆洗过。然后他穿上一身干净衣服，到室外水缸里舀盆水进来，帮白云全身上下擦洗一遍，为她穿上巫衣，这才觉得饿了，遂掩上房门，出去寻吃的。

屈平刚刚走到灶房门口，听柴扉外面传来孩子的悲伤哭声。

是囡囡的声音。

屈平急走出去，望到老伯正带着囡囡从远处走过来。囡囡仍在伤心悲哭，小肩膀一抽一抽的。

屈平松下一口气，缓缓迎上去。

看到屈平，囡囡飞跑过来，上气不接下气，哽咽道：“阿……阿叔，快……快追我阿姐，她……她飞走了！”囡囡指向西北天空。

屈平怔了，抱起她，顺着她的手看向西北方的天空。

天是蓝的，没有一丝云。

“快呀，阿叔！”囡囡急了。

老伯走过来，怔了道：“屈大人，你的病好了？”

“好了！”屈平笑笑，抱起囡囡走回柴扉。

“阿叔——”囡囡挣扎，闹着要下来。

“这孩子疯了！”老伯笑道，“方才天上有块白云，朝咱屋顶下雨，我正觉得奇怪，囡囡说是她阿姐在天上哭哩，你说这孩子……”

屈平心里一抖，打个冷战。他听说，六岁之前的孩子天真纯净，可以通灵，而囡囡不到六岁，今朝应验了。

屈平放下囡囡，飞也似的奔向柴扉，跑向他的房间，推开房门。

白云依旧躺在榻上，静静的，脸上安详，小口微微张着。

屈平拿手挡一下她的鼻孔，仍有气息。

屈平吁出一口气，正自思索，目光瞥到几案上。

几案上面，几片竹简整齐地排在一起。

屈平走过去，拿过竹简。

屈平的眼直了，屈平的手僵了，屈平的心抖了。

短简上是几行娟秀的字：“平哥，白云这就飞了，飞到很远的地方。百日之内，请阿哥带妹到巫咸山，把妹交给巫咸庙中的鹖冠人，我的外公，请外公将我供奉给我的神。你的妹，白云。”

屈平猛地反应过来，扔掉几片短简，扑到榻上，一把抱起白云道：“云？云？你醒醒！你快醒醒！”

白云没有任何反应，只有一缕气悠悠地从她的鼻孔里出入。屈平以手指挡她鼻息，方才觉出这气息极其缓慢，一息几乎等同于他的三息。

屈平伸向她的手腕，搭脉。

脉搏仍在，但已弱到他几乎摸不到。

屈平震惊了。

屈平的耳边响起囡囡声音：“阿……阿叔，快……快追我阿姐，她……她飞走了！”

接着是老伯的声音：“方才天上有块白云，朝咱屋顶下雨，我正觉得奇怪，囡囡说是她阿姐在天上哭哩，你说这孩子……”

屈平凝神苦想，思绪由白云的短简到她化作白云向西北方向飘走。

西北？屈平打个冷战，眼前浮出太白山，浮出共工大神。是的，一定是共工大神为报私怨，先使洪水淹没荆楚，再放瘟神祸楚，白云一定是为救他屈平，被共工掳到太白山去了。

屈平的心弦急速拉长，由当年楚国先祖祝融乘天火之威将共工逐到北溟，到共工借用这个庚子年的天水之威复杀回来，淋塌楚国先庙祝融大神；由怀王梦到先庙着火，到怀王逐走昭阳，偏信张仪、王叔与靳尚；由怀王与他共赴香池，到怀王不听忠谏，偏信靳尚虚妄之词；从淅水之战到犁铧之禁，再到盐战；从招魂台遇到白云到教他跳巫舞到巫咸庙为民治病到……

屈平越想越多，越想越远。

随着头绪不断增多，心绪不停转换，大病初愈的屈平的心弦在一片错乱中越拉越长，终于，随着咔嗒一声脆响，绷断了。

屈平的心弦断在白云这儿。

此时此刻，白云就在共工手里，而在共工的威势面前，巫咸无奈，祝融不敌。

面对这样一个超级对手，肉胎凡身的屈平绝望了。

屈平将白云抱在怀里，紧紧地抱在怀里，任由两行泪水哗哗淌下，洒落在白云脸上。

屈平忘记了饿，忘记了渴，忘记了所有的疲惫与无奈，一句接一句，翻来覆去地吟起曾为她量身定做的诗行：

浴兰汤兮沐芳，华采衣兮若英。
灵连蜷兮既留，烂昭昭兮未央。
蹇将憺兮寿宫，与日月兮齐光。
龙驾兮帝服，聊翱游兮周章。
灵皇皇兮既降，猋远举兮云中。
览冀州兮有余，横四海兮焉穷。
思夫君兮太息，极劳心兮忡忡。
…………

第四章

暴盛怒怀王兴师　觅力士嬴荡得才

宋遗被齐宣王烹于齐宫后的当日，陪同出使的副使、楚国下大夫景惠，匆匆收拾好行囊，快马回郢都。景惠本想尽快将宋遗为国死难的大无畏事迹禀报楚王，不想却在入楚之后遭遇连绵暴雨，再后是因瘟封道，及至赶到郢都，已是一个月之后。

陪他进宫的自然是上官大人靳尚。

听完景惠绘声绘色、时而哽咽不止的描绘，怀王流泪了。

“拟旨，”怀王擦干泪水，转对咸尹，“封特使宋遗为振威君，立忠烈——”

后面的“祠”字尚未落地，宫外一阵脚步声急，当值宫尹趋步入内道：“禀报王上，使秦特使昭雎大人由咸阳返，在殿外候见！”

“哎哟，赶得巧哩，快请！”怀王按捺不住脸上的兴奋，急不可待地扬手。

“宣使秦特使昭雎觐见！”内尹宣召。

话音落处，昭雎趋步走进，径奔怀王跟前，扑通跪地，放声长哭：“大王——”

“昭雎？”怀王让他哭愣了。

“王上，”昭雎哭诉，“张仪欺我！”

“张仪？欺我？”怀王眯起眼睛，“他怎么欺我了？”

“他……他压根儿就没打算给我们土地，他……他要的只是我们与齐人断交，他……”昭睢气得声音直打哆嗦。

“昭……昭卿，”怀王蒙了，“你……不必着急，细细说来！”

昭睢挺直身体，将此行出使的前前后后，一丝不落地全讲出来，末了说道：“王上，张仪压根儿就不想给我们土地，是被臣逼急了，方才将他的於城六里拿出来搪塞，王上，我……我们全上他的当了……”

怀王早已脸色紫涨，拳头握紧，指节咯咯作响，轻轻转头，目光射向靳尚，声音如从牙缝里挤出：“靳尚！”

“王……王上，”靳尚这也从惶恐中醒来，眼珠子连转几转，“想必是误会了，张仪不是那样的人，想必是……是……张仪候不到我王与齐人断交的音讯，这才……”

“禀王上，”昭睢盯一眼靳尚，冷笑一声，“事情不是这样的，臣探听清楚了，张仪正是在听到我王特使被齐王烹于齐宫之后，才肯出面见臣的。张仪的脚压根儿就没有受伤，一切都是他装出来的。他刚从坡上滚下来时，受伤的是左腿，三个月之后，他大概忘了这件事，在臣面前展示的伤处却是右踝。他一直一拐一拐的，可当臣质问秦王为何烧掉契约之事时，他快步走到臣跟前，拍臣的肩膀，那辰光，臣看得清清楚楚，他的脚也好，腿也好，压根儿没有受伤，他的跛脚完全是装出来的！”

“张——仪！”怀王面目狰狞，牙齿咬得咯嘣嘣响，目光再次转向靳尚并景惠，“你……你们……滚！”

“王上……”靳尚叩首，痛哭流涕。

“滚！”怀王几乎是暴喝了。

靳尚打个哆嗦，扯起景惠，跌跌撞撞地退出殿门。

“传旨，”见靳尚、景惠二人走远，怀王颤着手指头，指向宫门外面，“敲……战钟！”

国家的战钟是不能随便敲响的，一旦敲响，就是发生紧急战事了。

随着楚宫里“当当当”的战钟一声紧似一声，刚刚从水灾与疫情中缓过劲来的郢都人无不震惊，纷纷看向楚宫方向。

朝臣们不敢怠慢，无论远近，无论在做什么，都扔下手中的事务，飞速赶往宫城。见楚臣皆至，怀王也不废话，传旨昭睢，让他当廷讲述如何使秦并受辱的过程。张仪承诺商於并签订盟约之事，朝臣们无不知晓。听闻张仪假摔避见、秦王烧毁盟约等诸事，众臣义愤填膺，皆骂张仪奸贼，不少朝臣请求与秦开战。怀王顺势诏命屈丐为将，兴兵二十万，强力收复商於。

散朝之后，靳尚越想越是郁闷。靳尚死也不肯相信结局会是这个样子，张仪会是这样的人。一定是中间什么环节出了差错。

是的，一定是。

靳尚在府中闷坐小半个时辰，心里渐渐亮堂，动身赶往王叔府宅。

王叔府宅的大门前面停着不少车马，府院里人影晃动，客厅的所有席位上坐满了人，有几个没席位的，随便拉块麻片垫在身下。这些人中，清一色全是王亲，显然都在等待王叔。

王叔的主位是空的。

靳尚正在寻思，有仆人过来，带他走向后花园。早有子启从一个花簇葱郁的小院子里迎出，引他进去。

这儿是王叔的书斋。小客厅里正位上坐的就是王叔，陪位的是四个人，射皋君、彭君、逢君、子启，子启旁边预留一块空席，显然是刚刚腾给靳尚的。

"靳尚，"王叔脸色阴沉，看向他，"你来得正好。我们议议与秦国开战的事。"

王叔刻意避开张仪，显然不想提到这个名字。

"王叔，"靳尚拱手道，"臣正有一事想不开，敬请王叔指点！"

"你说。"

"大王为何要派昭睢使秦？"

"派他使秦怎么了？"

"张仪最恨的是昭阳，而昭睢是昭阳的嫡长子，王叔呀，如果您是张仪，该会怎么想？"靳尚一脸不服，"可大王偏就派昭睢去了！"

"是老夫让大王派昭睢去的！"王叔应道。

靳尚震惊。

显然，他失算了。

“靳尚，”王叔盯住他，“当时的情势，你说让谁去？你去吗？再说，即使让你去，你会去吗？其他人谁去才合适呢？大王晓得我们都是赞同张仪的人，而大王对这事儿原本有疑。再说，陈轸的质疑连张仪都应不出来，你叫大王怎么想？如果陈轸讲得完全不对，你为何没有当廷反驳？”

“臣……”靳尚嗫嚅。

“昭睢虽说是昭阳的长子，可他远比昭阳随和，为人处世，都还懂得分寸。无论如何，屈、景、昭三氏，皆是我大楚柱国，多少年来，文治武功，代出英豪。这是家风。平心而论，楚国早晚摊上大事，终了还不是三家出力最多？”

靳尚勾头。

“至于张仪，”王叔长叹一声，“看来我们都看走眼了。昨夜老夫一宵未眠，从犁铧到盐，再到听信张仪、绝齐亲秦，老夫将这局大棋由头复盘，越想越觉得，是我们自己走偏了。看来，屈平是对的。”

“王叔……”靳尚急了。

“靳尚呀，”王叔苦笑一声，“老夫问你，如果你是张仪，即使你对昭阳仇恨齐天，能做出这等事来吗？”说着扫向众人，“无论如何，昭睢是大楚之王的特使，已经不再只是昭睢了。昭睢身上带的是国书，手中拿的是张仪与大王共同签押并盖有印玺的两国盟约！他说出的每一句话都是代表楚国的。可他张仪呢？他在本府里是怎么说的？他在朝堂上是怎么说的？该听的你们全都听见了，王叔我也听见了！他信誓旦旦呀！他说一切都是秦王的旨意呀！”

“打！”逢侯一拳砸在席上。

逢侯姓芈名丑，是先宣王的玄孙，继承其祖父封地，人称逢侯丑。逢侯虽名丑，其实是个英俊后生，年不足三十，正值血气方刚。他在诸王亲后生中最喜军事，也最孔武有力，善使一根重逾百斤的巨槊。这要打仗了，王叔特意召他到这书房来，显然有重用之意。

“靳尚，你还有何说？”王叔看向靳尚。

“臣听王叔的！”靳尚不敢再说二话，拱手应道。

“若听王叔的，就打这一仗！”王叔回他一个拱手礼，看向众人，“你们有何异议？”

几人互望一眼，皆拱手道：“谨听王叔之令！”

王叔缓缓起身，看向众人：“走吧，前院客厅里去，兵员、钱粮，让大家各自报个数！”

王叔的动员卓有成效。在乌金贸易上赚下秦人大钱又通过巴盐保住收成的众王亲原本觉得亏欠秦人，这下得理了，突然觉得秦人的钱不但该赚，且秦人一个个不守信用、可憎可杀，纷纷表态支持大王，出钱出粮出人以收复商於。

王叔就是王叔，一旦转过弯子，一切就都逆转了。

与众王亲分配完各家应出的兵员辎重，目送他们远去后，王叔随即吩咐御者，驾车直驱王城，将众王亲各家自报的兵员总量禀报怀王。

“一十六万？”怀王惊喜，不敢相信自己的耳朵。

“这还只是身在郢都的王亲，数量也是他们自个儿报的。如果加上未在郢都的，单是王亲各家，兵员可在二十万以上。加上三氏并宗亲，王兄即使征兵五十万，当也不在话下！我大楚张袂成阴，挥汗成雨，”王叔握拳，“甭说是他秦人，纵使……”顿住话头，鼻孔里重重地挤出一个“哼”字。

“真没想到，寡人……”怀王激动加感动，一时说不出话来。

“张仪欺我，秦王无信，”王叔侃侃应道，“众王亲听闻此事，无不愤慨，誓与秦人生死决战，夺回商於，一雪前耻！”

“张——仪！”怀王牙齿咬得咯咯作响。

“王兄呀，您这就晓得了。只要国家有难，王兄有召，真正报国的，唯有王亲与宗亲啊！”王叔不失时机地补充一句。

“贤弟说得是！”怀王大是感慨，“前面的事，是愚兄错了。请贤弟转告众亲，让他们放心，只要寡人在位，楚国就不会再行改制！”

“谢王兄！”王叔拱手道，“臣弟还有一言！”

“你讲！”

“是令尹的事。国不可无令尹，尤其是大战当前！”

“贤弟来前，寡人正在想着此事呢。依贤弟之见，何人可当此位？”

“臣弟荐举一人，左徒屈平。”王叔拱手道。

“好！”怀王朗声应道，“贤弟与寡人想到一起了。唉，不瞒贤弟，这几日来，寡人思来想去，深以为悔！屈平是对的，寡人错了！”

“王兄不必自责，”王叔应道，“之前的事，错在臣弟，还有上官他们。今日看来，张仪实在是个奸诈小人，我们全都上了他的当，除了左徒！”王叔盯住怀王，“对了，臣弟还有一事禀报王兄。祭司白云并非全是巴人！”

“哦？”怀王震惊。

“她就是王兄的嫡亲侄女，是臣弟的嫡亲女儿！”

怀王张大嘴巴，良久，长吸一气。

“当年臣弟奉先王之命，假作盐商潜往巴地，得遇巫咸山祭司，也就是白祭司的生母。那是一个奇女子，是臣弟此生唯一爱过的女人。后来，臣弟与她……有了白云，再后，臣弟引军击败巴人，夺占盐田，她娘觉得愧对巴人，跳崖走了。臣弟……”王叔泪出。

“贤弟该早说才是，寡人差点儿……”怀王半是责怪。

“起初，臣弟只是猜测，直到最近，臣弟方才查验明白。云儿欢喜屈平，屈平也欢喜云儿，他们二人……唉，臣弟……关键时刻，竟是未能听从他们，悔之莫及啊！”

“贤弟，不必再说了。”怀王看向王叔，下定决心，“你这就去，有请屈平入宫，我们一起做大事。前些日子，寡人错待他了，听说他积下不少怨气呢。昨日响战钟，这么重要的事，朝臣全都来了，只他一人没来。寡人本想拟旨责他几句，可……不说这个了。请贤弟转告屈平，寡人本欲同往请他，可眼下实在脱不开身，屈丐将军前来谋议伐秦诸事，这辰光就在偏殿守着呢！”

王叔别过怀王，驱车径投郢都城外的屈平草舍。

即使怀王不求，王叔也是要来见屈平的。

他要向屈平认错。

他要向白云认错。

他要当场认定他的嫡亲女儿。

他要郑重承诺，将嫡亲女儿许嫁屈平。

然而，当屈遥将他带到屈平的寝舍时，王叔简直不敢相信眼前的一切：屈平披头散发，两眼发直，踞坐在榻沿上，紧紧抱着白云，那动作完全没个礼数。白云则如一个正在熟睡的孩子，全身松软，任由他这般抱着，少女的胸脯紧紧贴着他。

这是白昼。

这是屈平该到他的左徒府中理事的辰光。

王叔猛地想到怀王的话，战钟敲响之后，左徒屈平没有上朝。

王叔的直觉是，白云病了。

“云儿？云儿！”王叔不无关切，几步跨到屈平跟前，弯下身子，伸手欲摸白云。

“吓！”屈平暴喝一声，一脚直踹过来。

王叔猝不及防，被他踹个结实，连退数步，跌倒在地。

屈遥紧忙过去，扶王叔起来。

王叔满脸涨红，一脸茫然地看向屈遥。

“连续几日了，”屈遥抹把泪水，“阿哥就是这般，白天晚上都要抱着她不吃不喝不睡。阿哥只在昨晚吃些东西，但昨夜仍旧没睡，就这般抱着她。祭司她——”

“她怎么了？”

“听囡囡说，祭司化作一团白云，飘……飘到天上去了！”屈遥哽咽。

“苍天哪！”王叔这也明白过来发生何事了，扑通跪地，泣不成声，“云儿，云儿，我的好云儿……”悲泣一时，起身，急走出来，“快，囡囡呢？”

屈遥叫来囡囡。

王叔详细问话，囡囡一把鼻涕一把泪，将那日所见一一述过。王叔吩咐屈遥守着屈平二人，急急出去，直驱太庙，寻到庙尹和卜尹。

“回禀王叔，”卜尹听他讲述完毕，朗声应道，“祭司的事臣已尽晓，她……为救楚人脱离瘟灾，化为白云，投往太白山去了。”

“她……投往太白山做什么？”王叔震惊。

“王叔还记得前番五星连缀、孛星现世之事吗？今年庚子，本为大灾，偏巧上天水汽盛旺，被我祖祝融赶到北溟、蛰伏两千多年的共工大神看到机会，就又回来了。共工的祭司得到秦人鼎持，在太白山顶建起祭坛，作法行恶，将本该降至雍地的天水全部逼回我荆楚之地，致使我邦遭灾，秦川安然无恙。之后共工大神又出瘟神害我，白祭司求助巫咸大神，但巫咸爱莫能助，因为她是山川之神，而共工为天神，巫咸大神敌不过共工，只好对白祭司说，这事儿只能去求共工大神。”卜尹略顿，“想是祭司去求共工，以身作押了。”

“你何以晓得？”王叔盯住他。

“回禀王叔，”卜尹拱手道，“秦人不守信用，辱我大楚，大王令臣祭告先祖，出兵伐秦，臣在祭告先祖时，先祖显灵，臣是以知晓根脉。”

“我……我的女……女儿啊……”王叔跪于地上，泣不成声。

听到这声“女儿”，卜尹、庙尹相视一眼，皆是愣怔。

王叔悲泣一阵，猛地站起，嚓地抽出宝剑，指天吼叫：“共工恶神，还我女儿来！”一脸怒气地夺门而去。

王叔直入宫城，走有半程，脑子清醒许多。

王叔明白，仇怨不是吼叫几句狠话就能化解的。当务之急有两个，一是国计民生，二是出兵伐秦。

王叔吩咐御者拐向其他街道，放缓车速。

辎车慢慢地走，王叔静静地想。

辎车绕宫城外街转了两圈，王叔心里亮堂后，方才吩咐入宫，在禁门外面停车，步入禁门。

屈丐仍在宫里，正与怀王在偏殿里摆沙盘。沙盘上显示的是整个商於谷地，由蓝田至淅水，山川沟壑、城邑村寨、关卡壁垒、道路水泽、兵营粮草等一应军情战备，尽在沙盘之上。

显然，为这一战，屈丐准备了太多。

见王叔亦到，屈丐觉得必须抛出他的所有疑虑。

“王上，王叔，”屈丐指着沙盘，神色凝重，“非臣谨慎，与秦之战，臣有三个顾虑。”

“你讲。”怀王伸手指向他，示意他说下去。

“一是兵力。张仪敢这么做，是秦人已经备好这一战了。就臣所知，单是商於谷地，魏章麾下已不再是淅水之战时的三万人，而是一十三万人。额外十万是两个月前才陆续入驻的。秦人是守，我是攻，秦人有卒一十三万，我当倍之。王上仅出二十万人，臣以为兵力不足。”

“二呢？”怀王盯住他。

“战备。”屈丐应道，“伐千乘之国，当备战三年，而秦为万乘之国。近十五年来，我与秦大战三次，一是商於，二是巴国，三是淅水，三战皆负。商於，秦人赢在偷袭；巴国，秦人赢在诈计；而淅水，秦人赢面就多了，可为兵器，可为士气，亦可为其他。今秦人已备，而我之备尚未充分，尤其是今年大灾，民生不堪，就臣所闻，死于洪水者不下三十万众，死于瘟疫者亦不下三万。家园遭毁、隔夜无食者不计其数。”

“其三？”怀王显然不想听这些，语气不耐烦了。

“三是战地。”屈丐迟疑一下，指向沙盘，“我旨在收复商於，兵力皆集于此，而秦人却在南郑大量囤兵。由于巴蜀之乱平定，在蜀秦卒少说五万，已在司马错引领下沿栈道回防南郑，再加上南郑原有守卒，兵力亦过十三万。我若在商於开战，司马错或会沿汉水而下，袭我汉中。”

屈丐所说的汉中是楚国的一个大郡。汉水由蜀山流出之后，进入南郑盆地。南郑盆地原为巴、蜀、楚、秦四国分占，秦灭巴、蜀之后，将巴、蜀那部分据为己有，唯独留下汉水南入的那片山地给楚人。汉水再东，进入又一片略小一些的平川，原为庸地，楚灭庸之后，在此地立郡，为汉中郡，而将南郑盆地称作西汉中。汉中西侧的这块山地，如今成为抵御秦人的前沿，汉中郡若是也被秦人得去，秦人就可沿汉水直下，威胁郢都。因而，近百年来，楚国一直在此屯驻重兵，由屈氏一门统率。今日屈丐被派往商於主战场，这儿就薄弱了。

“你说得是，”怀王略一沉思，指向沙盘上的商於谷地，“先说这一。若是二十万不够，寡人再拨给你锐卒六万，合兵二十六万，如何？”

“臣谢王上！”屈丐拱手道。

“再说这二，”怀王指向秦国，“他秦人有备，难道我大楚就无备了？自寡人继位以来，朝朝暮暮，所想无不是收复商於。如果秦人是万乘之国，我大楚岂止是万乘？至于今年灾情，确实很大，但寡人已经探明，所有灾情，皆是秦巫刻意所为。秦人罔顾天道，以邻为壑，多行不义，做下如此伤天害理之事，人神共愤！”

“秦巫？”屈丐怔了。

“是的，”王叔接道，“臣刚从太庙回来，听卜尹说，是秦巫施法，请到共工大神，使本该降于雍州之野的天水悉数落于我荆州之野，淹我楚人。还有瘟神，也是秦巫作祟。”王叔略顿，看向怀王，“回奏王上，为救楚人脱离瘟祸，祭司白云她……”揉泪。

“她怎么了？”怀王大急。

“她……她化作白云，飞天了！”

“化作白云？飞天？”怀王蒙了。

王叔将他在屈平草舍与太庙里看到和听到的伤悲旧事扼要述过，听得怀王与屈丐涕泪交流。

“苍天哪！”怀王仰天长号，“我的屈子，我的左徒，我的侄女，我的祭司……我的……苍天啊……”

“王上，”王叔擦干泪水，看向怀王，“方才屈将军所说的其三，就交给臣弟吧。臣弟多年未带兵，手心痒痒了。与秦此战，臣弟请命守护汉中，与屈将军互为掎角！”

“贤弟……”怀王激动得声音发颤，“寡人……准弟所请！”

“有王叔守卫汉中，臣可无虞矣！”屈丐朝王叔拱拱手，转身对怀王道，“苍天在上，臣向王上起誓，不收复商於，誓不回郢！”

“有将军此话，寡人无虑矣！”怀王拱手道，“常言说，将在外，君命有所不受。这场战争如何打，寡人就不多问了，一切听凭将军！”

“谢我王信任！”

“还有一事，就是令尹，”怀王看向王叔、屈丐，“我们正好商议此事。”怀王看向王叔，“贤弟，屈平他……真的不堪此任了吗？”

“唉。”王叔长叹一声，“听屈遥说，他……他的心全让云儿带走了，这孩子……”泪水再出，“好多天了，就这般抱着云儿，痴痴地抱着云儿……吟着一首诗，翻来覆去地吟……”

“什么诗？”

“就是他在巫咸庙落成那日所吟的那首……”

“浴兰汤兮沐芳，华采衣兮若英。灵连蜷兮既留，烂昭昭兮未央……”怀王吟出前面四行，吟不下去了。

“王上，”王叔接道，“就臣弟所断，屈平怕是伤到心了，朝堂之事，一时三刻指不上他。国不可无令尹，何况眼下战事在即，各府尹、各郡县需要调度。令尹之位，王兄最好是另觅人选。”

“依贤弟之见，何人可当此任？”

“臣也说不清楚。能治朝政者，前有昭阳，后有屈平。昭阳一则老矣，二则已经退隐，再回来不太合适。王上可在三氏后生中择贤者任之。”

“屈将军，”怀王看向屈丐，“令尹人选，你可有荐举？”

“臣无荐举，唯听王上任命！”

“三氏后辈中，堪当大任的无外乎二人，一是景鲤，二是昭睢。这二人中，贤弟与将军可有推举？”怀王看向二人。

“臣听王上！”屈丐应道。

怀王看向王叔。

“景鲤可以治民，昭睢可以治吏。”王叔应道。

“就依贤弟！”怀王点下头，算是定下，看向内尹，“拟诏命，任昭睢为令尹，任景鲤为左徒。”怀王转向王叔，“至于屈平，待他病愈之后，再行任命！”

陈轸优哉游哉地回来了。

先是昭阳遭驱离，继而屈平被支走，之后是宋遗代表楚王大闹齐宫被烹杀，再后是齐秦结盟、张仪欺楚、楚王反杀。一连串事件下来，陈轸对楚国的心算是彻底死了。

但他不得不返回郢都，一是作为楚王的使臣，他必须向王复命；二是为他的家眷与家当。有了伊娜，有了女儿，他再不是赶起车马想走就走的孤独策士了。

陈轸返郢都这日，正值楚王在太庙举行拜令尹、拜主将暨誓师伐秦的大典。

将近午时，大典结束，楚怀王回宫，听闻陈轸在候，联想到他此前对张仪的精准预判，大是感怀，随即传他于偏殿觐见。

听陈轸复命的还有新晋令尹昭雎与新晋左徒景鲤。

陈轸呈交使节，扼要讲述了自己使齐、在临淄等候商於交接以便与齐绝交的过程。

在讲到宋遗被烹的前后过程时，陈轸情绪激动，指向自己的鼻子道："大王啊，轸未入冠年即至安邑，越五年，官至大夫，再五年，官至上大夫，再三年，任魏上卿并大祝，司仪孟津会盟，再后是入秦、使楚，又奉先楚王之命使蜀斗秦，从六国纵长苏秦之命司仪大国相盟，这又奉大王之命两番出使临淄，一番盟齐，一番绝齐。往事虽说不堪，却也是见过一些场面了，可轸从未见过如宋遗这般不知邦交礼数的。"

"为王特使，一举一动皆是王身，一言一行皆是王言。大王啊，假设您在齐宫，纵使火冒三丈，纵使怨气冲天，但身为客人，哪能如宋遗那般出言不逊呢？那般不知进退呢？又那般绝我大楚的后路呢？外交不是疆场啊！外交不是决斗场啊！为人使臣，玩的是八面玲珑，玩的是进退自如，忌的是将话说绝，忌的是自断后路。如宋遗那般当场辱人品行、骂人先祖、不知进退、自入汤鼎等蠢行，让后世史家怎么写他？大王啊，宋遗是大王的特使，您让史家又如何书写大王您呢？唉！"说着飙泪，揉眼，"不瞒大王，宋遗以大王特使身份辱骂齐王时，作为大王使臣尚未复命的轸，真为大王无地自容啊。齐王烹宋遗如烹大王，待那团烈焰腾起，轸……痛不欲生啊……呜呜呜呜……轸……真想跳进那团烈火里，一死了之啊……可轸……不能死啊，轸要回郢都，要向大王复命啊……呜呜呜呜……"

陈轸这番情真意切的表演显然打动了怀王。

“靳尚误我！”怀王一拳震几，声音从胸腔里挤出。

“大王啊，”陈轸应道，“您请听轸一句，误大王的不是靳尚，是大王自己啊！大王一心只在不战而得商於，那是一个多大的便宜啊！将心比心，大王想想，假使您是秦王，商於是您的地盘儿，您坐拥商於，进可逼大楚国的宛城、郢都，退可保咸阳、关中，如此重地，您愿意拱手送出吗？可张仪一张口就讲出来了，一抬手就写进契约里了。他凭什么啊？那地是他的吗？如果轸是张仪，您是秦王，轸这般做事，将您的土地这儿一块、那儿一块，今天送这个，明天送那个，您能饶过轸吗？可大王相信他啊！大王为何相信他呢？因为大王不信任轸，不信任昭阳，大王认定轸与昭阳害过他张仪。

“不瞒大王，想当年，那张仪的确是轸陷害的，可轸不是为自己才害他的，轸是为秦王而害他的，因为那辰光轸是秦王的使臣，秦王写来诏命，要轸逼走张仪，轸受命于秦王，怎么不为秦王效力呢？之后，张仪入秦，不感轸恩，反倒记轸陷他之仇，在秦王跟前屡屡毁轸，轸九死一生，方才离秦至楚，投靠令尹。身为昭门之客，轸自然当为昭门出力。昭阳为楚令尹，轸为昭门出力，就是为大楚出力。之后大王拜轸为楚国客卿，命轸使齐，轸之身就是大王的了！轸在楚国，大王用昭阳，轸帮昭阳；大王用屈平，轸帮屈平；大王用轸，轸竭力尽忠。轸到齐国，时时处处无不代大王说话，为大王说话，可大王扪心想想，您打心眼里信过轸吗……”

陈轸这是豁出去了。

待一长串表白由心底倾吐而出后，陈轸实实地长吸一气，缓缓吐出，吐出的气息化作最后两个字的怅然慨叹：“噫……嚱……”

楚国朝臣没有谁敢这般当面责斥大王。

昭睢、景鲤惊呆了，相视一眼，不约而同地看向怀王。

怀王脸色紫涨，良久，朝陈轸拱手道：“寡人知错矣！”闷头又坐一时，抬头，长叹一声，“唉，往昔之事，寡人悔之晚矣。事已至此，先生可有良策教我？”

“轸只有四个字，”陈轸给出方略，“将错就错。”

“这……”怀王不解，看向陈轸。

“方才大王不是知错了吗？”陈轸解道，“那就将这个错继续下去。”

“这……”怀王越发不解了，看向昭睢、景鲤。

二人也是不解。

“敢问大王，错在何处？”陈轸问道。

“寡人错在二处，”怀王迟疑了一下，几乎是嗫嚅地说，“一是听信张仪，二是使宋遗绝齐。”

“正是。”陈轸接道，“将错就错即：一、继续听信张仪；二、彻底绝齐。”

“先生不会是戏弄……”怀王脸色涨了，生生吞下后面的“寡人”二字。

“非也。”陈轸敛神，一脸严肃，“邦交重在信字。大王既已睦秦，就要将这个秦睦下去，看他秦人怎么玩。张仪不是答应给大王六里封地吗？大王就顺他的情，收下他的六里封地，看他张仪怎么个交割。大王既已嫁出芈月公主，就可再派使臣前往咸阳，从他秦室聘娶一个公主，结牢亲家。那时，秦人想不睦邻都难。此其一。其二是大王既已绝齐，那就与齐绝下去。齐王怒烹大王特使，就是怒烹大王，大王大可以此为由，联合秦人，共同伐齐，取泗下之地，以补商於之失。秦人不久前受困于鲁，东败于齐，此仇未雪，心里正不甘呢！”

显然，陈轸给出的方案，大大超出了怀王的理解。

怀王看向昭睢。

昭睢、景鲤互望一眼，回视怀王。

“这……”怀王苦笑一下，看向陈轸，拱手道，“先生之策过于宏阔，寡人愚痴，尚待斟酌几日，再向先生讨教。对了，”怀王指向昭睢、景鲤，“寡人今日任命昭睢为令尹，景鲤为左徒，屈丐为伐秦主将，已经昭告先庙，誓师伐秦。先生但有所需，知会他二人就成了。”

陈轸苦口婆心，换来的却是怀王“昭告先庙，誓师伐秦”八字，免不得也发出一声苦笑，拱手道：“轸复命已毕，预祝大王伐秦成功！轸请告退！”陈轸起身，缓缓退出。

“结秦伐齐？”望着陈轸的背影，怀王眯会儿眼睛，看向昭睢、景鲤，挤出一个苦笑，“我道他能想出一个什么妙计呢，原来却是这个。你们讲讲，若照陈轸所说，天理何在？秦人欺我，打我耳，啐我脸，我不伐他，还要与他结亲？齐人未曾欺我，是我有负齐人，这却兴兵征伐人家，取人家的地，亏他想得出来！唉……”摇头。

“王上？”昭睢小声道。

“寡人晓得你想说什么！”怀王摆手止住他，“陈轸之言断不可行。自古迄今，楚人一向恩怨分明，是非明辨。若是欺我者反得善报，恩我者反得恶报，叫寡人何以去见列祖列宗？再说，战钟已敲，先祖已昭，寡人却反悔，情何以堪？”怀王目光来回巡视二人，“寡人心知，安我邦国者，必是屈、景、昭三氏。你二人年纪相若，能相近，皆为我大楚柱国、寡人股肱，此番征秦，望你二人精诚协作，全力辅助屈丐将军，击败秦人，将秦人打疼，要让秦人明白，我大楚是不好惹的！”

“臣受命！”昭睢、景鲤拱手道。

昭睢回到昭府时，已是下午申时。

昭家再得令尹之位，前来道贺的百官臣僚、宗亲友朋拥满门庭。昭睢应酬几句，扯个闲空从后门走出，径直来到斜对面的陈轸宅院。

让昭睢一惊的是，宅中的臣仆皆在忙活，伊娜也在翻箱倒柜，在一堆物事里挑东拣西。

“昭大人，昭令尹，您这新官上任，可谓是百忙之身，何以逛到寒舍来了？”陈轸闻报，从里屋走出来，拱手打了个招呼。

许是鼻孔里痒了，陈轸伸出满是灰土的手指摸向鼻子，连捅几下，反而更痒，直到一个喷嚏打出，方才止住。与此同时，陈轸的鼻孔与半拉子胖脸，清楚地显出几道灰土痕迹。

“陈叔，您这是——”昭睢看向他的脸，笑了。

“走呀！”陈轸拍拍衣襟上的灰尘道，“此地实在是住腻了。”

“走？”昭睢惊诧，“陈叔是要搬家吗？”

“是的，搬搬家。”

“哪条街？”

“你该问的是哪个国？”陈轸笑了。

“阿叔，您要离开楚国？”昭睢几乎是震惊了。

“这又不是我的国，我死守着它干吗？”陈轸耸耸肩。

“陈叔，”昭睢急了，“您……您不能走，不肖侄刚刚坐到令尹位上，正没有个主心骨呢，小侄此来，是……是求您来的！”

“求我做什么？”

“求您看在我父公面上，帮我一把！”

“唉，”陈轸伸出一双脏手，重重地拍在昭睢的新官服上，“非阿叔不肯帮你，是……这个令尹之位，你坐不久长的！”

“为什么？”昭睢惊问。

“因为，身为令尹，你做错事了，会承认自己做错了吗？你一定会找个下属揽责。同样，大王做错事了，也得找个人揽责，是不？”

“可大王他今朝不是承认自己做错了吗？”

“他承认了吗？”陈轸冷笑一声，“只要他伐秦，就是不承认！”

“阿叔，”昭睢一脸哭相，“不肖侄求您了，就守在郢都吧！不肖侄向您保证，只要昭睢有一口气在，没有人敢动阿叔一根指头。阿叔所言，不肖侄一定听从。无论如何，不肖侄……”

昭睢作势跪下，但还没有弯下身，就被陈轸顺手拎起。

“贤侄，”陈轸盯住他，“从今日起，你记牢阿叔的三句话，也就够了。”

“阿叔？”

“第一句，不要顶撞你家大王，更不要死谏你家大王，他比先魏王还蠢。第二句，不要把官爵看得太重，也不要把金银看得太重。第三句，见好即收，早寻退路，不一定要守在郢都。”

“退路何在？”昭睢急问。

“远离秦人的地方！”陈轸指向东南，“可去吴越。你或可看到，不久的未来，你的父亲或将因祸来福，得个善终呢！”

“阿叔，”昭睢盯住陈轸，“你是说，我们伐秦，会像淅水之战一样，再次战败？”

“是必败，而且绝对不会是像淅水之战一样。”

“为什么？”昭睢怔了，“秦人欺我，我上下同仇，连王叔他们也都怒了，想必……”

“好吧。”陈轸拱手道，“就算你这个阿叔嘴贱。对了，”盯住昭睢，“屈平呢？他在哪儿？还在丹阳吗？”

“早就回来了。”昭睢长叹一声，“唉，只是……”指指心，“这儿坏了。”

“啊？”陈轸震惊。

屈平草庐，秋风扫落叶，一地凄凉。倒是那些不同种类的兰花，在这末秋的土地上长得挺好，有开着花儿的，有鼓着苞儿的，还有蓄势待发的。

屈遥留下两个巫女照顾屈平与白云，将另外几个巫女送进王宫的巫咸庙里去了。

安排好这儿的事，屈遥驾上战车，直驰军营。

战争说来就来，屈遥晓得，父亲是统领二十六万大军的主将，可他此生从未带过这么多的兵，也从未背负过这么巨大的压力。屈遥的心头一直笼罩着淅水之战的阴影。直觉告诉他，大王如此仓促出兵，此战的吉凶无可预料。身为嫡子，屈遥别无他愿，只求能够守在父亲身边，为他分担部分压力，并在危险关头，能替父亲挡一枪。

然而，无论他怎么纠缠，屈丐死活不让他去。

三军开拔在即，屈遥最后一次赶赴军营。

一见他进来，屈丐就啪地扔给他一支令牌道：“裨将军屈遥接令！”

“末将受令！”屈遥弯下一只膝盖，打个军礼，声音清朗。

“谨遵王叔之命，守护屈平！”屈丐一字一顿。

“父亲——”屈遥大急。

“速去！”屈丐二目如炬。

“末将……得令！”屈遥几乎是嘟囔，极不情愿地捡起令牌，一步一步地退出中军大帐。

屈遥明白，父亲不让他去，是要为屈家留下根苗。

再说，屈平阿哥身边，老的老，小的小，确实离不开他。

接踵而至的打击，尤其是瘟病及白云升天的伤悲，很快掏空了屈平，原本高挑、清瘦的身体，这辰光又瘦两圈。

好在情势尚未糟到极点，屈平的进食在逐日增量，屈平的眼珠子开始转动。除那首诗之外，屈平对外界的变化也渐渐有了反应。

就在屈遥从中军帐里赶回草舍的当儿，囡囡正将一盆盛开的兰花搬进房中。

“阿叔，阿姐，”囡囡叫道，“满园子里数这盆花开得最好，嗅起来最香，囡囡搬它回来，摆在这案上，让它由早到晚陪伴阿叔，陪伴阿姐！”

屈平的眼睛看过来，眼珠子转动一下，抱白云的胳膊收得更紧了。

“阿叔？”囡囡看到变化，盯住他。

屈平闭目吟道：“浴兰汤兮沐芳，华采衣兮若英……”

“灵连蜷兮既留，烂昭昭兮未央。蹇将憺兮寿宫，与日月兮齐光。龙驾兮帝服，聊翱游兮周章。灵皇皇兮既降，猋远举兮云中。览冀州兮有余，横四海兮焉穷……”囡囡如连珠炮般地接下去。

屈平睁开眼，盯住她，似乎是不相信自己的耳朵。

“阿叔，”囡囡一脸兴奋，“我早就会吟了！”

屈平的眼睛再次闭起，晃着白云，正要由头再吟，门外响起脚步声。

有二人走进来。

屈遥在前，身后跟着陈轸。

屈遥从军营里返回，路过元吉楼时，刚好看到陈轸从楼中走出，身后跟着送行的林东与桃红。陈轸叫停屈遥，吩咐驭手跟在屈遥车后，径直来到屈平的草舍。

屈平的房间被两个巫女收拾得干干净净，弥散着囡囡搬进来的那盆兰花的芳香。

陈轸吸几口香气，目光落在屈平身上。

屈平没有看他，旁若无人地晃着白云，吟着那诗，如同哄睡一个婴儿。

盯有一刻钟，陈轸冲屈遥招下手，走出舍门。

“给我寻个锣，再弄一盆冷水！”陈轸吩咐。

屈遥没有寻到锣，拿着一个铜盆过来道：“这个成不？”

“是锣！”陈轸摇头。

屈遥略一思索，驱车驰往乐器店，买到一只大锣并一只锣槌，交给陈轸。时至暮秋，冷水到处都是。陈轸早已舀来一盆，放在舍中。

“你们都出去！”陈轸指下舍门。

屈遥他们走出去。

陈轸掩上房门，拿起锣，走到屈平身边，将那锣放在屈平耳边，猛地连敲三槌。

“当当当”，一连三响，直直地灌进屈平的耳朵，铜锣的特长颤音就如一阵阵激荡的滚雷，一番接一番地冲击屈平的耳膜。

屈平连打三个冷战，还没完全回过神来，一盆冷水照头浇下。

屈平受激，噌地弹跳起来，头脑完全清醒，白云被他不自觉地扔下，倒在榻上。

陈轸朝他笑笑，扔下水盆，拍拍手，开门出去，招来两个巫女，指指房间道：“给屈大人与白祭司换换衣装！”

两名巫女进去，一人抱起白云，脱下她被冷水淋湿的衣服，用温水为她洗过，换上一身新衣。另一人服侍屈平，将他的衣服全都换过。

待陈轸再进来时，房间已经收拾完毕，白云不在屈平怀里了，而是静静地躺在榻上，盖着一床软被。

屈平的意识完全恢复，坐在榻沿上，一双泪眼凝视榻上的白云。

“让屈子受惊了！”陈轸拱手，深深一揖道，“轸道歉！”

屈平看向他，良久，哭出来。

“哭吧，你好好哭吧，大哭一场，哭他个痛快淋漓！”陈轸掩上房门，在席位上坐下，“不瞒你说，这些日来，充斥轸耳的要么是骂声，要么是杀声，要么是咆哮，要么是诅咒，只没有听到人的哭声，尤其是你屈子的哭声。啧啧啧，一声少说得值一金！你在这儿哭他一千声，轸就成个千金富翁了！”

屈平又哭一时，擦干眼泪，走过来，坐在他的对面，拱手道：“屈平谢前辈惊醒！”

“惊醒你容易，可要惊醒你的那个昏王，轸就无奈何了！”陈轸将话引到正题上。

“出什么事了？”屈平问道。

陈轸将近日发生之事扼要讲述一遍，叹道：“唉，你的大王昏了，你的楚国也都昏了。我陈轸也曾昏过，我陈轸也曾见过先魏王之昏，但在魏国，还有白圭，还有龙贾，还有公孙衍，还有……先魏王身边的那个毗人……可他楚王身边呢？眼下只有你一个屈平，却又让他整治成这般。噫吁嚱，呜呼哀哉！”

“以先生之见，该当如何？”屈平看向他问道。

“就在昨日，大王也是这般问我。我的应答是，将错就错。顺张仪之情，受六里之地，内恢复灾后元气，外与秦和亲结盟，东向伐齐。失之东隅，收之桑榆嘛。”

陈轸所言的东隅与桑榆自然是指方位，也即失之于西秦，收之于东齐。深受苏秦合纵影响的屈平显然不解，目光错愕。

“屈子，”陈轸指向西北，“就轸所知，张仪敢这么公然欺楚，秦王敢这么烧毁契约，缘由可有两个：一个是大楚绝了齐援，已成孤狼；一个是秦人万事俱备，就差楚人兴兵来犯。轸不知兵，但自古迄今，乘怒用兵，从来便是大忌！”

屈平长吸一口气。

“大国争抢，得用这个！”陈轸指一下自己的脑袋，“方今天下，已不同于二十年前之天下。楚已得吴越，秦已得巴蜀。然而，楚人迄今仍未完全搞定越人，蜀乱却平，巴蜀安定。秦人已腾出手来争夺天下了。秦人欲夺天下，首患是楚人。秦人憋着一口气要灭楚，眼下是巴不得楚人来战哪！”

屈平再吸一口气。

“可你们的王却……”陈轸苦笑一声，摇头，“唉，在你们楚地，轸不过有两个好友，一个是昭阳，不在郢都了，再一个就是你屈子。轸此来，一是听闻你昏迷不醒，要叫醒你；二是在叫醒你之后，顺便与你道个别！”陈轸起身，拱手道，“轸已叫醒你了，这该道别！”

“道别？”屈平怔了，“你要去哪儿？”

“离开郢都，离开楚国，逍遥余生去！”

屈平震惊了。

良久，屈平看向陈轸道："先生要去哪儿？"

"赵国。"

"赵国？"屈平闭目有顷，"是去找苏秦吗？"

"不完全是。"陈轸长叹一声，"唉，看着，看着，天下竟是没有一处安生的地方了。"

"先生是说，赵国会安生？"

"由魏文侯迄今，天下列国，改制者霸。"陈轸不无喟叹，"楚王不用屈子，看来楚国是改不动了，眼下在改的是赵国。听苏秦说，赵国在行胡服骑射，改的不仅仅是制，而是民化，是风俗。常言说，风俗难易。如果赵国连这个都能改动，就没有什么是它不可能成就的。而赵国能够成就这个，说明赵王可辅。看来，苏子常年驻赵，并不是无缘无故哟！"

"还是先生豁达，想去哪儿就去哪儿，屈平……"屈平苦笑一声，看向白云。

"屈子，"陈轸盯住屈平，"若是信得过，就跟轸一道走吧。天下就是天下，东方不亮西方亮，是不？我们是做臣子的，生来就是侍奉人的命。这些年来，轸算是看明白一事，有些人可以侍奉，有些人是不可侍奉的。对于不可侍奉之人，子是怎么曰的，'朽木不可雕也，粪土之墙不可杇也'。既不可雕，又不可杇，我们为何还要苦苦守候呢？轸老矣，当不得事了。但你屈子不同，你是风华正茂啊。以屈子之才，若到赵国，下有苏子铺垫，上有赵王贤明，别的不说，建功立业当是不在话下。那辰光，陈某不才，若能在你屈子的屋檐下讨口饭吃，得个善终，也是一桩美事。"

"谢先生美意！"屈平揖礼道，"先生是大才，是全才，无论走到何地，都可落地开花。晚辈不是。"屈平指向案上的兰花，"它只能长在楚地，挪个地方，它就活不成了。"

"唉，"陈轸长叹一声，"屈子是舍不得这个窝呀。也好，人各有志，楚国真也离不开屈子。天下若是没有楚国，苏子的那个纵就合不拢口。楚国若是没有屈子，陈轸我……"苦笑，"怕是连个念想也不再有了哟。”

“谢先生高看！”屈平再揖。

“屈子，”陈轸回他一个礼，盯住他，“既然你选择守在窝里，就为你的这个窝做点事吧。”陈轸指向西北，“楚王伐秦，是疯了，能够阻止疯王的或许只有一人，就是王叔。听闻王叔转过弯儿了，待你也不错，前几日，一力荐你做大楚令尹，可惜你病了。楚王无奈，才于昨日任命昭睢。这辰光你醒了，若想阻止此事，当可恳请王叔。”说着看向白云，显然知晓她与王叔的关系，别有深意，“最好是抱上她！”

“谢先生指点！”屈平拱手道。

“不用谢我！”陈轸缓缓起身，走向舍门，在门口转过头来，长叹一声，“屈子呀，这或是上天给你楚国的最后机会了！”

陈轸这三敲一激，让屈平的心智从沉迷中完全清醒，肚子超饿，叫屈遥端来两碗稀粥喝过，身上渐渐恢复力气。

屈平耳边响起陈轸的声音：“屈子呀，这或是上天给你楚国的最后机会了！”

屈平打个寒噤。

屈平吩咐屈遥驾车，将白云抱在怀里，坐上，直驰王叔府宅。

王叔府宅尽是着戎装的人。

听闻来者是屈平，王叔亲自迎出。

屈平抱着白云，缓缓下车，走向王叔。

王叔一身戎装，英姿飒爽，腰上挂一柄他已经久违的吴钩。

“屈平，你的病……”王叔很是激动，盯住他，“好了？”

“好了。”屈平淡淡应道。

“云儿呢？”王叔一脸急切，走近他，看向白云。

白云依然如故，静静地窝在屈平的臂弯里。

王叔抚摩她苍白的脸，流出泪水。

“王叔，”屈平盯住他，“我这来，是与您告别的！”

“你去哪儿？”王叔急问。

“那儿，”屈平看向西山，“送她回巫咸山。”

“是的，你快送回去，巫咸大神一定能够救她！”王叔转向西山，朝巫咸山方向长揖至地，默声祈祷。

“王叔，”屈平说道，“屈平此来还有一事，是恳请您！”

“屈子请讲！”

“屈平求您劝谏我王，秦不可伐！”

“为何不可伐？”王叔怔了。

“天降双灾，难民待抚，外绝齐援，内困于治，而我王不恤民苦，盛怒用兵，仓促出征，秦人……候的正是这个啊！”

“屈平，”王叔盯住他，“你见过陈轸了？”

“是的，他刚刚到过晚生寒舍。”

“你信陈轸的话？”

“我信直觉。”

“屈平，”王叔苦笑一声，“王叔信过张仪，上他当了。同样，陈轸也不是个好鸟。任谁花言巧语，王叔眼下只信这个！”说完抽出吴钩，举起，以手拭锋，吹一口气，又插回去。

“王叔，”屈平急了，“万不可从一端走向另一端。秦、楚必有一战，但不是现在啊！”

“正是现在！”王叔握拳道，“两军相战，气盛者胜。秦人欺我，我上下同心，万众同仇，士气炽烈，此时不战，难道要等这股气耗散了吗？”

“王叔——”屈平抱着白云，跪下道，“您听晚生一句吧，也是听您女儿的！”

“屈平，”王叔盯住他，字字铿锵，“楚国由古迄今，从来没有怕过谁。楚国由一弹丸之地到方圆五千里，无不是一刀一枪打出来的。今日亦然。非王叔不听你、不听云儿，是剑已拔出，弓已张满，秦人必须为他们的愚行付出代价！”说着看向西北，“还有，你到巫咸山之后，可以祭告巫咸大神，就说秦巫的事，王叔问过太庙，尽已知晓。王叔这就出征，前往汉中郡，由汉中郡杀向太白山，杀死那恶巫，毁掉那坛，救回我的云儿！”拱手道，“开拔在即，王叔就不留你了。王叔的云儿这也托付你了！”

"王叔！"屈平哭了，也真急了。

"去吧！"王叔目光坚定，"我大楚三军兵分两路，王叔一路，由汉中出征，另一路征伐商於，你阿叔是主将，这辰光当已开拔。王上已去军营，要为三军壮行！"

屈平顾不得许多，别过王叔，回到车上，吩咐屈遥加鞭驰往北门。

这日是开拔日，战旗已祭。屈平一路走去，郢都街道上，妻别夫，父别子，男女相拥，老少垂泪，一幕又一幕的悲壮。

在屈平的辎车驰近营地时，第一批开拔的驷马战车正在驰出中军行辕大门，跟后的是第二辆、第三辆。

军营外面，是一条宽阔的驰道，可并排驱驰六辆战车，三道供出，三道供进。遇到战事，三军无论是开拔还是凯旋，六条驰道就会同向使用，任何人不得逆行。

这条驰道直接连通郢都通往南北的衢道。

屈遥的车马从衢道上驰过来，正要拐向这条驰道，远远望见无数辆战车从不远处的军营里迎面驰来，烟尘滚滚。

屈遥正要将辎车让到路边，屈平低叫："迎上去，挡在道中！"

屈遥震惊。

迎上去就是逆行，就是阻挡三军。阻挡三军者，是杀头重罪。

屈遥再看屈平，见他目光沉定，遂扬鞭催马，拐上驰道，迎向滚滚而来的出征战车。

战车驰近。

屈遥停在道中，占据了正中位置。

当头的两辆战车停下。旁边的四辆，不知发生何事，也都停下。

在屈遥协助下，屈平缓缓下车，抱着白云，一步一步地走到他的辎车前面，直直地站在路中。

身后十步，是他的辎车。

屈平清楚地看到，站在第一辆战车上的是左军主将兼三军前锋逢侯芈丑。

屈平晓得，他是王叔的人。

逢侯见是屈平，怀中抱的是白云，逢侯扬手指过来，朗声质问：“屈大人，你为何挡在道中？”

屈平静静地立在道中，没有应他。大病初愈的消瘦身子在六列并排驰来的数以百计的战车军阵面前，渺小得如同那阻挡王辇的螳螂。

若是其他人，逢侯会毫不留情地驱车碾过去。

然而，挡在他面前的是屈平，抱在屈平怀中的是白云。屈平是主将屈丐的亲侄、怀王最器重的臣，白云则是王叔的嫡亲女儿。

逢侯不敢怠慢，急切禀报仍在军营之内的屈丐并怀王。

不一会儿，驰道上的战车纷纷让向两侧，正中空出一条车道。一辆王辇由空道驰来，驾车的参将传怀王旨，将屈平搀上王辇，驰回军营。

屈遥的辎车紧紧跟在后面。

王辇过后，逢侯向前一指，战车再次驱动。分开在两侧的六列战车随即弥合，汇作壮观的战阵纵队，驰向衢道，驰向前线丹阳。

中军大帐里，怀王端坐主位，屈丐、昭睢、景鲤三人侍坐。

屈平抱着白云走进来，虚弱的身躯一晃一晃的，眼见就要摔倒。

“屈平！”怀王纵身跳起来，几步跨到屈平跟前，扶住他。

“臣与白云叩见王上！”屈平跪地作礼，被怀王拉住，扶他走到预留的客位上。

“祭司她……”怀王盯住白云。

白云面色苍白，如死人一般无二，只有体温是热的，身体是软的，鼻孔是有气的。

“祭司是来恳请王上的！”屈平奏道。

“恳请何事？”怀王问道。

“不可伐秦！”

怀王闭目。

“屈平，祭司，”良久，怀王睁眼，看向屈平与白云，语气沉重，“你们的恳请寡人听到了。非寡人执意伐秦，是秦人实在可恶，不得不伐！”

“敢问王上为何要伐秦？”屈平盯住怀王。

“这……”怀王苦笑一下，继而想到屈平病了，不晓得近期发生之事，看向昭雎。

昭雎遂将张仪如何与楚王签约，陈轸如何与张仪朝堂辩论，他如何随张仪入秦接收商於，张仪如何诈伤，又如何躲他，楚使宋遗如何被烹于齐宫，张仪如何见他，如何毁掉契约，如何将六百里商於谷地改作张仪的六里封地等诸事，扼要述及一遍。

怀王听得火气再起，正要发作，屈平淡淡接道："所有这些，臣已晓得了。"看向怀王，看向屈丐与昭雎几人，"臣敢问王上，此番伐秦，是为战胜秦人，讨回商於，还是为赌一时之气，泄一时之愤？"

"这个不消说了，自然是为战胜秦人，讨回商於！"怀王一口应道。

"若此，臣请我王撤回诏命！"

"屈平？"怀王盯住他，脸色变了。

"大王不是要学秦王吗？秦王为夺回河西之地，重用商鞅变法，励精图治一十六年，孟津朝王之时，秦本已可以一战，可秦王仍旧不出手，转而韬光养晦，臣服于魏，使魏侯膨胀，南面称王，失道义于天下……"

"屈平，"屈平尚未说完，怀王截断他的话头，声声震耳，"你是说，我泱泱大楚是他在河西战前的秦国吗？你是说，寡人该像他嬴渠梁那般使人入秦，低三下四地吹捧他秦王，好让他也头脑发涨，失道义于天下吗？他嬴驷、张仪如此言而无信、翻云覆雨，如此假摔伪伤、轻慢我大国使臣，如此公然毁灭已经签订的契约，难道还不算是失去道义吗？"

"王上……"见怀王曲解如此，屈平心如刀绞，"臣……不是此意……"

"好了，好了，"怀王连连摆手道，"这事儿不必再议。屈平呀，你大病初愈，不宜劳心动身，你这就回你的舍中静养一阵，今后有你做的事情。至于如何伐秦，寡人与屈将军他们已经议过多次。你尽可放心，此战断非浙水之战，寡人心中是有数的！"朝外叫道，"屈遥？"

"臣在！"屈遥跨步进来。

"听旨！"怀王盯住他。

"臣侯旨！"

“从今日始，你唯有一务，就是照顾好屈平并祭司，不可懈怠！”怀王下旨道。

“臣受命！”

“去吧！”怀王挥手道，“寡人还要与屈将军他们议大事呢！”

屈遥走到屈平身边，扶起他。

“大王——”屈平哭绝。

“去吧！”怀王转过脸去，拖长声音，再次摆手。

秦都咸阳，王宫偏殿里气氛凝重。惠王坐于主席，侍坐的是太子嬴荡、张仪、司马错、魏章、公子疾、公子华与甘茂。

这是秦宫战前的最后一次御前会议，先由公子华禀报军情。公子华报得极为详细，参战将军、出兵人数、行军路线等无所不包。

“王上，诸位大人，”公子华末了道，“上面这些都还只是表象，是数字，嬴华以为，最大的变化是士气。楚人是真的生气了，无论是怀王还是王亲、宗亲，包括将士，都在斥骂我们，将毁约之事视作国耻，全力寻仇，尤其是王叔，变化巨大，要亲自挂帅，镇守汉中。多年来，王叔既不带兵，也不问政，这一次是主动请缨。”

“解铃还须系铃人，”见公子华讲完了，惠王看向张仪，笑道，“相国大人，楚人是你招惹来的，如何应对，你得拿个主意。”

“兵来将挡。”张仪连连摆手道，“那辰光臣是使臣，只管惹事，这辰光臣是相国，只辖百官。至于这引兵打仗，臣……”目光瞄向司马错与魏章。

“司马错？”惠王看向他。

“打呗。”司马错耸耸肩。

“怎么打？”惠王倾身道。

“打楚人，王上得问这个人。”司马错指了一下坐在他身边的魏章，笑了。

“魏将军？”惠王眉头一扬，看向魏章，冲他笑笑。

“臣以为，”魏章拱手道，“方才嬴华将军说得是，此战不比淅水之战。淅水之战，我知楚人，楚人不知我；我众志成一，楚人则怀二志；我有乌金利器，楚人依旧用铜。这且不说，重要的是楚人伐我理由不足，我方守土，得义。而此番的不同是：其一，我知楚人，楚人也知我。宛城各家炼炉天天都在赶制乌金利器，虽说眼下尚不能装备三军，但前锋楚卒应该具足了。再说，宛城近在咫尺，楚人应能天天派人将新打的利器送入营中，这将部分化解我方的兵器优势。其二，我毁约失义在先，楚人得理，士气高涨，上下同心。其三，楚将屈丐用兵谨慎，精于布阵，尤其熟悉山地战阵。”

“魏大将军，”嬴荡不耐烦了，扬手打断，“这些都是秃子头上的虱子——摆明着的。来个痛快话，怎么打？”

嬴荡的个头长成了，由上到下净是肌肉，尤其是与日俱增的一身力气，莫说是一帮公子哥儿，纵使三军里的力士，也几乎没有能够与他相角的了。

天生神力，外加太子身份，使嬴荡无论走到哪儿，都是绝对的中心，没有人敢对他说三道四。前些年里，所有朝臣，包括惠王，无不将他视作一个孩子，但这孩子眼看着长大，惠王也有意栽培，是以这次御前会议，特别让他参加。

“回禀殿下，”魏章朝他拱手道，“既然是楚人伐我，臣的方略依旧是防守，择地势与楚人排阵对垒，先观情势，再伺机出击。”

“我想知道的是，大将军如何防守，如何出击？”太子荡语气直接。

“这……”魏章迟疑一下，“要观察战场情势，而后才能因敌制宜，做出判断。”

“我问的是战略！”

“臣的方略已经讲明，先防守，再伺机进攻。就眼前情势而言，臣以为，楚人主攻方向当为三路：一是过荆紫关西下，沿丹水袭我商於，绝我后路；二是由宛城出兵，由黑水关西下，袭我淅邑并於城；三是由丹阳沿淅水北上，攻我於……”

“若是嬴荡所记不错的话，淅水之战楚人也就是这样的吧？”

“是的，殿下。”

“淅水之战，楚人进攻，大将军防守，这次又是。大将军能不能玩点儿新花样呢？”太子荡语气调侃。

魏章脸涨红了，咂巴几下嘴皮，看向一侧。

太子荡又要说话，惠王重重咳嗽一声，盯住他，语气严厉：“嬴荡！”

“儿臣在！”太子荡拱手道。

“不可无礼！”

“儿臣没有无礼，”太子荡辩道，“儿臣是在与大将军讨论，呃，是向大将军请教军事！”

惠王白他一眼，看向张仪道：“相国大人，魏将军的应敌方略，你意下如何？”

“臣完全赞同。”

“诸卿可有异议？”惠王看向司马错等。

“臣无异议！”司马错拱手道。

公子疾、公子华、甘茂诸人皆表赞同。

“若此，大略可以定下。”惠王转对内臣，“记诏，诏命魏章将军为主将，嬴疾为副将，甘茂司粮草，相国张仪总体协调，引军一十五万，迎战楚寇于商於！诏命司马错为主将，嬴华为副将，引军一十万，镇守南郑，一是牵制汉中郡的楚军，二是呼应商於的魏章将军！”

内臣记下。

“父王，儿臣有奏！”嬴荡拱手道。

“你说。”

“儿臣已满十七，自幼习武，却未历过战阵。今楚人侵我，堪称天赐良机，儿臣求请从军，愿为普通一卒，冲锋陷阵，恳请父王准允！”太子荡拱手，朗声说道。

“这……”惠王闭目，捋须有顷，道，“嗯，你是该去历练历练，否则，就不晓得个高低长短！”看向内臣，“诏命嬴荡为监军，从司马将军帐下，参与军事！”

“父王？”嬴荡急叫。

“哦？”惠王看向他。

“儿臣求请入商於，从魏章将军帐下！”

“魏章将军，你意下如何？”惠王看向魏章。

“有殿下坐镇，臣无虞矣！”魏章拱手道。

“也好，就让嬴荡跟从将军，实战历练！”惠王朝魏章拱手回礼，转向嬴荡，“嬴荡，你须记住，三军之事，一切皆听魏章将军。若是违令，法不容情！”

“儿臣遵旨！”

得到从军允准，太子荡兴冲冲地赶回太子东宫，直入他设于后花园中的练功场。

练功场上，百来个力士正在轮流试举一只石磙。

这是一只特别大的石磙，有合抱粗细，一头大，一头小，重逾千斤，且上面没有任何抓手，连一只臼窝也没有。

这些力士是太子荡从全国各地搜罗来的，个个神力。他们守在东宫，只有一务，就是陪同太子磨炼神力。磨炼的方式千奇百怪，举石磙是这日的一个新花式。

由于没有抓手，众人试过多轮，莫说是举起它，纵使抓它起来，也是为难。

“这物事是啥人拿来的？”一个连试多轮的力士大声抱怨。

另一力士冲不远处的草坪努嘴。

众人皆看过去，见一个身材壮硕的力士正襟端坐于草坪上，一边举起酒坛饮酒，一边斜眯眼睛，时不时地瞟他们一下。

“兄弟，过来一下。你带来的石磙没有抓手，哪个能举哩？”那力士叫道。

饮酒的力士搁下酒坛，站起来，走向他们。

众人腾出地方，让给他。

那力士走到石磙边，蹲下，左手抓住小端，右手搭住大端，大喝一声“起”，大端随即倒竖起来，石磙的重量全部压在左手上。与此同时，那力士忽地站起，将石磙用左手托起，右手不过是起个稳定作用。

巨大的石磙被托到胸前，那力士将之横起，右手托住大端，又叫一声“起”，朝空中猛力一抛。那石磙被他抛至丈多高处，重重地落下，又被他双手托住。之后，他再抛起，再托住，再后是一手抛起，一手托住，宛如一个调皮的乡村孩童在耍弄他的玩具。

众力士看得目瞪口呆，忘记了喝彩。

突然传来一声重重的“好”字，这声喝彩来自二十步之外的嬴荡。

听到主人的声音，众人无不回头。

嬴荡大步走过来，无视众人，两道目光盯住那力士，再慢慢移向他的石磙。

那力士亦看过来，正要放下石磙揖礼，被嬴荡摆手止住道：“别动！”

那力士抱住石磙站在那儿。

嬴荡退后几步，扎好架势，冲他叫道：“扔过来！”

那力士怔了，不无狐疑地看向众力士。

众力士亦是紧张。

是呀，如此之重的石磙扔过来，冲力巨大，殿下万一接不住，就不是闹着玩的了！

“兄弟，扔过来！”嬴荡越发来劲了。

见殿下称自己为兄弟，那力士一阵感动，更加不敢扔了。

“嘿！”嬴荡拍拍胸脯，“兄弟只管扔过来，本宫若是接不住，就算输了！”

那力士仍旧迟疑，看向众力士。

“哎呀你！”嬴荡急了，“快扔呀，甭看他们。他们中没有一个好玩的，本宫不过瘾哩！”

“殿……殿下……”那力士几乎是嗫嚅道。

“那你就搁地上！”嬴荡指向地面。

那力士听到这话，吁出一口气，将石磙轻轻放到地上。

嬴荡过来，也如那力士蹲下，左手托起小端，右手扶住，大叫一声“起”，忽地站起来，顺手放平，又大叫一声“起”，便朝空中抛出丈高，再伸手接住。

众力士无不震惊，因为他们从未见过殿下施展过如此神力。

那力士来劲了，大喝一声“好”字，不自觉地退后几步。

“兄弟，接住！”嬴荡将石磙朝那力士扔过去。

那力士伸手接住。

“扔过来吧！”嬴荡扎好架势。

那力士放开胆子，将石磙扔过来。二人恰逢对手，就在这练功场上你来我往，互相扔起石磙来。玩了有小半个时辰，嬴荡玩腻烦了，将石磙放到地上，走过来，无视众人，拍拍对手道：“兄弟，叫何名字？何方人氏？”

“回禀殿下，”那力士退后一步，揖道，“草民贱名任鄙，世居陇山。”

“陇山是个好地方。几时到的？”

“前日。”

“咦？”嬴荡看向众力士，“任兄前日已到，你们缘何不禀报本宫？”

众力士面面相觑。

为首力士带头，众人齐齐跪下道：“小人知罪！”

“呵呵呵，”嬴荡笑了，扬手道，“都起来吧。想必是你们未曾见识过任兄手段，是以没有及时禀报。”

“谢殿下宽恕！”众人叩首谢恩，站起来。

“去，”嬴荡看向为首的力士，“吩咐膳房，备好酒宴。今日本宫双喜临门，请诸位豪饮一场，不醉不休！”挽起任鄙胳膊，“来，兄弟，随本宫厅中叙话！”

嬴荡所说的厅不是客厅，而是武厅。

二人挽臂入厅。任鄙看向展示于厅中的十八般兵器，见个头是由小至大，晓得它们是殿下自幼习练过来的。

“唉，”嬴荡看向兵器架，长叹一声，“看着，看着，这些兵器，竟是无一称手了！战事就在眼前，叫本宫——”摇头。

“任鄙也是，走遍天下，竟无一器可用，这才用那石磙练手。”

“我大秦要与楚人开战，本宫应征，想要打造一件合意兵器。可究竟要造何种兵器，本宫思来想去没个主意，任兄有何高见？”

“殿下善用何器？”

“这些都会，没有哪个是善用的。”

“任鄙不知兵器，只是听人说，力小者用枪，力大者用镗。”

“镗？”嬴荡的目光移向竖在一侧的镗，“本宫听你的，就用镗。”

“任鄙自幼嗜武，但也没有上过战场。敢问殿下，此番征楚，能否让任鄙一试身手？”

“任兄欲用何器？”

“任鄙徒有蛮力，不会用器，殿下随便打制一个即可。”

嬴荡略略一想：“双锤如何？”

“听殿下的。”

“任兄年方几何？”

“二十六！”

“为何来到咸阳呢？”

“任鄙有些蛮力，食量惊人，喜武爱文，只不欢喜农活，在家无所事事。父母亡故得早，兄嫂供养不起，颇有怨言，鄙无奈何，遂离家出走，浪迹四方，一则卖力糊口，二则求访同好之人。在雍州之时，听闻殿下招募力士，遂来讨口饭吃！”

“哈哈哈哈，”嬴荡长笑几声，“任兄来投，实乃本宫洪福！”重重地按在他的肩上，“不瞒任兄，本宫一直未遇可敌之人，郁郁寡欢，今日夙愿得偿，堪称平生快事！哦，对了，方才听到任兄提到求访同好之人，可访到了？”

“回禀殿下，”任鄙应道，“鄙访到一人，其力不在小人之下！”

“他在何处？姓啥名谁？”嬴荡急不可待。

“吾友为羌人，姓乌名获，居于赤乌邑东郭。赤乌本为月氏国属地，这辰光从属于大秦了。”

“哎呀，”嬴荡急了，半是抱怨，“你来投时，为何不带他来？”

“回禀殿下，”任鄙应道，“此地羌人虽然归属于秦，心中却惧，我这朋友忧心——”

“速请他来，没有什么好忧心的！”嬴荡略一思忖，“乌获年方几何？”

“小任鄙五岁，为鄙义弟。”

“好年纪，恰值用武之时！”嬴荡握拳，乐了，“任兄这就告诉他，只要他肯入秦，荡以弟礼事之！”

“鄙以为不可！”任鄙揖礼，“殿下就是殿下，小人就是小人。只要殿下不弃，能赏小人一口饱饭，无论是任鄙还是义弟乌获，皆会感念殿下厚恩，为殿下尽效股肱之力！”

“任兄，”嬴荡急不可待了，“你这就修书，本宫使人上门求请！”

任鄙当即写下一信，嬴荡召心腹门人，吩咐他带上厚礼，乘驷马之车，星夜西投，径往赤乌求请乌获。

第五章

袭白顶王叔救女　战丹阳三雄逞威

逢侯芈丑引军先行，主将屈丐走在最后。是日天黑，三军行至荆门。荆门设有不少固定营房，三军过此，无须搭帐即可入驻。

荆门不远处有片水泽，泽边有个不足百户的小邑，环境清幽，风光秀美。泽边有个草庐，柴扉在白天和晚上都是开着的，但在晚上，有几只大白鹅守在前院。

这日将近一更，远近灯火相续熄灭，唯有这家草庐，仍旧舍门洞开，亮光直射院门上的柴扉。突然，远近的狗狂吠起来，院中的大鹅先是昂首，继而呱呱大叫。

随着大鹅的叫声，一盏灯笼从远处的乡道上晃过来，一路晃到庐前，两个人影走近柴扉。几只大鹅呱呱叫着飞扑过去，眼见就要啄到来客，门内走出一人，喝住大鹅，将它们赶到角落，圈起来，回身走向柴扉。

“是田忌兄吗？”为首客人走到柴扉前面，冲他抱拳，“在下屈丐！”

“呵呵呵，”田忌拱手，笑道，“渔人晓得屈将军要来，在守你呢！”说着伸手礼让，“寒舍请！”

屈丐让随员守在门外，与田忌走进舍中。

一张乡村的简易几案上，摆着两道下酒的凉菜与一壶老酒。

田忌指着酒菜笑道："将军若是不来，拙荆就算白忙活了！"转对舍后，"客人到，上热菜！"

话音落处，一个年轻女人由后院进来，端着一个大托盘，上面摆着热腾腾的几只大碗，碗中全是鱼虾，有蒸的，有煎的，有烤的。屈丐看向那个女人，见她有二十来岁，相貌俊美，但气质与肤色，不像是出自大户人家。

方才听到"拙荆"，又见她这般模样，屈丐迟疑一下，看向田忌。

"呵呵呵，"田忌指她笑道，"这是渔人新纳的一房，生下两个娃了，将军该叫她阿嫂才是！"

"哎哟哟，"屈丐起身，朝那女人揖道，"屈丐见过嫂夫人！"

那女人紧忙还礼，脸色涨红道："奴婢见过将军！"

"娃儿他娘，"田忌笑笑，指向外面，"外面还有一位兄弟，"指这案上，"将这鱼和酒，分他一些！"

"灶中还有呢！"那女人回他个话，匆匆去后院了，不消一时，又端一只托盘，径到柴扉处。

"屈将军，来来来，这鱼全是在下今朝从水泽里捞上来的，鲜着呢！"田忌斟酒，举盏。

二人各自饮下，又吃几口鱼，屈丐放下酒碗，拱手，扯到正题上道："田兄，昨日在下到景翠府上，听他讲您住此地。"

"渔人晓得，所以才守你呢！"

"是景翠告诉您的？"屈丐有点儿惊讶。

"他怎么会呢？"田忌笑了，再将酒盏斟满，举起。

"呵呵呵，"屈丐亦举起道，"田兄就是田兄！"

"说说，这一战，你是怎么个打法？"

屈丐随手打开带来的战图，指图说道："在下与王叔议过多次，王叔之意是全线出击，王叔由此地，就是汉中，北攻，沿洵水谷地北向进击终南山腹地，威胁秦都，使商於之敌有后顾之忧。在下则分多路攻取商於谷道！"

"怎么攻取？"田忌问道。

“分左中右三路。左路出荆紫关，沿丹水河谷直入商洛；中路出丹阳，克淅邑，直入於城；东路出黑水关，沿衢道攻於城，夺武关。”

“除此之外，将军应该还有一支奇兵吧？”田忌盯住他。

“不愧是田兄！”屈丐叹服，指向汉水一段，“这儿还有一条捷径，就是郧地，山不算高，坡度也不算陡，有三条河谷可通达商城。在下已令一个裨将军引领锐卒三万，由这三条河谷北上入商。由于秦人主力皆在应付在下，他们或有机会捷足先登。只要拿下商城，就可据关守隘，截断秦人的整个退路，秦敌可擒！”

“将军这是要瓮中捉鳖了！”田忌笑道。

“在下所谋，若有短处，敬请田兄指点！”屈丐拱手道。

“将军所谋甚好，便是渔人，也只能这般谋了。”田忌再次笑笑。

“田兄，”屈丐语气真挚，“在下此来，是求田兄支招的。不瞒田兄，此番征秦，大王给我数十万人，胜负已不再是在下的事，堪称是楚国的生死之劫了。田兄有话，不能憋在心里！”

“如果是孙膑在这儿，”田忌又拿孙膑来说事了，“他会劝将军不要轻易开战！”

“为什么？”屈丐急了。

“因为这一战，将军胜算不大！”

“田兄是说，我二十六万对他十三万，难道还没有胜算？”屈丐目光错愕。

“是的。”田忌语气郑重。

“为什么？”

“战必胜者，天时、地利、人和皆占尽。就眼下来看，天时、地利，楚皆不占，唯有人和，也是朝廷上下受张仪所欺而一时憋堵出来的血气与怨气，并非士气。”

“这……”屈丐显然不服，略略一顿，盯住他，拱手道，“屈丐愚痴，请田兄详释！”

“庚子之年，天地不和，四时不睦，最不宜的是动刀兵，楚人却逆时而动。商於六百里尽皆山地，处处险隘，楚人主攻，莫说是二十六万对十三万，纵然是三十六万对十三万，兵力上亦不占优势。只要秦人按兵不动，据险以守，将军就只能无功而返。至于人和，在下不言，将军当知。大灾刚过，民不聊生，大王一味兴兵，是不体恤民苦。别的不说，单是这个小邑，这些日来，家家都是生离死别。上不恤民苦，却要民不惜命，这是缘木求鱼。”田忌述完，朝他举盏。

屈丐却再无心喝酒，两眼闭起，耳畔响起屈平的声音：“臣敢问王上，此番伐秦，是为战胜秦人，讨回商於，还是为赌一时之气，泄一时之愤……臣请我王撤回诏命……大王不是要学秦王吗？秦王为夺回河西之地，重用商鞅变法，励精图治一十六年，孟津朝王之时，秦本已可以一战，可秦王仍旧不出手，转而韬光养晦，臣服于魏，使魏侯膨胀，南面称王，失道义于天下……”

“田兄，”屈丐睁眼，看向田忌，“身为臣子，战与不战，非屈丐所能决定。眼下事已至此，田兄可有两全之计？”

“一个字，拖！”

“何解？”

“就是不战呀！”田忌端起酒盏，递给屈丐，自己亦端起，朝他让一下，饮尽。

“在下已对大王起誓，不收回商於，誓不回郢！”

“所以让你拖呀！你并没有起誓何时收回商於，是不是？”田忌诡诈一笑，盯住屈丐，“此战不比淅水那次，景翠好歹有个脱罪理由。这次只要开战，无论是战死还是战败，将军都回不去了。只有这个拖字，或能给将军机会。”

“可……身为主将，不战怎么可以？”

“也要战呀！”田忌又是一笑，“你不要冒进，要稳扎稳打。楚国再穷，也是大国，打得起。反正这些兵，放在哪儿都得养。宛地、邓、襄皆是粮区，只要大王的辎重跟得上，你就能与秦人拖下去。跟不上，是大王的事。商於谷地狭小，道路不堪，秦人兵多，供应也多，粮食皆须从关中载入，劳民伤财，拖得久了，对秦人更为不利。那时，秦人心躁，又退不得兵，要么急于进攻，要么现出破绽。秦人若是进攻，将军就得地利。秦人若是现出破绽，将军只要看准，一击就可制胜。”

“田兄妙策！”屈丐兴甚，双手举盏道，“在下敬兄！”

“还有，就是骚扰。将军可派小股熟悉山地的人钻进山沟里，神出鬼没，能打则打，打不胜则逃，将秦人搞烦、搞乱，让他们摸不透将军的底细。当年打庞涓，孙膑就是这么干的。”

“哎哟！”屈丐彻悟，大是感慨，“今宵若是不来，在下真就……”说着高高举盏，“干！”

二人饮尽。

屈丐拿过酒壶，斟满两盏，端起一盏，递给田忌道：“在下借田兄之酒，敬田兄一盏！”

二人再次饮尽。

屈丐拱手道：“在下有一请，望田兄成全！”

“你讲！”

“屈丐不才，乞请田兄前往丹阳，丐引三军之众，唯田兄一人是从！”

“谢将军美意！”田忌拱手回礼道，“只是……唉，渔人早已忘情于江泽，对这打打杀杀再无兴趣了。之所以候你，讲出这般失礼的话，是为景翠。景翠待我不薄，几日之前使人前来，要渔人助将军击败秦人，也为他出口恶气。渔人这几天无心打鱼，思来想去，真还助不上将军。不瞒将军，此番渔人受害入楚，倒得了闲暇，回首反思，往事皆如烟云。”说着苦笑，“渔人本为粗人，好武而已。至于两败庞涓，无不是孙膑之功。对于景氏之托，渔人无可推诿，能够帮你的这已全说了。以将军才干，只要措施得当，当可无虞！”

“谢田兄！”屈丐拱手道，“在下若能有幸回来，就也放下所有，来与田兄结网罗鱼！”

“哈哈哈哈，”田忌长笑数声，举盏道，“渔人候你！”

得到田忌支招，屈丐兴致勃勃地赶赴丹阳，一边等候各地征调来的军卒陆续到齐，一边召集各部将议事，重新调整部署：令三万锐卒镇守荆紫关，组成三道防线，互相策应；令三万锐卒镇守黑水关，沿黑水组成两道防线，防止秦人东进宛城；令五万锐卒沿甲水（汉水支流）上溯，抢占漫川关，再以漫川关为中心，沿山道或溪谷控制周边各邑，逼迫商洛。与此同时，屈丐率领中军主力十万，以丹阳为背依，由正面与敌对垒于丹阳、淅邑与於城一线，以守为攻，伺机制敌。余下四万才是楚军真正的先锋，清一色是擅长山地战的锐卒，他们将分散开来，从楚人所控制的边缘山地，向秦人所控制的商於道南侧各城邑或谷地村落发动突击。先锋分队只管抢地，所抢到的地盘则由漫川关与荆紫关的守军接管并负责防御。屈丐的战略是，只要抢占并控制商於道南部的所有山地，商於谷道也就置于楚人的监控之下，随时随地都可被切断。只要楚人由商城一带切断秦人，就可从背后夹攻武关，迫使困在於城一带的秦人束手就擒。

这个战略可以说是万无一失。主力只要抱团，以守为攻，就能以静制动，化解秦人的战力。而攻坚先锋则化整为零，以千人为建制，在东西长达几百里的广袤山地里一路向北，攻击前进。由于秦人是守土方，在明处，不敢轻动，而楚人的先锋分队是攻击方，在暗处，可声东击西，因而，在山地战里，秦人不可能占上风。

屈丐布局妥当，设主将府于丹阳城，并以此为中心，建立一整套快捷的通信系统，确保信息畅通无阻，同时与昭睢保持联络，保证辎重的运输与安全。

完成部署之后，屈丐总算松出一口长气，一边使人探听秦人动静，一边将自己的部署变化及因由写成奏章，快马奏报怀王。

在屈丐紧锣密鼓地调动三军的同时，秦军主将魏章也没闲着。

魏章的主将府设在於城，也即张仪许给楚人的六里封地。

与他同来的还有这块封地的主人——张仪。

于张仪而言，此番与楚之战，关系的就不只是秦、楚兴亡，而是他的事业与未来，甚至牵连身家性命了。无论如何，事是自己招来的，为招惹此事，张仪将秦室金库几乎赔在与楚人的生意里了，更把楚人彻底得罪，连一直看好他的王叔也上火了，亲自挂帅上阵。

干系如此重大，单凭他魏章一人，张仪是一万个不放心的。出山以来，无论是助楚灭越，还是帮秦灭巴蜀，出主意的都是张仪。六国攻秦时，秦人最终能够战胜，不得不说，关键之功依旧是他张仪的。至于赴魏后与齐两战皆败，是因为对手太强大，站在他与庞涓对面的是苏秦。

可今番不同了。站在他对面的是屈丐，与他并肩的是魏章。魏章不是固执己见的庞涓，对他张仪可谓是言听计从。至于对手屈丐，就他所知，尚未历过大的战阵。楚王此番拜他为将，实在是没人了。景翠有淅水之战的阴影，昭阳遭到罢黜，楚国能撑场面的也确实只剩下这个屈丐。

由于此战重要，秦惠王也把家底赌上了，明面上交给他锐卒一十三万，实则又加三万，是守护咸阳的京畿卫戍，这些人直接交给公子疾指挥。

离开咸阳后，张仪几人直驰蓝田，为张仪驾车的是魏冉，为魏章驾车的是芈戎。他们于翌日黄昏驰至商城，安歇于商城守府。

晚饭过后，魏章、公子疾心里没底，寻到张仪。

"相国大人，"魏章盯住他，"你说，这一仗该怎么打？"

"淅水之战你是怎么赢的？"张仪反问。

"以守为攻！"魏章应道。

"依旧这么干！"张仪淡淡一笑。

"谨听相国！"魏章展开情势图，朝他笑笑，晓得他已经想透彻了，"说吧，怎么个守法？又怎么个攻法？"

"你们先要明白为什么要守？"

"因为楚人是攻！"魏章不假思索。

"是的，"张仪点头道，"就常理所断，楚人是要强行收复商於，必定要攻。楚人刚刚遭灾，必闹粮荒，必求速战。"

"具体如何防守，请相国指点！"魏章急不可待。

"疾将军，"张仪转身面对公子疾，半是微笑着在地图上比画，"你带五万人守护这儿，西至蓝田，东至武关，如何？"

"末将得令。"公子疾回他个笑。

"晓得怎么守吗？"

"听相国的！"

"守商城不是守在商城。"张仪指向地图商城以南的广袤山地，"关键是这儿的山地。"说着指向几条水道及几个关隘，"在下琢磨过这儿的地势。商城之南，有三个大邑、两个小邑，以及难以计数的村落。离商城最近也最重要的三个关隘，一个是漫川关，一个是天竺关，另外一个是黑山关。三个关隘中，最重要的是漫川关。漫川关位于秦、楚交界，历来是秦、楚必争之地，今在我手。将军若能守住此关，就可扼住楚人要害。反之，此关若失，楚人就可沿此水长驱北上，越过竺山，向东北可攻我武关，向西北可逼我商城。那时，将军就得以十倍力量阻止楚人了。”

“末将明白。”

“魏章将军，”张仪看向魏章，“武关以东，是咱俩的。”指向荆紫关，“此关现在楚人手里，最是紧要。由此关向西北，可通达商南邑、进逼武关，由此关向东北，有一条水道，它没有什么名气。我赴楚时路过此处，专门问过乡人，它往下流几十里即入丹水，河谷甚宽，防不胜防。我下水探过深浅，捡到两块小卵石，一黑一白，光洁如玉，状若棋子，权且叫它棋水吧。棋水河谷须重点布防，以免楚人由丹水河谷拐向此谷，再沿此谷到达这儿，就是我捡棋子的地方，双向布防，断死我商於谷道。”

“你讲的这个棋水，我晓得它。我曾经沿它南下，走有二十来里，还捡到一只正在晒盖的王八呢。”魏章笑笑，指向一处地方，“就是这儿，两边山势很陡，我们沿棋水拦起来，设道关隘，再在此关隘前面约十里处布道暗哨。楚人一有动静，暗哨就会报信，关卡就会有反应，在阻击楚人的同时呼求救兵。”

“甚好。其他我就不多讲了，皆由将军布置。我只讲一个原则，因敌制宜，敌动我动，敌静我静。”张仪看向众人，“听明白没？”

“明白了。”魏章、公子疾应道。

“我们在商於所存之粮可支半年，我们就按半年期限制定防御战略。楚人今年大灾，就在下所知，丹阳储粮部分过水，损失不小。楚人要想确保大军粮草，就要大量筹运。其他不讲，单是辎重粮草这块，我们熬得起，他们熬不起。”

次日，张仪、魏章径投东去，过武关，于两日之后赶到於城，惊闻淅水河谷两侧的大量山地已被楚人占据，几乎每道沟里都有楚营，每道梁上都有楚人。尤其是淅邑周边，楚人已经逼得很近了。

但在淅邑通往丹阳的长达五十来里的河谷两侧，无论是平地还是矮丘，均未发现一个楚卒，好像是楚人特意留给秦人似的。

显然，这不合常规。由丹阳到於城，淅水河谷几乎是最近也最便捷的通路。昔日於城归属于楚时，楚人专门沿淅水东岸修筑一条可并排通行四辆战车的宽大衢道，水、陆并行，交通与运输十分便利。眼下淅邑让秦人占去，楚人若取於城，须得先取淅邑，而要攻取淅邑，理当首先控制两岸的山地。之前的淅水之战，景翠就是首先控制住淅水两侧的山地，然后才向北推进，直面秦军的。

“楚人都占了哪些山地？”张仪眉头拧紧。

魏章引张仪来到一只大沙盘上，向芈戎、魏冉招手，让他们也跟过来。摆沙盘是他从庞涓那儿学来的手艺，这辰光也是有模有样了。

为他们介绍情势的是个参将，沙盘是他带人摆出来的。

其实不用介绍，张仪放眼看去，东至黑水关、西至荆紫关的广袤山地上遍插楚人的藏红色小旗，而在此前不久，这些山地不过是零星地居住着一些山民。与这些小红旗相对的是秦人的黑旗，大多插于关键要塞。从情势上看，这些要塞全被红旗包围。更大的变化在荆紫关以西，距漫川关不远的南侧几道山梁，这辰光也插上小红旗了。

张仪的目光紧紧盯向距离於城不远的几道山梁，包括他不久前所提到的那条棋水河谷，上面已有好几面小红旗。

“这些小旗是楚人在活动还是已经屯驻？”张仪问道。

“屯驻。”那参将应道，“具体人数有待确定。”

张仪再向西看，漫川关外果然插着几面小红旗，由于距离太远，最近的情势尚未报来。

“看样子，楚人不像是守！”魏冉指着这些旗子，“奇怪的是，如果是攻，他们为何放弃淅水？这儿是最捷近之路！”

张仪盯住这条由於城南下、经由淅邑而直达丹水的淅水。淅水虽有不少小的弯曲，但大方向几乎是正南正北贯通，且连通三个大邑，丹阳、淅邑与於城，战略位置极其重要。

张仪的目光由淅水慢慢地看向它的东西两侧，五里之外的山地大多被楚人占据，且楚人步步进逼，听参将讲，许多小旗子是近两日才插上的。

“你俩好好看看，这些小红旗像不像一只张着口的麻袋？”张仪看向魏冉与芈戎。

魏冉退后一步，细细一审，倒吸一口寒气道：“张叔是说，楚人有意放开淅水通道，诱使我军攻击丹阳，而后，”指向淅邑之后的淅水，“由这儿截断我军退路，扎牢袋口，将我军围歼于丹、淅之间？”

“呵呵呵，”张仪笑了，竖个拇指，“不愧是魏大将军的公子！”转身对魏章，“屈丐看起来蔫，看他扎下的这个架势，胃口倒是不小哩。”

“那也得看看他能否吃下了！”魏章握拳。

“他不用吃呀，”张仪指向谷道，“他只需断掉衢道，截断水道，而后严阵以待。我后继无粮，欲退不能，欲进不得，整个就是一片死棋了！”

魏章闭目良久，看向张仪道：“以相国之计，如何是好？”

“囤三个月粮草于淅邑，抢占淅邑两侧山地，三军屯扎于淅邑之南，进可攻丹阳，退可入於城。若是不退不进，就据守淅邑，看他能奈我何！”张仪边说边在沙盘上比画。

“下官得令！”魏章朗声道。

在楚、秦二军对峙于丹、淅之间时，王叔也已抵达汉中郡。

陪同王叔一起来的是五万王亲家兵，主将庄峤，副将子启。无论如何，公子启长大了，为未来计，子启需要建功立业，是以王叔安排他跟从庄峤带兵，算是历练。

汉中郡在防务方面归属于左司马屈丐，行政郡守却是王叔的人，由王叔的异母弟（七弟）纪沮君芈椭担任。汉中郡虽为边陲重地，但近百年来秦、楚相悦，这儿并无战事，反倒安好。眼下与秦开战在即，汉中郡成为战地前沿，屈丐又到丹阳去了，纪沮君正自紧张，王叔却来了。

汉中郡原有守卒十万，王叔这又带来五万，兵势大振，至少在人数上盖过了秦人屯于南郑的锐卒。王叔用两日辰光，将各处防务部署完毕，不无严肃地看向庄峤，拱手道：“庄将军，这儿的防务就交给你了。”转向芈槐，“七弟，你要全力扶持庄将军，确保粮草辎重，莫让将士们饿了肚皮。”

“二哥，”纪沮君不解，“您这是——”

“二哥要去一处地方，”王叔指向地图，“就是这儿，太白山。”

“太白山？”纪沮君两眼睁大，盯住王叔指的那处地方，“那是秦人的地盘呀，二哥您——”

“有没有熟悉这个区域山地的人？”纪陵君似是没有听见，盯住他道。

“有呀，盐贩子。”纪沮君脱口而出，“这些盐贩子无处不去，方圆三百里山地，只要有人的地方，没有他们不曾去的。”

“给我寻来十名，不，二十名。告诉他们，路引得好，我付每人三块锾金！”不待他应话，王叔转向庄峤，“选出五百猛士，尤其是擅长山地战的。”

“王叔，”庄峤急道，“您不可涉险。无论何事，吩咐末将即可。”

“这事儿我必须去！”王叔语气果决。

“王叔，”子启晓得是为了什么，接道，“算上我！”

“你只有一务，协助庄将军守卫汉中。”王叔目光扫过二人，“汉中若失，老夫唯你二人是问！”

兵贵神速。经过两日筹备，王叔与五百名由庄峤一手挑选的锐士全部扮作盐商，将兵器拆解，藏于盐袋里，带足十日干粮，分作十路，在二十名盐贩子引领下插向西北山地，直奔太白绝顶。庄峤仍不放心，于旬日之后，又向北面山地派出多路精兵，一为疑兵，二为接应。

大量盐贩在此节骨眼儿上进入终南山地，插向西北太白顶方向，自然惊动秦国黑雕。自从惠王责备黑雕未能发现活动于太白山地的北溟黑觋之后，公子华加强了对咸阳南部所有山地的监控，在山林里的每一处村落都设有情报点，也正是这些情报点最先发现这些动向并逐级报告给公子华的。

公子华立即派出大量黑雕赶向太白山区，时刻监控，同时入宫觐见惠王。

“多少人？”惠王眯起眼睛问。

“目前尚难计数，”公子华禀道，“看样子，不少于一千，他们分散行动，皆着布衣，扮作盐贩。”

惠王闭目。

“他们在山地里转来转去，但都绕向同一个方向，太白山。”

“会不会是冲着太白山巅的那些黑觋去的？”惠王看向公子华。

“我想是的。”公子华应道，“据天香所报，屈平罹瘟，巫咸山祭司为救屈平而化作一团白云，飘往太白山方向，想必是与那黑觋有关。此番开战，王叔自请镇守汉中，我正琢磨他为何要守汉中呢，这下子清楚了，定是他派人到太白绝顶营救其女。”

“那个祭司不是化作白云走了吗？”

“精气走了，但肉身没死，说是还有气息呢。”

“真是一个奇女子！”惠王由衷赞道。

“是哩，”公子华亦是感慨，“听车卫秦说，他见过那个祭司几次，那种美丽，是天上才有的，即使天香也远逊于她，所以楚王在见到她后念念不忘。她的生母是巫咸山祭司，生父是王叔，楚王其实是她亲伯。关键是，她的生母，巫咸庙前祭司，是长居巫咸山的鹖冠人与再前一个祭司的生女，而那个鹖冠人又是楚平王之孙、太子建之子白公胜的嫡传后人，绕来绕去，除母血为巴巫之外，此女的父精皆出自纯正的楚国王室。”

“那些黑觋在做什么？”惠王沉思有顷，抬头问道。

“盖草庐。”公子华回道，“近日又有一批黑觋过来，有男有女，还有孩子，合起来已过百人，原来的草舍不够住了。再说，冬天来了，太白顶已下三场大雪，他们在筹备过冬，赶制木炭。前些日，他们向我讨要粟米，比原计划的多出一倍，我问为什么，他们解释说，还有一批族人行将过来。”说着苦笑，“我有时在想，他们不会是要在这太白山里建立一个国中之国吧？按照所签契约，整个太白山区，方圆百二十里，都是他们的！听小雕说，他们已经在标示界线呢。”

“可恶！”惠王恨道。

“王兄，如何处置此事？”

惠王再次闭目。

惠王眼前浮出那个萨满黑觋，耳边响起他的声音：“天运流转，秦地将兴，上天示我前来贵邦，一为助王成就大业，二为扬我萨满之教。是以我等不求回报，只有一请，乞请大秦之王将终南山太白绝顶赐予我教，为我教在太白山地立庙设坛，准许我教收留信众，传扬法术！”

继而是寒泉子的声音：“由君上所言，老朽可知此觋所行之术为黑术、阴术，主杀。主杀不吉，以邻为壑，更是不吉，望君上三思而行之。”

再后是公子华的声音：“听小雕说，他们已经在标示界线呢。”

“哼！”惠王的鼻孔里轻出一声。

“王兄？”公子华小声道。

“你方才禀报的是什么事儿？”惠王抬头，眯起眼睛。

“这……”公子华怔了，“楚卒的事儿呀！”

“他们是楚卒吗？”惠王的眼睛眯得更小了，“听你所说，他们不过是盐贩。山里人吃个盐不容易，我们要以诚待这些盐贩才是！”

公子华恍然有悟，打个响指道：“臣弟晓得了！”越想越是有味儿，再打一个响指，“臣弟这就撤下那三百锐士，眼下战事吃紧，他们该上前线才是！”

“去吧。”惠王摆手道。

听着公子华远去的声音，惠王嘴角撇出一丝诡异的浅笑。

“王上，”内臣近前，“夜深了，今宵该到王后那里了，她在候您呢。”

惠王眼前浮出王叔，继而浮出魏章与芈月。

“换人，芈八子！”惠王吩咐。

“王上，芈妃怀着身孕，已经大几个月了，看起来明显哩。”

“就她！”

在公子华与众黑雕的全力配合下，不消旬日，由汉中摸进山中的楚地盐贩顺风顺水地会聚在太白山区。

那些黑觋也是要吃盐的。为稳妥计，王叔让众人隐在林中，安排几人背着盐袋摸到太白山巅，寻到黑觋的草舍，一边卖盐，一边勘察情势，将他们的所有营地探个通透。

攻击发生在摸底之后的第三日黎明。无论是谁，黎明都是最弱的辰光。

由于这儿是秦国腹地，加之山高林深，山下又有秦卒守护，这些黑觋未做任何提防。楚人众多，个个又都是顶尖勇士。他们围定草舍，踹开舍门，冲进舍中，将仍在熟睡中的黑觋，无论男女老幼，悉数砍杀在铺上。

一切发生在无声之中，可怜那些黑觋，有许多是不久前才从北溟赶来的，对这个全新的环境尚未熟悉，就这般稀里糊涂地做了楚人的剑下之鬼。

当楚人冲进中心那座最大的草舍时，意外发生了。

这个草舍里住着萨满大祭司。

许是被异响惊动，许是有某种直觉，就在楚人踹门的一刹那，大祭司摸到利剑，从榻上一个弹跳，破窗而去。

然而，这一大片草庐的外面，王叔早有布防，一排弓箭手候在林中，见窗中跳出一人，遂朝他齐射。

大祭司连中两箭，所幸没射在腿上。见四周皆被围困，大祭司吼叫一声，如飞般蹿出，径投山巅而去。

上山只有一条路。王叔瞧得清楚，引众紧追于后。

两支箭矢皆射中后背。大祭司忍住巨痛，一气奔到山巅，纵身跃上祭坛。

现在依旧是黎明之前，但东天已经现出些许亮光。

祭坛上空，依旧盘着由郢都一路飘来的那团白云。

大祭司回首望去。在东天些许亮光的辉映下，大祭司看清了，追上来的清一色是楚卒，他们全身披甲。在风里飘着的也是楚旗。走在前面的是王叔，手中提剑。身后是数以百计的楚卒，或仗剑，或弯弓搭箭，齐刷刷地瞄向他。

这是秦国腹地，他认为最安全的地方，但数百楚卒竟然这般肆无忌惮地摸到太白山巅，说好必须守在山外、负责他们安全的秦卒呢?

大祭司忽然明白了，这是秦王卸磨杀驴，将他们卖给楚人了。

大祭司伏地跪下，一手指天，咬牙说出他此生最狠的恶咒：“大秦之王嬴驷，我等本为助你而来，因为你的国有一统天下之命数。可惜你非光明磊落之君，言而无信，过河拆桥，放任宿敌屠我族人，失义失信，当受上天果报。本祭司以共工大神名义，施与你并你的国四道凶咒：一咒你的身于我族人的三年祭日暴病而亡，死时苦痛；二咒你的国在一统之后二世而亡，亡于楚人；三咒你的嫡长子继位之后四载而亡，亡于野蛮；四咒你的嫡亲后世兄弟倾轧，父子相疑，并于亡国之日，悉遭灭杀！”

见那黑觋喃喃自语，似在作法，王叔急了，大叫道：“快，放箭！”

众矢飞去。

大祭司连中多矢，依旧跪着不倒。

王叔纵身跃上祭坛，视那黑觋，见他身如刺猬，但仍未绝气。

王叔挥剑，足力砍向他的脖颈。

那头掉落，滚在地上，一腔乌血由断处溅出。

那团白云悬在头顶，似在观赏发生在它身影下面的这场屠杀。

那乌血直溅三尺多高，化为一道黑气，冲天而起。

那黑气在太白山巅形成一团黑云。

四周的黑气纷纷聚来，越聚越多，太白山巅瞬间被黑云布满。

白云被裹在黑云中间，王叔看不到了。

王叔举起剑，掷向那黑云。

一道闪电下来，劈向那剑。在一声震耳的雷声中，王叔打个趔趄，倒在地上。那剑在空中打个旋，落下深崖。

黑云升高，成为一大块乌黑的云团。

云团缓缓北移，朝东北方向飘移。

众军卒急上祭坛，围向王叔。

王叔睁眼，看向天空。

黑云不见了，他的白云也不见了，天空一片湛蓝。

“那黑云呢？”王叔急叫。

众军卒指向东北。

王叔看向东北天空，果见一团黑云越飘越远。

蓦然，就在王叔绝望之时，一团白云从黑云里分离出来。

黑云向东北飘，白云向西南飘。

白云直向山巅飘来。

王叔两眼圆睁，直直地盯住它。

是的，是他的白云。

白云飘到太白山巅，重新罩住他们。

王叔捡起那黑觋的头，双手捧起，供向天空，声音哽咽道："云儿，我的好女儿，你看见了吧？你的阿大来了！你的阿大把那恶觋杀了，你的阿大把所有的恶觋都杀了。你自由了，你可以走了，你这就快走，快回你的巫咸山去，你的屈平在等着你呢！"

话音落处，王叔将那颗头颅抛到崖下，又传令兵士，将那黑觋的死尸抛扔下去。

王叔指向祭案，众军士一齐动手，将祭案掀倒，翻到崖下。

随着祭案被掀翻，案上的三只瓶子也滚落下去。

祭坛上干净了，山巅上干净了。

头顶的白云渐渐沉落，越来越低。

不消一时，整个山巅沉入一大团浓雾之中。

"我的女儿啊——"王叔伸开两臂，揽向那雾，泣不成声。

天色大亮，朝霞万道。

一轮红日喷薄而出，万道辉光洒过来，射在这团白雾里。

白雾渐渐升高，再次成为云团。

云团渐渐南移。

看到渐去渐远的白云，王叔朝着缓缓升起的太阳跪下，泪水流出。

所有楚人全都朝着初升的太阳跪下，祈祷东皇太一。

在太阳升到一竿高时，王叔跳下祭坛，指挥兵士砍断系坛的绳索，又寻来无数撬杠，将那块状如巨型蛋卵的万钧巨石连同上面的祭坛，一点一点地撬动，直到它翻下万丈深崖。

那圆石发出滚下深崖的隆隆巨响，犹如声声闷雷；那圆石砸到崖底所传来的巨震，使整个山巅都在战栗。

一百日就要到了。

白云也要到家了。

这是一个温暖的冬日，北天的寒冷被高高的巫山挡住，天空现出少有的晴朗。

巫咸庙下面的山径上，屈平怀抱白云，一步接一步，吃力地踏阶而上。囡囡走在前面，走几步，就坐在石阶上候一会儿。屈遥紧跟屈平身后，时刻提供防护，因为屈平的身体实在太虚了，况且还抱着一个人。

他们的身后是两个巴人，挑着他们的行囊，其中一个是白云临下山前为人扎针的老巴人。再后是一长溜巴人，男女老幼，数不到头。他们的脸上无不写着哀伤。得知他们的祭司生病了，他们回来了，他们你唤我叫，相约跟来。

众巴人要将屈平、白云一路抬上巫咸庙，屈平不让。

屈平一定要抱着他的白云，一步一步地把她抱回她的家，交给她的外公。

一阵琴声飘下来。

琴声断续，如呜如咽，好似每一个音符都要穿越久远的时光与重重的阻隔才能抵达他们的耳边。

听着，听着，囡囡哭了。

囡囡跑下来，扯住屈平的衣襟。

屈平的脚步没停，泪珠打湿了白云的衣裳。

身后，传来屈遥的哽咽。老巴人放下担子，跪在台阶上。众巴人看到，纷纷跪下，黑压压地沿着小径一路跪下去。

所有的泪水与跪拜，都是由山上的琴声勾起来的。

屈平没有跪。

屈平甚至没有停步。

琴声近了。

巫咸庙到了。

囡囡扯着屈平的衣襟，踏上最后一道石阶，看向琴声起处。

抚琴的是鹖冠人，身穿白衣，坐在一块悬石上，二目平视，似在看向远方。

那块悬石没有围栏，悬石下面，是万丈深渊。先祭司、他的女儿，就是从那块悬石上纵身跃下去的。

谷风从崖底吹来，一阵接一阵，轻轻地拂动他鹖冠上的三支羽毛，一把白须也在这谷风里随风飘荡。

屈平一步一步地走过去，走到鹖冠人身边。

囡囡扯着屈平的衣襟。

鹖冠人一动不动。

琴弦时而嘣出一声。

屈平跪地，抱着白云。他的身边，跪着囡囡。

琴声止了。

鹖冠人依旧不动，二目依旧平视，仍在望着远处的山。

“外公——”屈平颤声道，“您的云儿回来了！”

鹖冠人依旧未动，饱经风霜的老脸迎向那谷中刮来的风。

“外公——”囡囡号啕大哭。

一个接一个，巴人们陆续上来，全都跪下。

这是一个中午，太阳照在身上，暖洋洋的，让人忘记是在冬日，是在这巫山深处。

一团白云飘过来，飘到巫咸庙前的山谷里。

“阿姐——”囡囡抬头望去，突然间又惊又喜，大叫一声，朝那团白云扑过去。

说时迟，那时快，一只老手将她拽住。

“阿姐，阿姐——”囡囡拼命挣扎，欲跳下那崖，扑向那团越来越近的白云。

白云飘过来，顷刻间，弥漫于整个山巅。

“阿姐——”囡囡安静下来，止住悲哭。

“云儿，你……回来了……”鹖冠人转过身子，盯住屈平怀中的白云。

“外公，您的云儿……回来了！”屈平泣不成声，替她应道。

鹖冠人放下囡囡，伸出双手。

屈平跪前一步，将一直未曾离过他身的白云小心翼翼地递到老人手里。

鹖冠人缓缓起来，抱起白云，一步一步地走向庙殿。

夜已入更，咸阳秦宫的御书房里依旧亮着灯光。

公子华脚步匆匆，直走进来。

“臣弟见过王兄！”公子华叩首。

“起来，”惠王指向对面席位，“估计你今朝会来，寡人这在候着呢。”

“事情成了！”公子华坐下，一脸兴奋，“上山的楚人没有多少，不过五百来人，于昨日黎明之前袭击黑觋村舍，将他们悉数杀死，将那祭坛也掀翻了。所有草舍让楚人一把火烧了，黑觋没有一人走脱。楚人走后，我上去勘察，黑觋死尸共计一百二十二具，大祭司被扔到崖下，身首异处。”

惠王闭目。

“王兄，您猜楚人是何人带队？”

“哦？”惠王没有睁眼，语气质询。

“是王叔！”公子华感慨，“真没想到，王叔亲自涉险。为他的这个女儿，他豁出命了！”

“哦。”

“我安排人将所有觋人就地葬了，那份契约在大祭司身上，我带回来了。”公子华摸出契约，双手呈上。

惠王摆手，表示拒收。

公子华又装进去，抬头道：“如何处置此契，请王兄下旨！”

“寡人什么也不知道，寡人从来就不晓得有这事儿！”惠王挤出一句。

“我这就烧了！”公子华豁然明白，取过火盆，将契约塞进去，猛地想起还有一份，看向内臣。

内臣会意，走到一只柜子跟前，开门摸索一阵，拿出秦室所备的另一份契约，递给公子华。公子华顺手也塞进去，看着明火燃起，两份契约在熊熊火光中化为灰烬。

“对了，”待契约烧完，公子华奏道，“还有一事，听那祭司说，新一批萨满近几日就到，有百多号人呢。如何处置？”

“既为远方来宾，当好好款待，妥善安置。”

“他们是应大祭司的邀约而来，若是问起，臣弟该……”公子华打住话头。

“大祭司他们死于楚人之手，我们大秦正与楚人开战。你或可问问他们，若想复仇，大可投入战场嘛。”惠王给出建议。

“臣弟领旨。”

“哦，对了，”惠王睁眼，看向内臣，“这些日来，荡儿在忙什么？”

“回禀我王，”内臣拱手道，“殿下只在东宫守着，没有外出，说是在练武呢。”

“听说最近新来一个力士，力可敌牛，可有此事？”惠王问道。

“那人姓任名鄙，是从陇南来的，与殿下相谈甚笃。听说自他来后，殿下就没出过宫门！”

“他就晓得力士！”惠王看向公子华，苦笑一下，半是抱怨，“若无心智，空有一身蛮力又有何用？许多时候，天下并不是用蛮力打出来的！”

“王兄说得是，”公子华笑道，“殿下孔武有力，身边皆是力士。要是再多几个像张仪那样的谋士就更好了！”

“就如公孙鞅是先君的人一样，张仪是寡人的人，怕他用不来呢。”

“应该没事。”公子华又是一笑，“张仪与商鞅不同。商鞅是外人，张仪是咱自家的人，荡儿叫他姑父呢！”

“呵呵，”惠王回他个笑，轻叹一声，“唉，这孩子，从来就没让人省心过！与楚人之战，他自己要去，寡人准允他了，可他这又……”摇头。

“回禀我王，”内臣小声道，“就臣所知，殿下不出府门，是在候一个人！”

惠王眯眼问道：“何人？”

“乌获！”

乌获是夜交三更时才被迎入东宫的。

为迎接乌获，东宫所有人都没睡，包括所有宫人。当载着乌获的大车驶到宫门时，嬴荡、任鄙肩并肩站在最前面，数十名力士在后，组成庞大的迎宾阵容。

乌获跳下车，被这阵势吓到了，踟蹰不前。

“义弟，”任鄙扬手道，“快过来，殿下候你一个多时辰了！”

乌获迟疑一下，走过来，站在嬴荡前面，拱手，声音结巴道：“殿……殿下……”

嬴荡没有回他，也没有拱手还礼，只将两眼死死地盯在他身上，似乎站在面前的是个怪物。

亮如白昼的灯光下，嬴荡看清楚了，乌获长得确实像个怪物，身高丈许，体形像座塔，肤白，鼻长。他的眼珠泛着蓝光，头发是棕黄色的，发梢卷着，身上散出一股浓烈的羊膻味。

嬴荡见过不少戎人，但没见过如乌获这般的。

场面僵着，乌获表情尴尬。

“殿下？”任鄙轻声道。

嬴荡又将他打量一番，伸出右手。

乌获不知他要做什么，看向任鄙。不及任鄙应话，嬴荡伸开手掌，朝乌获做出握手的动作。乌获明白了，伸手握上。

嬴荡暗暗用力。

乌获自幼练功，而练功之人的一个神奇是，遇到外力，其力自行反弹。一触到嬴荡的手，乌获就觉出一股大力袭来，几乎是出于本能，施力相抗。

嬴荡未露声色，只将手中的力道越施越大，由三成加到五成，最后加到八成。

然而，嬴荡施出的所有力道均被乌获以对等的力卸掉。

嬴荡暗吃一惊，狠下心，施出十成力道。

此力再次遭到相同的抗力。

二力相抗，胶着，反倒风平浪静。无论是嬴荡还是乌获，虽然各出大力，但从表面上，没有一人看得出来，只觉得他们是在久久地握手。

晓得二人在角力的只有任鄙。

任鄙微微笑着，似在欣赏两个一见面就掰手腕的顽童。

二手握有足足一刻，嬴荡方才松开，拱手道："义弟嬴荡见过乌获兄！"

"义弟？"乌获震惊，看向任鄙。

"义弟，快拜殿下！"任鄙急道。

"怎么拜？"乌获一脸懵懂。

"哈哈哈哈，"嬴荡长笑几声，"是这么拜！"说完伸手搭在乌获肩上，又伸一手搭住任鄙，扭转身，与二人肩并肩，大踏步走进宫门。

是夜，东宫灯火通明，饮宴达旦。

翌日晨起，嬴荡带乌获来到练功坊，指着架在特制兵器架上的一根粗大铁杵道："乌兄，请你试试这玩意儿！"

乌获看向那铁杵，见它足有半尺粗细，丈许长短。柄上略细，杵头粗大，通身乌黑，手柄处裹着数层兽皮。柄头系着一条铁链，套在一只大碗粗细的圆环上。

乌获走过去，拿起它，掂了几掂，笑道："此物何用？舂米？"

"哈哈哈哈，"任鄙大笑，"你若是用它舂米，这天下怕是没有哪个米臼能经得住它！"

"是哩，掂起来不轻。"

"加上链环，刚好三百三十三斤！"

"这好做啥？"

"是殿下突发奇想，特地为义弟打造这根舂米棒，给义弟做个兵器，你试试看，顺手不？"

乌获耍弄一会儿，道："这链条碍事！"

"义弟可握住那环，甩出去试试！"

乌获握住铁环，将铁杵甩出。那链条完全伸开，长达丈许，外加杵身的长度，抡将起来，方圆四丈，皆在杵击范围之内。

乌获越耍越是顺手，不消半个时辰，便将那杵舞得呼呼生风，收放自如，方圆四丈之内，无人敢近。

乌获收住杵，放回架上，朝嬴荡拱手道："谢殿下赏此妙器！"

"乌兄杀过人否？"嬴荡问道。

"没有，"乌获摇头，"不过，倒是拍死过几只笨熊！"

"想不想杀人？"

"这……"乌获迟疑一下，"杀谁？"

"楚人！"

是日午后，嬴荡入宫向惠王辞行，欲赴商於。

"荡儿，"惠王看向这个壮实的儿子，语重心长道，"你去商於，寡人并不拦你，不过，寡人予你两句话，你须记住！"

"儿臣恭听！"

"第一句，作为监军，你只能监军，不可干预主将用兵方略；第二句，不可随意调动三军，因为三军的指挥权寡人已经授予主将！"

"儿臣遵旨！"

"去吧，秦国的未来之王，不历战阵，是服不了秦人的！"

"儿臣遵旨！"

秦、楚对阵，主战场是於城这边，尤其是丹、淅之间的数十里淅水谷地。

丹、淅之间，风平浪静。在淅邑之北的淅水河谷两侧，五里之外的沟沟壑壑，大多插着楚人的旗帜，扎着楚人的营帐，五里之内，则是秦人的地盘。

魏章的中军扎在淅邑南侧约五里处，进可逼丹阳，退可靠淅邑。而淅邑周边，皆由秦人防守，盘查极严。

楚军并没有逼向淅邑，而是在丹阳北侧约五里处的河谷里傍水扎寨，河谷两侧，这辰光全为楚人控制。

从魏章的沙盘上看，在淅水河谷的丹、淅之间，两军主寨彼此距离近二十里，中间是空空荡荡的河谷，没有一个兵卒。河谷两侧，近处是秦旗，秦军的外面包着楚旗。如果将丹、淅之间的河谷喻作一只麻袋，那么，秦军处在袋的内层，楚人则处在袋的外层，两层之间，只隔一条山谷，炊烟相交，人语相闻，彼此相望，却两不相犯。

然而，谁都晓得，这种平静是暂时的，对峙双方，每一个兵士的内心都是紧张的。

武关以东，几乎没有发生冲突。

冲突发生在武关西南的漫川关。

为防守此关，公子疾在这儿部署重兵五千人，设三道壁垒。大出秦人意料的是，楚人没有直接攻关，而是沿着高山险道绕到漫川关的北侧，首先切断漫川关与商城、武关的联络，在险隘处建立壁垒，继而由北向南展开猛烈攻势。漫川关主要是防楚人，防御壁垒多在南侧，楚人由北而来，秦卒就无险可据了，只能以血肉搏杀。就在秦人全力对付北侧之敌时，南侧楚人开始攻关，隐身在东、西两侧山地的楚人也俯冲而下。秦人四面受敌，先后支撑两个多时辰，终因寡不敌众，尽皆战死。

漫川关失守。

漫川关失守之日，嬴荡带着他的两个义兄、百多名力士、近千名侍卫刚好赶到商城。听闻失利战报，嬴荡坐不住了，当下要求前往漫川关，收复失地。

“殿下万万不可！”公子疾急了，“漫川关的事，是臣的错，臣竭力收回就是。”略顿，半是安抚，半是解释，“殿下有所不知，漫川关原本就是楚、秦争夺之地。当年楚宣王将商地赠我时，契约上写的是南境至漫川关。由于漫川关位置特殊，楚、秦对此各有解释，均不肯放弃。楚人认为，秦地南境仅至漫川关，是以不予交接。我受人之地，不好强争，因而漫川关起初是在楚人手中。及至宣王崩，我不再顾及情面，就以约辞模糊为由，夺回此关。

“再后，楚人复夺。由于双方之争只在此关，且俱以契约为据，因而并未发生大规模冲突，一方势大，另一方直接走人，远没有到生死相搏的境界。因而，关于此关流行一个朝秦暮楚的说法，早上是秦人的，晚上就成楚人的了。日子久了，附近的商贾、百姓也都习惯了，各家各户备上黑、红两面旗帜，秦人来了挂黑旗，楚人来了挂红旗。及至商君接管，就不再与楚人扯皮，在袭占於地十五邑后，向南顺手就把漫川关占了。不仅占了漫川关，他还向南拓展二十余里，连设三道壁垒，派军驻守，把楚人气得干瞪眼。”

“哈哈哈哈，”嬴荡听完，大笑起来，“有此一说，本宫就不与他们计较了。疾叔，魏章那儿，战况如何？”

“尚未开打。”

“没打就好！”嬴荡笑了，“我还怕来得迟了，赶不上趟呢！”搓了搓一双大手，“疾叔，漫川关的事交给您了，小侄这就睡个好觉，明晨赶往於城，到魏将军那儿凑个热闹！”

翌日晨起，嬴荡一行马不停蹄地赶到於城，得知主将在淅水河谷，未作片刻停留，沿衢道直驱淅水，于天色黑定，赶到中军大帐。

早有人报知张仪、魏章，二人摆出三军仪仗，迎出辕门，见过大礼后，入中军大帐。

魏章让出主将之位，让嬴荡坐了。

嬴荡坐有片刻，猛地想起惠王之言，忙又站起，让给魏章，坐在张仪对面。魏章推辞不过，于主将位坐下，吩咐芈戎安排酒宴，为殿下洗尘。

“洗尘就算了，”嬴荡摆手止住芈戎，“本宫此来，只喝一酒，击败楚人的庆功酒！”说着看向魏章，“魏章将军，嬴荡性急，这就想听听将军打算何时并如何击败楚人？”

“回禀殿下，”魏章拱手，“臣等正在筹备！”

“从将军领军迄今，少说也有两个月，难道将军还未完成筹备吗？”嬴荡嘴角撇出一笑，语气轻蔑。

魏章吸一口冷气，看向张仪。

张仪闭目，似是没有听见。

“回禀殿下，”魏章迟疑一下，几乎是嗫嚅，“臣等也差不多筹备好了！”

“这才是！将军能否讲讲是如何筹备的？”

“殿下请随臣来！”

魏章带嬴荡走到沙盘边，芈戎点燃几盏明灯，拿出一根小木棒递给魏章。魏章用木棒详细解释双方排兵布阵的情势。

其实，大体情势无须魏章解说，尽在沙盘上了。望着密密麻麻的楚人小红旗，再看向被压缩在淅水谷地的秦人小黑旗，一切就了然于胸了。

“从这儿到那儿有多远？”嬴荡根本没睬河谷两侧的大片楚旗，只将两眼盯住两家中军主力的前沿，楚人是一面红色的大旗，秦人是一面黑色的大旗。大旗周边，标着各自的围栅、路障、辕门、铁蒺藜等障碍物。

“大约二十里。”魏章应道。

“请问主将，”嬴荡的脸色变了，“嬴荡不知战阵，却也读过不少兵书。自古迄今，嬴荡从未读过两军交战而双方阵营相距竟在二十里之外！将军可曾听说过吗？”

“臣未曾听说过。”魏章心底油然生出一股寒气。面对这个乳臭未干的殿下，他无法讲出自己与张仪的远谋。再说，即使讲出，也只能遭到更多奚落。

“未曾听说，何以这般布阵？”嬴荡脸色沉下来了。

“这……”魏章迟疑一下，“两军相搏，因敌制宜。臣布此阵，是依据楚人情势——”

“你且说说，楚人是何情势？”

“殿下请看，”魏章拿棒子指向各地的小红旗，旗上面标有将领与士兵的数量，“在这商於谷地，楚人共出兵二十六万，而我仅有一十三万，是楚人半数。商於东西六百里，其间山山壑壑，林木茂深，楚人若是散布于这些山壑间，我防不胜防。因而臣与相国几经谋议，方才定下放弃山林、守护要冲、以静制动的对阵方略……”

“好了，好了，”嬴荡摆手，盯住他，“本宫问你，你们这已静有两个来月，楚人动了吗？”

“目前没有。”

“我且问你，如果楚人也是如你一般想法，以静制动呢？”

“臣……”魏章生生吞下后面的话。

是的，就眼前情势来断，殿下或是对的，屈丐用的真也就是这般战法。

“楚人夺占漫川关的事，将军晓得不？”嬴荡盯住魏章。

"臣刚得报，正与相国谋议应对，闻知殿下驾到，就——"

"议出应对之策了吗？"嬴荡目光火辣，截住话头。

"尚未议出。"

"水来土掩，兵来将挡，此乃古今之理，是不是？"嬴荡问道。

"是的，殿下。"

"听说前番淅水之战，战场好像也是在这谷里！"嬴荡看向沙盘，"将军能否指点一下，具体是在何处？"

"就在此地。"魏章拿棒头指向淅水河谷与那条不知名小河交汇的地方，那里就是前番的交战地。

这个地方恰好位于淅邑与丹阳的正中间。

"请问将军，"嬴荡盯住河谷，"前番交战，楚卒多少？"

"六万。"

"将军麾下又有多少？"

"两万。"

"前番交战，将军以两万之卒对六万之敌，却能直面强敌，寸步不退，终致大捷。此番交战，将军以十三万之众，对二十六万之敌，却又这般缩手缩脚，与敌相安于二十里开外，嬴荡愚痴，看不懂将军的高谋，请将军指点！"嬴荡语气中带着讥讽了。

面对这样一个既不知兵又不依不饶的殿下、未来的秦王，魏章纵有一百张口，也是解释不清，半是支吾，半是无奈道："臣……不是与楚人相安，是……"

"魏章将军，"嬴荡伸手，从魏章手中要过小棒，指向商於方向，"本宫未历战阵，却也读过不少兵书，晓得轻重缓急。这儿，楚人已得漫川关，商城、武关亦皆在楚人兵锋之下。我见过疾叔了，对漫川关，他是重点布守，但仍旧未能防住楚人。假设楚人在此玩弄花招，设佯兵应对将军，主力出漫川关袭占我商城，再出荆紫关袭占我於城，而我主力受困于此，回援不及，退路被截断，将军可曾想过后果？"

"臣……想过。"

"既然想过，可有应对？"

"这……"魏章迟疑一下，看向嬴荡，"以殿下之意，该当做何应对？”

“下战书，这就与楚人决战！”嬴荡将棒头指向丹阳，“就在这儿！”略顿，握拳，“先击溃眼前之敌，拿下丹阳，再由丹阳入汉水，从背后包抄楚人，夺回漫川关！”

“殿下，”魏章急了，“楚人候的正是这个！”略顿，语气缓和，“殿下，此战不仅关系商於，且关系秦国的国运，臣不敢有一丝丝的差错啊！”

“将军这般布阵，当然不会出差错！”嬴荡鼻孔里哼出一声。

魏章心底再起一个寒战，因为哼出此声的是未来的秦国国王！

“啪啪啪！”远处响起三声不紧不慢的掌声。

是张仪。

接着，张仪踱步过来。

“魏将军，”张仪看向魏章，“殿下刚从咸阳来，代表的是王上，站得高，看得远，决策英明，我们是该与楚人殊死一搏了！”

见张仪这般说话，魏章越发蒙了，盯他看一会儿，转对嬴荡道：“臣谨听殿下，这就筹备与楚决战！”

“报！”魏冉进来，见到嬴荡，紧忙揖礼道，“末将魏冉见过殿下！”

嬴荡摆下手，算作回礼。

“禀主将，殿下并随行将军的军帐已经搭好，饭食已备！”

“殿下？”魏章看向嬴荡。

“你们筹备吧，本宫这去安住下来，杂事明日再议。”嬴荡说完，转身走出。

魏章、张仪将嬴荡恭送至其帐篷，方才折返。

“相国？”魏章看向张仪，一肚子的疑惑。

“看出来没，”张仪盯住魏章，“殿下一脸杀气，此来非为监军，是要上阵厮杀的，这见我阵与楚阵相隔二十多里，自是郁闷。”

“这不成啊！”魏章急了，“殿下上阵厮杀，万一出个差错，我……当不起啊！”

“当不起也得当啊！”张仪耸耸肩，“人家是君，你我是臣，君要作死，做臣子的能有什么办法呢？”

“相国？”

“看见了吧，殿下的那身横肉，”张仪语气自信，“听闻三军里大凡有点力气的都到东宫陪殿下了，楚人要想杀死殿下，怕也没有那么容易！”

“相国是说，与前番一样，我们依旧与楚人摆阵对垒！”

“将军听闻过春秋战法吗？”张仪笑问。

“春秋战法？”魏章陷入沉思，良久，恍然有悟，“在下明白了，先礼后兵。”

“哈哈哈哈，有意思。”张仪盯住他，“你且说说，如何先礼后兵？”

“先向楚人下战书，约定决战时间，之后，严阵于秦、楚边界，待楚兵摆好阵势，以交兵之礼待之，以犯境之罪责之。此番是楚人犯我，该当向我挑战。我视敌将强弱，或让殿下一展身手。若是殿下获胜，皆大欢喜。若是不敌——”

“你怎么能让殿下一试身手呢？”

“这……”魏章挠头。

“要动这个，让殿下自试身手！”张仪指一下脑袋。

当秦人的战书呈递过来时，屈丐喜甚。

屈丐的第一反应是，他的“拖”字战术起作用了。漫川关收复，楚军沿山林四下攻击、骚扰秦人，楚人前锋威逼商城与武关，想是魏章不敢再磨下去，不得不寻求决战。

其实，这般磨下去，屈丐的压力也是巨大。不讲怀王这个急性子，几乎天天要他奏报战况，单是粮草，他也真的耗不下去。秋后的那场洪灾实在太大，楚国其他地方还好，只有储粮受损较大，许多军粮在雨水中霉变，吃起来一股霉味。屈丐晓得，即使这样的霉粮，怕也撑不了多久。入冬并不是捕鱼的好季节，但楚国的江泽里处处可见渔船与网具，江边、滩头、山林、沼泽更是人影晃动。一到灾年，山林与水域是楚人活命的最后宝地。

然而，秦人越是求战，屈丐越是谨慎。

田忌那晚的声音再一次回响在屈丐耳边："如果是孙膑在这儿，他会劝将军不要轻易开战……因为这一战，将军胜算不大……战必胜者，天时、地利、人和皆占尽。就眼下来看，天时、地利，楚皆不占，唯有人和，也是朝廷上下受张仪所欺而一时憋堵出来的血气与怨气，并非士气……一个字，拖……不要冒进，要稳扎稳打……商於谷地狭小，道路不堪……粮食皆须从关中载入，劳民伤财，拖得久了，对秦人更为不利。那时，秦人心躁，又退不得兵，要么急于进攻，要么现出破绽。秦人若是进攻，将军就得地利。秦人若是现出破绽，将军只要看准，一击就可制胜。"

是的，只要秦人急于交战，我就能得到地利。淅水之战，景将军败于进攻，一个很大的原因是不占地利。此番交战，我只要选好地势，布好阵形，使秦人向我进攻。如果秦人不进攻，我就与之对峙，再与他们耗下去。如果秦人进攻，我就全力守御，挫其锐气，而后四面出山，袭占淅邑，断其退路，将秦人围困于淅、丹之间的广阔谷地。那时，秦人欲回不得，欲进不能，俟所带之粮困绝，看我不活擒魏章那厮。

屈丐思索妥当，召集各部主将，先宣读各路楚军传来的获胜战报，尤其是漫川关大捷，之后扬起魏章的战书道："诸位将军，秦人憋不住了，今朝下来战书！"

诸将更是憋不住了。见各路楚军皆有捷报，尤其是漫川关大捷，全歼守敌五千，诸将群情激奋，纷纷请战。

"诸位将军，"屈丐不无威严地扫视诸将，侃侃说道，"秦人与我对峙两个来月，今朝突然求战，是因为漫川关落入我左军之手。本将已令左军全力以赴，袭击、骚扰自峣关以东至武关的谷道，能断则断，不能断则扰。商城周边数邑皆为山地，我在暗处，秦人在明处。我方人多，秦卒人少。只要我不攻坚，只是绝其交通，秦人就不敢轻动，后方就不得安宁。秦人的关中之粮运不进来，前方之敌自然也会心神不宁。敌人心神不宁，就会慌乱。敌方慌乱，我就有机可乘。你们明白了吗？"

"明白！"众将异口同声。

“商於谷地，秦人能战之士合计一十三万，其中五万布防于商城周边要塞，包含武关。於城这边，秦人共有八万，除去各处要塞，在淅水与我真正对阵的不过是秦卒五万。”屈丐看向诸将，“不过，不要小看这五万秦卒，个个皆是能征善战的锐卒，前番淅水之战，魏章仅以两万就……”说着顿住话头。

诸将面面相觑，未历过淅水之战的将领脸上现出不屑之色。

“屈将军，”逢侯丑一拳震在几案上，“之前是之前，今朝是今朝。说吧，我该如何打！”

“诸位将军，听令！”屈丐不无威严地扫向众将。

众将齐声：“末将听令！”

“射皋君，”屈丐拿出一令，看向射皋君及右军诸将，“秦人的粮草皆存放于淅邑。你统领右军五万，伏于淅水河谷周边山川。你须记住，敌动，我动；敌不动，我亦不动。只要主战场之敌不进攻，你部就不可妄动。若是主战场之敌向我发动攻击，你部就全线出击，不惜代价，抢占淅邑，切断秦人粮道，锁住淅水河谷，布好营垒，只守不攻，堵死回窜之敌，将秦人困死于淅邑与丹阳之间，让他们只喝淅水充饥！”

“末将得令！”射皋君接过将令，朗声应道。

“还有祈将军，”屈丐看向镇守荆紫关的老将祈胜，“得知魏章被围，於城之敌必来救援，祈将军可引本部人马全力袭占於城，堵死武关之敌！”

“末将得令！”祈胜应过，接过将令。

“中军诸将，”屈丐看向逢侯丑及另外几位将军，给出令牌，“你们跟随本将，三日之后，在丹阳城外排兵布阵，迎战秦人。”

中军诸将接过将令，无不激奋。

屈丐的应战书来了，没有答应魏章选定的战地，只说他在楚营前面排兵布阵，恭迎秦军。

魏章、张仪、嬴荡来到沙盘前面，看向丹阳城外楚国大营及屈丐划定的布阵场地。

那儿，几乎是块绝地。

丹阳城位于两条水流的交汇处，向南是丹水，向东是淅水。时值冬日，淅水变得很小，开始结冰，但未冻实。在这冬日，涉水几无可能，因为鞋、袍一旦浸水，经冷风一吹，这仗就没法儿打了。

楚人在此设阵，几乎是锁定胜局。于楚人，背倚丹阳，进可攻击，退可据守；于秦人，则风险巨大，一是必须涉过淅水，二是远离淅邑，一旦被楚人断去后路，后果不堪设想。

魏章、张仪晓得这仗是没法儿打了。嬴荡却是兴奋，指着那片开阔地道："好好好，正可杀他个痛快！"

"殿下？"魏章急道。

"甭再讲了，开战吧。"嬴荡一锤定音，转身离去。

魏章、张仪二目相对，无不错愕。

良久，张仪摊开两手，苦笑一下道："魏兄，应战吧。"

"战就战！"魏章一咬牙，盯住张仪，"相国大人，你带魏冉前往於城，一则防备楚人偷袭，二则你我有个呼应。"

"也好。"张仪又是一个苦笑，"我在这儿，也确实不便！"

是日，张仪带魏冉赶回於城，一面使人急禀惠王，一面筹集兵员，筹备防守并救援。

接后两日，天气骤冷，大雪于第二日夜开始飘起，至凌晨方住。雪过天晴，地上白茫茫一片，整个淅水被完全冻结。

秦军在约战后的第三日，拔寨起营，浩浩荡荡地沿衢道南进，涉过淅水，在距楚人营寨约六里处，安营扎寨。

到第四日，也即约战之日，双方黎明即起，各吹号角，简单用过餐饭，开始布阵。

楚人率先布阵，派出六万锐卒，摆出的是镰月阵，其阵形如同一把弯镰，亦如弯月，中间构成一个内弧，两翼伸出，包抄，阔达四里，中心厚约三里。为防不测，屈丐又在东、西二山之后，暗伏精兵各一万。身后丹阳城中，屈丐亦备锐卒一万，一旦开战，就会赶到前面。这样看来，楚人总投入兵力达到九万，且据主场地利。

屈丐所摆出的这种阵形，看似守御，实则充满杀机。如果秦人冲阵，楚人就会两翼包抄，将秦人裹在中间。此时，外围楚人接应，身后楚人断去归路，前方更有楚人城邑，秦人真就后退无路，陷入绝地。

魏章探听明白，倒吸一口寒气。

然而，事已至此，他已退无可退了。

魏章忖思明白，命令秦卒将带来的酒全部喝完，打碎酒坛，摔破酒碗，列出鹰击阵，外形如展开翼翅、向下俯冲的猎鹰。秦阵前面，也没有设置拒马、连弩等防御之物，一看就是扎下了搏死进击的架势。

所有秦人都明白，今天或是他们的最后一天了。

魏章却不想决死。

不是魏章怕死，是他不想这般死，死在这般绝地。更重要的，是殿下。如果殿下真的战死在这儿，他魏章真就没有任何生路了。

眼下，于魏章而言，唯一的机会是，摆出进攻阵势先镇住楚人，再以春秋战法让殿下过一把瘾，之后礼貌收兵，在天黑之前撤至淅邑。再之后，礼送殿下回於城，再回头寻机与楚人决战。

俟双方阵势摆好，魏章、屈丐各自登高览过，看向刻漏。

战书上约的是卯时。

天气晴朗，冷风刁刁。双方阵地上的雪已被兵马践踏作泥，只有阵地中间方圆约三箭距离、行将开战的沙场中心，空荡荡地覆盖着一层被寒夜冻结的白雪。

卯时到了。

秦国主将魏章率先出车，驰至场地中间。屈丐驱车迎住。

两位主将见过礼，相互客套几句，再指责几句，而后约战，讲明斗阵规则，即各出勇将一名，负方可换人挑战，胜方守擂，直至最终决出胜负。

二人约定，各自拨马回阵。作为约战一方，魏章使先锋将军符勇挑战，楚军阵中亦出一将，是楚军先锋骁将项泽。

二人报过名姓，见过战前礼，在双方的鼓声中驱车厮杀。双方势均力敌，在战鼓声中连杀六个回合，符勇渐落下风，于第七回合被项泽刺中胳膊，拨马回阵。

楚人齐声喝彩。

项泽扬起手中长枪，示威搦战。

魏章眯眼看向嬴荡。

显然，符勇这场挑战秀是有意演给嬴荡的。

嬴荡站在雪地上，左侧是任鄙，右侧是乌获，身后是他们各自的战车。

秦将首战败归，魏章又出一将，再次败归。

眼见项泽连胜，楚军阵上喝彩不断，秦阵诸将无不窝气，纷纷求战。

魏章充耳不闻，眼角再次瞄向嬴荡。

此时嬴荡出马当是最安全的。依照战书所约，双方斗阵，一次只能出战一名勇士。若是一对一，就魏章所知，楚人里面确实没有嬴荡的对手。嬴荡若是出战，一可出足风头，建立威信，二可大长秦人士气，泄楚人连胜的盛气。那时他适时鸣金收兵，就算是支应过这个棘手的殿下了。

见嬴荡视而不见，魏章略略一想，又从众多窝气的求战者中指令一将。这次更惨，许是项泽得了连胜之势，许是秦将心中犯怯，双方只战一合，秦将就被愈战愈勇的项泽挑下战车，当场死了。在楚人的喝彩声中，败将驭手不无尴尬地跳下战车，将战死秦将抱起来扔到车上，拨马回阵。

“搦战者，还有何人？”项泽连胜三场，气势愈盛，站在战车上，声如洪钟。

秦阵这边，众将面面相觑。

魏章没有点将，再次看向嬴荡。

嬴荡没有睬他，更没睬那楚将，退后一步，看向乌获、任鄙，压低声音，指向楚阵正中的屈丐道：“任兄，乌兄，看清楚那人了吧？他就是楚军主将屈丐！”

二人点头。

“我察过阵势了，”嬴荡指向远处的丹阳北城楼，“楚人背倚那座城池，城门是开着的。今日之战，要想杀个痛快，就得堵住那个城门，让楚人退无可退。稍后我先行出战，待宰了项泽，就往前冲阵，你二人可于此时引诸勇士冲出。我们兵分三支，我居中，任兄居左，乌兄居右，一路杀向城门，断掉楚人归路。其他诸事，就交给那姓魏的玩去！”

“这个不妥！”任鄙接道。

“哦？”嬴荡看向他。

“殿下，”任鄙瞄一眼那楚将，换个口气，“杀那楚将，无须劳动殿下！”

“你不可以！”嬴荡低声，“我要在杀那楚人之后，即破楚人之阵，任兄不可。”

“为何？”

“不从军令是杀头之罪。”

“这太险了！”任鄙震惊。

“上沙场，不险有何趣味？就这样了！”

“若此，我须陪你去！”

“你们谁会驾车？”嬴荡看向二人。

任鄙、乌获皆点点头。

嬴荡看向乌获，目光落在他的杵上道：“乌兄，你来！”

乌获再次点头。

“今日晚宴，你我三人，取屈丐之首者，赢头酒！”嬴荡指向对方阵中心战车上的屈丐。

二人再次点头。

嬴荡谋议已毕，见魏章仍未点将，冷冷一笑，回身跳上自己的战车，戴上特制的头盔及手套，吩咐驭手下来。

乌获坐上驭手位置，将长杵顺在车里，扬鞭催马，疾驰而出。

嬴荡长镗在手，英姿飒爽地立在战车上。那镗重约三百斤，有胳膊粗细，两丈来长，通身锃亮，全部实心锻就，镗头三面是锋，顶部为蛇矛，两面为龙角，形如锯齿，被他称作龙头断魂镗。

秦将中，有人认出他是殿下，低声惊呼：“天哪，是殿下！”

魏章早已瞄到乌获并他的兵器，松出一口长气，传令：“擂鼓！”

秦国军阵，鼓声大作。

“来将何人？”项泽显然被他的气势镇住，扬手大叫，声音却在打战。

“你不配问，看镗！”嬴荡的战车直冲过去。

项泽奋起精神，挺枪来迎。两车相交，嬴荡举镗，直直地捅向项泽。项泽不识深浅，本能地挺枪拨之，却未拨动分毫。那镗直直地捅到项泽身上，巨大的冲力将他撞飞，于数丈之外坠地，他的身躯断为两截，血污洒满雪地。

整个过程疾如闪电，项泽连声惨叫也未能发出。

就在楚人无不惊恐之时，嬴荡的战车非但没停，反倒斜刺里冲向楚阵，直取屈丐。

与此同时，任鄙的战车亦从秦阵中疾冲而出，扬起一行雪尘。跟在他后面冲出的是嬴荡的二十来辆战车，车上站满嬴荡的麾下力士。

莫说是楚军，纵使秦军，也未料到是这攻势。

两边阵上的将士全都呆了。待反应过来，嬴荡的战车已经冲近楚阵，楚国劲弩不及发力，弓箭手也未及准备。见来人直取主将，站在屈丐身边的裨将军逢侯丑大吼一声：“主将，快去指挥塔，与秦人决战！”

话音落处，喝令出车。

逢侯丑的战车以冒死之速直直地冲向嬴荡。其他几辆战车紧跟其后，组成一道车墙，掩护屈丐撤往他的指挥塔。

不及楚人的战车撞上，嬴荡已经跃身跳下，大吼一声，抡起长镗朝站在前排的楚人横扫过去。乌获也跟着跳下，操起长杵，抡向楚阵。

楚阵前排的长枪手齐齐举枪，迎战那镗，刚一碰上，无不脱手飞出。那镗在嬴荡手中，犹如一道夺命符咒，凡碰到者不死即伤。乌获更是厉害，他甩出长链，抡动那杵，方圆四丈之内的人，唯有趴在地上，方能逃生。

二人杀入阵中，楚阵乱作一团。屈丐掉转马头，沿阵中空道直驰阵尾，奔向他的指挥高车。与此同时，楚阵也迅速反应过来，长弓劲弩分别射向疾冲而来的车马。嬴荡看得分明，不再去追屈丐，斜刺里扫向那些弓弩手。乌获紧跟于后，与他互为掎角，在楚阵前沿往来冲杀。楚卒不敢近身，只能远远地围拢过来，将二人困在垓心。

眼前一幕真真惊呆了魏章。

天哪，殿下竟然这般冲阵……

魏章回过神来，大吼一声："营救殿下，进击！"驱车挺枪，直冲过去，营救嬴荡。

所有的战鼓全擂起来，五万秦军得知冲阵的是殿下，如发疯一般，争先恐后地冲向楚阵。

楚国军阵也从震骇中惊醒，纷纷各操兵器，坚守阵地，等候秦人冲击。

不幸的是，缺口已被嬴荡、乌获打开。

楚人团团围住二人。嬴荡全然无惧，两手轮换翻转，如调皮的孩童将那柄长镗四下乱抡，楚卒搠过来的长枪或被击断，或被击飞，巨大的震力使丢枪的楚卒捂住手臂哀号不已。乌获的长杵更是夺命，凡被撞到的楚卒躺倒无数。

近战搏杀，轻易不能放箭。逄侯丑急了，抓过长弓，不顾一切地射向嬴荡。不想嬴荡穿的是由铁片织成的特殊甲胄，那矢射中铁片，冒出一团火花，矢头折断。逄侯丑扔掉弓箭，操起标枪，正要掷向嬴荡，巨大的声响由北而来，任鄙的战车向他们直冲过来。逄侯丑顾不得嬴荡，驱车挺枪迎上，挺枪刺向任鄙。任鄙放下一锤，见他长枪搠来，顺手握住枪头，反手一推，逄侯丑跌落车下。任鄙也不睬他，直冲过去，赶到敌阵，跳下车，抄起双锤，一路舞将过去。逄侯丑未及从地上爬起，秦人的后续战车驰到，刚好从他身上碾过。逄侯丑惨叫一声，被马踏、车碾而死。

三大力士会作一处，待后续十几辆战车驰到，将众力士分作三路，直向楚阵中心杀去，挡者死，避者生。

与此同时，魏章与大批秦人也都从他们打开的这个缺口里掩杀过来，两阵相交，金戈相搏。

楚人无处可避，干脆拼上了，前仆后继。

此时，屈丐已经回到他位于阵后中心位置的指挥塔上，卫士们全都聚拢来，布成阵势。

屈丐登高望远，看明白情势，见秦人三路猛士无可阻挡地一路冲来，头皮一阵发麻。此番对阵，他把所有意外都考虑到了，不想却又冒出这个。他布的阵势无不是应对对方冲锋的，没想到秦人竟然在斗阵中突然发飙，直接杀入阵来。古今阵势，无非一个常识，排在阵前及四周的皆是猛士，战士稍差者往往排在阵中，以壮大声势。虽说这五万人皆为精锐，但精锐之中，也有个长短高低。秦人三大猛士，楚军前沿都抵挡不住，眼见他们杀到阵中，真就如狼入鸡群，所向披靡了。

无论如何，须先干掉这三路心腹之患，否则，情势不堪收拾。

屈丐吩咐旗手，令城头起烽烟。旗手摇旗，不一时，城头烽烟燃起。周边楚军望到烽烟，战鼓全响起来，全线向秦人发起攻击。楚人的两翼也向秦人包抄，将五万秦人围在垓心。

嬴荡三路秦人却无视这些，分别向屈丐的指挥塔冲撞过来。而魏章引领的所有秦卒，也都不顾一切地冲入楚阵，一路杀向阵中，试图接应并救出殿下。

由于事发陡然，根本没有预案，无论是秦人还是楚人，全都失去章法，且无处可躲，唯有逮到对方，生死相搏。一时间，在丹阳城北方圆数里的广袤雪地上，杀声震天，枪戈撞击，生命将尽的惨叫声不绝于耳。此时此刻，任何一方鸣金收兵或自行溃散，都将是灾难性的。

楚人因有外援，并无惧怕。秦人因入绝境，困兽犹斗。

屈丐的紧急预备队出来了。丹阳北门洞开，城中涌出数千楚卒，一路跑来助战。屈丐摇旗，指挥他们抵住嬴荡诸人，将他们团团包围起来。

沙场上，决定胜负的永远是力量。楚卒无论人数再多，在嬴荡三人的神力与兵器面前，尽皆不堪一击。不过，楚卒的战力也不容小觑，跟从嬴荡三人的力士已战死过半，剩下一半也是伤痕累累，气力不支。

嬴荡三人亦各有伤，所幸伤势不大，且他们正在兴奋中，这点小伤完全忽略了。

眼见楚人援兵越来越多，嬴荡非但无惧，反倒兴起，瞄到楚人的指挥塔，大吼一声，直冲过去。任鄙、乌获紧跟殿下，三人杀向楚人防守的最密集处。

楚卒莫能抵挡。眼见三人距高塔仅有一箭之地，更多的楚卒蜂拥而上，护成一道道防护肉墙。箭矢更如飞蝗一般射向三人。

任鄙兴起，抡起双锤挡住箭雨，朝指挥塔直冲过去。箭矢如雨般向他射来，纷纷扎在他的特制盔甲上，或掉落下去，或嵌进不动。乌获望见，大吼一声，亦冲上去。这边嬴荡紧赶过来，三大力士各舞兵器接近高塔。

离那高塔约有三十步远时，任鄙大吼一声，朝高车扔出右手铁锤。那锤重约一百八十斤，从保护主将的兵士头顶飞过，直直地砸在高塔中间。随着咔嚓一声巨响，高约三丈的指挥塔轰然倒塌。一切发生得太快，屈丐躲闪无处，亦不及跳下，随着那塔轰然落地砸死多名楚卒之后，摔在数丈开外。屈丐身上被自家楚卒竖起的长枪捅透。

见主将战死，守护高塔的楚卒晓得敌不住这几人，斜刺里溃逃。秦卒听闻屈丐死了，愈加奋勇，楚卒则战心散去，尤其是从两侧山上一口气冲下的两万楚卒，刚刚抵达战场，就听到秦人中有三个夺命恶煞及屈丐被杀的事，便转身逃命。嬴荡三人松过气来，回身去抢丹阳城门，见护城河上的木桥已经吊起。

嬴荡三人未能尽兴，返身杀回阵中。

惨烈的搏杀又历小半个时辰方才结束。见嬴荡多处受伤却无大碍，魏章长舒一气，传令返师，救援淅邑。围攻淅邑的楚人得知丹阳大败，主将战死，无心再战，纷纷撤走。魏章再度回师，邀楚人共同打扫战场。至晚间双方检出结果，战况惨烈，楚卒战死逾六万，秦人战死近四万，参与搏杀之卒没有一人不挂伤的。外加漫川关、於城、淅邑等地战况，伤者不计，单是死国之士，秦人合计在六万左右，楚卒约八万众。

这场因怀王一怒而起的伐秦大战，以楚军战败、双方死国将士合计一十四万的惨重代价暂时画上了句号。

第六章

辞郢都陈轸访友　征北胡苏秦献策

怀王捧着丹阳来的战报，手在颤抖，嘴在哆嗦，脸上毫无血色。

战报拆开了，但没有被抽出。

战报是昭睢亲手呈上的。昭睢押运粮草船队，出云梦泽，行至郊郢时，迎头驶来一艘快艇。那艇划得飞快，且是顺流，看到昭睢船上的旗号，急靠过来。一个战袍上尽是血污的参将摸出战报递给昭睢。昭睢看毕，吩咐粮船驶往丹阳，自己跳上快艇，与那军尉返回郢都。

“大王呀，”那参将跪在地上，不无悲切地将自己所亲历的战斗过程细讲一遍，末了泣道，“直到屈将军战死，我方将士没有一人向后逃啊！秦人撤走之后，末将巡看战场，我方将士多是前面中枪啊。纵使后背中枪的，也是在混战中被人捅死的。那三个秦人……实在是太猛了，力大无穷啊，一人使镗，一人使杵，一人使双锤，皆是乌金做的，重达几百斤。他们在阵里横冲直撞，哪儿人多他们就到哪儿，挡者皆死，无人可敌啊……那个使锤的，直冲屈将军的主将塔，在几十步外将那铁锤扔过来，谁也想不到啊。那锤砸断将塔，屈将军他……他正在塔台上摇旗指挥，那塔倒地……呜呜呜呜……”

怀王的泪水憋在眼窝。

“王上，”昭睢接话道，“臣问清楚了，是魏章先下的战书，屈将军不能不应。从部署上看，屈将军未出任何差错，甚至可称得上完美。秦人以五万之众与屈将军的六万锐士对阵，且毫无背倚，而屈将军所选地势极佳，背倚丹阳，西是山陵，东是淅水。除六万锐士之外，屈将军另备一万于丹阳城中，另外两万隐于两侧山谷，更有三万锐卒围攻淅邑，断开秦人退路，这是全歼秦人的阵势……”略顿，又道，“唉，屈将军只没料到秦人会有三个力士，在猝不及防中将我主阵冲垮了，打乱了。自始至终，屈将军没有离开过他的将塔，真正是一个好将军啊……实在太可惜了，只要屈将军能再撑上半个时辰，俟我两翼援兵赶到，秦人……甭说他有三个力士，纵然再有三个，也是插翅难逃了！”

怀王的泪水夺眶而出，手中的战报掉落在地上。

“从战报上看，”昭睢再道，“我殉国将士虽过六万，但秦卒折损也过四万。秦人此番胜在失信，若是正常攻防，我将士稍稍有个准备，结果绝对不会是这样！”

“秦人！”怀王一拳震在案上，“他们何曾有信？”

“王上，”昭睢从袖中摸出另外几份战报，“我虽在主战场有所失利，屈丐、逢侯等将士尽皆殉国，但城池未失，寸土未丢，且夺得漫川关一线大片山区，斩敌逾万。另外，王叔那儿大捷，王叔亲引五百勇士远袭太白山，彻底捣毁对我犯下恶行的秦巫祭坛，斩杀所有黑觋，全身而退，未曾折损一人，真正是个奇迹！”

“纪陵君还在汉中？”

“正是。”

“请他速回！”

“臣领旨。”

“还有，查询秦人三大力士的底细，议出应对方略！”

“臣领旨。”

不期而得的大胜让张仪长长地松出一口气。

战后数日，张仪处理好善后事务，安排好防务，慢慢悠悠地跟在嬴荡后面回到咸阳。

嬴荡自恃战功，耀武扬威地回到宫城，不料一入宫门就被侍卫奉旨绑缚，押入大牢。任鄙、乌获二人也一并收监。

在三人入监之后的第三日，张仪入宫觐见。

“气杀寡人矣！”惠王恨恨说道，“寡人再三交代，让他莫问军事，只管监军，可他……竟敢逼迫主将改变战略，还不请自战，无视规则，第一个冲锋陷阵，这这这……成何体统？”

“王上，”张仪笑道，“前面过程，臣在现场亲眼所见，后面战阵，臣未亲历。就臣所断，这事儿不能全怪殿下。殿下这般行事，或是天命所使呢。”

“天命所使？”惠王怔了。

“殿下好武。”张仪侃侃言道，“在这大争之世，一切由武力决定。譬如此番与楚人之争，楚人势大，兵力倍我。臣与魏章压力巨大，因为只能胜，败不得。因而就缩手缩脚，采用守势，与楚人对垒，以耗垮楚人。就在此时，殿下来了。殿下出奇制胜，以五万锐卒击败九万楚人，这完全得力于任鄙、乌获两大勇士。听殿下说，两位勇士皆是殿下在任命为监军之后才得到的。王上可曾想过，殿下好武，一直都在寻找大力之士，但早不得到，晚不得到，偏就在与楚之战时得到，这不是天意吗？”

“你说得是。”惠王听进去了，“只是，嬴荡无视王命，擅作主张，以身涉险，触犯大秦律法，以律当……当罚！”

“王上圣明，殿下以身涉险，是该有所惩戒！”

“以你之见，该当如何惩戒？”

“臣之意，”张仪略一思索，“殿下不惜贵体，以王储之尊犯险撞阵，当予重罚。殿下身先士卒，勇闯敌阵，以一人之身，斩敌数百。其麾下勇士任鄙、乌获二人更是冒着枪林箭雨击杀楚阵主将，建不世之功，当予厚赏。至于如何赏、如何罚，或以赏抵罚，或以罚抵赏，皆凭王上圣断！”

“传旨，”惠王看向内臣，“带罪人嬴荡入宫觐见！”

内臣带侍卫赶往天牢，带嬴荡入宫。

嬴荡不无夸张地戴着枷锁，拖着脚链，跪在惠王面前道：“儿臣叩见父王！”

“嬴荡，”惠王盯住他，“你可知罪？”

“儿臣知罪！”嬴荡应道。

“你知何罪？”

“擅自杀敌之罪！”

“错！”惠王拳震几案。

“父王？”嬴荡看向他。

“你错在违逆寡人之旨！”

“儿臣已经知错，儿臣——”嬴荡断住话头，一脸不服。

“哼！”惠王冷笑一声，“一个‘擅自’就算知错了？寡人问你，丹阳之战，共杀敌多少？”

“六万。”

“这六万都是你杀的？”

“不是。”

“是何人杀的？”

“我三军之士。”

“他们为什么杀？”

“杀敌呀！”嬴荡急了，“这还用问？”

“错！”惠王指向他，声音如从牙缝里挤出，“他们非为杀敌，只为救你！”

嬴荡嘴巴张了几下，又合上了，喘起粗气。

“知道什么叫太子吗？太子乃国之储君，社稷所系，民心所望，责任何其重也。而你，竟然胁迫主将于不利地势与敌对阵，又自恃蛮力，不禀主将，以身冲阵。你可晓得，主将魏章在你冲阵之后，是第一个冲上去救你的。继而是全军五万将士！你以一己蛮力陷五万将士于危境，被九万楚卒围困，且不说近在咫尺的丹阳守卒、围攻淅邑的三万楚卒！十多万楚人哪，纵然他们全都是猪，你能杀得完吗？你们能取胜，你们能脱身，只因为一件事情，那就是及时杀了楚人主将。否则，再过半个时辰，你们三人，还有那些已经乏力的将士，都将躺在丹阳郊外的雪地里！”惠王越说越气，声音越来越大，将几案拍得啪啪直响。

嬴荡不敢吱声了。

“好在，上天助你，此战赢了！”惠王缓一口气，“否则，看寡人不把你剁成肉酱，以祭五万赴死的英灵！”说着看向内臣，“为太子卸枷！”

两个侍卫上来，为嬴荡卸去枷锁与脚链。

“谢父王不杀之恩！”嬴荡得到自由，伏地叩首。

“你该谢的是相国大人，你的姑父！”惠王指向张仪，“是他为你讲情的！”

嬴荡转身，二目盯住张仪。

张仪回视，眯起眼笑了。

“嬴荡谢相国讲情！”嬴荡略略拱下手，不待张仪回礼，转身对惠王，“父王若无他事，儿臣告退！”说罢起身径投殿外。

“呵呵，”张仪干笑一下，看向惠王，“殿下就是殿下！”

惠王板着脸，喘几口粗气，缓缓闭目。

白云回来了。

然而，一切如那黑觋所说，白云的精气再也回不到她的肉体上了。在那团白云飘回来的第三日，白云的身体依旧是软的，皮肤依旧有弹性，气却绝了。

巴人工匠取山上的崖柏为白云制作一具棺木，鹖冠人亲手将白云殓起，供在巫咸庙的主殿里，供在大神的眼皮子底下。

远近巴人能来的全都来了。他们穿着平日里舍不得穿的盛装，拿来家中最宝贵的财物，送给白云，供给巫咸大神。然后，白云静静地躺着，听鹖冠人弹琴，听屈平在琴声里一遍又一遍地吟唱他为自己所写的那首《云中君》。

之后，屈遥惦念丹阳，别过屈平，匆匆下山，屈平则守在巫咸庙的大殿里，不舍昼夜地陪着他的白云。

与他同陪的是囡囡。

日子在不知不觉中过去，终于，在一个阴冷的下午，屈遥又上山了。

屈遥穿着一身孝服，步履沉重地走进大殿。

“遥弟？”屈平盯住他的一身孝服。

屈遥扑通一声跪下，号啕大哭。

“怎么了？”屈平急了，猛地想到与秦之战，打个寒噤，“出何事了？”

“我在丹阳战败，阿大他……”屈遥悲泣。

“我晓得的，我晓得的，我早晓得的……”屈平带着哭腔，不住地呢喃。

“是的，”屈遥哽咽，“大王他……他不听阿哥……”

“战死多少？”

“丹阳战场逾六万，其他战场约两万，合起来约八万。”

“秦人呢？”

“差不多六万。”

“他们……是怎么战死的？”

屈遥遂将他所了解到的战场情势一一讲给屈平，末了说道：“大王后悔了，后悔未听阿哥之言，使我赶来召请阿哥回郢！”从衣襟内掏出谕旨，呈给屈平。

屈平展开，是怀王亲笔书写，旨曰：“屈平，寡人悔不当初，天天念你。寡人向你认错，向祭司认错，向八万将士认错。回来吧，屈平，寡人离不开你。”

屈平手捧谕旨，流出泪水。

屈平看向白云的棺椁。

良久，屈平掀开棺盖，将白云抱出来。

白云的身体依旧是软的，没有一丝异味。

屈平将她拥在怀里，将脸贴在她的脸上。

良久，屈平拿出谕旨道：“云，你看，大王来谕旨了，大王他……认错了！”如孩子般哭起来，“大王他……这个错实在太大了，云，八万将士的生命啊！云，大王他……为什么就不肯听呢？呜呜呜呜……他为什么就不肯听呢？”说着轻轻拍她，“云，你还记得阿叔吗？就是那晚来劝阿哥的那个阿叔，遥弟的阿大，听遥弟讲，他……他是战死的……在战死之前，他没有离开他的将塔，他没有后退一步啊，云！还有六万将士，他们……他们全都战死在沙场，而不是死在逃跑的路上……他们面对强敌，没有后退一步，他们杀死秦兵六万……云，阿哥为他们骄傲，阿哥要为他们吟诗一首，就叫《国殇》吧！云，我把《国殇》吟给你听，你要记住，你要记住每一个字，云，你要一字不落地将这首诗吟给他们听……”

伴随着轻拍白云的节拍声，屈平眼前一幕幕地浮现出丹、淅河谷的惨烈战场：金戈撞击、战鼓擂鸣、血肉搏杀、车马驰骋……

屈平情不自禁，轻声吟咏：

操吴戈兮被犀甲，车错毂兮短兵接。
旌蔽日兮敌若云，矢交坠兮士争先。
凌余阵兮躐余行，左骖殪兮右刃伤。
霾两轮兮縶四马，援玉枹兮击鸣鼓。
天时怼兮威灵怒，严杀尽兮弃原野。
出不入兮往不反，平原忽兮路迢远。
带长剑兮挟秦弓，首身离兮心不惩。
诚既勇兮又以武，终刚强兮不可凌。
身既死兮神以灵，魂魄毅兮为鬼雄。
…………

屈平吟完一遍又一遍，听得屈遥泪水满面。

翌日清晨，屈平将白云放回棺中，盖好棺盖，将囡囡留给鹖冠子，然后辞别他们，与屈遥下山，乘舟顺流而下，返回郢都。

“屈子……”听闻屈平回来，怀王跌跌撞撞地迎出殿门，一把攫住屈平的手，万千话语，凝作二字。

“王上……”屈平也以二字回应。

怀王凝视屈平，良久，慨叹道：“你瘦了，你瘦多了！”

“是的，王上，您也瘦了！”

“是寡人害的你呀！还有祭司，寡人……对不起她……”怀王抓住屈平的手，将他拽回殿里，按坐在席位上。

“王上，是楚国该有此难！”

“唉！”怀王长叹一声，“你不要宽慰寡人了。是寡人太相信张仪那厮，方才酿下此祸，真是悔不当初啊！这些日来，寡人思来想去，你是对的。你这回来了，寡人就该往你身上搁担子了。令尹这个重担，昭睢挑不起来。当初用他，是你在病中。”

“敢问王上，”屈平盯住怀王，“还要造宪改制吗？”

“唉，屈平呀！”怀王再叹一声，“寡人是想造宪改制，可前面的事你都看到了。此番伐秦，无论是王亲还是宗亲，都尽力了，哪一家都死了人。他们的血还没干，寡人若是再行改制，就是不近情理。所以，寡人在想，眼下秦人事大，改制事小。我八万将士，血不能白流。”声音激昂，“寡人意决，未来三年，竭大楚之力，与秦决战。不夺回商於，不诛杀张仪，寡人死不瞑目！”

“王上，”屈平凝视怀王，“您方才说，臣是对的。臣既然是对的，王上为何不听呢？”

“那是过去，寡人让张仪迷惑了！”

“迷惑王上的不是张仪，是王上自己。是王上忘了初衷，是王上急于求成，是王上想不战而得商於，是王上偏信偏听，是王上不该决断时决断太快，而该决断时却犹豫不决……”历经这场生死大劫之后，屈平把一切都看淡了，在怀王面前再无矜持，将心里所想肆意说出。

怀王面色紫涨，呼吸急促，良久，强作一笑道：“屈子，昨天的事情，就不要提了，关键是今天与明天。寡人身边离不开你，从今往后，无论别人怎么说，寡人都不听了，只听你的。当务之急是这令尹之位，你不能再推了。我问纪陵君，他也是这意思。你若没有其他想法，寡人这就召昭睢，与他商议此事，重新任命他。”

“王上若肯听臣，臣还是那个初衷，造宪改制，活血生肌。”屈平语气决绝，“大王若决此策，臣愿为令尹，殊死改制，为大王先驱。否则，臣……”断住话头。

怀王长吸一口气，双手捂在脸上，来回搓揉。

不知过了多久，怀王松开手，看向屈平，缓慢而有力地道：“屈子，造宪改制的事，可以行，但不为急务。寡人意决，当务之急是与秦决战！寡人算过细账，丹阳之战，我虽殉国八万，但秦人也死了六万。

我大楚有民两千万，他秦国才多少？加上巴蜀，不过五百万。我四倍于他。再说，我有荆紫关，已得漫川关，商城近在咫尺。若得商城，武关就是囊中之物……”

“王上——”屈平不想听下去，打断怀王。

“这样吧，”怀王略顿，盯住屈平，“这个令尹，你暂时不做也好。一是你大病初愈，需要休养；二是大敌当前，寡人顾不上安内。待寡人击败秦人，收复商於后，再用你屈子造宪改制，如何？”

“臣……”屈平说不下去了。

“屈平，”怀王凝视屈平，“在我大楚，王亲、宗亲，错综复杂，难以言尽。无论如何，百多年来，但凡大事临头，真正安邦定国者，无外乎屈、景、昭三氏。三氏兴，大楚兴；三氏衰，大楚衰。然而，今朝看来，大楚三氏已后继乏人矣，寡人甚忧。如何提振三氏精神，锤炼三氏后辈英才，事关大楚的今天与未来。这是大务，更是要务，寡人交给你了。不仅是三氏，还有王子、王亲等内务政事，寡人全都交给你。”说着转向宫尹，“拟旨，诏命屈平为三闾大夫，治屈、景、昭三氏并王室、宗亲一应事务，钦此。”

“臣领旨！”宫尹记下。

“谢王上厚爱！”见怀王已经不可逆转，屈平长叹一声，叩首，谢恩，“臣请告退！”

在江水之北、东海之滨有一大片低洼的湿地。这儿地广人稀，水泽交荡，广袤达数百里，四周略高，中间稍低，在苍鹰的眼里，形如一只硕大的浅碟。滔滔淮水在碟的北侧擦碟而过，直入大海。碟子四周生出无数条水道，沟通起大泽与江海。平素尚好，遇到灾年，洪水暴发，碟中大水就会排泄不及，汪洋一片。碟中百姓是以不敢居在碟中，多在大碟周边设村立寨。洪水来时，他们就乘筏行舟，穿梭其中，捞鱼摸虾。洪水过后，他们就种麻植桑，劳作生计。

此地原本属于东夷，之后被吴人攻取，再后成为越人的治域，楚得越后，又成为楚地。郢都楚人通常将淮水上中游的广袤土地称为东国，淮水下游的这一大块新得越地，则被他们统称为下东国。征服这些越地时，昭阳是主将，功劳最大，楚威王论功行赏，将这块形如大碟、方圆逾二百里的水乡泽国赐予了他。那辰光昭阳心思甚大，自然没把这块土地放在眼里，受封之后没来看过一次。不想时运转换，怀王一张诏书，竟使这儿成为他的葬骨之所了。

相中此地并将这儿建设成梦中家园的，是昭家的得力家宰邢才。

许是预感到什么，邢才竭尽心力地经营此地。经由风水方士多次勘察，邢才最终选定碟盘西南角的一片洪水淹不到的高地作为昭阳的治邑。这块高地背倚一座高约百丈的土山，俯瞰一片可一眼望到对岸的水泽，风景绝佳。更妙的是，那水泽有水道贯通西边大泽，那大泽向南可贯通江水，行大舟大船。向北可通淮水，沿淮水东下，可至大海，沿淮水北上，可达泗上诸国；沿淮水西溯，可抵楚地东国任一区域，活脱脱是一个水道枢纽。

高地上原本有个村子，住有百来户越人，不事稼穑，世居土屋，以渔猎为生。邢才使懂风水的方士选好宅地，从郢都及周遭招募一大批能工巧匠，用大船运来各地的木石建材，参照郢都昭府盖起一座全新府宅。后来，他又盖起几排民居，将原村民安置进来，拆掉他们的旧房，将整个村子重新规划，建造起街道、码头、集镇、工坊、民舍、客栈等一应建筑，对外四处张贴告示，凡有一技之长者皆可来此邑无偿领受住宅或商铺。只要住满二十年，就可永世享有。风声传出，远近数百里内有才气、无家舍的大量人才被吸引过来。俟昭阳被贬之后破浪而来时，他的治邑已成为拥有数千人居住、商贸四方、风景秀美的边塞大邑。

在这个不算太高的土山顶上，林木葱郁，许多树木已经有数百年历史，粗得几个人都抱不住。林木丛中，立着一个新建的两层楼阁。坐在阁中，向东北可俯瞰大泽，向西南可远眺更大、更远的水泽，那里可以通往江水、通往郢都。

昭阳喜欢坐在楼上的阁中，凭栏远眺。

“昭兄，”陈轸指着远方的大泽之水，“听说此泽原叫洪泽，是您改作梦泽的？”

“是的。”昭阳应道。

“若此，”陈轸指着近处的泽水，“此泽该当叫作云泽了？”

“真叫老弟猜中了。”昭阳笑了，收回目光，看向他。

陈轸是两天前赶到的。他乘坐一个大舟，装了所有细软家当。与他一家同行的还有林东一家。林东与桃红成婚了。他们是在陈轸离开魏国之后成的婚，已育有一子三女四个孩子。这些年来的风风雨雨让二人看明白了情势，塌下心来将余生献给陈轸。两口子皆是人精，精通各类赌艺，可以玩转列国赌场。他们缺少的是势，因为赌博是玩命的活，无势难行一步。他们到魏国，仗的是陈轸的势。陈轸走后，安邑没落，他们不敢再赌，又舍不得元亨楼，就将那楼改作客栈，洗手归正，直到陈轸召他们至郢都。陈轸再走，他们无处可投，就扔下元亨楼跟从陈轸一道走了。有二人车前舟后精心照管，陈轸自也乐享其成，将林东用作家宰，林东也乐意这个角色。桃红与伊娜更是成了闺蜜，形影不离了。

“啧啧啧，”陈轸咂巴几声，“看来昭兄是念念不忘那个郢都啊！”

昭阳看向郢都方向，流出眼泪。

是啊，那儿有他辛勤营造的家，有他挚爱的儿女与妻妾，有他一手照看的庞大家族，有他统辖十多年的百官臣僚……所有这些，他都没有带过来，因为他不想带，因为他无时无刻不在思量如何回去。

“唉，”陈轸长叹一声，“昨儿个就在这个阁里，在下已将郢都这阵子的根根梢梢全都倒给你了，你哪能仍旧看不明白呢？”说着看向远处的美景，“此地多好啊！湖光山色，渔舟唱晚，到昭兄这把年纪，在下若能也得这么个宿处，梦里也要笑醒了。”

“陈老弟，”昭阳抹下泪，笑了，“你若相中此地，”指向远处，“方圆百里，随你挑选，为兄分出一半于你。”

“昭兄分是没用的，”陈轸连连摆手，“在下落难于此，自无疑问。可在你我作古之后，就轮到你儿子、我儿子、你孙子、我孙子，让他们打架去吗？”

“我立契约为据！”

“这是你的据，不是楚王的据。”陈轸摇头，“再说，即便是楚王的据，又有何用呢？待秦人打过来，楚王自家的先庙祖坟怕都难以自保，其所封的据又有何用呢？”

“你是说，我泱泱大楚真的完了吗？”昭阳睁大眼睛。

“你的楚国，地域的确够大。”陈轸指向方圆百里，“单说昭兄这方圆二百里，就比周天子的王畿大了不止一倍。可昭兄啊，你到市集购物，是论个头的吗？你的楚国，人口的确够多，可方今世界，是论人的多寡的吗？千军易得，一将难求。泱泱大楚，不过受制于一人，而这一人若是痴狂了呢？当年魏国称雄时，你的泱泱大楚敢与魏人争锋吗？然而，之后的魏国受制于一人，而那人又老迈昏庸，志大才疏，最后的结果昭兄已经看到了。”

“唉！”昭阳长叹一声，重重一拳砸在案上。

“知当年魏王者，轸也；知方今楚王者，亦轸也。”陈轸不无感慨，“昭兄你就省省心吧，好好把这儿当个家。我观此地绝妙，不定昭兄的儿孙辈们都能在此享受荫佑呢。”

“陈兄你就放过张仪那厮了吗？”昭阳心犹不甘。

“放过也好，放不过也罢，”陈轸苦笑一下，“都已不是你我的事了。在下此番顺江而下，不为别个，一是想看看昭兄，你我再别，不定就是永诀了；二是感受一下这江水。唉，人生天地间，熙来攘往，争来抢去，贱者为讨一个生活，贵者为图一个虚名。唯此江水，一日复一日，从春流到夏，从夏流到秋，从秋流到冬，从冬流到春，一年复一年，由天地开辟直到今日。轸溯流而上，直到蜀山，未能探到其来，轸顺流而下，直至昭兄这儿，未能得见其去。伟乎天哉，大乎地哉，人生匆匆，不过百年，细算下来，也只三万多天，还须得是得天独厚之人才能享有。昭兄已经为楚驰骋数十年，难道还不够吗？而今昭兄年近花甲，却还在操那些不当操的心，岂不愚哉？”

“唉，也是。”昭阳沉默良久，怅然叹出一声，看向陈轸，“既然留你不住，在下敢问老弟，下一步欲投何处？”

“投一处可以安住我心的地方。”陈轸看向北方。

“安住我心？”昭阳重复一句，两眼眯起，“何处可以安住老弟的心？”

陈轸缓缓吐出二字：“赵国。”

昭阳闭目，不知过有多久，猛地抬头，一脸兴奋地握拳道：“老弟，吾得之矣！”

“老哥得何宝贝了？”陈轸看过去。

“老弟为何要去赵国！”

“为何？”

“因为老弟也咽不下张仪那厮堵下的那口气，是不是？”

陈轸没有应他，转过头，久久地看向西北方。

“哈哈哈哈，”昭阳爆出几声长笑，手指陈轸，“好一个陈老弟，哈哈哈哈——”

在姬雪无微不至的照料下，苏秦的病完全好了，也没落下后遗症。而且他的肤色变白了，体态发福了，原本没有的肚腩渐渐鼓胀起来了，远看起来会让人以为是陈轸呢！

秦、楚大战结果传来了，消息是屈将子捎给他的。在屈将子陈述战争过程时，自始至终，苏秦没有插一句话。这个结果他早就料到了，只是未曾料到会有这么惨，双方竟然战死一十四万人。

一十四万！苏秦的内心一阵绞痛。在苏秦眼里，一十四万绝不只是一个冷冰的数字，而是一十四万个鲜活生命，是一十四万个在绽放中突然中断的壮美人生，是一十四万个家庭的生死别离。

屈将子走后，苏秦将自己关进书斋，闩上房门，凝神端坐，进入冥思。

天下是越来越乱了，但他苏秦不能乱。他苏秦须从眼前的这堆乱麻里重新理出头绪，找到相对的方案，解决所有纷争。

毫无疑问，眼下最大的乱源是秦国，是张仪。张仪的目标是楚国，此番丹阳之战，秦国只能说是险胜，楚国虽然死亡八万，但秦国也折损六万，且失去漫川关这个军事要塞。就眼前来看，秦、楚之争远还没完，秦王是个狠人，既然谋楚，就不会浅尝辄止。楚国上下皆被张仪惹火了，自也不肯甘休。无论是楚胜还是秦胜，都将决定天下大势的走向。

然而，面对咄咄逼人的秦国，楚国能顶住吗？它靠什么顶？眼下来看，方今楚王不如先威王。先威王是务实的，是能听劝的，是能分辨的，是会用人的。方今楚王不是，既用屈平，又疑屈平，最后又嫌屈平碍事，将他远远支走。昭阳与陈轸是一对好搭档，方今楚王亦弃之不用。为博秦人信任，楚王出特使廷辱齐王，彻底绝了楚、齐之交。唉！楚王的心该有多昏，才能做出这些蠢行！不知这八万将士的鲜血能否把他泡醒？立国在君，治国在臣。不用屈平，不用昭阳，不用陈轸，楚国可用的人臣还有何人？屈丐战死了，景翠、昭雎、景鲤诸人算不上大才，如果再与秦战，楚王靠何人带兵？王叔吗？从屈平的信看，楚国改制，最大的阻力正是王叔，相信张仪、主张睦秦绝齐的也是王叔。这辰光王叔还相信张仪吗？相信秦国吗？他为何要自请镇守汉中？丹阳之战他率先清醒了吗？他会支持屈平造宪改制吗？一个不改旧制、一盘散沙的楚国能够挡住秦国的铁拳之击吗？苏秦不敢再想下去。

抛开楚国，让人越来越头疼的是齐国了。方今齐王与田婴看来是铁定要吞掉燕国。齐国能把燕国一口吞掉吗？齐国凭什么吞燕？就凭齐军悍然打开燕国王宫府库，将燕国积贮七百多年的各类宝贝一车一车地运进齐宫吗？就凭齐卒在燕地四处劫掠、强抢民女、无视燕人自尊的霸道行为吗？就凭齐人公然拆毁燕国先庙、社稷而立起他田齐家的吗？就凭齐人驱赶燕人各城邑吏员而将燕地强行改作齐都辖地吗？就凭齐人与中山人在燕国的地盘上为争夺燕地而剑拔弩张、喋喋不休地争吵吗？齐人入燕时，打的是仁义大旗，燕人相信了。燕人打开城门，夹道迎接齐人，而今的燕人，还相信齐人吗？是的，燕人已经不听了！燕国各地纷纷举义，开始追杀、驱赶霸占他们国土的齐人和中山人了。

再就是韩国与魏国。魏、韩都还没有从之前由张仪、庞涓挑起来的齐、韩、魏三角大战中恢复过来，尤其是韩国，魏国欠下他们的钱，在大战之后勾销了。两国虽都无力再战，但各自陈兵于境，漫长的边界线上气氛紧张，多处爆发小规模冲突。要让两家再度和合，难度真还不小。

在啮桑之会上被他艰难整合起来的纵亲六国，一如他那突然中毒的躯体，说垮就垮了，尤其是齐、楚。纵亲六国，真正有实力与秦抗衡的是齐、楚。只要齐、楚合盟，秦国就不敢妄动。唉，可惜这个二目有障的楚王，生生将一盘好棋弈作死局，再想救活已不是易事。如果不出意外，在不久的将来，没有齐国后援，与韩、魏皆有过节的楚国，就如一头落单的病象，将会被秦国这头刚刚换过獠牙的猛虎再击而垮，最后是一口一口地被吞掉。秦得楚地，如虎添翼，那辰光，三晋与齐国就没有抗衡的机会了。

无论如何，楚国这头病象不能倒。

然而，如何保住楚国呢？八万将士的鲜血能够浇醒楚怀王吗？想到八万将士的鲜血外加河西的六百里失地未能使当年的魏惠王清醒，苏秦对怀王的信心也迅速降低，最后他的思考化作一个小小的好奇：如果苏秦去到楚国，结果又会如何？楚怀王肯听他的吗？

苏秦闭目。眼下楚国上下皆恨张仪，作为张仪的唯一对手，怀王有何理由不听他呢？只要怀王听他的，他有信心游说王叔，继续推动屈平功亏一篑的改制，修好楚、齐关系，重结纵盟。至于燕国，还得靠燕人自己，眼下倒是不急。他必须等到燕人完全闹腾起来，齐人治理不住，他再与赵王推出公子职……

也是巧了。苏秦刚刚想到赵王，外面一阵脚步声急，飞刀邹赶过来，小声禀道："主公，赵王有请，车在门外！"

苏秦应过，打开门，换上朝服，其实就是改良过的胡服，坐上宫车觐见赵王。

觐见地点在赵宫偏殿，将他引入的是新上任的宦者令曾平。

除赵王之外，殿中坐着五人，分别是肥义、赵成、赵豹、楼缓及赵造，皆着胡服。赵王身边余下一个空位，显然是留给苏秦的。

这是一次重要的御前会议，看样子，他们已经议有一时了。他们中间摆着一幅图，很大，是由三张羊皮拼缝起来的。

苏秦瞄一眼那图，晓得他们是在议论北胡的事。

"来来来，"不及苏秦见礼，赵雍就指着年轻人，"给你介绍一个人才，中山人乐毅。"看向乐毅，笑道，"乐毅，你一直想见的六国共相——苏秦，就是这个人！"

乐毅起身，与苏秦拱手揖礼，互相客气几句，各自坐下。

"乐毅，"赵王看向乐毅，"你将胡地情势给苏大人扼要介绍一下。"

"苏大人，"乐毅拱手道，"晚生刚从胡地回来，这张图是晚生画的，不一定准确。所有情势都在图上，晚生就图扼要解释一下。"指图，“从这儿到这儿，有一连串的山，时高时低，胡人管它叫达兰喀喇，意思是有七十座大黑山。此山由东至西约两千多里，南北均宽一百多里，最窄处八十来里，宽处过二百里。此山以北，尽是大漠，广阔无边，居住的是北胡人。

“北胡人部族极多，以放牧为业，各部族人数不定，飘来忽去，没有哪一族有固定地盘。由东至西，此山可分为四段。第一段，约有十几座黑山，这儿的胡人归附燕人，因而是燕人的地盘。第二段，有九座山，属于代郡，眼下归属于赵地。再西，约五十座山，可分为第三段和第四段，主要居住两大部族的胡人，以这一条叫喀布的水流为界，喀布水以西是大林族，我们叫他们林胡。林胡的活动地盘很大，东至喀布水，西到达兰喀喇山的最西端，北交大漠，南接义渠。这儿是河水，在河水的这一段，南北大林子里，皆有林胡人来往，总数约二十来万。他们的男人剽悍，可搏熊罴，擅长射猎。

“喀布水以东，一直到代郡，是楼烦人的地盘。这个地盘有多大，相信诸位都比我清楚。喀布水以东，多是草原，楼烦人对自己不称楼烦人，称草原人。草原人不善耕种，居无定所，住的是由皮革制成的帐篷，所有家当装在高车上，由马拉着。他们喜欢游牧，待草长季节，哪儿草好就到哪儿放牧，沿水道流浪。主要水道是这些，弯来绕去，大多流进河水里，还有一些流进这个海子，他们叫扎什那海，意思是最后的家园，但凡大灾之年，这儿是他们的最后归宿。林胡人有河水滋养，过得富足；草原人稍苦一些，人口也少，只有十多万，男人善骑射，以牧马为生，所牧之马高大雄健，善奔走，堪称良马，燕、赵、秦、中山等地的战马大多从他们手中购买。”说着顿住话头，看向苏秦，“苏大人，我想说的大体是这些。对了，”指着一条水道，“冬天来了，草原人的王移居这儿，北面是草原人的王山，他们叫大黑山，能够为他们挡住北风。前面这条水道，他们叫大黑水，可供人畜饮用。”

乐毅前面讲的一大段皆是闲言，最后一句才是重点。

“肥义，”果不其然，赵雍看向肥义，“对相国讲讲你的收获。”

“苏相国，”肥义朝苏秦拱个手，指向地图，直入主题道，“胡人情势，一如乐毅所述。肥义想补充的是军事，林胡有能战壮男不下五万，能拉出野战的壮男约两万五千。楼烦的能战壮男不下四万，能拉出野战的壮男约有两万。林胡人日子富足，相对平稳，很少出林骚扰，他们主要防备的是南方与西方的犬戎部族，再就是从大山北面来的北胡草原人。因为达兰喀喇山南陡北缓，漠北的胡人时常过来寻他们的麻烦。林胡与楼烦两族大多住在达兰喀喇山南，以林地边缘为界，唇齿相依，少有冲突。我们的麻烦多在楼烦人。春、夏、秋三季，楼烦人逐水草而走，顾不上生事，俟冬季来临，他们无处可去，就将老弱妇孺留在居处，壮男则四处骚扰，不仅扰我，也扰其他部族的人，包括秦人，尤其是灾年。譬如今年，春夏秋尽皆干旱，不少水沟断流，蝗虫、老鼠肆虐，牧草受灾面积大，楼烦人就慌了。他们分作两部，一部向漠北游牧，一部沿河水东岸向南，一路惹下不少麻烦，还好大家见他们受灾，也都忍让了。今年严冬，他们的日子更加难熬，或有所动，扰我边邑！”

肥义的本意不言自明，若打楼烦人，当下是最好的时机。且赵王他们已经决策出征，请他苏秦来，不过是出于礼貌。

苏秦冲他笑笑，看向赵王。

“苏相国，”赵雍抱拳，“如何应对楼烦与林胡，寡人实在头大，相国主意多，可有良策？”

“欲征胡人，须知胡人。”苏秦笑笑，回个揖礼，看向众人，“在下敢问诸位，可知胡人？”

在场诸人皆是一怔，面面相觑。

苏秦此问，犹如是在鲁班跟前要大锛，因为在场诸人，除却苏秦，没有一个不熟知胡人，尤其是肥义，本身就是个胡人。

但发问的人是苏秦！

“胡人，胡人，就是长着大胡子的人呀！”赵造一脸不屑，朗声应道，“他们不修边幅，不知礼仪，不洗澡，早晚身上都发出一股子膻味，还寡廉鲜耻，只计利害，不计脸面，能打过就打，打不过就认尿，认为逃跑非耻。他们不知孝悌，不敬老人，不恤孤寡，父死子继其室，兄死弟娶其嫂……总而言之，胡人就是那些不开化的野蛮人！”

赵造讲的是常识，谁都晓得的，以苏秦之智，自也晓得。

见众人没有应和，而是都在看向苏秦，赵造方觉自己没有应到点上，也看过去。

“赵将军讲得是，”苏秦朝赵造拱个手道，给足他面子，“胡人就是长着大胡子还不大洗澡的人。在北为胡，在西为戎，在东为夷，在南为蛮。不过，细究起来，戎人并不完全居住于西方，胡人亦非完全居住于北方。譬如说燕国北地的孤竹、令支等族，就是戎人，叫山戎，与燕人、齐人有过征战；而狄人，如潞氏、皋落氏、甲氏、留吁、铎辰、廧咎等部族，两百年前曾东出太行，灭邢伐卫，扰乱中原。”说着看向众人，目光落在赵雍脸上，“秦在山中时，曾读过先生所藏一书，专门述及这些人。就书中所述，胡人当是羌人，在西的叫戎，在北的叫狄，本为外族，由西域而来，侵入我华夏领地，与我华夏之人杂处。”

“华夏之人农耕于平原沃野，戎、狄之人则游猎于山林、草场。夏禹时代，戎、狄臣服，朝贡于我。至夏、商二朝，狄人一支立国，号鬼方，就游荡于今朝义渠、林胡、楼烦等部族所居之地。鬼方兴盛时不听商王，武丁伐之。鬼方抗拒三年，战败臣服。至纣王，封鬼侯为三公，之后寻隙醢之，鬼方族人四散。及至大周，鬼方族人易名猃狁。至平王东迁，猃狁分作南北二狄，与晋人杂居。在南部的狄人又根据衣着，分作赤、白二狄，赤狄尚赤衣，白狄尚白衣。白狄受制于晋人，东迁至太行山，立中山国；赤狄则散居于吕梁、上党等山地林中，今已四散。北狄就是今朝的林胡、楼烦诸部族了，四处游荡，居无定所，向南袭我中原列国，向北则入大漠，与漠中胡族交通往来。”

显然，苏秦做足了功课，娓娓道来，将中原之外的胡人家底一一抖搂，且理得井井有条，确实让人耳目一新。

“不过，”苏秦看向赵造，笑道，“赵将军所言，有一点儿在下并不认同，就是胡人是不开化的人。”看向赵雍，“就秦所知，胡人非但开化，且在很多地方是我们华夏之师呢。”

“啥？”赵造差点儿跳起来，“胡人是我华夏之师？”

“譬如说，我们今天所尚行的胡服与骑射！”苏秦指向在场诸人所穿的胡服。

“那是我们要对付他们！”赵造不服。

“大王倡导胡服，并不完全是对付他们，是不是？”苏秦看向赵雍，笑笑，又转向赵造，“我有胡服与骑射，战车就不是对手，步卒也不是。当年齐人战胜大魏武卒，用的就是骑卒。就秦所知，那些骑卒穿的严格说来也是胡服，因为通常穿战袍是骑不到马上的。如果不出所料，大王所行的胡服，在未来肯定会成为我华夏人的流行服饰，至于骑射，是胡服的必然结果！”

见苏秦如此肯定胡服与骑射，还将之拔到这般高度，赵雍心里美滋滋的。

“那……”赵造吧咂一下嘴唇道，“除开这个，还有什么？”

“多去了！”苏秦接道，“就秦所知，我华夏的冶金术，就是从羌人那儿学来的，还有伏羲在演八卦时依据的河图与洛书，其实也都是由这些胡人传进来的。”

“啥？”赵造惊掉下巴。

“你们想想，河出图，洛出书。图与书，一个见于龙马，一个见于神龟，无不是由水里的动物驮过来的。这说明此二物，均不是我们所本有。”

“是拜上天所赐！”赵造叫道。

“你可以说是上天所赐。”苏秦应道，“不过，在谷中时，在下曾向鬼谷先生求问此事……”

“鬼谷先生怎么说？”赵雍急不可待了。

“回禀大王，”苏秦拱手道，“据先生所解，此二物皆是由西域传来，即由上古的羌人，也就是今天所讲的胡人传过来的！”

“那么远的事，他怎么晓得？”赵造质疑。

“鬼谷先生无所不晓！”苏秦朝鬼谷方向揖个大礼，一脸虔敬。

“就算是，可他们的做派，我就是看不顺！”赵造愤愤不平。

“其实，我们与胡人，只不过是习俗不同。我们种田，食粟；胡人放牧，食肉。种田需要安居，安居就要起房造屋；食肉需要游牧，游牧就要追逐水草。我们安居一方，邻里相处，姻亲相通，唯行礼仪才能和谐息争；而胡人追逐水草，居无定所，皆往水草肥美之地，比拼的是速度与力量，礼仪自然就放到一边了。”苏秦看向赵造，“我们在这儿，笑话胡人不开化，胡人在那儿，一定也笑我们过于酸腐，吃不消我们的繁文缛节！”

众人皆笑。

“在下把话扯远了，这还回到眼前。”苏秦敛起笑，指向图中横卧于大漠南侧的达兰喀喇山系，“乐毅所画的这七十个黑山头，在下是第一次看到，确实震撼。它们自东而西，连绵成线，构成一道天然屏障，实为我华夏诸民所争之地。无论是燕人、赵人还是秦人，得到此山，则国家安定，失去此山，则人民困扰！”

苏秦由远及近，落点却不在人，而在山上，堪称是高瞻远瞩了。

“看来是寡人想低了。”赵雍肃然起敬，朝苏秦拱手，“不瞒苏子，此番征伐二胡，寡人真还没把此山看得这般贵重呢！”

“敢问大王所重为何？”苏秦拱手，反问。

“在过去，一为胡马，二为胡人，三为胡地。现在该变成，一为胡地，二为胡马，三为胡人。请苏子教我！”

“如果是为胡人之地，大王可击杀他们的壮男，将老弱妇孺驱出他们的家园，放逐他们到北方的大漠里听天由命。如果是为二胡之马，大王可将二胡之人斩尽杀绝，抢走他们的土地与财产。如果是为二胡之人，大王可以得到上述所有。”苏秦侃侃言道。

在场所有人都可看出，苏秦给出的明为选择，实则无可选择，因为，但凡尚有一丝理智的人都会选择第三项，何况是赵武灵王。

“请问苏子，”赵雍继续道，“赵雍如何方能做到其三，得到二胡之人？”

“服其心。”

“这……”赵雍苦笑，“苏子或不晓得这些胡人，如果能够服其心，我还用胡服骑射这般折腾吗？”

“敢问大王，胡人是人否？”苏秦盯住他。

“这还用说，胡人当然是人。”

“他们有心否？”

“是人就有心呀！”

“既然有心，大王缘何不能服呢？”苏秦不折不挠。

“唉，”赵雍轻叹一声，“不是说不能服，是没办法服呀！”

“不是没办法服，是大王没有找到办法！”苏秦淡淡一笑。

“苏子可有何方？”赵雍倾身问道。

“胡服骑射！”苏秦给出四字。

“这……”赵雍怔了。

“胡人不是遇到灾荒了吗？”苏秦侃侃而谈，“大王可诱之以利，在边境之地囤好胡人所需之物，不予贸易，放任胡人来抢。胡人抢物，必动用壮男。抢物失义，大王可有充足的理由动用锐骑，截其归路。同时，大王另派锐骑，围其家园，但不击之。在胡人震恐之际，大王可派使者与胡人商谈，责其窃物之罪，给其三条出路：其一，决一死战；其二，离开家园，去大漠流浪；其三，成为大王的属国，每一代首领须由赵王任命，向赵王宣誓效忠。作为回报，赵王负责他们的领地安全，保障他们的日用与食物。这是一个双赢游戏，于二胡，得赵可衣食无虞，安居乐业，不用再受周边部族尤其是北地胡人的侵扰；于赵人，可不战而得二胡所有，尤其是二胡壮男，使赵国骑射后继有人。”

听完苏秦的这番大论，在场人耳目一新。他们讨论将近一日，几乎全是如何作战，如何杀戮，从未思考过如何不战。苏秦给出的方略非但可行，且极其绝妙。先以实利诱使胡人理亏，再以强力迫使胡人屈服。想想也是，青壮外出，他们的家人财产就会失去保护，落在赵人手里。家园受制，胡人壮男想不屈服都难。再说，苏秦开出的条件委实不错，于胡人几乎是一本万利的好事，唯一的委屈是，胡人首领不能再任性，须由赵人任命，向赵人效忠。不过，于胡人来说，赵人任命也并非一无是处，至少可以减少因内部权斗而频频引发的流血冲突。

“苏子所言，你们谁有异议？”赵王看向众人，见纷纷点头，转向苏秦，“苏相国，这事儿就定下了。征服二胡，得辛苦您了。凡是动粗的活，由寡人干，如何服二胡之心，是相国强项！”

“臣已决定赴楚，这正说向大王辞行呢！”苏秦急道。

“不可，不可！”赵雍急道，“大楚国没有苏子，照样是大楚国。小赵国不行，尤其是当下。如果是打打杀杀，游戏射猎，绝对不是事儿。”指向众人，又指指自己鼻子，“如果是服二胡之心，苏子你看看，此地哪一个人能成？”

众人皆笑起来，也都纷纷挽留。

苏秦轻叹一声，回他个笑，算是应下了。

中山军在武力攻占紫荆关、下都之后，趁匡章率部回撤、齐人换防之际，沿太行山脚一路向北拓展，悄无声息地占据了居庸塞。守卫居庸塞的燕军失去君命，齐人也正顾不上这儿，见是中山军来，无心恋战，一哄而散了。中山军不战而得居庸关，在此设置多道关卡，屯军一万。同时又顺便控制了由居庸塞向南至紫荆关的大片山地，连带山脚线之外三十里以内的大片沃野，对齐人所占据的燕都蓟城形成居高临下的包抄态势。

待齐换过主将，安定住蓟城周边各邑之后，公子重蓦然发现，由蓟城向西不到三十里就是中山人的地盘。他继而得知居庸关也在中山人手里，坐不住了，写下请柬，召请中山主将司马赒入蓟城议事。司马赒称病不来，派个参将支应。

公子重生气了，欲对中山人开战，但手头兵力只有不足四万，遂将中山人所占的地盘画出一个略显夸张的图，称西部至少五百里的燕国领土被中山人全部占去，中山人的哨卡已经建到蓟城西郊了，要求齐王增派兵士，将中山人彻底赶回去。

齐宣王急召田婴等臣谋议，几案上摆着公子重发回来的燕国地图，地图上中山人占据的地方全被标上红色。望着这些红色标示，朝臣们无不义愤填膺，七嘴八舌，皆言中山人贪得无厌，不守信誉，更有人陈述赵人所讲的中山狼故事，要求齐王严惩不贷，加兵燕境，将中山人彻底赶回去。

自始至终，相国田婴一言未发。

见大家未能议出个所以然来，宣王旨令改日另议。

众臣退去，宣王留下田婴，问道：“中山之事，相国未置一言，可有定见了？”

“臣听我王！”田婴拱手道。

“寡人是要听你！”宣王盯住他。

“臣听我王！”田婴又是一拱手。

宣王怔了：“你听寡人什么？”

“燕国已经是我王的了，敢问我王，最想要的是什么？是燕财、燕地还是燕人？”

“若是寡人三样都要呢？”宣王略一沉思，应道。

“燕室财宝已经在向临淄搬运了，至于燕地，”田婴指向依旧摆在案上的燕国地图，“西自居庸关，东至辽东郡，南起中易水，北达造阳，若再加上新近归附的两大胡人部族，方圆不下数千里。我们之前斤斤计较的河间之地仅是燕地的小小一隅，即使我们与中山人目前所占据的所有燕地，也不过是燕地的三分之一。再一个就是燕人。燕地虽大，人却不多，就臣所知，燕人不过两百万，过半居住在蓟城附近，周边山地及燕山以北、辽东郡等数倍之广的土地，人口不及一半。”

听田婴一口气讲出如此之多的翔实数据，宣王心底一下子明朗起来，捋须半晌，看向田婴，给出一笑道：“呵呵呵，看来，如何处置燕国之事，相国已是心中有数了。说说看，寡人好开开眼界！”

“既然我王三样都要，臣之意，”田婴回个笑，给出心中之数，“我当务之急是搬空燕室财宝，完成第一要；毁掉燕室宗祠，辖制各地郡县，改郡府为都，以制燕民，完成第三要；至于中间一要，燕之地，我王当徐徐图之，尤其是中山。此番伐燕，唯有中山响应我王。中山之所以响应，是因为赵国。赵国夺占涞源，直接威胁到中山腹地了。燕国内乱，如果赵军出涞源东下，攻取紫荆关，夺占武阳并北易水，中山就处在赵国的全面包围之中，中山王睡不安稳哪。幸好赵国志在北胡，中山王得以先一步下手，占了紫荆关，又从我手强取武阳。可即便如此，中山仍有一忧，就是居庸关，因为赵人若得北胡，就可经由居庸关，沿太行山的东麓南下，照样由北侧威胁中山。司马赒正是考虑到此，方才冒险攻占此塞，居守太行山东麓之地。这样，赵人由南至北，中山皆有守备，中山王可以高枕无忧了！”

“嗯，”宣王捋须，眯起眼，“照相国之意，中山之事可以暂放一放喽！”

“放一放可有两大好处！”

“哦？”

“其一，中山襄助我王伐燕，得此奖励，也是该的；其二，赵得北胡，有中山人守塞扼要，我王可无赵忧。”

“即便如此，”宣王应道，“中山从我手强夺武阳，这又不告而取居庸塞，若不惩处，放任下去，中山坐大，再有觊觎，我当如何是好？”

“呵呵呵，”田婴捋须一笑，“我王放心，有赵王在侧，中山人是不会坐大的！”

“嗯，”宣王当即决断，“中山之事，就依相国！”

“臣还以为，”田婴的目光从燕地缓缓移向楚国，“北方之患既已铲除，我王该当向南看了。郢都那头笨熊实在过分，每天早晚想到那个叫宋遗的廷辱我王，臣之肝火就会上涌！”

“唉，还是再等等吧。”宣王轻叹一声，缓缓应道，“丹阳之战，秦国虽胜，却也折损不少，又丢了漫川关。还有，听说楚人杀到太白顶上，把秦国的巫坛掀了，实力不可小觑啊！”

“我王圣明！”田婴顺口应道，“此番战败，楚王必不甘心，秦、楚想必还有一战。待秦、楚决出雌雄，我王再行出手，必稳操胜券！”

“呵呵呵，看天意吧。”

当匡章、孟轲打着仁义的大旗引领齐卒入燕以结束燕国内乱、匡扶天下“正义”时，燕人夹道欢迎；当齐人接管燕人各地城邑、替燕人维护社会治安时，燕人半信半疑；当齐人与中山人在燕国的土地上争夺划界、吃相难看时，燕人的脸上现出愠怒；当齐人将散落在燕国各地的珍宝一车又一车地运往临淄时，燕人的怒气开始上涌；当齐人公然抢夺燕人私财、强纳燕女为妇时，燕人的怒气达到极致；当齐人焚烧燕室先庙、拆毁燕国社稷时，燕人的怒气迸发了。燕人抄起兵器，开始袭击齐人，先是零星袭击，继而是团队袭击，再后是整个城邑起事。齐人亦开杀戒，对反叛者屠家、屠族甚至屠城。燕人整个被激怒了，起事的城邑越来越多。随着齐人防御的收缩，越来越多的城邑被燕人占据。燕室逃亡贵族纷纷露头，四处组织民众对齐人开战。

公子重向齐王申请救援，齐王增派齐卒三万入燕。然而，此时的燕人犹如滚水锅里的一只只葫芦，按此彼起，按彼此起，齐人莫说是增兵三万，纵使增兵一十三万也奈何不得了。齐人开始一步一步地放弃乡村与周边城邑，龟缩进蓟城及少数几个中心城邑。

一直在关注燕地情势的公子职坐不住了。

让子职不爽的是，他与母后依旧住在赵王的后宫，完全失去人身自由。赵宫宦者令为他们母子配有多名宫人，且以安全为由严禁他们外出。子职明白，他已成为赵王盒中的一枚棋子，何时将他摆到局中，甚至连将他摆到哪个位置，全得看赵王的心情。

“母后，”子职支走宫人，压低声音对易王后道，“我想出去转转，这宫里太闷气了！”

“我也想出去！”易王后两手一摊，撇个嘴。

“母后，”子职几乎是恳求了，“您心思密，这就动动嘛！”

“说说，你想去哪儿解闷？”

“就去宫外转转，我……久没见到那个……菲菲了，有点儿想她呢。”

“菲菲？”易王后的眼珠子连转几转，扑哧笑了，“看来，你想出去转转，真还得她帮忙呢！”

“快点儿让她帮呀！”

“你只是去看菲菲？”易王后盯住他。

“我……”

“不会是想到更远的地方，譬如说，燕地？”

见被母后一语道破，子职跪下，流泪道：“母后，听说齐人把……把太庙拆了，还有宗祠、社稷……职儿……职儿……母后啊，身为燕人，职儿……”

“职儿，”易王后揽起他的头，轻轻抚摩他的脸，“是的，燕国属于你，可好事是急不得的，要让他们磨一磨。唉，”轻叹一声，“母后原来还挺仇恨子之的，现在想通了，是他废了子哙，又杀了所有公子，然后把自己也玩完了。眼下的燕国，你只有一个对手，就是子攸，他还活着。不过，他马上也就活不成了。”

“为什么？”子职惊道。

“因为，有他在，你就多个麻烦。”

子职长吸一口气：“他在哪儿？”

“在东胡，替人牧羊。”

子职震惊：“这样的事，母后哪能晓得呢？”

“因为母后有个好帮手，她什么都晓得。”

“那个黑脸阿姨？”

“是的，”易王后点头，“她是你舅爷留下来的，是秦国雕台的人，她每天进出宫门，母后自然什么都晓得了。”

“要……杀掉他吗？”

“是的。如果不出所料，就这辰光，他应该死了。”

紧接着是一阵长长的沉默。

“母后，”子职抬头，看向易王后，“既然他已不在人世，我为什么还不能回去？”

“你回去，谁肯认你？你如何证明你是公子职？”

“有母后在呀！”子职急了，“他们连母后也不认了吗？”

“谁来证明母后就是母后呢？母后深居后宫，燕人不识，能认母后的燕臣大多让子之杀了。你也晓得，我们母子出逃时，连身上的衣服也被他们搜了个遍，什么也未能带走。就你我这样一无所有地回到燕地，职儿，你想想，成吗？”易王后苦笑。

子职明白了。

“母后，”子职眉头拧起，“您方才说菲菲或能帮我，她一个小小墨者，怎么帮？”

“不是菲菲帮，是另外三个人。”

“谁？”

“一个是赵王，一个是苏秦，苏大人，还有一人，就是菲菲的义母，你是见过她的。”

“是的，是的，我见过她，人可好了。”

“她根本就不是菲菲的义母！”

“这……”子职怔了，“不是义母，又是谁？”

“是她的生母！”易王后语气笃定，“还有苏大人，也不是她的义父，而是她的生父！”

子职目瞪口呆。

“还有一个是你不会想到的。”

子职抬头看她。

“除了菲菲的生母，这个人又是谁？”

“是谁？”子职本能地重复一声。

“是你的祖太后，就是那个一直住在武阳别宫，说要陪你先祖公的女人，她是大周公主！”

“啊？”子职几乎从地上弹起。

“儿呀，”易王后油然慨叹，“宫院深深，不知锁下多少事啊。想当年，纪九儿一口咬定你的祖太后与苏相国关系暧昧，母后一直不信，这辰光算是信了。怪道她推三阻四不肯见我，敢情是怕我认出她呢！”

“母后，”子职冷静下来，沉思一时，看向易王后，“即便如此，怎么又扯到菲菲身上？菲菲她……怎么帮到我？”

“你喜欢她吗？”

“喜欢。”

“她喜欢你吗？”

“应该喜欢吧。这些日子见不上，我一直念着她，不知她念我没有？”

“喜欢她，就向她求爱，让她成为你的王妃！”

“我……”子职迟疑。

“要想在燕国立足，你必须这样做！”易王后一字一顿道，“你娶了菲菲，就把苏秦、祖太后的心拴住了。有苏秦主外，列国便不敢再欺燕国；有你祖太后主内，燕人咸服。”

“赵王呢？这事儿与他何干？”

“有赵王在，你的身份就铁定了，至少到目前为止，他认定你是子职。只是他眼下的心思在北地胡人，顾不上你。听说苏秦也去了，看来这个冬天够赵人忙的！”

“母后是说，赵王会送我回燕国？”子职不可置信。

“他不送你去燕国，将你留在宫里做什么？于他，你是可居的奇货呢！只是——”易王后欲言又止。

“只是什么？”

“赵王不会白忙活的。”

“他要做什么？”

“要你听话！”

“哼！”子职鼻孔里轻哼一声，“他休想！”

“类似的话你只能在母后这儿讲，若是说错地方，怕就出不去这个宫了！”易王后瞥他一眼。

子职深吸一口气，想说什么，又止住了。

“至于菲菲的事，”易王后接道，“你喜欢她，这就够了。过些时日，待赵王战胜回来，如果他提出送你赴燕国，你就向他讨要菲菲，说她是你的救命恩人，有她在身边，你才觉得踏实。赵王若想起用你这枚棋子，必会讨好你。由他去对祖太后与苏秦讲，是顺理成章的。待燕国安定，菲菲也长大了，你就向她求婚，使她成为燕国王后！”

“这不是违背伦常了吗？菲菲是祖太后……”子职顿住话头。

“怎么会呢？”易王后淡淡一笑，“在名义上，她是墨者收养的孤儿，是个小墨者，祖太后不过是爱怜她，才收她为义女。到那辰光，让祖太后改个称呼也就是了！”

“职儿谨遵母后！”

第七章

择夫婿娜莎任性　渡难关胡王抢劫

达兰喀喇山系自燕国北部起始，雄亘东西，一直绵延至河水大弯的最北端，也即今日的河套北部高山，与南北向的贺兰山脉相交，形成一个巨大的“L”字。北有高山阻挡，南有河水横流，这片山水相间的福地，因了河水的滋养与大山的呵护，林木高大繁茂，鸟兽众多，是林胡人的天堂世界。

河水东流，在拐弯向南的曲处，汇入一条水道，这就是乐毅所讲的喀布水。喀布水由达兰喀喇山系的一座黑山头上蜿蜒而下，几经曲折，汇入大河。水道很宽，水流浅到几乎看不到河岸，河床上布满由北山上急冲而下的砾石。砾石或大或小，杂乱无章，有不少还棱角分明，无论人畜，走在这些砾石堆里都须小心翼翼，否则就可能被划伤。更奇的是，喀布水是一条天然的界水，界水以西，森林茂密；界水以东，除却少量矮小灌木，基本就是大草原了。

界水分割的并不仅仅是森林与草原，它也是林胡人与楼烦人的势力分野。楼烦人饮马水边，至水道中心，心就虚了，若到西岸，就要做出相应手势，否则，林中说不定会飞出一支利矢。如果楼烦人死在水道西岸，就等于白死，理是没个说处的。

同样，林胡人也是这般自觉。

这是两大部族百多年来用鲜血与征战换来的不成文约定。

交正月了，南方已经回暖，但在这塞外之地，在达兰喀喇山的脚下，河水仍在封冻，腊月才陆续落下的几场大雪将整个河面连同西岸延伸无际的林木、东岸一望无际的原野，遮得严严实实。

于楼烦人来说，这是几场实实在在的喜雪。整整一年，尤其在荆楚之野遭大水漫灌的这个庚子年的夏季，也是大草原迫切渴望雨水的雨季。楼烦人与他们的牲畜眼睁睁地望着来自北方的云团在一股强大力量的驱使下，置他们的死活于不顾，一块接一块地掠过头顶飞向南方，不做任何停留。

日将过午，一行五十多个骑手打着号旗，马蹄踏着白皑皑的喜雪，由大草原上急驰而来，驻马喀布水边，向西守望。

为首一人是楼烦王阿古拉，肩上立着一只苍鹰。跟在他身后的号手，是一个健壮、英俊的青年，拿出号角，看向阿古拉。

“吹吧，托力！”阿古拉朝他示意。

托力吹响号角。

随着号声，阿古拉肩上的苍鹰腾空而起，在高空盘旋。

不一时，远处林中亦起一鹰，继而传来号声的应和。

二鹰在空中盘旋。一串铃当声由密林深处一路响来，一队打着不同旗号的骑手驰出林子，越过河床，来到喀布水东边下马。

从数量上看，双方的人数不相上下，显然是约定好了的。

阿古拉脱下毡帽，走向为首一个身穿虎皮、毡帽上插着三根雕羽的大胡子壮汉，深鞠一躬道：“草原莽汉阿古拉恭迎大林之王！”

叫大林之王的壮汉回以同样的脱帽礼道：“林中愚夫巴图失礼，让草原之王久等了！”

“娜莎，”阿古拉转对身后一人，“这就是你常常念叨的巴图伯父，大林之王！”

娜莎脱下毡帽，甩出一头棕发，朝巴图深鞠一躬：“草原之女娜莎拜见大林之王，巴图伯父！”

“呵呵呵，”巴图打量她一会儿，回个礼，不无满意地点头笑道，“好一颗草原明珠，长大了嘛！”看向阿古拉，“人道光阴如流，真就是呢！记得前一次在你的大帐里饮宴，娜莎才这么高，路还走不稳呢！”说着比到膝盖上。

众人皆笑起来。

“人家才一岁半呢！”娜莎小嘴一噘，轻声抗辩。

“哈哈哈哈，”巴图让她逗乐了，捋须长笑几声，指向站在他身后的三个壮汉，“是呀，那个辰光呀，你的这三位阿哥，也才这么高！”他将手比到腰部，随即点响他们的名字，“巴帖尔、察罕布华、茂巴思，还不快向草原之王和照亮天下寒夜的草原明珠娜莎公主行大礼？”

巴帖尔上前，朝阿古拉深鞠一躬道：“大林后生巴帖尔叩见尊敬的草原之王阿古拉伯父！”

紧接着，察罕布华、茂巴思也都上前，一一见礼。

“呵呵呵，”阿古拉打量兄弟三人，笑得合不拢口，“不错，不错，个个都是英俊后生啊！”

“谢伯父谬赞！”巴帖尔兄弟三人拱手谢过，转向娜莎，凝视有顷，深深鞠躬，“大林莽夫见过草原明珠娜莎公主！”

娜莎款款回礼：“草原女儿娜莎见过大林王子巴帖尔哥哥、察罕布华哥哥、茂巴思哥哥！”礼毕，戴上毡帽，退回阿古拉身后。

“尊敬的大林之王，”阿古拉看向巴图，“温暖的太阳已经西斜，草原的篝火已经点燃，草原的盛情已经溢出，草原的儿女皆在企盼。尊敬的大林之王，远道而来的客人，敬请上马，祭祀大黑山神的盛宴等待诸位来宾的开启！”扬手指向东北方向的一座突兀而起的白色山头。

“启程！”巴图朗声应和，纵身上马。

双方骑手皆出声应和，各各跃身上马，朝东扬雪而去。

由晋阳城一路向北，经雁门关越过恒山，再一路向北，进入平城。由平城再一路向西，就是楼烦人的地盘了。

近些年来，赵人势力由平城一路向西，逐渐渗入楼烦人的牧地。楼烦人是游牧的，对领地没有固定概念，牛马赶过来，草地就是他们的，游到其他地方，此地就没人管了。因而他们对赵人的入侵，一开始并不在意。直到后来，他们按照习俗再将牛马驱到这些曾经的牧场时，方才愕然看到，原先的草场上，冒出了赵人的边邑。

于是，冲突发生了。

于是，赵卒进驻，开始设立关防，建立堡塔，并在堡塔的外沿以流水为线，插上界牌，阻止楼烦人前来放牧。

就在林胡王与楼烦王相聚的这天，赵人新设的边邑里一片繁忙。一辆辆满载牛马过冬饲料、日常器皿、马具、兵器及服饰、珠宝等一应货物的大车络绎而来，纷纷卸货。

一栋由巨木临时搭起的大木屋内，生着一盆炭火。赵相肥义端坐于一张大案前面，案前摆着赵王谕旨并调兵虎符。

肥义跟前，一溜儿站立十几名赵将，皆着胡服。

“诸位将军，建功立业的辰光到了！”肥义指着虎符并谕旨，“我王密旨，今年收服林胡与楼烦二胡！”

众将皆现喜色，纷纷问道：“怎么打？”

“没有听清吗？是收服，不是打！”肥义重复。

众将怔了，面面相觑。

“这……对付胡人，不打，怎么收服？”一将问道。

“看到那些辎车了吗？”肥义问道。

“看到了！”众将异口同声。

“就用它们收服！”肥义阴险地一笑，“接后几日，你们就开放关市，将那些物事全部摆上，吸引胡人前来贸易。”

“这怎么能成？”一将脱口而出，“今年大灾，胡人这要熬不过去了，运来这么多宝贝，他们还不来抢？”

“哈哈哈，”另一将恍然大悟，大笑几声，指着那将，“瞧你笨的！他们不来抢，我们怎么去收服呢？”

众将大笑。

“不过，如何让胡人来抢，这里面可大有巧妙哩。”肥义道。

“巧妙在何处？”众将急问。

“就在这儿！”肥义掏出苏秦交给他的锦囊，缓缓打开。

耸然入云的大黑山不再黑了，盖着一层直到春天才能化去的白被。

沿着大黑山脚一路东流的一条宽大河谷浑然不见，只有一道若隐若现的雪沟暗示着它的存在。

雪沟的两岸，扎着一座挨着一座的白色包帐。这些包帐来自草原的各个部族，多为部族首领与参加山神节庆典大赛的竞赛选手。

从设立于大黑山半腰的高塔上望下去，这些白色包帐与大地上的积雪浑然一体，密密麻麻，绵延数十里，一圈接一圈，围出一个接一个的小屯。屯与屯之间，错落有致，形成一条漂亮的图案，宛如一条贴着山根自西向东蜿蜒而去的草泽大蟒。

小屯与小屯的区别在于各个包帐门前所立旗号的颜色。每一个小屯插着同一种颜色的旗帜，每一个包帐的门前所竖的旗帜上绣着不同的图案，上面标着易于识别的符号，以免人们钻错帐篷。包帐的前面，堆放着他们储备的畜粪与食物，时不时会有几个牧羊犬，在河谷的雪地里追逐打闹。

在这些小屯的最中心位置，矗立着一座最大的包帐。

它就是草原之王阿古拉的王帐。

暮色苍茫，一轮明月腾空而起。

正月十五日是楼烦人的山神节，主要祭祀大黑山神，因为楼烦人所背倚的三十余座达兰喀喇山头，皆由大黑山统领。

在这大正月的第十四个夜晚，王帐前面的宽大河谷里，欢庆山神节的一长排篝火映照雪野，篝火上是一架架的烤全羊，肉香弥漫在河谷里。来自楼烦各部落的数以万计的草原男女无不披红挂彩，在篝火边或烤或分，或吃或喝。在鼓、锣、胡笳、胡琴等胡乐声中，草原儿女在酒精与羊肉的刺激下，或翩翩起舞，或引吭高歌，场面热烈。

舞乐至高潮，衣着亮丽的草原明珠娜莎公主登场。在庞大乐队的伴奏下，二十四名草原美女与二十四名草原壮男翩翩起舞。

圆月朗照，篝火红映。她美得像是阳春四月里开在草原上的花。

娜莎款款沿场边走动，边走边向狂热的观众扬手致意。

娜莎走到托力跟前，向他伸手。

托力走出，拉住她的手。

二人走到场中。娜莎看向乐队，扬手。

乐队变调，托力与娜莎双双对舞，边舞边对歌。

歌是献给大黑山的，托力唱山，娜莎歌水，之后是合唱。

词曰：

大黑山，破云刺天。
大黑水，穿谷傍山。
大黑山是苍鹰的家。
大黑水是花草的园。
苍鹰筑巢于山巅。
花草扎根在水边。
大黑山，是草原男儿的骨。
大黑水，是草原女儿的血。
山与水相依相偎。
骨与血相通相连。
…………

娜莎与托力，一个是草原公主，一个是草原金鹰，你唱我和，歌舞对韵，将场上气氛完全激荡起来了。

坐在客位的三位王子互望一眼，三道目光不约而同地射向托力。

不错，正是后晌迎接他们时与公主傍马而行、胸前挂着号角的那个托力。

老巴图的脸拉长了。

他们父子受邀而来，名义上是参与楼烦人的山神节狂欢，实则是为儿女婚事。楼烦公主娜莎年届二八，正值芳龄，遂由楼烦国师勒格与林胡国师哈什格保媒与林胡王子联姻。楼烦公主只有一个，林胡王子却是三人，胡人也没有嫡长子继位一说，因而，老巴图依照阿古拉的意愿，将三个王子全部带来，由草原公主挑选。

一个摆明着的事实是，草原之王阿古拉没有嫡嗣，只此一女，谁能娶到她，谁就是未来的草原之王。这且不说，在出行之前，老巴图也放话说，三位王子中，谁能如愿娶到娜莎公主，谁就是未来的林胡王，因而，这是一场直接决定三兄弟未来君臣地位的求婚，关系重大。

三兄弟无不暗自铆劲，欲在公主面前一展身手，不承想的是，公主的第一场舞竟然选的是同族汉子，不仅对唱，还一起对跳！

“阿古拉，我尊贵的草原之王，”老巴图举起觞，眼睛盯住正在劲舞的托力，“小伙子舞姿优美，跳得不错呀！”

“呵呵呵，”阿古拉晓得他意指什么，举起觞，轻笑几声，“他叫托力，是草原上去岁比试胜出的金鹰勇士，年轻人拥戴他呢！”

“是吗？”巴图饮尽觞中酒，“别不是草原女儿所选中的鹰吧？”

托力这个名字，在草原上指的正是鹰。

“怎么可能呢？”阿古拉压低声音，“托力是外族投来的落难人，刚到草原时年仅六岁，我看到他时，他们母子就要饿死了，旁边还守着一只饿狼。我射死狼，见他们可怜，又收下他们母子。之后，托力和娜莎一起长大，他们玩得很好，以兄妹相称呢。”

“呵呵呵，”见托力与娜莎互称兄妹，在地位上又等同于奴仆，老巴图松出一口气，乐道，“不错，不错，你收容的这孩子，是个壮士！”凑近阿古拉，声音极低，“尊敬的草原之王，我的亲家，老巴图早把聘礼备好了呢！”

“呵呵呵，”阿古拉回他个笑，“我听勒格说了，尊敬的大林之王备下不少厚礼，有冬草一万捆，谷料一万石，真正是我草原急需之物啊！”接着轻叹一声，“唉，今年大旱，草木枯萎。不瞒巴图兄，虽说旱情未及百多年前的那场大旱，各部落却也撑不下去了。巴图兄的厚礼，就如眼前的这几场喜雪一样，是久旱的甘霖哪！”

“你的勒格禀错数字了！”老巴图诡诈一笑。

“哦？”阿古拉倾身。

“不瞒亲家，”老巴图缓缓说道，“巴图听勒格讲了草原的灾情，说是不少部落草料将绝，熬不到三月。如今青黄不接，正月、二月正是母畜怀崽保胎的佳期，若断草料，后果不堪设想啊！巴图为此几夜没有睡好，传令几个孩子召集各方部族，由哈什格祭过河神，讲了草原的灾情。亲家您是晓得的，我们同在黑山脚下，草原的灾情也是我们大林的灾情，好在有河神护佑，各个部族算是勉强扛过来了。得知草原兄弟扛不过这个冬季，大林各部族慷慨解囊，将方才的数字翻了一番哪！”

“感谢大黑山神，感谢大河之神，”阿古拉双手合起，向大黑山方向一揖，又朝大河方向揖过，“阿古拉代表草原父老、后生，谢大林之王的慈悲，谢大林各部族的慷慨！”

“呵呵呵，”老巴图回过礼，“草原之王不必多礼，山河相依相守，上天让你我结作亲家，我们就是一家人了。”倾身，压低声音，“这些只是聘礼的一部分，”瞄向三个王子，“巴图已经祭告河神，三个不肖子中，您与公主属意何人，何人就是大林之王的王储！”

“阿古拉代娜莎谢过大林之王的偏爱！”阿古拉拱手谢过，举起一手，“阿古拉以大黑山神的名义承诺草原之王，无论何人成为娜莎的夫婿，他也将是未来的草原之王！”

话音落处，场上歌舞毕，托力松开娜莎，回归人群。

乐声再起，娜莎款款走过来，朝巴图揖个大礼，将手伸向巴帖尔。

巴帖尔走到场中，二人合跳。一曲毕后，娜莎再与察罕布华、茂巴思分别跳完一曲，之后向所有观众招手。众人在她的邀请下皆到场中，在乐声中放纵狂欢。

月过中天，狂欢结束。

阿古拉将客人送至客帐，脚步匆匆地返回王帐，扫视一圈，看向王后萨仁道：“萨仁，娜莎呢？”

“咦，方才还听到她说话呢，这孩子，眨个眼就不见了！”萨仁佯作一脸惊讶。

“是她根本就没回来！”阿古拉瞥她一眼，看向候立于侧的奴婢，“寻她去！”

奴婢应一声，急奔而出。

“阿古拉，”萨仁一脸是笑，“看这安排，你别不是相中老巴图家的后生了？”

“让你讲对了！”阿古拉坐下，见她端着一盆热水过来，伸脚进去，“老巴图家的那个二公子，你觉得如何？”

“哪一个呀？”王后边为他搓脚边问道。

“就是坐在中间的那个，叫察罕布华，方脸。听勒格说，方脸的人忠厚。”

“臣妾不懂呢！你是大王，你看上哪个就是哪个！”萨仁笑笑，压低声音，“不过，阿古拉，你也得听听娜莎的意见，毕竟是她要与人过日子，是不是？再说，娜莎打小就是个倔脾气，全都是让你宠出来的！”

“是了，是了，”阿古拉不耐烦地打断她，眉头一拧，“对了，听说她属意托力，有这事儿没？”

“没有听说！”萨仁白他一眼，“不过，托力那孩子确实不错，样样都行，讨人欢喜哩。去年献祭山神，各项比赛中他得第一，是草原金鹰，你不是也爱——”

“再爱也不成！”阿古拉截住她的话头，语气决绝。

“为啥？”帐外响起一个急切的声音。

是娜莎。

不知何时她已回来，在门外听个清楚，噌地掀开门帘，大步走进，气冲冲地盯住阿古拉。

“因为你是草原的公主，你必须嫁给大林的王子！”阿古拉敛神，语气强硬。

“父王——”娜莎跺脚。

“娜莎，”阿古拉缓下语气，声音放软，“这些年来，赵人得寸进尺，屡犯我境，扰我臣民。为父让勒格问过上天，上天示意我们与大林之王结为姻亲。娜莎，只要你肯嫁给大林王子，我们就无惧赵人了！”

阿古拉刻意不提眼前的困境，只拿赵人说事儿。

“我有托力，谁也不惧！”娜莎握拳道。

“胡闹！”阿古拉敛起神，盯住她，“娜莎，这事儿由不得你。听好，作为草原公主，你只有一个选择——在大林之王的三个王子中，择一人为夫！我与巴图大王讲好了，三个王子中，你选中哪一个，哪一个就是未来的大林之王，你的夫也将是未来的草原之王！待那时，草原与大林合为一体，无论是赵人、秦人、义渠人，还是漠北的人，我们谁都不惧！”

“可以！”娜莎咬会儿嘴唇，“娜莎也提一个条件！”

“你讲。”

“他们三人须与托力比武。我的选择只有一个，要么托力，要么就是那个战胜托力的人！”

“如果他们三人全都战胜了呢？”

“那就再比，直到决出最后一个胜者！”

“如何比？”

“武比、文比都成，父王您定！”

武比即血比，刀剑对攻，生死血决，文比为艺比，决出胜负即可。显然，于阿古拉来说，武比是不可取的。

“文比吧。你讲，怎么个比法？”

“既来草原，就要遵从我们草原的比法，摔跤、骑射、狩猎！”

“嗯。”阿古拉捋须有顷，看向娜莎，微微点头，“草原之女是该嫁给最强的汉子。不过，比赛尚须对等才是。无论如何，人家是王子，托力只是庶民。娜莎，三场比试，我们可让托力参加一场，其余两场，由你的堂兄、表弟他们参与，成不？”

“不成！”娜莎语气断然，盯住阿古拉，“父王，娜莎小时候，您反复讲，在草原，不是英雄，就不配做草原男儿，不会骑射，就不配做草原女儿。娜莎是草原女儿，所以学会了骑射。娜莎要嫁的男人既为未来的草原之王，他就必须是个勇士，他就必须雄冠天下。除父王之外，阿哥托力是娜莎所见过的无敌勇士，无论是谁，若想成为娜莎的夫君，他就必须战胜托力！至于大林客人的王子身份，娜莎可以后退一步，”举起右手，神色庄严，“以大黑山神的名义起誓，三个王子中，无论何人战胜托力，哪怕是只胜一场，草原之女娜莎就依从誓言，以他为夫！”

见娜莎将请求降至这个底线，阿古拉认定她不过是为自己寻个托词，自无话说，亦举起右手道：“以大黑山神的名义，草原之王阿古拉从娜莎所誓！”

以神的名义，自然是要寻求神。

翌日晨起，阿古拉匆匆走进大祭司勒格的包帐。

勒格当是这片草原上最智慧的人了。他的智慧来源于他的祖上。他的祖上从很远的漠北而来，是个能够呼风唤雨的萨满。在勒格的祖上到来之前，这块草原上并无固定的神，牧人的部族不同，神祇也不同，有敬奉太阳的，有敬奉月亮的，有敬奉山神的，有敬奉河神的，有敬奉白狼的，有敬奉苍鹰的，也有敬奉树木花草的，可谓是五花八门。所有的信奉都是所属部落的老祖宗传下来的，没有谁质疑。变化发生在一百多年前。上天连旱三年，春夏秋三季没有下过成景的雨，冬天也未落过像样的雪。水道断流，即使波涛起伏的大黑水也是呜咽难行。草木大多枯死，继而是蝗灾，牲畜也得上一种奇怪的病，死亡逾半，各部族为争夺越来越少的水源、草场而相杀相残。就在此时，勒格的祖上从漠北来了。

勒格的祖上寻到信仰大黑山神的阿古拉的祖上，让他将正在征战中的部族首领们召到一起，然后当众作法，显出神迹。他自称被大黑山的山神附体，责斥这些部族没有良知，因为是大黑山滋育了所有的牛羊，滋育了所有的草原部族，更在严冬为他们挡住北来的寒风，可这些部族不知感恩，不敬奉恩主，招致山神震怒，灾难降生。大黑山神还恐吓说，如果他们不知悔改，上天将再旱三年，罹瘟的将不再是牲畜，而是人。所有部族无不跪伏，改拜大黑山神为草原的真神。说也奇怪，在大家拜过山神之后的第三日，雨水来了，时大时小，连下七日七夜，大黑山泛青，大黑水波涛再起，大草原草木萋萋，蝗虫也忽然就消失了。草原上各部族酋长对大黑山神所显的神迹笃信不疑，围拢在阿古拉的祖上身边，拥戴他为他们的王，立国号楼烦，奉大黑山神为他们唯一的神。楼烦二字出自大黑山神的旨意，即使传达旨意的勒格祖上也未能给出恰当解释。作为回报，阿古拉的祖上叩拜勒格祖上为大黑山神的总祭司兼楼烦国的国师，每逢大事，就寻求勒格的祖上，恳请他祈祷大黑山神，传达神的旨意。

楼烦的王位传承至今，传达神旨的大祭司职分也代代相传。在阿古拉承继楼烦王位时，传达神旨的就是勒格了。大凡遇到家国大事，阿古拉都要请教他，祈请山神的指引。

在楼烦，大祭司的帐包是仅次于王帐的次大帐包。阿古拉进来时，勒格的帐包里坐满了人，大多是来自各个部落的祭司。未来三日是山神节的狂欢高潮，也是楼烦人一年中最放纵的辰光，各个部族年轻人的婚事大多在这三日里确定，于春暖花开时正式结亲。正因为此，大祭司要组织各部族举办一系列的赛事活动，只要是草原儿女，都有资格报名参加。由于今年灾情较大，又有大林来的重要客人参与，大祭司更是要求严格，不允许出现哪怕一丝的差错。

见进来的是阿古拉，祭司们尽皆站起，行揖礼。

勒格起身迎接，将阿古拉礼让至主位，自于陪位坐下。

阿古拉在这个辰光不请自来，一定是有大事。勒格支走众祭司，盯住他道："草原之王，可有勒格要做之事？"

"有二事求教国师。"阿古拉拱手道，"一个是，昨晚老巴图把话撂明了，原定的聘礼加倍，以解我们的燃眉之急。他还承诺，三个王子中，娜莎选中谁，他就立谁为王储。"

"另一个呢？"勒格淡淡一笑道。

"是娜莎。"

"她怎么了？"

阿古拉讲出昨晚的事。

勒格闭目，默祷良久，看向阿古拉，语气不紧不慢，如传达神谕道："回禀我的王，公主所愿不合神谕。我神旨意，公主必须结亲大林王子，否则，上天将降更大的灾祸于草原！"

"更大的灾祸？"阿古拉震惊，"什么灾祸？"

"刀兵。"

"刀兵？"阿古拉深吸一口气，"刀兵何来？"

"赵人。"

"赵人！"阿古拉鼻孔里哼出一声，冷冷一笑，"阿古拉正要寻他们讨个公道呢！"

勒格晓得，阿古拉心里一直憋着赵人的气。近些年来，几个边邑部族不断控告，说是赵人在悄悄侵蚀他们的草场，在原本属于他们的牧场上起村立邑。

"尊敬的王，"勒格接话道，"就臣所知，就在不久前，赵王旨令赵人举国穿胡服，习骑射。”

“我晓得！”阿古拉应道，“我打问过从中山来的人，搞明白这事了，赵人胡服骑射是为攻打中山国。中山国将赵国隔作两段，是赵人的肉中刺，不剔不快呢。”

“尊敬的王，”勒格加重语气，“在除掉中山人之前，赵人首先要剔除的是我楼烦！”

“为何？”阿古拉两眼睁大。

“为马。”勒格略略一想，补充道，“要灭中山，就需要足够的马！要养足够的马，就需要足够的草场，而赵人的代郡，无法提供足够的草场！”

“他们可以向我们买呀！”

“是可以买，可大王有权不卖给他们！”

显然，是勒格想得深远。

“我晓得了！”阿古拉握拳道，“骑射不是想学就能一下子学会的，他们敢来，让他们来好了！”

“我的王，”勒格盯住他，良久，轻叹一声，“听从神的昭示吧，在大林之王的王子中择一人为婿。我尊敬的王，山神明谕，我们只有与大林之王合为一家，才能平心静气，等待赵人。”

“可我已经以山神的名义，应下娜莎了，王子若想娶娜莎，就必须挑战托力。”

“这个可依公主。”勒格闭目有顷，睁眼看向阿古拉，“让神来帮助大林王子吧。”

连续三天，草原儿女杀牛宰羊，为大黑山神举办一年一度的盛大祭典，继而是狂欢赛事、媒婆奔忙。这些赛事多是草原生活中不可或缺的劳动与狩猎技艺，男女老幼、各种牲畜、野生动物均有表现。老汉比赛说唱，赞美大黑山；老妇比赛厨艺，向大黑山神献祭精美食物；青壮比赛骑射、摔跤、狩猎、作战等生存技艺；少年则比赛骑术与狩猎，小的骑羊，大点儿的骑驴，再大点儿的骑牛与马，狩猎之物则由鼠、兔到草原野狼。上万的人被分作若干赛组，各赛各的，各凑各的趣，草原上端的是热闹非凡。

作为回报，大黑山神邀来了北溟的云神。赛事刚一开始，朔风就刮起来，乌云就压在北山顶上，眼见又一场喜雪将要降临。

对于干旱整整一年的草原人来说，北风越刺人，云层积得越厚，他们越开心。

云神酝酿三天，终于在决赛这日将云层铺满天空。

决赛的压轴赛是壮年男子的总决赛。

经过三轮角逐，托力不负众望，击败了最后的挑战对手，从容捍卫了去年的草原雄鹰桂冠，奖品是一座由纯金锻制的雄鹰雕塑。

就在众人为托力欢呼的当儿，勒格以大黑山神的名义宣布增设一项赛事，由远道而来的大林客人挑战草原雄鹰，声称这是一场邦国间的睦邻比赛。因为大林之国的儿女也饮大黑山的水，大林之国的上空也飞大黑山的鹰。勒格宣布，挑战者是大林之王的三位王子，挑战项目为摔跤、骑射与狩猎，裁判为草原之王阿古拉、大林之王巴图，草原大祭司勒格、大林大祭司哈什格，奖品是一匹毛色纯正的千里马。挑战赛分为三项，第一场摔跤，挑战者为三王子茂巴思；第二场骑射，挑战者为二王子察罕布华；第三场狩猎，挑战者为大王子巴帖尔。三场比赛，胜二者赢。

赛场欢声雷动。

显然，这种安排是蓄意的。三个王子各有所长，勒格让他们每人只赛一场，所参与的赛项毫无疑问是其强项。托力连赛三日，这又刚刚完成决赛，气力损耗超大，而三位挑战者休整三日，且是车轮战，想不赢也难，这完全是不对等的比赛。

然而，所有的安排又是顺理成章。只有经过各项前期赛事，才能决出王者，而客人要挑战的是王者。这是一场添加的赛事，更是邦国之间的友谊赛，挑战者又是王子，三个王子各赛一项也是合乎情理的。

唯一不利的是娜莎。按照娜莎自己的誓约，三位挑战者中，只要有一人胜出，她就输了。

比赛就要开始了。第一场是摔跤，挑战者茂巴思已经晃着身子走到赛场，健壮的躯体及奢华装束引起阵阵喝彩。茂巴思块头大，气力猛，且擅长摔跤，在林胡人举办的摔跤比赛中无人可敌，堪称王者。

托力穿好紧身衣，正欲下场，娜莎来了。

“阿哥！”娜莎在快要走到时停下，向托力招手。

托力走过去。

娜莎快步走到一侧，转过身，盯向他。

“阿妹，”托力赶过来，目光急切，“有事？”

娜莎指向赛场：“阿哥，能赢他吗？”

“能。”托力斜瞟一眼，郑重点头。

“另外两场呢？”

“能！”托力冲她握个拳，目光坚毅。

“阿哥，”娜莎笑了，目光含情，“我晓得你能赢，我对大黑山神起过誓，你必须赢！”

“阿妹，”托力做个鬼脸，指向远处备好的那匹千里马，“你看好了，就是那匹马，阿妹喜欢的银白色。待阿哥赢来，就送给阿妹！”

“我不要那马，我要阿哥！”

“阿哥晓得！”

“阿哥，你以大黑山神的名义，向我起誓，你能够战胜他们，连赢三场！”

托力怔住了，盯住她。

“阿哥，起誓呀！”

“为什么要连赢三场？”托力问道，“已经说好了，是三局两胜！”

“那是赢马！”

“不就是赢马吗？”

赛场的鼓声响起来，人们在呼叫托力。

“快起誓呀！”娜莎顾不上许多了。

“可我……已经起过誓了！”

“起过什么誓？”娜莎震惊。

“我输掉第二场，骑射。”

“你……”娜莎急了，“对谁起的？”

“大黑山神！”

“谁让你起的？”

托力看向赛场的裁判台。

“神哪！”娜莎流泪了，盯住托力，“阿哥，你……你哪能起下这样的坏誓呢？你这是欺骗神哪！欺骗神是要遭天雷轰顶的！”

“阿妹，你……”托力急了，“你听我解释，今年大灾，我们撑不过冬季了，牲口眼见就要饿死。大林之王奉他们的河神旨意来帮助我们，大祭司说，大黑山神传下谕旨，要阿哥输掉中间一场，一可保全大林人的面子，二可让河神开心，三也不影响赢局，阿哥……阿哥就起誓了……”

“阿哥，”娜莎擦把泪水，盯住托力，“阿妹问你，如果阿妹嫁给别人，你……愿意吗？”

“阿妹？”托力震惊，“你要嫁给谁？”

“无论是谁，你回答我！”

托力咬紧嘴唇。

“阿哥，”娜莎目光紧逼，“你……不想让阿妹成为你的女人吗？”

见她将话讲得这般直白，且是在这个辰光，托力蒙了。

“阿妹，”见娜莎目光殷切，托力这也回过神来，不再回避，目光炽热地凝视她，看向不远处的大黑山，举起手道，“以大黑山神的名义，托力起誓，托力心中只存一个女人，就是阿妹娜莎！”

“我听到了！”娜莎指向大黑山，“阿哥，你再对山神起个誓，收回之前的誓言，不故意输掉第二场，不故意输掉任何一场，因为那么做就是在欺骗神！”

就在此时，勒格穿过人群，快步走过来。

“托力！”勒格在十几步外驻脚，盯住他，目光威严。

托力打个冷战。

“哼，”娜莎盯了勒格一眼，轻轻哼出一声，噌噌几步走到他与托力中间，挡住他们的视线，看向托力，声音响亮，“托力，你起誓，为神，为你的阿妹！”

“我……起誓……”托力起誓，欲言又止。

“誓呀！”

“怎么誓？”托力看向娜莎，几乎是呢喃。

“收回前誓，不欺骗神，全力一搏，为你的阿妹！”

托力似乎明白了什么，不再惶惑，不再迟疑，郑重地举起手，看向大黑山，字字铿锵道：“神圣的大黑山神，托力收回前誓，再誓如下，三场比赛，托力全力一搏，为阿妹！”

勒格听到了。

勒格转个身，快步离去。

看向他的背影，娜莎笑了。

娜莎走近托力，凝视他，有顷，两手勾住他的脖子，嘴唇贴近他的耳朵，几乎是呢喃：“阿哥，神会保佑你的，去吧，践行你的誓言，赢到你的阿妹！”松开他，挽起他的手，走向赛场。

万众瞩目下，托力上场。

第一场比试，托力赢了。

第二场比试，托力又赢了。

三局两胜，托力完全锁定胜局，千里马已经是托力的了。

场上欢声雷动。

第三场是狩猎，出场的是巴帖尔。

于楼烦人来说，这是一场毫无意义的友谊赛，可有可无。

然而，于老巴图，于阿古拉，于山神、河神的两个大祭司，于娜莎，尤其是于巴帖尔，这是最后的机会。

所有人都看向托力。

比赛开始了。

狩猎是草原人最爱看的赛事，河道两侧，站满观众。河道的一端有两个赛手，托力与巴帖尔。他们各自骑马弯弓，目光炯炯地盯住正前方的木笼。

木笼里是一只情绪紧张的灰熊。

托力的箭袋里是三支白色箭矢，巴帖尔的箭袋里是三支绿色箭矢。按照比赛规则，他们每人只能向熊射出三箭，之后由专人检查死熊，射中要害致其死亡者为胜。如果猎物未被射死，而是逃掉了，则双方为战平，可用备用猎物复赛，直至决出胜负。

鼓声响起，万众瞩目。

笼中的灰熊正自焦躁，门打开了。

左右皆是人堆，对面是两个骑马的射手，灰熊略一判断，沿着空无一人的河道一端拼命跑去。灰熊跑有几百步远，一声锣响，两名选手跃马弯弓，追向那熊。

托力渐渐领先两个马身。

托力追近黑熊，射出第一支白箭。

射熊的箭是特制的，既粗且大。

那支白箭飞出去，正中灰熊肛门，直入肚中。灰熊痛得猛蹿起来，嚎叫一声，头朝上竖起。

就在此时，托力的第二支白箭飞出，正中熊头。

那箭力道极大，矢头深深地嵌入了熊头。

灰熊轰然倒地。

就在场上欢声雷动之时，巴帕尔的绿箭射出了。

但那支绿箭没有飞向倒地的灰熊，而是不偏不倚地飞向托力的后心。

托力的马跑得飞快，正要超越倒地的熊。

但那绿箭的速度更快。

托力不及出声，跌落马下。

那是一支射熊的箭，箭杆足有指头粗，箭头是个菱形，由托力的背部透入，正中心脏。

巴帕尔的马疾驰而上，在驰过灰熊时，飞出第二支绿箭，射向已经死去的黑熊的心脏。

欢呼声戛然而止。

突如其来的场景惊呆了场上的所有人，包括四名裁判。

“托力——”娜莎惨叫一声，跳上她的马，箭一般飞驰过去。

娜莎奔到托力身边，见一支绿箭穿入托力的后背，透心而过，箭头顶在他的前胸衣襟上。

托力已经气绝，鲜血正在流淌，溢出衣襟外面的鲜血在这寒冷的天里已凝结成冰。

娜莎擦把泪水，又扒开他的衣襟，伸手进去，摸出一把血，抹在自己的脸上。

娜莎抬头，看向巴帖尔。

巴帖尔已经驰到很远的地方，正在拨马回转。

娜莎捡起托力落在地上的弓，从托力的箭袋里抽出余下的一支白箭，跳上托力的马，朝巴帖尔迎面驰去。

看到一脸是血的娜莎迎面驰来，巴帖尔惊诧了。

巴帖尔驻马，看向娜莎。

“娜莎！”巴帖尔扬弓大叫。

娜莎没有搭话，在将要驰到他的跟前时，才以极快的速度弯弓搭箭，放弦射去。

那箭不偏不倚，近距离透过巴帖尔的前胸。

一切发生在眨眼之间。

巴帖尔跌落马下。

娜莎从他身侧飞驰而过，没有回头。

河道两侧皆是帐篷。娜莎一骑驰至帐篷尽头，斜刺里冲向大草原，扬雪而去。

赛场上的突然变故彻底中断了草原与大林的一统之梦。将这一切看在眼里的老巴图一言未发，默默地将长子巴帖尔的尸体放到马背上，带着余下的两个儿子及聘亲团队，没有作别阿古拉，便沿着河谷扬长去了。

望着渐成黑点的大林客人，草原之王阿古拉如同从噩梦中醒来，他大叫一声“娜莎”，跳上他的马，带上他的人，沿着娜莎留下的痕迹驰向白茫茫的雪原。

茫茫雪原上，一人一骑漫无目的，一路狂奔。

北风呼啸，黑云覆满天空。娜莎顶着狂风，贴着达兰喀喇的山脚，没有要停的意思。

风停了，雪花飘下。

苍天黑下来，大地一片洁白。

驮着娜莎的马冒着纷纷扬扬的雪片一路向东，不知驰有几百里。

马跑不动了。

娜莎跳下马，面朝北方连绵的白色山包，跪在雪原上，任由雪花飘落。

夜色暗黑，托力的马站在雪地里，仰天长嘶。

嘶鸣响彻夜空，一声接一声，引来十几个骑手。

众骑手欲牵那马，那马却吃力地跪下，嘴巴拱向面前的雪堆。

众骑手扒开雪堆，看到了跪在雪中、人事不省、一脸是血的娜莎。

他们抱起娜莎，去牵那马，马却再也站不起来了。

它叫格力，是一匹神一级的战马。

六年前，格力降生在草原之王的马栏里，由娜莎一手养大。娜莎将它养到四岁，便作为礼物送给了托力。格力驮着托力完成了三日赛事，又完成了一场由山神赋予的加场赛，接着驮上它最爱的主人娜莎，贴着山脚向东狂驰七百多里，没有吃，没有喝，更在它生命的最后关头，用尽最后的力气为它的主人呼来救星，方才溘然长逝。

与林胡的亲事泡汤了，就要到手的救援没有了，楼烦人陷入绝境。

大雪纷飞，娜莎的马蹄印被越来越厚的白雪覆盖。

天色黑定，阿古拉如无头苍蝇一般在茫茫的雪原上东驰西撞。一直寻到次日天黑，几近绝望的阿古拉才一脸沮丧地回到王帐。

在王帐里候他的是勒格。

望着一身疲惫、两天未曾合眼、一日一夜未曾进食的阿古拉，勒格长叹一声。

萨仁端来奶汤，跪在地上，递给阿古拉。

阿古拉一气饮完，递还给她。

“娜莎她……”萨仁凝视他，欲言又止。

“酒！”阿古拉几乎是在冲她吼叫了。

萨仁打个哆嗦，正要起身，勒格拿出一壶温热的酒，给阿古拉斟上，朝萨仁比个手势。萨仁起身，端来几块牛肉与羊肉，又走到帐篷一侧，抱来一堆晒干的牛马粪便，添进火炉里，拿根铜棒拨弄。

炉火复旺。

“阿古拉，我的王，”勒格递给阿古拉一觞酒，自端一觞，“勒格祈求神，神谕来了，公主娜莎不会有事，她就在草原上，在神的庇护下。勒格已经吩咐各部族的祭司撒网寻找，三日之内，当有喜讯。”

阿古拉望空揖过，端起觞，一饮而尽。

“神谕还说，”勒格缓缓举觞，“大林王子巴帖尔心中驻有恶鬼，是那恶鬼坏了神的安排。巴帖尔被公主射中心脏而死，是奉了神的旨意。”仰脖饮尽，复斟。

“我的王，”勒格再次端给阿古拉，“当下之急是越冬的草料。昨日之雪，虽为喜雪，却也是加重灾情。今早起来，不少部落的酋长向我诉苦，要我求请神的恩典，解脱眼前厄难。勒格求请了。”

“神怎么说？”阿古拉急问。

“神谕是，西方不亮东方亮。”

“东方？”阿古拉急道，“那不是赵人吗？”

“是的，赵人。”勒格轻叹一声，“眼下没有别的出路，只有求请赵人了。”

“怎么求请？”

“据喀乌拉部族酋长巴哈禀报，赵人在边邑设下六个市集，离喀乌拉的海子不远。市集上应有尽有，皆是我们所需要的，包括草料。”

“喀乌拉海子？”阿古拉大吃一惊，“他们的市集离海子多远？”

“不足三十里。”

“那不是我们的牧场吗？”阿古拉不可置信了，“海子以东三十里，六座山头，皆是我们的牧场！”

“是的，”勒格又是一声长叹，“赵人一点一点地欺进我们的家门了。”

“咚”的一声，阿古拉一拳砸在几案上。

一阵马蹄声疾，几骑飞至，在帐外停下。

几人下马。

萨仁迎出去，掀帘开门，礼让他们进来。

为首之人，正是喀乌拉部族的酋长巴哈。

阿古拉看向他们。

“扎木，”巴哈看向一个被寒气吹得满脸通红的年轻人，“将你所知禀报大王与大祭司！”

“启禀大王，启禀大祭司，”扎木叩拜于地，“我叫扎木，刚从喀乌拉海子来，禀报两大急情，一是前日夜半时分，我部族有人听到马蹄声疾，出帐查看，远远望到一人一骑正在越过海子南侧雪原，向东驰去。当时是后半夜，不该有人，他以为是小偷，上马追赶。可惜距离太远，他未能追上，眼睁睁地看着那骑驰入赵人边邑。今朝接到大祭司的寻人旨令，他怀疑夜间所追之人或是大祭司所求的人，就报告了。”

阿古拉、勒格皆吃一惊，正在对视，萨仁号哭起来：“天哪，一定是娜莎！她……她怎么跑到赵人那儿去了？”

阿古拉反倒松出一口气。无论如何，这是一个下落，说明娜莎仍活着，这辰光在赵地。

“另外一事呢？”勒格看向那人。

“是赵人。”小伙子接道，“今日后晌，他们成群结队，一路驰到我们的海子边，在海子里砸冰捕鱼，还扎下帐篷了。”

“为何不赶走他们？”

“他们的人太多。”

“多少？”

“少说也有两三千，黑压压的，海子里到处都是。酋长、祭司在这儿参加庆典，没有人当家，长老让我俩赶来禀报，请大王做主处置！”

“你们近日可曾去过马喇山口？”勒格问道。

“没有人敢去，”扎木应道，“山口让赵人占了。他们还在山口后面的草原上修建边邑，盖下不少房舍，围有栅栏，安有弓弩，设下关卡，过往之人，皆受盘查。”略顿，“就这辰光，他们在设市集呢。”

“市集？让你们购物吗？”

“让购。”扎木应道，“听说市集上运来大量草料，有几家就动心了。晓得赵人爱马，有十几人赶去马匹。可赵人边关不让他们全部过去，只让过去三人，每人只许带一匹马入市，说是市集对外邦限购，他们的草料要优先卖给赵人。”

“那三人购到没？”

“购到了，一匹马换十车干草、十袋饲料。赵人还帮忙将三十车草料送到边关外面，那三人回来叫车，全运回来了。草料是上好的，那三家的牲口基本可以熬过去了。”

“他们没有逛逛市集？”

“逛了。市集上物品丰富，我们需要的应有尽有，草料更是堆成小山。听他们说，赵人没有多少，他们的马根本吃不完！听长老说，赵人精得很，是眼馋我们，逼我们去买，赚我们大钱！”

“晓得了。”阿古拉看向萨仁，“赏酒！”看向酋长巴哈，指向旁边一个隔间，“巴哈，带他们那边稍坐，喝几口热和热和。”

巴哈安排二人走向隔间。

阿古拉看向勒格。

“边邑，喀乌拉海子，五个黑山头……”勒格闭目，自言自语，有顷，看向阿古拉，“阿古拉，我的王，还记得神谕吗？”

“神的哪个谕？”

“我刚刚讲过的。”

“记起了，”阿古拉一拍脑袋，“西方不亮东方亮！”

“正是。”勒格接道，“我们缺什么，赵人就送来什么了。”

“国师说得是！”阿古拉握拳道，“请问国师，是武取还是文取？”

武取是武力掠夺，文取则是拿牲口换购。

“文取。”勒格应道。

“我们没有多少牲口了。”阿古拉应道，“今年灾情大，不少幼崽没活成，入冬又死不少。公的或杀或卖，所剩无多了。母的怀着崽，卖不得！”

“唉。”勒格苦笑一声，“没有大林人在后撑着，我们——”摇头。

“好吧！”阿古拉应一声，朝隔间叫道，“巴哈，过来。”

巴哈走过来。

“方才听扎木说，赵人的市集是一匹马换十车干草、十袋饲料。”阿古拉道，“你们喝完酒，这就回去。你去与赵人谈，这个价钱有点儿贵了，往年是一匹马换十二车干草加十二袋饲料。我们打总儿买，将他们的市场全包下，他们也得打个折，是不？要让他们晓得，再过两个月，新草长起来，他们囤积的草料就全没用了。对了，还有一事，探访娜莎。据扎木所说，夜间飞驰过去的，一定是她了。”

巴哈拱手道：“谨遵王命！”

平邑不是赵国的边邑，而是赵国的北地大邑。近些年来，赵人不惜血本在此修城筑垒，囤积大量物资，将之建成赵国北地的边防重地、物流要塞。

为示重视，赵王在城中设立一座别宫，早晚来此，他就住在自个儿的宫里，尽力避免干扰城邑防务。说它是宫有点儿大了，不过是个五进院的大宅子，院墙不高，平日几乎是空着的，住着几个打理的人。只有赵王过来时，这儿才算热闹，里里外外全被赵王的卫队接管。

五进宫院中，赵王住在中间一进，堂间是个可以议事的殿堂。肥义、苏秦分别住在第二进与第四进，外面两进是卫队的，臣仆、宫女分别住在中间三进的两侧厢房里，随呼随到，以照顾饮食起居。

让苏秦住进别宫，一为安全，二为方便议事。

居不可无水，不可无木。别宫的东侧厢房外面是片草地，西侧厢房外面是个两亩见方的水塘。水塘连接流经城邑中的一条河流。塘中养些鱼鳖，进出水处设有控制水量的闸门。但在这冰冷的雪天里，无论是水塘还是草地，什么都看不到了，只有白茫茫的一片。

就在楼烦王为一系列事件焦头烂额时，赵王的别宫里一片祥和。几进宫院里无不热气腾腾，一丝不感到寒冷。代替牛粪的是火炭，每个房间都置有炭盆。木炭全是精制的，只需几根炭就可燃烧一整天。所有的窗子都被密封起来了，墙体也很厚，全由黏土夯实而成，冬季保暖，夏季清凉。

用过午膳，赵王叫来苏秦，二人围炉闲坐。

草原上的事显然也传到这儿了。

“苏子，”赵王眯起眼睛，“寡人琢磨来琢磨去，始终不解楼烦公主为何会射杀林胡的王子。你说，他们之间，会不会是情杀？”

“回禀大王，”苏秦应道，“就线人所报，臣的推断是，楼烦遇灾，求助于林胡。楼烦王无子，唯此一女，林胡王可能欲以结亲为名，吞并楼烦，因而借庆典活动前来聘亲。据线人所讲，林胡王的聘礼是上万车的草料，这是楼烦无法拒绝的。至于楼烦公主射杀林胡王子，极有可能是，公主爱上本族勇士，抵触这门婚事，楼烦王子出于嫉妒，射杀勇士，公主再射杀他复仇。于几个年轻人来说，此事可谓是悲剧，但于大王来说，该当是天助。如果楼烦、林胡结亲成功，肥义将军他们或就是白忙活一场了。”

刚刚提到肥义，外面一阵脚步声急，肥义带乐毅匆匆进来。

“王上，苏子，”肥义见过礼，禀道，“又有急情。”

“哦？”赵王看向二人，指向火炉。

二人围炉坐下。

肥义摸出一卷边关急报，双手呈上。

赵王看过，递给苏秦。

“马喇山口？”赵王自语一句，看向肥义，“来者何人？”

“喀乌拉部落的酋长，叫巴哈。”

“果然。”苏秦阅毕，将急报递还赵王，淡淡一笑，“王上，该您落子了！”

“他要吃下市集上的所有物品，希望能打个折呢，呵呵呵！苏子，你说，这个折寡人怎么打？”赵王看向苏秦。

“八折，只要马。”苏秦脱口应道。

“八折？”肥义急了，“怎么能这般打折呢？该当提价才是！”

“是他们用一马来换八车草、八包料。”苏秦笑道，“这不是八折吗？”

“嘿，”肥义拍拍脑袋瓜子，“苏子厉害！”

“肥义，”赵王吩咐，“传谕边关，他若肯了，八折打包，一总儿卖给他。他若不肯，只要现出一丝迟疑，就改成六折。再说半句二话，四折！”

“肥义领旨！”肥义声音清朗。

“海子那儿抓到多少鱼？”苏秦问道。

“多极了，没个数哩，我敢打包票，够咱三军吃半月。”肥义呵呵直乐，“真不明白，这么多的鱼，楼烦人为何不抓呢？”

“他们要是会抓，还能轮到你？”赵王冲他撇了撇嘴。

“肥大人，”苏秦接上方才的话头，“让他们再抓三日，之后撤回，将抓到的所有鱼投放到市集上。胡人不是要打包吗？那些鱼也得包上。”

“肥义明白。”肥义应过，看向乐毅，“乐毅，另一件事，你禀报吧。”

“大王，苏大人，”乐毅拱手道，“三天前的深夜，大雪纷飞，我边屯牧民听到草原上马嘶凄厉，前往察看，从雪堆里扒出一女，侥幸救回她一命。”

赵王、苏秦互望一眼，又不约而同地看向乐毅。

“边屯牧人从她所乘的马、马饰及所穿衣服、所佩头饰看，她不是个寻常胡女，就报告屯长了，之后逐级上报。臣得闻音讯，即与肥义大人前往探视，一见面，果然是她。”

“楼烦公主？”赵王急不可待了。

“正是。”乐毅接道，“臣在楼烦时，与她见过多次，还买过她亲手养的一匹马呢！我给了她双倍价。”

“她现在哪儿？”

“冻坏了，”乐毅轻叹一声，“这辰光仍在牧人的帐包里接受救治。”

“要紧不？”武灵王急了。

“发高烧，时迷时醒。”乐毅应道，“冻伤好治，边屯牧人善于处理。主要是内伤，公主是万念俱灰，一心求死的。她所以没有死，得亏所骑的马。我看过了，认得那马，名叫格力，是匹好马，可日行千里。格力是公主一手养大的，几年前，公主将它送给托力。托力与她一起长大，二人情深意笃。她亲眼看到托力被林胡大王子从背后射杀，恨极，追过去，骑上格力，用托力的箭射死凶手，然后一路奔驰到我们的边屯。格力跑不动了，嘶鸣求救，一直候到牧人来，它才跪在雪地里，起不来了，边民想尽办法也未能救活它。从大黑山到边屯，我粗略算过，不下七百里，想是公主伤悲，吆喝它不停地奔驰，伤到它的要害了。”

“公主喜欢托力是因为他们一起长大吗？”

“不完全是。草原女人欢喜强壮男子。公主是草原之花，喜欢的自然是草原第一强壮男子。草原上每年冬季欢庆山神节，举办赛事，年轻男子是摔跤、骑射、狩猎三项，最后赢家被称为草原雄鹰。托力在去年比赛中三项皆得第一，夺得雄鹰称号，今年又保持了这个称号。”

“哈哈哈哈，这个妞有味儿！”赵王看向肥义，“厚葬那马，在马倒地处立碑纪之。”略顿，“将公主运到此处，寡人亲自护理！”

“臣受命。”肥义朗声道。

“王上，”乐毅接道，“还有一事，那个叫巴哈的提到公主，说是他们的族人看到她在夜半辰光驰入我境，求请我们查访此事，说是他们的大王及所有草原人都在着急呢。如何回复为妥？”

赵王看向苏秦。

苏秦略一思索，出声道：“回他个活套话，就说尚未听说过这事儿。”略顿，“哦，对了，让关尉带他上市集转转，解解眼馋。是所有市集，让他看个够。”

“八折？”勒格眯起眼，苦笑一声，“照这个价，我们把所有能卖的马全给他们，也不够换取那些草料。”

“是呀。”巴哈苦笑一声，“我急了，打着笑脸，回他说能不能……我的话还没说完，他就拦住我，说是我再说下去，就是六折，我……没敢再作声。”

“欺人太甚！”阿古拉的声音从牙缝里挤出。

“太欺负人了，”巴哈接道，“我当时的脸色就变了，可……我不能发作呀！我……那军尉见我气色不好，又亲热起来，带我看了所有的市集，货色真不少，都是从别处运来的。来赶市集的赵人不少，多是附近的牧人，但没几个买家，都抱怨价钱太贵。”

“货主是什么人？草料是从哪儿运来的？”勒格冷不丁问道。

“说是商贩运来的，听说这儿闹灾情，便从上党运来这些草料和物品，想发笔横财呢。”

“哦。”勒格若有所思。

“草原之王，”巴哈看向阿古拉，“让我生气的还不是草料，是鱼。”

“鱼？”

“赵人成群结队到我们的海子里打鱼，放在他们的市集上售卖。他们烤给我吃，味道真还不错。我问价钱，竟然比羊肉还贵。养只羊需要一年多，可这鱼根本不用养，从冰洞里捞出来就是，怎么能是同样的价钱呢？赵人太会做买卖了！”

“你们为何不打？”

“打不来呀。他们用的是种特殊的网，把冰面砸开一排洞，拿网从冰的下面捞。听他们说，只要打个洞，鱼就来了。真没想到，海子里有那么多鱼，一溜子鱼摊，码着成堆成堆的鱼。若是我们也能打上来，可少杀不少牛羊呢！”

“娜莎呢？可有消息？”萨仁走过来，急切问道。

“我打问了，他们没有听说过这件事。我估算过，公主是后晌由大黑山出走，到海子时约在半夜，六百多里，还是雪地，再好的马也吃不消。即使赶到赵地，也在半夜，赵人都在睡觉。若是公主一直在旷野里奔驰，怕就……”巴哈欲言又止。

萨仁两手捂脸，悲哭起来。

“勒格，”阿古拉看向勒格，“召集各部吧。无论如何，我们得活下去。这等奸商，纯粹找死！”

“代郡有多少兵马？”勒格问他。

“我摸过底，各处加起来不过两万。”阿古拉应道，“且大多驻在代城，离马喇山口大几百里呢！我们先吃下市集，他们若敢追过来，我们就在山口后面扎下麻袋，诱其入袋，痛打他们！”

“我尊敬的王，”勒格盯住阿古拉，“我们是可以痛打他，可赵人不是大林人，若是惹毛他们，我们拼不过呀。”

“拼不过也得拼！”阿古拉决心下定，“我们有大黑山，大不了转进山里，看他能奈我何？再说，赵人再多，能忙得过来吗？他们身后还有韩人、秦人、魏人、齐人，更有中山人，顾不上我们！”

“也好。我王暂先召集各族酋长，勒格这就祈请山神，听从神谕。”

勒格祈请山神，神谕竟是大吉。阿古拉再无迟疑，将神谕示给各部族的酋长并祭司，集结三万青壮，备足弓箭、战刀，经过周密部署，于月黑之夜袭向马喇山口。

赵人显然有备，望到黑压压的骑兵奔驰过来，立马点起烽火，鸣锣击鼓。

望到这儿的烽火，其他各地也都燃起烽火，响起号鼓。

然而，楼烦骑卒杀到之后，却意外发现，关卡中没有一个赵人。从赵人留下的零乱痕迹来看，他们没放一箭，全都骑马逃了。

一马当先的巴哈攀上赵人的瞭望塔，放眼望去，但见赵地各处村屯无不忙乱，赵人无不在仓皇逃窜。

巴哈禀报阿古拉。阿古拉验过赵人关卡未放一矢的连弩，断定关卒自知寡不敌众，逃命去了。当即传令各部卒，兵分数路，杀向关内各个方向，尤其是那些市集。

市集里空无一人。

楼烦骑卒四处搜索，守着货堆的赵人全都逃掉了，不少被窝还是热的。只有那些守护的狗在狂吠中奔逃，被胡骑射死。

阿古拉令一万胡骑在市集之外布置警戒，严防驻守在平邑等地的驻军救援，余众点检赵人市集上的货物。

货物堆积如山，从兵器到日用，什么弓箭、弯刀、马具、胡服、盐巴、器皿之类，凡是他们需用的，一应俱全。别的不说，单是从湖水里捞上来冻得硬硬的鲜鱼，便足可装运数十大车。

这次出击非为与赵人开战，为的只是这些物品。胡卒个个喜悦，忙不迭地打包装运。

更喜人的是，一组胡人意外发现一个赵人越冬的特大牧场。

牧场里的赵人全都逃了。

胡人一边点检，一边禀报阿古拉。

阿古拉飞马驰来。

面对场中的三万多只羊、一万余头牛、堆得山一样高的牧草与码放得整整齐齐的一袋袋饲料，楼烦王喜不合口。

别的不说，单是几大市集的货品与这个意外发现的牧场，就足以弥补整个部族去年灾情中所遭受的所有损失。

唯一的难题是，如何运走它们。

一切似乎是上苍安排好了的。就在阿古拉为如何运输愁眉不展时，又有胡人在牧场附近发现一个车场，里面停着现成的大车。

阿古拉赶过去，果见雪地上整齐排列着赵人装运辎重的大车。有人数过，正好五百辆，似乎摆在这儿有些辰光了，上面覆着一层厚雪。

阿古拉晓得，此地不可久留，无论如何，得尽快将这儿的所有物品及时运走，藏进山里。否则，此地离赵城晋阳不足千里，晋阳的援兵三日之内就可赶到。那时，他们的选择只有两个，要么决一死战，要么撤退走人，空欢喜一场。

阿古拉不再迟疑，吩咐部众将胯下坐骑套在五百辆辎车上，将车拉到牧场，将山一样的草料悉数装进车中，又在上万头牛中选出健壮的驱到市集上，将打成包的货物放在牛背上。

大家一气忙活到天色将晚，阿古拉担心夜长梦多，传令撤退。

撤退的阵容异常庞大。来自草原各部族的三万骑手空马而来，满载而归。除两千名青壮殿后防御之外，阿古拉命令其他骑卒，包括他自己，全部下马步行，腾出胯下坐骑承运货物，或拉车，或载物，实在驮不走的，就由人背负。三万多只羊及余下的数千只牝牛，多是怀崽的，杀不得，只能赶着走。放眼望去，平坦无垠的原野上黑压压的到处是撤退的胡人，他们不成队伍，没有秩序，只有一群挨一群的部族拖拉着各自的战利品，在茫茫的雪地上一步一步地向西游走。

胡人们或背或扛，或赶牛羊，或驾辎车，没有一个闲人，闹腾将近一夜，至天亮时多已力尽。他们原以为走了很远，实则只走了几十里路，前锋刚到马喇山口。

望到赵人的瞭望塔及烽火台，胡人不由得加快脚程。

就在走近瞭望塔时，前面的胡人呆住了。

第八章

戏公主赵雍耍智　听挚友昭阳假病

黎明的辉光里，在赵人新设的边境线上，黑压压的现出无数骑阵。阿古拉跨上一马，驰到赵人的瞭望塔前，攀上塔顶，放眼四望，瞠目结舌。

马喇山口实为两山对峙的一条通道，宽不足八里，长约十几里，北侧为一片山梁，主峰是大黑山的第二十一座山包，南侧也为一片山梁，主峰是大黑山的第二十座山包。正是由于这条通道意义重大，赵人才在这儿设下关卡。

在胡人的正前方，有数不尽的骑卒，看样子不下两万，他们正如蚂蚁般列作规整的阵势，一看就晓得是受过特别训练的赵人骑手。

赵人的阵势呈一字排开，将山口的西向出口挡个严实。

南北两侧皆是高山，胡人的唯一出路是掉转头，向回走。

而向回走，正是赵人堵路的目的。

阿古拉急寻到勒格，正自商议对策，一骑由东疾驰过来，禀报说，数不尽的赵国骑卒正从平邑方向压过来，前锋已与殿后的胡人对阵，但双方均未发动攻击。

"勒格，"阿古拉看向勒格，"我们钻进了赵人的圈套！"

"阿古拉，我的王，"勒格应道，"要相信神！"

“神谕是大吉！”阿古拉苦笑，摇头道，“前后皆敌，左右是山，我们被夹在中间，手中拿着人家的东西！”长叹一声，“唉，勒格，你再问问神，我们吉在何处？是战，还是——”

“阿古拉，你说，赵人为何不战呢？”勒格指向前方的赵人，又指向后方，不答反问。

“是呀，”阿古拉拧住眉头，“如果我是赵人，眼下出击是最好时机！”说完看向山口。

是的，眼下的确是出击的最好时机。之前奔驰数日，昨天劫掠一日，这又行走一夜，此时的胡人真正是人困马乏，只想寻个地儿安歇，美美地喝上几口烈酒，而不是上马战斗。

更要命的是，他们的胯下已经没有马了。一直在马上行走的胡人，现在可怜巴巴地拖着两腿不说，大多还要背扛肩挑，吆牛喝羊，而那些本该在栏中安享冬夜的牛羊让他们吆喝着在雪地里行走一夜，这辰光也实在不想迈动腿脚了。

此时此刻，只要赵人出击，就将是一场毫无还手之力的屠杀。

然而，赵人并未出击。

胡人得到这弥足宝贵的一刻钟时间，无不反应过来，停车卸马，推掉驮物，跨马提弓，聚拢到各自的酋长跟前。酋长们纷纷驰到阿古拉与勒格这儿，请求应战。

“尊敬的草原之王，我们没有退路了，拼吧！”众酋长异口同声。

阿古拉挨个看向这些酋长，继而将目光投向散落在草地上的远近部属。

他们实在太累了，所有人的脸上皆呈疲态。昨日他们忙活一天，晚餐也没顾上吃，就又急赶着上路。按照阿古拉的设定，他们计划在走过这道山口之后，由殿后的两千骑封住山口，其余人马在前面的大海子边上安定下来，美美地歇上一日，然后将所有货物运入山中，据隘坚守，以观赵人反应。

更累的是他们的坐骑。一连奔驰数日，这又或驮或拉一宵的重物，他们的马匹实在没有多余的力量参与拼杀了。

阿古拉明白，在草原上骑射，真正拼的是马的速度。

阿古拉看向前方的赵人。

赵人没有逼近，依旧列着整齐的队伍，静静地锁在山口上。他们应该可以冲过去，关键是，冲过去之后呢？他们在马上，赵人也在马上。他们会骑射，赵人也会骑射。他们疲惫不堪，而赵人却以逸待劳。以这样的状态决战，大草原只能成为他们的坟场。

阿古拉看向勒格。

“尊敬的草原之王，”勒格闭上眼睛，缓缓说道，“我祈请神了，神谕是，下马弃弓，就地扎营，生火为炊，饮马食草。”

众酋长面面相觑。

“诸位酋长，”阿古拉巡视众酋长，拱手道，“请奉行神谕！”

在草原上剑拔弓张之时，娜莎正躺在平邑的赵王别宫里，榻边守护着一身胡服的赵雍。

娜莎的高烧终于退去，眼皮渐渐睁开。奔驰几百里的疲累与生无可恋的绝望重创了她的身心，经过数日的高烧与昏迷，娜莎苏醒过来时，全身都是瘫软的。

娜莎看到的第一个人是赵雍。

赵雍坐在她的身边，她的手被他的大手微微握着，温暖而惬意。

娜莎想抽回来，但未能成功。

“你……”娜莎盯住他，“你是……”

“我是您的忠实仆人，尊敬的草原客人！”赵雍笑吟吟地望着她，“手别动，它被冻伤了，我要慢慢暖好它。”

“我……是在哪儿？”娜莎看向高大的房子。

“平邑城。”

“神哪，”娜莎挣扎着欲坐起来，“这是赵人的地方！”

“对的，你是草原来的尊贵客人，我们赵人欢迎你！”

“我……跑了这么远？”娜莎感到不可置信。

“是呀，那天半夜里，大雪纷飞，我们听到远处有马在嘶鸣，叫声战栗，就过去查看，从马身边的雪堆里把你扒了出来。真险哪，再过半个时辰，你怕就……”

“我的马——”娜莎急了。

“看到我们来，它就拱开你身上的雪，跪在你身边，起不来了。我们用尽办法，也未能救活它！真是一匹好马啊！”

娜莎的泪水流下来，呜呜悲泣。

赵雍让她哭一会儿，伸手拭去她的泪：“草原客人，你甭伤悲。那马能为主人尽忠，为主人殉身，是它的荣耀。我们把它埋在它尽忠的地方了，再过几日，待你病好了，我就带你去祭它。”

“谢谢你，我的朋友！”娜莎盯住他，“你的主人是谁？”

“是这城的主人。”

“你叫他来，我……谢谢他！”

“他出远门了，吩咐我服侍你。客人有何需要，说给我即可！”

“我……饿了……”

赵雍松开她，从火炉上端来一碗羊肉汤，扶她坐起，喂她喝下，之后又让她喝一碗马奶。

“我要吃肉！”

“好嘞，我这就去烤！”赵雍拿来一排羔羊肋骨，在炭火上烧烤。

肉香味弥散开来，打开了公主的胃口。

娜莎连吃几根肉排，擦过手，精神大好，她看向赵雍道：“我的朋友，你叫什么？”

“赵雍子！”

“赵雍子？”娜莎重复一句，“是赵国的赵，对不？”

“对的。”

“我叫娜莎。”娜莎伸出手，“你再帮它暖暖。”

赵雍笑了，拿过她的手，用两手捂住。

赵国以五万骑卒的强大势能，迫使三万楼烦壮男听从神谕，坐在马喇山口的雪地上束手待毙，接受命运安排。

命运果然为他们派来一个信使，那就是阿古拉、勒格及不少酋长所熟悉的中山人乐毅。

是负责殿后的巴哈带着乐毅来见阿古拉的。

“尊敬的草原之王，”乐毅深揖一礼，“中山人乐毅有礼了！”

“乐毅？”看到乐毅，阿古拉一脸吃惊，“你怎么会……”

“回禀草原之王，”乐毅拱手道，“乐毅将大王的良驹贩至赵地，尚未回家，又受赵人所托，来此给大王并祭司大人呈送两封请柬。”

“请柬？”阿古拉看向勒格。

乐毅掏出两封请柬，分别呈上。

阿古拉拆开，是邀请他与勒格前往赴宴的请柬，落款是肥义。

肥义是赵国将军，更是赵王眼前的红人。他来此，显然是蓄意的。想到赵人所布的这个圈套，勒格一下子明白了。

“宴会在何处？”阿古拉的情绪略显紧张。

“肥义大人说，宴会地点由大王与大祭司决定。”乐毅回道。

阿古拉看向勒格。

“小伙子，你看那儿如何？”勒格指向赵人的关卡，里面有固定的营帐，这辰光完全在胡人的掌控中。

“好地方！”乐毅应过，拱手道，“乐毅这就回禀肥义大人！”

乐毅别过，上马驰走。

不消一时，六骑驰来，径至关卡，安置好宴席，三骑驰走。余下三骑，一是乐毅，余下二位当是肥义及随员了。

对赵人这般细微安排，阿古拉、勒格既心定，也感慨。

乐毅驰至阿古拉处，礼让道：“禀报大王、大祭司，肥义大人已经备下宴席，有请二位。”

二人上马，随乐毅驰至关卡，走进关房。

肥义迎出，朝阿古拉深深一揖道：“赵人肥义恭迎大王，恭迎大祭司！”

阿古拉二人回过礼，被肥义迎至房中。

房间的火炉里已经燃起两堆干透的马粪，散发出他们十分熟悉的味道。地上铺着几张老绵羊的羊皮，羊毛厚而密实。每张羊皮前面，各有一张简易的几案，案上摆着赵人带来的烤肉、烤鱼与烈酒。鱼肉还是热的，散发出诱人的香味。

主席一侧，上首端坐一人，与他们一样穿着胡服。肥义屈居下位。

乐毅没有入席，直直地站在一侧，看架势是服侍酒肉的。

待二人在客位坐定，阿古拉瞄向对面穿胡服的人。

显然，从肥义的恭敬仪态看，那人在赵宫的职爵高于肥义。

难道会是赵王？阿古拉看向勒格。

勒格也在打量他。

“尊贵的客人，”见他们皆在打量身边的东西，肥义拱手，笑盈盈道，“肥义在此招待贵宾，实为寒碜，不到之处，望二位见谅了。”

“肥义将军不必客气，有话直说！”阿古拉拱手回礼。

“呵呵呵，”肥义又笑几声，指向一席酒肉，“二位贵宾，酒肉虽薄，情义却厚。开宴之前，先说几句碎言。二位乃百忙中人，肥义在此打扰宴请，只为二事：一是答谢大王、祭司并所有的楼烦牧人，这些年来为我赵人输送不少良马宝驹，价钱公允，我王感谢不尽，特托肥义敬谢二位，待会儿在下以酒表达谢意；二是前日夜间我方边民受到惊吓，肥义受我王委派，前来问询。事涉公理，肥义是个粗人，嘴笨，一怕讲不清爽，二怕断不明白，有负我王重托，是以特别请来一个既能说理又能公道断事的人。”说着指向身边穿胡服的人，“就是这位。苏子，您报个家门。”

苏秦拱手道：“洛阳人苏秦拜见尊敬的阿古拉大王、尊敬的勒格大祭司！”

“阿古拉见过洛阳人苏秦！”阿古拉拱手回个礼，看向勒格。

“可是纵亲六国的苏秦苏大人？”勒格略有疑惑，眯眼看向苏秦。

“正是在下。”苏秦淡淡一笑。

“失敬，失敬！”勒格连连拱手道，“苏大人的名字，勒格早有听闻，今日始见，幸甚，幸甚！”

“听闻大祭司学问盖世，天道贯通，苏秦慕名已久，今日能得当面求教，实乃幸事！”苏秦拱手回应道。

“哈哈哈哈，”肥义大笑几声，举觞，“二位都是高手，来来来，我们喝酒，先为第一事，答谢大王，答谢祭司，答谢草原父老，干！”说完一饮而尽。

三人喝过，乐毅斟上。

酒过数巡，苏秦切入正题，看向阿古拉道：“尊敬的草原之王，听闻草原去岁闹灾，苏秦寡闻，敢问灾情？”

“唉，”阿古拉长叹一声，“这个不消提了。不瞒苏子，草原已经熬不过今冬，孤王无奈，这才……”

“呵呵呵，”苏秦笑道，“还是提一提好。一方有难，八方来援，何况赵国与楼烦山连着山，水通着水。大王不讲灾情，赵王就不晓得该怎么救援，是不是？”

“去岁大旱，由春至冬，几乎没有落雨。之后飞蝗虫，雪上加霜，个别河沟及海子边上仅余的那点儿草，多让虫儿吃了。我们无奈，只好把牲口赶进山里。不想山里更旱，牲口饿死过半，眼见这冬是熬不过去了……唉，惭愧呀！”阿古拉低下头去。

“这么大的灾情，你们早该讲一声才是。”苏秦如对老友谈家常，“不瞒大王，去年入冬，赵王在邯郸对苏秦几次提过这儿的灾情，很是关切，因为赵国北地与你们一样，同样闹灾。为救灾情，赵王令晋阳、上党及太行山区凡有雨水处，全民收割青草，晒干备用，同时向韩国上党地区购买大批草料，一入冬就运往代地，以救灾荒。赵王也想到你们了，可赵王晓得，草原人，尤其是大王您，最看重的是脸面，你们不讲出来，赵人自送上前，赵王忧心伤到大王面子，百般无奈之下，才旨令将救助你们的一应物品悉数放在边邑，展示在市集上。因为是在市集，赵王生怕本地牧人前来抢买，这才特意提高价钱，没想到……唉……”

苏秦故意打住话头，且抑扬顿挫地叹出一声，不无夸张地摇了下头，以示失望。

见苏秦硬将黑的说成白的，将赵人之前的种种恃势欺凌讲作慷慨仗义，完全无视楼烦牧人前来购买、酋长巴哈赴关楼与关尉谈判却受羞辱的事实，更无视赵人这般处心积虑地设局诱惑，再以武力相迫的计谋，阿古拉的脸拉长了，大出几口粗气，看向勒格。

“谢谢赵王的仁慈，愿神保佑他！”勒格拱手谢过，看向苏秦，顺势说道，“草原之王晓得赵王仁厚，也晓得赵王特地放在市集上的草料是赠送我们度过灾荒的，所以草原之王求请神谕，在得到神谕之后，才引族人前来取走赵王赠品的。”

勒格的回复软中有硬，堪称完美，既回击了苏秦，也没伤他的面子，更以神谕昭示了他们前来取走市集上货物的正当性。

阿古拉美美地呼出一口长气，不无得意地看向苏秦与肥义，微微点头。

“哈哈哈哈，”苏秦笑出几声，“听说你们的神博学多识，明辨是非，深谙天地公理，苏秦甚想领教。敢问神谕？”

苏秦的笑声与发问，显然拉开了论辩的架势。

“神谕是，”勒格沉声应道，“友邻赵王天性仁慈，仗义送来救灾货品，放在你们的牧地上。你们可去取来，赵人是不会伤害你们的。草原之王得到神谕，为使赵王的仁慈雨露均沾，传令各部落按人头出人，集结于海子，祭过神灵，方才动身前来取货。事实正如神谕，我们取货之时，所有市集未见一个赵人，而货物皆在。”说着拱手向赵都邯郸方向一揖，“我神保佑赵王龙体安康，诸事顺遂，治下人民安居乐业！”

勒格真也了得，抢人财物，还说出一片理来。

阿古拉大为满意，抖动几下手指，顺势端起酒觞道：“本王谨以此觞代所有草原儿女鸣谢赵王宽仁大义，为我们解灾救难！”一饮而尽。

“呵呵呵，”苏秦没有举觞，看向勒格，笑道，“你们的神挺有意思，我的是我的，你的也是我的，难道他就不分个彼此吗？”

“苏大人此话是——”勒格眯眼，盯住苏秦。

“譬如说方才的神谕，‘赵王天性仁慈，仗义送来救灾货品，放在你们的牧地上’。这是把赵王摆放货物的市集之地理所当然地视作你们自己的土地，对不对？”苏秦挑战了。

“这有什么好说的！”阿古拉朗声接话，指向东面，“由此往东，至少五个黑山头，皆是我们草原人的！”

“敢问大王，”苏秦转向他，淡淡笑道，“您有何据来证明那五个山头一定是你们草原人的？这也是神谕吗？”

“这还用证明吗？”阿古拉生气了，将手中之觞咚地砸在几案上，“我们的族人世世代代在山边的草原上放牧牛羊，所有族人都知道！”

“唉，”苏秦长叹一声，“我尊敬的草原之王，您就是这般治理您的族人吗？您指着一座山对您的某个子民说，这座山归你了。这座山就是他的了吗？在您百年之后，假设另有他人来争此山，他拿什么来证明那座山是属于他的呢？他只能说是您指定的，可您那时已不在了呀！按照常理，您要将此山赠送于他，须有两个证物：一是证明此山是您的，您有权力将此山送给他；二是您要出具送给他的证据，证书或证物，以证明他拥有此山的永久权力。这是常理，也是公理，是不？”

“这……”阿古拉说不出话了，看向勒格。

“这是你们中原的理，”勒格接道，“在草原，我们是没有固定地界的。神谕是，哪儿有水，哪儿有草，我们就去哪儿。”

“神谕既然如此，”苏秦指着外面的山口，“你们为何不听神谕，硬说这儿的山口及那边的五个山头是你们的牧地呢？”

“这是我们常去的地方，是我们牧人祖传的草原！我们年年在这儿放牧，我们生在这儿，死在这儿，当然是我们的牧地了！”阿古拉朗声应道。

“唉，”苏秦再叹一声，“大王就是这般不讲公理吗？若按大王的说法，如果是谁常来这儿放牧，如果是谁生在这儿或死在这儿，这儿就是谁的吗？若此，”他指向东面，“每年都有赵人来此地放牧，这个山口就埋有不少赵人的尸骨。不少赵人还在冬季里到前面的那个海子里打鱼呢！接到赵王要救济你们的旨令，赵人晓得你们不擅捕鱼，就又呼朋结伴，于几日之前赶往海子，捞出不少大鱼，特别放在市集上，为的就是接济你们，让你们少杀几头牛羊。可赵人说这儿是他们的地方了吗？从来没有。这些地方赵人常来常往，却从来没有说是他们的地方，大王为什么就说这儿是你们的地方呢？”

“既然没说是自己的地方，”阿古拉怒辩，“赵人为什么在这山口修建边关呢？为什么在前面修建边邑呢？我们的牧人过来，为什么就受到盘查了呢？”

“大王有所不知，”苏秦应道，“草原人有草原人的生活方式，赵人有赵人的生活方式。草原人走到哪儿，是扎包帐；赵人走到哪儿，是盖房屋。草原人放牧，赵人耕地。草原人吃肉，赵人喝粥。至于牧人过来受到盘查，那是必须的。赵人若到牧人那儿，进入你们的屯地，你们就不管不问吗？万一是小偷呢？”

“这……”阿古拉应答不出，看向勒格。

“苏大人说得是，”勒格晓得自己理屈在先，辩下去只会更尴尬，遂退一步，拱手道，“各有各的习俗，过去的事情就算过去了。”说着指向外面，“赵王的这批救助物品，草原人按照草原人的习俗，擅自取了。眼下赵人拦阻，产生争执，二位此来，可为商谈此事？”

“唉，”苏秦叹道，“得知你们于夜半袭击骚扰，赵国子民受惊，四处逃命。赵王生气了，旨令军卒在此拦截，向大王讨个说法。这见大王坐地生灶，无意厮杀，赵王的怒气稍稍消解，旨令肥义大人与在下邀请二位小酌，商讨和解之法。”

“赵王打算如何和解？”勒格问道。

“赵王给出三解，第一解，依照你们的草原规则，双方列阵厮杀，胜者为草原之王！”

“你……”阿古拉气急，刚要发作，被勒格伸手拦住。

“若是不想厮杀，则是第二解，”苏秦接道，“草原之王带领各部的族人在指定之日离开草原，离开大黑山，永不回来，自此与赵人两不相涉。”

“第三解呢？”似乎晓得阿古拉会做何反应，勒格抢一步接问。

“与赵室结亲，成为一家人。”

“结亲？一家人？”阿古拉憋着一肚子的火，脸色紫涨，“你说，怎么个结亲？怎么个一家人？”

“你们依旧住在草原上，大黑山神依旧是你们的神，大王依旧是草原之王，大祭司依旧是草原的大祭司，”苏秦说着指向外面，“还有你们在半夜里取走的货物，赵王全部赠送你们，用于赈济灾民！”

阿古拉震惊了，不可置信地看向勒格。

“赵王要何回报呢？”勒格盯住苏秦。

“方才说了，与赵室结亲，成为一家人。”苏秦给他个笑。

勒格微微眯眼，陷入沉思。

“我没搞懂！”阿古拉一脸惑然，“既然我阿古拉依旧是王，我们草原人依旧住在草原上，一切全都不变，怎么又说是一家人呢？”

“回禀草原之王，这中间有个小小的前提，”苏秦接着他的话头，

“整个草原须归入赵国治下，大王须接受赵王册封。在大王百年之后，无论何人接续草原之王，均须接受赵王的册封！”

“你是说，我草原人要永世成为赵王的属臣？”阿古拉两眼圆睁。

“确切地说，是楼烦成为赵国的属国。”苏秦应道，“大王觉得有何不妥吗？”

阿古拉吧咂几下嘴皮子，看向勒格。

勒格闭目，思忖利弊得失。

“还有，”苏秦接道，“赵王承诺，作为赵国的属国，草原人享受与赵人相同的待遇，可到赵都邯郸或赵国的任何地方生活与居住，可以经商、做官、参与防务。赵王还承诺，赵国确保所有草原人的长远安全，尤其是来自大黑山北的漠北蛮族。听闻草原人深受漠北蛮族的侵扰之苦。”

“赵王如何保证漠北人不来侵扰？”阿古拉问道。

“由赵王出钱，沿大黑山的山头修筑城墙，使所有的山头连成一道防线。同时在山头最高处设立烽火台，在所有山口设立关卡，漠北人只要露面，烽火就会燃起。漠北人擅长野战，但不能攻城。有赵人在山头守御，草原人既可安枕无忧，又可无惧天灾，譬如今年，只要草场闹灾，就由赵王设法赈济。”

苏秦开出这一连串的利好，阿古拉真还动心了，拿肘子顶一下勒格。

勒格抬头。

显然，真正决定草原事务的不是阿古拉，而是勒格。

“赵王是真正的仁慈之君，”勒格拱手道，“请问苏大人，除了草原人成为赵国的属国，赵王是否还有要求？”

“还有一个，”苏秦回他个礼，笑吟吟地看向阿古拉，“结亲。”

“结亲？”阿古拉道，“结什么亲？”

“听闻草原之王有女娜莎，正值芳华，美丽贤淑。赵王心仪已久，诚意聘为王妃，与大王结作翁婿。苏秦听闻此事，愿意跑腿。”苏秦看向勒格，“苏秦斗胆求请大祭司为女方大媒人，与苏秦协力玉成草原公主与大赵之王的百年之合，使赵国与楼烦血脉相连，风水相通，代有姻亲，恩泽万世。”

阿古拉吃惊不小。他为女儿设计过多个归宿，没有一个是嫁给赵王。但话又说回来，无论女儿嫁给何人，都没有嫁给赵王更有利于草原。

阿古拉吁出一口气，态度放松下来，看向勒格。

“嗯，血脉相连，真是一桩好事！”勒格微微拱手道，“勒格愿意为媒人。只是，”苦笑道，“前几日草原上出了点儿意外，公主负气出奔，迄今下落不明，大王并草原上所有子民，皆在寻她。待我们寻到公主，你我再行保媒，如何？”

“如此甚好。”苏秦举觞道，“来，我们为赵国、楼烦喜结良缘，大王、赵王翁婿一家，干！”

众人皆干。

接下来，宴会气氛轻快许多。酒足饭饱之后，双方各自驰回，赵军撤退。本已绝望的草原人也吃饱喝足了，喜气充盈地带着抢来的货品回到部落，由各部落的酋长与祭司以赵王赈灾的名义分配至各户人家。

在赵雍无微不至的护理下，娜莎的身体渐渐康复，手上与脸上的冻疮完全消除，活脱脱一个草原美人。

守在娜莎身边的人除一个偶尔过来照顾她起居的女仆外，就只有赵雍了。

娜莎已经不把他当成外人，告诉他自己的真实身份，和他无话不聊。

诸多话题中，娜莎最爱讲的是草原雄鹰托力，一提到他的名字就神采飞扬，一把鼻涕一把泪地讲起他们如何一起长大、彼此相爱，他如何的孔武有力，他的骑术与射术在草原上如何无敌等，恨不能将他们一起度过的每一个日子细述一遍，末了大哭一场，在哭声中将林胡大王子斥骂一顿。

在她讲述时，赵雍总是笑吟吟地倾听，也不插一句话。

“你怎么不说话呀？”娜莎急了，推他一把。

“说什么？”赵雍抖抖肩膀。

“说他好呀！”娜莎大叫，“我讲了那么多，你一个好也不说！”

“我没有觉得他哪儿好呀！”赵雍顶嘴。

“你说说，他哪儿不好了？”娜莎揪住他的肩膀，使劲摇他，几乎是在吼他。

“你说说，他好在哪儿？”赵雍坏坏地一笑，“他为你暖过手吗？他为你喂过饭吗？他为你倒过尿吗？他为你洗过……”突然戛然止住，生生吞下后面的“身子”二字。

“洗过什么？”娜莎惊了，盯住他。

“洗过衣裙呀！”赵雍改口，做个鬼脸，“你的那身衣裙，真也是够脏的，一股怪味儿。这辰光你再闻闻看，是不是有股香香的味道？”

“你……”娜莎羞红脸，“我们冬天从不洗衣服！”

“也不洗澡，是不？”

“你管得着吗！”娜莎白他一眼，将话题重新扯回托力，“好了，我不讲这个，我只告诉你，他，托力，哪儿都好！”

“好吧，”赵雍抖抖肩，“我倒是想听听，他都是哪儿好？”

“我说过一百遍了，他摔跤草原第一，他骑射草原第一，他狩猎草原第一！”

“唉，”赵雍长叹一声，“你是没有见过天！草原第一，在我们赵国，算个屁！”

“啥？”娜莎的秀眉挑起来，生气了。

“你等着！”赵雍快步出去，走到前院，叫来肥义，安排妥帖，返回主殿，笑道，“娜莎，你想不想出门转转，开个眼界？”

娜莎点头。

赵雍带娜莎走进隔院，是他的卫队练功房。一群侍卫正在练功，有摔跤的，有要枪的，有射箭的，有比腕力的，个个都在忙活。赵王的侍卫皆是万里挑一的，各怀绝技，各逞英豪，见到二人，更是起劲了。

肥义亲自上场，与几个壮士摔跤。与草原上的摔跤比赛完全不同，他们看起来更像是在玩命，生死对战，整个过程动作夸张，招招置对手于死地。娜莎看得心惊肉跳，一颗心始终吊在嗓子眼上。二人对战有足足小半个时辰，肥义一声大喝，将对手掀翻在地，压于身下。对手拼命努力，动弹不得。

肥义得胜，举手绕场一周，动作夸张地向其他人发出挑战。果有几个挑战者，但无一例外地被他击倒在地。

就在他独占鳌头之际，赵雍脱下外衣，嚓一声扔给娜莎，跳入场中，只几个回合，就把肥义打得节节败退，终于将他击倒。肥义刚要爬起，赵雍一屁股蹾在他的大肚子上，仰面躺下，用肩肘死死顶住他的肩。肥义挣扎不起，推脱不开，在众人的喝彩声中，举手认输。

接着，一个力士一手拎个铁锤入场，将双锤竖在地面，一先一后咚咚两声，砸出两个大坑，整个大地都在颤动。有兵士上来，试图拿起一锤，竟是掂它不动。又有两人上来，勉强拿起，却是吃力，迅速放下。娜莎未曾见过这般东西，圆睁杏眼盯住双锤。

赵雍过来，挽起袖子，一手捉住一只锤柄，大喝一声同时提起，上下舞动，博得众兵士阵阵喝彩，看得娜莎目瞪口呆。

赵雍舞有一阵，走到娜莎身边，将双锤轻轻地放到地上。

"娜莎，你试试！"

娜莎吐个舌头，蹲下去，摸向那锤，乌黑冰冷，抓柄摇撼，撼它不动！

望着赵雍的伟岸身躯，娜莎一脸叹服，咬住嘴唇，发出轻轻的赞叹。

"开过眼界"后，娜莎态度大变，对赵雍说话柔声细气，再也不提托力的名字了。

又过两日，赵雍牵来两匹马，一匹银白，一匹枣红，皆是纯色，即使在草原上，也算是顶级宝马。赵雍将银白色的牝马让娜莎骑了，自己骑上枣红色牡马，各带弓箭，朝草原驰去。

草原上，几个人在玩狩猎游戏。几只兔子被放出来，在草原上奔逃。一只苍鹰正在它们的头顶上盘旋。

陡然，那鹰俯冲下来，几经扑击，抓牢兔子，往空飞去。

几人放马追去，纷纷射箭，却没有一人射中它，箭矢纷纷掉落下来。

那鹰遭到围攻，旋个方向，朝赵雍这儿飞来。

那鹰越飞越高，及至他们头顶时，寻常箭矢已经够不着它。

就在娜莎大失所望之际，赵雍催马追上，弯弓搭箭，一箭射去。

那鹰惨叫一声，翻身掉下。

娜莎催马赶去，捡起那鹰，细审之，见箭矢是从兔子身上穿过，射中鹰腹的。

天哪，一箭二获！

娜莎掩抑不住对赵雍的敬佩之情，回到别宫，盯住他的英武面孔欣赏良久，越看越是动心，脱口说道："赵雍子，我改叫你阿哥，可否？"

"不可。"赵雍一口回绝。

"为什么呀？"娜莎震惊了。

"你是公主，我只是个臣仆！"赵雍一本正经。

"你可以的！"娜莎激动起来，"托力阿哥就不是王子，是我家的臣仆，可我一直叫他阿哥。你也是！"

"还是不可以。"赵雍再拒，"你叫托力阿哥，是你俩一起长大，你喜欢托力。我没有与你一起长大，你也没有喜欢我呀！"

"我喜欢你呀！"娜莎急了，脱口而出，面色微红。

"咦？"赵雍假作吃惊，"你喜欢的不是托力吗？"

"那是过去。他死了。"

"哦……你说说，我哪儿让你喜欢了？"

"勇武呀。"娜莎应道，"我们草原女儿只喜欢勇武男人，你是我见过的男人中最勇武的，所以我喜欢你。还有……"娜莎脸色红了。

"说呀！"

"你会疼人。草原男人都不会疼人，托力也不会。可你会，我……真的喜欢你了！"

"呵呵呵，"赵雍诡诈一笑，"我还没有真正疼过你呢！"

"咦？你为什么不……"娜莎瞪大眼睛，"真正疼我呢？"

"我也得喜欢你才成！"赵雍两手一摊。

"你……"娜莎惊了，"不喜欢我？"

"你得问问我呀。"

"你……"娜莎一脸期待，"喜欢我吗？"

"喜欢。"

娜莎一脸羞涩，将双手伸给他道："阿哥，你……再暖暖！"

赵雍握住她的手。

"阿哥，你喜欢我了，这就真正疼我一下，好吗？"娜莎仰脸望着他。

"你闭上眼。"

娜莎闭上眼。

赵雍揽住她，缓缓地，轻轻地，吻在她的嘴唇上。

这是一种她从未有过的刺激，娜莎浑身颤抖。

“托力没有这样吗？”赵雍惊讶了，小声问道。

“没。”娜莎娇喘着气。

“为什么呢？”

“他……不敢呀……”娜莎呢喃，有顷，扳过赵雍的头，在他耳边，声音极低，“雍子哥，你……爱我吗？”

“爱呀。”

“愿意跟我走吗？”

“哪儿去？”

“大草原。”娜莎指着房子，“离开这儿。”

“你不喜欢这儿？”

“不喜欢。这是赵人的地方，不是我的家。”

“可主人不在，我走不了呀，”赵雍摊开两手，“主人让我看家，我得照看他的马，得照看这儿的所有东西，还有你……”

“主人让你照看我，我要走，你就得跟着走，是不是？”娜莎盯住他。

“咋走呢？”

“就骑今日的那两匹马。”

“那是主人的马，主人视作心肝宝贝，我们骑走了，主人寻上草原，咋办？”

“我有的是马。他寻上来，我拿十匹好马赔他！”

“不成，不成！”赵雍连连摇头，“你去草原是回家，我去草原做什么呢？为公主养马吗？”

“去做草原未来的王！”娜莎语气果决。

“啊？”赵雍大瞪两眼，“我这……只是个仆从呀，我两手空空，连人也是主人家的！”

“你有我！”娜莎二目炽烈，“我是草原公主，你娶下我就是草原未来的王了！”

“草原之王愿意吗？要是他嫌弃我呢？假如草原容不得我，我的主人也容不得我，我不就无处可去了吗？”

“哎呀你，真是急人！”娜莎气得捶他一拳，“我父王会同意的！我是他唯一的女儿，他不能没有我，他事事顺遂我，只要我乐意，他一百个同意！”

“好吧！”赵雍不再扯了，吻她一下，“我赌你一次！”

翌日清晨，赵雍牵来他们骑过的马，二人溜出城门，在草原上你追我赶，径投西去，在天色黑定时一路欢畅地回到大黑水畔。

当娜莎容光焕发地现身于王帐中时，阿古拉简直不敢相信自己的眼睛。萨仁扑通跪地，朝大黑山方向连连告谢。

“雍子哥，来呀，快进来！”娜莎朝外叫道。

没有人应她。

娜莎走到外面，见赵雍远远地站在河边，正在向西眺望。

天空晴朗，一弯新月挂在西天，一颗亮星正在下沉。

那儿当是林胡人的地盘。

娜莎跑过来，扯住他的胳膊，将他推入帐中。

阿古拉上上下下地打量他。

赵雍直直地站着，回以同样的目光。

魁伟的身材，英俊的面孔，睿智的眼神，淡定的气度……气场强大的赵雍让阿古拉心中一震。

“小伙子，你是——”阿古拉点个头，换作笑脸。

“快拜父王！”娜莎推他。

赵雍深深一揖：“赵人雍子拜见草原之王！”

“呵呵呵，”阿古拉连笑几声，“谢谢你送回我的女儿。我们都在寻她呢。”转身对里面，“萨仁，快拿酒肉，招待客人！”

“父王，”娜莎款款走过去，偎在阿古拉身边，指向赵雍，轻声，“他不是客人！”

“哦？”

“他是……”娜莎附他耳边，“是娜莎给您带回来的新女婿！”

“这……”阿古拉倒吸一口冷气。

“父王，娜莎决定了，就嫁给他！”娜莎语气坚定。

显然，这个场合不适合谈这大事儿，更不适合一口回绝。阿古拉反应过来，呵呵笑过几声，起身走到里面，不一会儿，与萨仁一道端着酒肉过来，斟好，递给赵雍道：“小伙子，来，一路辛苦了，多喝几觞！”

赵雍谢过，饮下。

“小伙子，在赵地谋何营生呢？”阿古拉笑问。

“为主人看家护院。”

“哦，你是……”阿古拉盯住他。

“是主人的臣仆！”

“呵呵呵，”阿古拉干笑几声，“臣仆好哇，不用操很多心。来来来，喝酒喝酒！”

二人又喝过几觞，阿古拉转对旁侧正与娜莎亲热的萨仁道：“萨仁，为客人安排个宿处。客人奔走一天，要睡个好觉。”转对赵雍，“小伙子，我有个小事，要出去一下。”说完起身，大步出门。

阿古拉走到勒格大帐，将突发变故细述一遍，苦笑道：“唉，这个娜莎，真让人头大！”

“阿古拉，”勒格盯住他，直呼其名，“赵王的赠品我们已经分掉了，所有人都在感谢赵王。其实，那不是赠品，是赵王的聘礼。苏秦把话全都挑明了，我们没有其他路可走了，要么与赵人一战，要么离开草原，要么与赵人合为一家。”

阿古拉拧眉。

“您也看清楚了，”勒格接道，“赵王处心积虑，只为此事。您能想象得出吗？整整五万骑卒，全部压在草原上，我们抵抗不过呀。赵王让全国的人皆穿胡服，皆习骑射，猎物就是我们。我晓得赵人，他们的军队是专门打仗的，我们的人散在各家各户，一年到头照料牲口。小打小闹可以，真正大战，根本不是他们的对手。我敢说，赵王吃下我们，下一个就是老巴图。我处心积虑让公主嫁给大林王子，就是因为赵人。我把什么都想到了，只未想到公主是个烈脾气。看来，一切皆是神意。”

“明白。”

二人议论一阵，定下应策，阿古拉回到王帐。

夜深了。

赵雍已被带到客帐休息，娜莎正对萨仁大讲这些日来她的奇遇，尤其是赵雍的勇武。

“父王，”一看到他，娜莎急迎过来，“您总算回来了，我等您呢。”

“娜莎，”阿古拉在毛毯上坐下，“我也有事情对你说。”

“我不听您说，我只要您同意，同意我与他的婚事！”

“娜莎，”阿古拉盯住她，神色严肃，“我只问你一句话，你是不是草原的女儿？”

“是。”

“你是不是草原的公主？”

“是。”

“你想不想听听，你走之后，草原上发生的事？”

娜莎点头。

阿古拉将草原面临的困境及赵国五万骑卒将所有草原男人围困在马喇山口，逼迫他们加入赵国等诸事一一讲给娜莎，末了道：“娜莎，你长大了，不能再任性了。你是草原之王的女儿，你有责任保护我们的牧场。在这世上，只有我们的神庇佑我们，是神要让你嫁给赵王啊！”

娜莎哭了。

“孩子，”阿古拉轻轻拍着娜莎，“你带来的小伙子是个壮士，阿爸欢喜他。阿爸将他留在草原，留在身边，收他为义子，待阿爸年纪大时，就让他做草原之王。可你必须嫁给赵王，否则，我们就只有两条路，要么与赵人决一死战，要么离开草原到漠北去。孩子，十几万人哪，老老少少，被逼到漠北去，那漠北……”长叹一声，顿住话头。

娜莎哭一会儿，猛地抬头，看向阿古拉，一字一顿道：“阿爸，你让勒格讲给神，要我嫁给赵王可以，但神必须应下我一个条件！”

“孩子，你说。”

“依旧是草原规矩，他们二人公正比试，我自己来裁判，谁赢，我嫁给谁！否则，我死！”

“娜莎，你……”阿古拉急了，“人家是赵王，不是大林王子！”

“哪怕他是天神，娜莎也是这个规矩！”娜莎重重地撂下一句，脚步沉重地离开阿古拉，走向她的寝处。

翌日，勒格不无忐忑地将草原公主的要求快马透给赵方，当即收到苏秦回话：赵王尊重草原规矩，愿向公主指定的选手挑战，若挑战失败，认赌服输。双方约定，挑战地点定于马喇山口，裁判只设一个，娜莎。

三日之后，阿古拉、勒格、娜莎与赵雍及不少臣僚仆从赶至马喇山口，住进赵人为他们扎好的帐篷。苏秦见过阿古拉和勒格，说是赛场已经备好，时间定于次日辰时，赵王将于赛前赶至。

次日凌晨，娜莎端来马奶、烤肉等可增补力气的食物，赵雍却不肯吃，情绪低落。

“阿哥，你怎么了？”娜莎问道。

“娜莎，我……”赵雍回她个苦笑，“能不能不赛？”

“阿哥？”娜莎急了，“你……你哪能不赛哩？”

“人家是赵王，我是……赵人的臣仆，我哪能与赵王比赛呢？”

“你听着，”娜莎字字有力，“在这赛场上，他不是赵王，是个参赛选手，是与你一模一样、平起平坐的赛手。”说着指下自己的鼻子，“你看清楚，这是奖品，你比赢了，她是你的。你若输了，她就是人家赵王的，我已对神起过誓了！”

“托力与林胡，不，与大林的王子比赛时，你不是也起过誓了吗？可结果呢？”赵雍两手一摊，做个苦笑。

“你听着，”娜莎盯住他，“这次不一样，这次我是裁判，看他谁敢！”

“娜莎，”赵雍回视，“万一那个赵王，我是说万一，他在比赛中把我也……”指指自己的心，口中发出嚓的一声，两手一摊，“那能怎么办呢？我一死，你就依旧是赵王的！”

“赵雍子，”娜莎一字一顿，“你难道忘记了大林王子是怎么死的吗？”

“不一样呀，”赵雍越发现出苦相，“大林王子未曾想到你会杀他，所以没有提防。这事儿传开了，赵王肯定也想到了。只要赵王有准备，你是杀不了他的！”

“我杀不了他，还杀不了我自己？”娜莎拔出短刀指向自己的心，“他射中你的心，”拔出短刃，“这把刀就扎向这儿。你上天入地，我陪你！”

“娜莎——”赵雍感动，盯住她，良久，握拳咬牙，“你候着，看我……赢他！”

按照规矩，第一场比赛是摔跤。

赛场比草原上的精致多了，赵人搭出临时擂台，周边围着一圈绳栏。绳栏外面，正面摆着裁判席位，坐着唯一的裁判娜莎。娜莎前面的几案上摆着这场赛事的名义奖品，一只由纯金打制的草原雄鹰。娜莎的对面有两个席位，并肩坐着双方的大媒人，勒格与苏秦。勒格旁边是阿古拉，苏秦旁边是一身甲衣的肥义，不过，这辰光娜莎完全认不出他了，也无暇辨认。

擂台的左右两侧，分别是赵国、楼烦两国的啦啦队，赵国的是赵王卫队，楼烦的是阿古拉卫队，人数均等，各三十名。

一阵鼓声响过，担任司仪的乐毅朗声宣唱：“第一轮比赛时辰到，有请双方赛手入场！”

随着雨点般的鼓声，英姿飒爽的赵雍由赛场一角跨步入场，向所有人抱拳致意。

场上人无一例外，全都欢呼起来，尤其是坐在两侧的啦啦队，喊起整齐的号子。

三番鼓过，场上依旧只有赵雍。

见对方赛手迟迟不入场，娜莎冷蔑一笑，目光射向勒格。

勒格早就坐不住了，拿肘子顶一下坐在身边的苏秦，小声道：“你们的选手呢？”

苏秦朝场中努嘴道：“在那儿呀。公主的选手呢？”

“啥？”勒格目瞪口呆，盯住赵雍，压低声音，急道，“他就是公主的选手呀！”

“不，不，他是我们的选手！”苏秦一本正经。

勒格愣怔好一阵儿，方才明白过来，急转身，对阿古拉耳语。

阿古拉猛吸一口气，倾身，盯住赵雍，好像是第一次见他似的。

场上的赵雍，与前几日在草原上的状态完全不同，飒爽英姿，气势逼人，在场中来回走动，时不时地亮亮肌肉，展示一下他的雄性威力。

娜莎一脸钦敬地望着眼前的心上人，时不时不屑地拿眼角扫一眼赵人的啦啦队。

鼓声再起一轮，对手仍然不见露面，各自的啦啦队开始交头接耳。

待鼓声住歇，娜莎站起，用力挥一下手，朗声宣布：“击鼓六轮，赵方选手怯场弃赛。本裁判宣布，今日赛事第一轮，草原方胜！”

娜莎的话音未落，苏秦的手已经举起道：“禀报裁判，赵方抗议！”

“抗议者请讲！”

“赵方选手早已登场，是草原选手怯场弃赛，第一轮比赛，赵方胜！”

娜莎看向赛场，眉头拧作一团。

赵雍仍在场上游走，亮拳示威。

娜莎看向勒格。

勒格走过来，压低声音道：“公主，我查清了，场上选手也是赵王。这次比赛，双赢！”

娜莎蒙圈了。

“神哪！”娜莎好不容易反应过来，盯一眼赵王，一脸羞红，朝草原上撒腿飞奔。

赵王纵身跃出绳栏，在后紧追。

就在双方啦啦队个个瞪眼之际，再也憋不住的肥义爆出哈哈几声长笑，只几步就跨到鼓手处，拿过鼓槌，奋力敲下。

“咚咚咚咚咚……”密集的鼓点直追赵王。

赵雍与娜莎的大喜日子定在这次赛事之后的第十五日，地点就在马喇山口。赵国的五万骑卒在他们的婚礼上举行了一场规模盛大的阅兵仪式，层次分明的骑步组合、整齐有序的攻防进退、技艺精湛的骑射表演、有条不紊的阵势变换、反应快捷的迂回包抄能力等，无不让守在两侧山坡上观摩的草原人瞠目结舌，尤其是那日参加过抢劫赵人粮草的青壮骑手，真正庆幸他们的大王阿古拉当时做出的英明决策。

应邀观摩的还有来自大林的大祭司哈什格。

婚礼的次日，苏秦与勒格宴请哈什格，提及王子的婚事，称他们二人愿意保媒，将赵王亲妹平城公主嫁给大林王储，希望哈什格玉成此事。赵王承诺，平城公主的嫁妆丝毫不少于赵王送给草原的聘礼，但大林的聘礼也当与草原持平，也即成为赵国属国，大林之王由赵王册封，大林疆土由赵国保护。

苏秦特别说明的是，平城公主一十九岁，本已出嫁韩国公子，但其夫君在婚后半月出意外死了，没有生育子嗣。赵王同情妹妹，将她迎回邯郸。由于妹妹不喜乘车，喜欢骑马，对大草原心驰神往，赵王决定将北地平邑改作平城，封赏给她。相较于是否处女，胡人更看中社会地位。哈什格没说二话，在见过赵王、得到赵王的亲口承诺之后，动身回到大林，向老巴图谋议亲事。

于老巴图来说，其实已经没有什么好谋议的了。情势赤裸裸地摆在这儿，他几乎没有选择，不能不同意这门亲事，否则，只要草原人配合，赵王随便寻个借口，就能将大林人置于绝境。

这年夏季，随着平城公主嫁给老巴图以大河之神名义所确定的大林王储察罕布华，林胡的所有辖地正式归入赵国版图。赵王在林胡之地设立云中郡，将楼烦之地与雁门关之外的大片赵土合并，设立雁门郡，分别派出亲信任郡守。同时招募两个地区的青壮年入伍，编入骑卒，由边将统领。老巴图、阿古拉则自降一级，各自称侯，事务减缩为传达赵王旨令，处理牧民日常生活与纠纷。

至此，在苏秦的协助下，赵王兵不血刃地收服了楼烦、林胡两大胡地，拓地三千里。接后数年，赵王兑现诺言，连年拨出财力与人力，沿达兰喀喇山脉建出一条东西两千余里的防御城墙，设立数百烽火台，派出边卒镇守，这是后话。

在赵王与苏秦忙活收服北地胡人之时，楚国郢都也在紧锣密鼓地筹备又一场伐秦之战。

八万将士的血再一次惹怒怀王。丹阳战后，怀王连续召到几个亲历战场的将军，让他们反复推演那天的战斗过程，又将屈丐早前禀报他的军情奏报翻出来，细细琢磨，认定屈丐从战略到战术均未失误，楚人只是败在嬴荡三人的意外冲阵上。

按照几位将军的描述，嬴荡三人简直就是神一样的存在，其冲阵时机与技巧更是耐人寻味。显然，屈丐真的尽力了，可以说做到了他所能做到的最好程度。不能制伏这三个人，楚人是无法与秦人再战的。

然而，如何制伏呢？

怀王琢磨多日，想到不少破敌之策，但又被他一一否决。正自烦闷，景翠与王叔觐见，且正是为此而来。

"臣得一计，用网！"景翠一脸兴奋。

"网？"怀王眯起眼，"什么网？"

"渔网！"

"这……"怀王纳闷了，怎么也想不到渔网与破敌之间有何关系。

"大王，"景翠语气急切，"古人曰，弱胜强，柔克刚。秦国的那三个人皆为至刚之人，其器皆为至刚之器，而渔网由丝麻织成，为至柔至弱之器，正可克之。"

"关键是，怎么克？"怀王依旧是一脸迷瞪。

景翠看向王叔。

"禀王兄，"王叔接道，"臣弟带来一人，可试此器。"

"传他进来！"

"此地狭小，"王叔看向殿堂，"还是请王兄外面观审。"

怀王几人走出殿堂，来到开阔处，果见候着几人，手执网具。怀王细看那网，却不是渔具，而是一种特制的类似渔网的网具，网线皆有筷子粗细，纯麻织成，网目有人头大小，没有网纲，高约两丈许，宽约三十余丈，展开来，就像是一匹新从织机上卸下的巨幅麻布。

网具两端各有二人，只见他们用竿子挑起麻网，拉起来，吃力地向前移动。

“这怎么能成？”怀王看一会儿，指着两边吃力移动的人。

“禀大王，”景翠应道，“这网巨大，寻常人是拉不动的，但马力可以。在战场上，我们可将两端分别绑在战车上，由驷马驱动，将网张起来，冲过去，围拢起来，任他多大力气，在这样的大网里只能束手就擒。”

听到这个，怀王才算明白过来，连声赞叹：“好好好！”然后略顿，“景将军，此事不可声张，要悄悄地，多织几个这样的网，只要那太子再敢露面，就把他生擒过来！”

“谨遵王命！”

“走走走，我们殿里说事去！”怀王急不可待了。

三人回到殿里，怀王乐不合口，看向景翠，抱拳道：“景将军，真没想到你生出这般奇计，哈哈哈哈，”打个响指，“我们可议如何伐秦了！”

“回禀我王，”景翠拱手道，“此计非臣所出！”

“哦？”怀王倾身，“出于何人？”

“田忌。”

“此人何在？”怀王眼睛大睁。

“在王叔的辖地。”

“咦，”怀王不可置信地看向王叔，“田将军是何时到贤弟处的？”

“臣亦不知。”王叔苦笑一声，“说是在纪陵泽边住有几年了。若不是景将军说出来，臣弟……”说完摇头。

怀王看向景翠。

“禀王上，”景翠接道，“臣确实晓得他住在那儿。从齐国出走之后，田忌就失踪了。前几年，末将兵败淅水，万念俱灰，回师路过荆门时，有个渔人寻上门，提着一篓子新打的鲜鱼，向微臣分析何以败于秦人，臣受益匪浅……”

“莫非他就是田忌？”怀王急切插口。

“正是。”景翠应道，“田忌第一次来楚，投奔在臣寒舍，我二人相处甚笃。此番来楚，他没有投臣，自去泽边，做渔翁了。”

“哈哈哈哈，”怀王笑道，“怪道他想出渔网这个克刚之法呢！”

“还有一事须禀我王，”景翠又道，“前番屈将军伐秦，路过王叔宝地，臣让他前往渔村拜访田忌，他去了。若是不出臣的所料，丹阳之战，屈将军的应敌之策当是出自田忌之谋！”

“怪道呢！”怀王深吸一口气，良久，啧啧慨叹，“将军就是将军，放得下，拿得起！”

“王兄，”王叔插话，“就此番伐秦来看，我大楚勇士并不逊色于秦人。我虽战死八万，秦人折损也不下六万。我大楚有民不下一千五百万，秦人不足五百万，我大楚有地方五千里，秦人之地，加上巴蜀，不过两千。我大楚之地多平川，堪为鱼米之乡，秦人之地虽有蜀川、关中可供米粮，但与我大楚相比，不可同语。今若伐秦，我所缺者，非米粮军需，非猛将锐士，而是率军之将！今日田忌在楚，或为天赐我王！”

“贤弟说得是！”怀王指向渔网，“贤弟这就使人仿照此网，织它二十只！”看向景翠，“景将军，你速去渔村，有请田忌将军，就说寡人诚意拜他为伐秦主将，你景翠副之，起倾国之军，踏平秦川！”

“臣这就去！”

景翠别过怀王，驱车直驰纪陵君的封地，寻到渔村。

田忌的院门是掩着的，房中无人，几只大鹅与狗皆不在了。房门没锁，景翠推开房门，在堂中坐下，等候田忌。

景翠一直候到天黑，仍未见人。眼见村中人家皆在造炊，渔人多从泽中返回，景翠急了，询问邻人，方知他于半个月前就已离开渔村，说是要出个远门。

景翠震惊。

半个月前正是景翠得到田忌托人送来的渔网之际。显然，那只渔网是田忌亲手所织。

景翠返回田宅，打起灯笼，在房中细察，果于堂案供桌上看到一只竹筒，筒上写着几字——“景翠吾兄启之”。

景翠扭开竹筒，里面是几片竹简，书曰：“景翠吾兄，愚翁忖知你来，特留此书诀别。愚翁早年不聪不智，争勇斗狠，留下诸多嗟叹。今入暮年，愚翁悔不当初，决意沉醉于江泽，远离世间纷争，改行做个渔翁。渔翁本为齐人，今饮楚水，食楚粟，妻楚女，捕楚鱼，渔翁无以为报，特织一网馈赠楚王，或可制暴秦三虫。吾兄保重，渔翁田忌。”

景翠带上此书连夜返郢，此晨觐见怀王。

怀王阅毕，嗟叹再三，问景翠道：“田将军既然决意于江泽，就不必勉强了。若再伐秦，依你之见，当以何人为将？”

“昭阳。”景翠不假思索。

“嗯，”怀王点头道，“寡人也是想到他了。”看向内尹，“传旨，召昭睢。”

陈轸在云泽岸边一住数月，实在住腻烦了，吩咐林东将各类家当搬到船上，说什么都要离开。昭阳好说歹说也挽留不住，只好为他饯行。

饯行酒放在昭阳邑旁边的山顶楼阁里，场面甚大，摆下三大宴席。第一宴席设于楼阁主堂，席中仅有二人，陈轸、昭阳。第二宴席设在西厢，为女眷席，主宾依娜、桃红，由昭阳新纳的小妾作陪。第三席设在东厢，主宾林东，由邢才作陪。

酒至半酣，一名家仆匆匆上山，将一封密函递给邢才。

邢才匆匆阅过，急至主堂，一脸兴奋道：“主公，来个喜信儿！”

昭阳接过，展开，读毕，随即指着陈轸，长笑几声道：“哈哈哈哈，老弟呀，看来你是走不成喽！”

“哦？”陈轸吃惊，盯向他。

“自己看吧！”昭阳不无得意地递过来。

陈轸接过，是大楚现令尹昭睢的亲笔书函，写在一块精致的丝绢上，大意是楚王欲起用昭阳，拜他为伐秦主将，请他速回郢都。并说王使将至，他先一步透个信儿，好让昭阳有个准备。

陈轸递回书函，将两只小眼眯一会儿，缓缓睁开，看向昭阳道：“看来老哥是要回去喽！”

“当然回去喽！”昭阳用力握拳，“这一日，昭某总算候到了！”

陈轸两手鼓起，轻轻击掌，但击得有气无力，几乎听不出啪啪声。

“老弟？”昭阳敛住笑。

“啧啧啧！”陈轸住手，嘴唇出声。

“你甭啧啧了！”昭阳急了，“有屁就放！”转对仍旧守候指令的邢才，“老邢，传话，陈大人不走了，将所有行李全搬回来！”

“遵命！”

邢才应过，转身出门，没走几步，身后传来陈轸的声音：“慢。”

邢才驻步，看回来。

“老邢，”陈轸拱手，“你回去，继续喝酒，行李先放船上，待会儿再搬不迟！”

“好嘞！”邢才去了。

“老弟？”昭阳再问。

“老哥，”陈轸看向昭阳，“你真想回去？”

“不能回去吗？”

“能。”

“呵呵呵，”昭阳笑了，“这就是了。”

“不过，这个‘能’字，得有几个前提。”

“什么前提？”

“我问，你答。你都能答上来，就可以回去了。”

“问吧！”昭阳端爵饮一口，放下，正襟危坐，眼睛闭起。

“第一问，老哥想死于非命且葬身无所吗？”陈轸说完，亦端一爵，放至唇边。

“这……”昭阳怔了，瞪大眼睛盯住他。

“第二问，”陈轸饮尽，“老哥想最终作为失败者而记载于大楚青史吗？”

昭阳吸一口长气。

“第三问，”陈轸又斟一爵，“老哥还觉得上天已经给你的不够多吗？”

昭阳双手捂脸。

“哥呀，”陈轸仰脖饮酒，发出一个夸张的“吱”声，吧咂几下嘴皮子，盯住昭阳，“你比轸年长，轸是动口的，只要嘴皮子能动弹，再老一点儿也无所谓。可你呢？是动刀动枪的，别的不说，单是那颠颠簸簸，你还能受得了吗？再说，你与秦人干仗，能打赢人家吗？”

“你——”昭阳握拳道，“你以为我怕秦人？我只是听你的，没与他们真打！”

“啧啧啧，”陈轸咂出几声，“老哥，昭大人，不管你爱不爱听，我说句泄气话。真的与秦人对战，莫说你今朝这把年纪，即使你再年轻三十年，也未必就成！”

“哟嘿！”昭阳怒了，拳震几案，“我之所以想回去，就是想试试，与秦人真干一场！”

“凭什么？”陈轸盯住他。

“就凭楚王承诺的三十五万勇士！”

“唉，”陈轸长叹一声，“老哥呀，我一直不想伤你，可……这辰光顾不得了。反正我是要走的人，我这就把话说透，听不听在你。”

“你说。”

“就轸所断，老哥的才气，顶多能带十万卒，若是给你二十万，就是一场灾难。三十五万，是更大的灾难！”

“你——”昭阳脸色紫涨，呼哧呼哧地喘一会儿，端起酒壶，仰脖喝尽，然后摔在地上，“其他不说，单说灭越之战，我带多少？”

“灭越之战是老哥带的吗？”陈轸撕开脸面了，“大战重在筹策，灭越之战轸弟是全程关注了的，老哥说说，你筹的是哪个策？由头至尾，全是人家张仪筹的。越人是张仪引来的，口袋是张仪设计的，老哥虽为主将，不过是奉命调兵而已，实为张仪的听差！”

昭阳的嘴皮子僵住了。

“再扯扯老哥主将的其他几战。”陈轸接道，“扳指头算一算，大规模的无非下面几次。第一次伐宋引兵六万，遇到田忌救援，老哥退回来了。第二次伐宋，真正引兵也就十万，其他兵卒皆是后备。结果如何？败给庞涓与孙膑，折损几万人马不说，还失了要塞陉山。景氏损兵折将，自此不振。之后是伐襄陵，老哥呀，这是你一生汇总真正打过的漂亮一仗，可凭心来说，此战老哥是凭实力打出来的吗？如果没有魏国败于马陵这个契机，如果没有提前安排内应，老哥……”说完顿住，眼睛闭起。

昭阳两手捂脸，气憋于胸，久久没有呼出，似乎要把自己憋死。

“老哥呀，”陈轸斜他一眼，接着又吧咂几下嘴，“才疏而志高者，不逮；力小而欲大者，危哉。老哥已经熬到这把年纪，听老弟一句，就在这风水宝地安度晚年吧。夕阳再好，也是黄昏，老哥已经赌不起了。”略顿，“老哥今朝也无须再赌，是不？”

“老弟说得是！”昭阳的欲火总算是让陈轸按下去了，美美地呼出一气，深吸几口，匀好，“知老哥者，老弟也；推心置腹者，亦老弟也！”说完起身，捡起酒壶，斟满两爵，“来，干！”

二人干了。

“身为楚民，国家有难，当责无旁贷。”昭阳接道，“听昭睢说，王使这几日就来，我这……总不能当个缩首龟吧？老弟你说，你这个傻哥哥该当如何应对？”

“大王召请，是器重，老哥当然不能推辞。老哥非但不能推辞，还当慷慨激昂，拖着病体登船。然后呀，你家的那个邢才，还有陪你暖脚的那个小美人，一人抱着老哥的一条腿，哭哇哭哇。老哥一定要破口大骂他们，骂着骂着，老哥就晕倒了。”

“这这这……”昭阳皱眉，“我这好端端的！”

“人总是可以生病的嘛，”陈轸呵呵笑道，“何况老哥这身子又不是铁打的！”

酒足饭饱，陈轸一家还是撑船走了。

是夜，昭阳没让小妾陪床，独自睡下，夜间憋尿，没用夜壶，光身子走到室外，在寒冷的朔风里撒完尿站了小半个时辰。他冻得全身打战，脊骨冰凉，牙齿咬得咯咯响，方才回到榻上，蒙起被子暖到天亮。

翌日晨起，昭阳病了，全身瘫软，高烧不退，咳嗽不止，浓痰一盅接一盅。邢才寻到医生，把脉开方，熬出几碗黑汤，昭阳咕嘟咕嘟连饮几大碗，可那烧依旧不退。

烧至第三日，俟王使赶到，昭阳已经说起胡话来。

第九章

复前仇怀王亲征　结横索张仪搬兵

昭阳卧病，拜何人为将真就成了个大事。怀王召王叔、景翠、昭雎三人入宫谋议，王叔建议也召屈平来，因为屈门不能没人。怀王传召屈平，君臣五人由午时议至申时，愣是议不出个合意人选。议至后来，昭雎干脆推举王叔为将。王叔婉拒，转而举荐景翠。景翠连连摆手。

二人不是不愿担当，而是不敢担当，因为，摆在他们眼前的不是个人荣辱，而是整整三十五万楚国精壮的生死，更是大楚的未来国运！

“三间大夫，”见屈平自始至终一言不发，怀王看过来，“你可有合意人选？”

“没有。”屈平淡淡应道，“臣只有一疑，请我王昭示。”

“何疑？”

“为什么还要伐秦？”

“你——”怀王苦笑，摊开两手，“这用问为什么吗？商於六百里的咽喉要道，前后十万烈士的血与生命，难道还不够吗？”

“回禀王上，臣以为，远远不够。”屈平不依不饶。

“寡人再加两个，张仪欺我，秦王欺我，该够了吧？”

“更不是理由！”屈平杠上了。

“屈平！”怀王脸色变了，“你讲，为何不是理由？”

“回禀我王，”屈平慨然应道，“臣幼读楚史，知道楚国战败不是一次两次，殉国之人也不止十万八万，但并不是每一次都要复仇。即使复仇，也少有当下就复仇的。至于商於六百里咽喉要道，不知大王可想听听发生于魏国的一桩旧案？”

“你讲。”

“魏武侯引诸大夫游于西河。”屈平侃侃说道，“望到河水滔滔，两岸悬岩如壁，武侯情不自禁，赞道：‘壮矣，河山之险，我有何忧哉？’大夫王钟脱口应道：‘晋国之强，盖因于此，若善用之，可成王霸之业。’吴起当场驳道：‘君上之言，乃危国之道；你又附和，是危上加危矣。’武侯愤然作色：‘吴起，你可有说辞？’”

怀王听进去了，盯住屈平：“吴起怎么说？”

“回禀我王，”屈平接道，“吴起应道：‘河山之险，从来不足以自保；王霸之业，从来不仗恃险峻。回首往古，三苗之居，左为彭蠡之波，右为洞庭之水，文山在其南，衡山在其北。虽有此险，然为政不善，终为大禹所逐。夏桀之国，左为天门山，右为天溪水，庐山、罣山在其北，伊水、洛水出其南。虽有此险，然为政不善，终为商汤所灭。殷纣之国，左为孟门之山，右为漳、釜之水，前有大河，后倚太行山。虽有此险，然为政不善，终为武王所伐。再说君上，您不是也引领臣等攻城略地无数吗？那些城邑不可谓不高，城墙不可谓不厚，人民不可谓不众，然而却遭我王拔除，原因无他，为政不善而已。由此观之，地形险阻，并不足以成就霸王之业！’”

“可我……”怀王憋一阵儿，声音从牙缝里挤出，“实在咽不下那口恶气！不抓到张仪那厮，不踏平秦川，寡人……”

“唉，我的大王啊，”屈平长叹一声，“身为大楚之王，您怎么可以拿三十五万子民的生命来泄一时之愤呢？”

“屈平，你……”怀王气得脸色发紫，指着他的鼻子，全身颤抖，“够了！”

“大王，盛怒用兵，乃古今大忌啊！”屈平非但不停，反倒提高声音，几乎是嘶叫了。

“出去——”怀王手指殿门道。

屈平起身，梗起脖子，大步走出。

怀王脸色煞白，喘几口粗气，看向眼前表情各异的三位重臣道：“主将一事，不必议了。”一字一顿，“寡人亲征！”说完看向王叔、景翠，“你二人为副将！告退吧！”

接后旬日，怀王颁诏伐秦，他自任主将，御驾亲征，任命王叔、景翠为副将，昭鱼为先锋，举全楚之力伐秦。

朝野震动。

怀王一旦动手，就十分果断。颁旨次日，怀王便密令昭鱼、景缺快马驰往丹阳，分东西两段，全线扑杀商於谷道。西段为昭鱼，东段为景缺。

战事首先由西段展开。丹阳战后，战事虽停，但楚军并未真正撤走，只在周边屯驻，尤其是漫川关附近，更是密集扎营。验过王命，漫川关守军由昭鱼指挥，分路向北扑击。

漫川关失守之后，秦人在关北几乎所有山道上布设了关卡壁垒。然而，担任主攻的楚人多为巴山汉子，更被楚王亲征、复仇报国的热浪驱动，没有他们攀不上的峰顶、越不过的崖口。他们不走山道，只在高山密林里游荡，渴饮山泉，饿食山珍，即使箭矢用完了，也能就地取材，当场制作武器，常常如山鬼一样出现在秦人面前，令秦人防不胜防。前后不过旬日，秦国的重重关垒多已失守，又过半月，楚人已占据漫川关以北、商於道之南的绝大部分山地，逼向商於谷道。

怀王得报，迅速增调三万兵力，经由完全打通的各处山道，浩浩荡荡，如蚂蚁般扑过来。在截断谷道后，兵分两部，一部攻向峣关，在险隘处搬石筑垒，另一部围向商城，袭逼武关。

与此同时，东段景缺也动手了。数以万计的楚卒沿淇水北进，袭破秦人在淇水谷道设立的关垒，杀入淇水旁边的村邑，将商於道拦腰冲断，在村邑东西两侧各五里处搬石筑垒，彻底阻断商於道。

至此，由荆紫关至淇水河谷一线，东西长达十里的谷道完全被楚人控制，西武关与东武关、商城与於城，所有联系皆被楚人截断。

魏章急了。

前番决战，秦王给他的实际兵力为一十三万，战死六万，余众七万中，有不少人仍在养伤，战力大打折扣。秦王早说要补充兵力的，但因战事停歇，也就没赶那么急，没想到楚人顾不上喘气，在这么快的时段里又发动袭击。

关键是，魏章的兵力，大多布置于武关以东的商城这边，因有峣关后援，他只留守三万人马，近半布防于道南的山道。这辰光，在楚人的袭击中几乎丧失殆尽。

魏章传令各部放弃山道，坚守城邑，同时急报咸阳。

商於之险，主要在于两侧的山地。一旦山地失守，商於道被截断，后果不堪设想。惠王急旨甘茂引军五万出峣关增援，同时连夜召请几个重臣谋议应对。

与会的依旧是那几个人，太子荡、张仪、司马错、公子疾、公子华，外加车希贤的儿子车卫君。他此时已晋爵左庶长，任驾前御史，参与记旨颁令。

首先陈情的是公子华，他摊开图，不急不缓地将近日获取的楚地情势一一禀报，主要是楚国各地的事，尤其是怀王如何使人召请昭阳，昭阳如何大病不起，怀王寻不到合适的主将人选，如何自任主将，副将是王叔与景翠等。

“这是昨日刚收到的，”公子华展开一份密报，“楚王向越人新征兵三万，从黔中郡调兵三万，从方城新调兵三万，从庸地向巴人新征兵三万，从下东国调兵两万，从襄陵调兵一万，合计共向宛襄丹阳一线新增兵员一十五万。不过，这些军卒要抵达宛襄，至少也需一个月时间。”

新增一十五万！

丹阳战前，楚卒已有二十六万，除去八万战死的，再减去两万养伤的，应该还有一十六万。再加上新增的一十五万，合计三十一万！

三十一万皆是能战之士！

众人面面相觑，末了一齐看向惠王。

“嬴华算得很细，”惠王苦笑一下，“只是漏算一宗，他的王师。

楚王有王师六军，共一十二万人，有六万已在丹阳。若是楚王亲征，孤注一掷，将会留下两万守护郢都，余下四万，就全部带走。”

若是楚王真的这么干，投入战场的将是三十五万大军。

三十五万！

秦国兵员全加起来，包括城池要塞的所有守卒，也凑不足此数。然而，于广袤的楚地来说，这显然并不是全部。

“看来，我们惹了一头不该惹的大熊！”惠王又是一声苦笑。

“那就得问问，这头臭熊究底是啥人招惹来的？”嬴荡接话，眼角斜向张仪。

毫无疑问，臭熊是张仪引来的。

所有人的目光投向张仪。

张仪端坐如钟，二目微闭。

所有这些，他似乎既未看见，也未听见。

“对了，”惠王冷不丁又道，“还有一笔大账没算。”

所有人的目光又转过去，除了张仪。

“就是我们自己的账。”惠王接道，“前番丹阳之战，我虽然战胜，但折损甚大，殉国六万，伤万余，不少伤者基本废了，无法再上战场。这七万人，皆是能战之士，非一时训练所能补充。还有辎重，这笔账也是巨大的。不少辎重囤于商於，皆我多年储备。若是商於有失，其他姑且不论，单是辎重，后果也是不敢想的。”

场上气氛愈加压抑了，即使嬴荡，也不再吱声。三军赴战，忠义只是外表，粮草辎重才是将士们的底气与信心所在。自古迄今，若是粮草有失，军心仍能持稳者，几无先例。

就在此时，当值内臣急入，呈上峣关急报，是甘茂送来的。报中说楚人已经完全截断商於道，在峣关之外筑垒设障，阻我援军，甘茂将军正在全力攻打，力争尽快击退楚人，疏通道路。

情势愈发严峻了。如果楚人已在峣关之外设垒，峣关以东的漫漫六百里商於道，当已不知断作几截，魏章他们，也就只能据守城池，坐以待援了。

关键是，援兵如何过去？商於道中多是险隘，只要楚人控制两侧山头，随处都可立垒设障，秦人将面对攻不完的关。

殿中死一般的静寂。

“我怕他个鸟！”嬴荡猛地一拳震在面前案上，“父王，儿臣这就引兵过去，看不宰了那头——”见惠王目光瞪过来，生生憋住后面的“大熊”二字。

“嬴荡，听旨！”惠王仍旧没有放过他，目光威严，射过来。

“儿臣听旨！”嬴荡正襟危坐。

“从今日始，嬴荡不可参与任何军事，若敢违旨，依秦法论处！”惠王说完，转身对车卫君，“记下！”

车卫君记旨。

惠王看向嬴荡，一字一顿道：“你记下了吗？”

“儿臣……”嬴荡咬会儿嘴唇，勉强说出后面三字，“记下了。”

惠王转头，目光逐个扫过众人道：“如何御敌，诸卿可有良策？”

排在首位的张仪依旧正襟端坐，二目迷离。

“兵来将挡！”当惠王的目光扫过来时，司马错握起右拳，慨然作声。

“你说说，怎么挡？”

“我兵分三路：第一路，兵出咸阳，正面抗衡，死守峣关；第二路，兵出南郑，东击汉中，逼其郢；第三路，兵出江州，攻其郢！”司马错一气讲出制敌之策，听得众人气血奔涌。

“嗯嗯嗯，”惠王连点三个头，看向公子疾与公子华，“你二人可有良策？”

“臣赞同国尉！”二人双双抱拳。

惠王的目光掠过嬴荡，落在张仪身上。

张仪的两眼仍在眯着。

“相国？”惠王点名了，加重语气，“张相国？”

张仪缓缓睁眼。

“解铃还须系铃人。大熊脖子上的这只铃铛是相国系上的，这辰光该解了！”惠王拿指背轻轻敲打几案。

“不是有人在解了吗？”张仪淡淡一笑，看向司马错。

"那是他的解！寡人想听听你是何解！"

"臣之解，部分与国尉相合。"

"哪个部分？"

"第一路，兵出咸阳，死守峣关。可以再加一条，我当在峣关之后，再设一关，蓝田关。"

"蓝田关？"惠王吸一口气，"设于何处？"

"就是臣前番摔跤之处。"

"成。"惠王笑了，但迅即敛住，"说说，相国为何不合另外两路的策略？"

"那叫死拼！"

"峣关不也是死拼吗？"

"峣关是不得不拼！"

显然，张仪的计谋不在战场，更不在斗力。

惠王来劲了，盯住他，生怕错过一个字。

张仪的眼睛又闭上了。

"说呀，你！"惠王急了。

"方才，听大王说，楚国是头大熊，听殿下说，楚国是头臭熊。大熊也好，臭熊也罢，臣想问问，我们若是真的遇到熊，该当如何斗它？"张仪眼睛未睁，只是发出声音。

在这个辰光，张仪讲出这般不着调的言论，且掂出大王、太子所打的譬喻来作引子，众人皆怔了。

"司马将军，"张仪睁开眼，看向司马错，"你擅长打熊，说说如何斗它？站在你面前的这头熊，块大，皮厚，力道猛，且刚好堵在你家的大门口。它憋着一口恶气，因为你抱走了它的娃，打疼了它的牙，它是上门寻仇来的！"

"我……我……"司马错支吾几下，"我捅它屁眼！"

众人皆笑起来，即使惠王也忍俊不禁，"噗"地笑了。

只有张仪没笑，两眼紧盯司马错："你怎么捅？"

"我这……"司马错挠起头皮来，"这不是出不去门嘛。"

"我的好相国呀，"惠王听出话音，憋住笑，看向张仪，"你就甭兜圈子了，快说说怎么个捅法吧。”

“回禀我王，”张仪拱手道，“臣有四捅！”

“啊？”惠王惊诧，倾身道，“快讲！”

“第一捅，臣请使韩；第二捅，臣请使魏；第三捅，臣请使齐。”张仪一口气讲出三种捅法，皆是自请使命，游说韩、魏、齐三国，让他们出兵。

“好，好，好！”惠王连出三个好字，再度倾身道，“还有一捅呢？”

张仪看向司马错。

“我……”司马错怔了下，“捅哪儿？”

众人又笑起来。

“黔中！”

没有人再笑。

这是一个绝妙的计划，批实捣虚，堪称应敌上策。

惠王闭目，良久，看向张仪，拱手道：“秦得贤相，胜过十万大军！”

“臣不敢当！”张仪回礼。

“诸位卿家，”惠王转向众人，“应敌之事，不必再议了，就依相国良策。司马错听旨！”

“臣在！”司马错拱手道。

“你引蜀地五万人马，出江州，拿下黔中郡，剑指郢都！”

“臣受命！”司马错朗声道。

“疾弟？”惠王看向公子疾。

“臣在。”公子疾拱手应道。

“你赴南郑，盯住汉中郡，甭让王叔越界了！”

“臣受命。”

“华弟，”惠王看向公子华，“你随寡人到蓝田，守大门去！”

“王兄，您……您亲征？”

“熊槐登门，寡人不去打个招呼，不就失礼了吗？”惠王说完，转向张仪，拱手，“其他的事，就有劳相国了！”

“臣受命！”张仪回礼。

“呵呵呵，相国呀！”惠王总算是笑出声来，“你这譬喻好哩，大熊赌气封门，寡人与华弟去守正门，挡住它的牙；疾弟去守偏门，挡住它的爪；捅屁眼的事，就交给相国与国尉了。国尉南出黔中，可叫纵捅；相国东向使韩、魏、齐三国，可叫横捅。你俩这纵横四捅出去，寡人倒想看看，这头大熊的屁眼究竟有多大！”

众人皆笑起来，只有太子一脸落寞。

待众人笑过，太子拱手，声音放软了，目光也柔和起来道：“父王，儿臣……请命！”

“哦，对了。”惠王看向他，“太子听旨！”

“儿臣在！”太子荡声音清朗。

“守牢咸阳，不可有失，亦不可出城！”

情势紧急，张仪不敢懈怠，于次日凌晨便出征，过洛阳，直入韩都新郑。

将到新郑时，张仪将另外两个使节并国书分别交付随行的两个使臣，叮嘱一番，打发他们一个使魏，一个使齐。

张仪驰进城门，直入韩宫，以使臣身份见过大礼，向韩王呈递秦王的吊唁国书，讲明来意。韩王收下国书，谢过秦王，旨令大行人将秦使礼请进驿馆安歇。

张仪入见的韩王是去岁新立的襄王韩仓。

于天下而言，在刚刚过去的庚子年里，没有一家是太平的。于楚是涝，于秦是战楚，于北胡是旱，于燕是乱，于赵是征胡，于魏是失三城于秦，于齐、中山是陷足于燕乱，于韩则是丧主。

丧的是韩国首个称王的韩康，他丧在一个冷风凛冽的冬日。

说来也是该他命绝。那天傍晚，韩康冬狩回来，御驾经过先君昭侯所立的高门时，听到有人指着西天大叫，“快看，红龙凌日”，众人纷纷仰脖看天。韩康兴起，弃车登高，攀向高门，一意观那晚霞红龙，只没料到脚底出事了。前几日新郑下过一场中雪，雪层大部分化水流走，台阶干净，只在最上面一阶窝出一摊水来，被冷气冻作冰。韩康前脚踏上，后脚抬起，脚底一个打滑，庞大的身躯顿时失衡，顺台阶滚下，一连撞翻两个侍从，冠冕也掉在台阶上，没有任何保护的头颅偏又碰在生硬的砖墙上，当场气绝。

韩室大丧，使人从咸阳召回为质于秦都咸阳的太子韩仓，立为新韩王，是为韩襄王，追先王康谥号为宣惠王。

安置好张仪，襄王韩仓立马召来相国公孙衍与老臣公仲朋谋议。公仲朋是昭侯重臣，至韩康时被拜为韩相，但在公孙衍来后，韩康将他换下，改拜公孙衍为相，而公仲朋为太傅，辅助太子韩仓，这辰光算是三代老臣了。如今韩仓上位，作为师傅，公仲朋复受重视，但凡大事，韩王最终都要听他，反将公孙衍晾在一边。

公孙衍在韩似也腻烦了，存心离开，正差一个托词。

襄王将秦国的国书递给公孙衍，公孙衍阅过，传给公仲朋。

“相国，太傅，”襄王看向二人，逐一拱手道，“秦楚交恶，秦使登门，必是约我共伐蛮楚。秦人，我之大患，楚人，我之劲敌。一个大患，一个劲敌，我夹于中间，更与他们山水相依，朝发夕至，左右获罪不得。今先王撒手，寡人稚嫩，该如何应对，还请二位筹策！”

公孙衍、公仲朋互望一眼，双双闭眼。

又候一时，襄王苦笑一声，看向公孙衍，抱拳道：“相国？”

“回禀王上，”公孙衍睁眼，拱手道，“早年臣在恩师白圭府上，听白相国讲过一桩趣事，王上可愿听闻？”

“是何趣事？”

“一个渔人的趣事。”公孙衍侃侃而谈，“白相国游于野泽，途中见一渔人拎着一只鹬鸟打泽边走来。白相国打眼一看，嘿，那鹬鸟叼着一只大蚌，再一细看，却是那蚌夹着鸟嘴。白相国拦住渔人，问他缘故，那渔人说，鹬鸟食蚌，蚌夹鸟口，二者相争，皆不得脱，让小人捡到个便宜。”

“相国是说，”襄王倾身道，“我不助秦？”

“自古迄今，用兵在义。”公孙衍应道，“大国伐小国，小国求助，大王出兵助之，是为义。楚，天下第一大国，秦，天下第一强国，二者之争，已不是鹬蚌相争，而为狮虎相搏。韩为小国，如夹于二者之间的一只羚羊。今狮虎起争，意或在羚羊呢，敢问我王，身为羚羊，是该帮虎还是该帮狮呢？”

“相国说得是！”襄王点头道，“不过，秦相张仪为使登门，寡人若是……”苦笑，“岂不是获罪于秦了吗？”

“虎狼永远是虎狼，秦国永远是秦国。获罪也好，不获罪也好，于韩国来说，结局都是一样的。”公孙衍目光炯炯，“何况秦相张仪，乃天下第一不可信之人！”

“第一不可信？”襄王怔了，“哪儿不可信了？”

“大王不会忘记楚国的檄文了吧？张仪信誓旦旦，承诺归还楚王六百里商於谷地，还立下契约，结果呢，待楚人前往咸阳受地，六百里竟然变作六里，这可信吗？”

襄王吧咂几下嘴唇，看向公仲朋：“太傅，您可有说？”

“我王为何不听听张仪是何说辞呢？”公仲朋应道。

“太傅说得是！”襄王转对内臣，“传旨，有请秦使入宫觐见！”

内臣传旨去了。

“大王，”公孙衍拱手道，“臣请告退！”

“这……”襄王怔了。

“张仪那厮，臣不想见他！”公孙衍再次揖过，起身退出，大踏步走了。

张仪入宫觐见，公仲朋侍坐。

礼毕，襄王拱手道：“寡人在咸阳为质三年，幸蒙相国关照，未曾历险。相国大驾屈身小邦，寡人幸甚。昨日之事，”指向身上孝服，“适逢先王七七大礼，寡人欲往太庙，未及聆听相国指点。今朝略略得闲，寡人不敢再拖，这请相国来，还望相国能以高论赐教！”

“谢大王器重！”张仪回礼，“仪此来，只为二事，一是得闻先王驾崩，秦王伤悲，本欲躬身赴丧，不想楚人犯境，未能成行。今战事稍懈，秦王念及此事，使臣前来凭吊，”双手奉上礼单，“此为秦王薄意，礼轻情重，还望大王不弃！”

内臣接过，呈给襄王。

襄王摆下手，示意内臣收起，转对张仪，拱手道：“谢秦王厚意！

此为一事，请问相国，何为第二事？”

“楚人恃强伐秦，秦王独力难支，特求大王助力，合力伐楚！”

“这个嘛，”襄王看下公仲朋，又转向张仪，借来公孙衍的话头，“韩为弱邦，楚国为大国，秦国为强国。大国与强国对战，弱韩夹在当中，且又山水相依……”长叹一声，“唉。”

“呵呵，”张仪淡淡一笑，“大王不会这么快就忘记您是因何事而质押于秦的吧？”

“寡人……”襄王尴尬，看向公仲朋。

那是几年前的事，公仲朋自是知情。

那年，魏人伐韩，韩人苦战不胜，便向齐求援，庞涓大军离开韩境，与齐决战，死在马陵道上。韩人还没喘过气来，一场新的危机不期而至。危机起于鲁关，来自阳翟的一个商贩在鲁关的市集上因生意事与楚人商贩发生冲突。楚人将他打死不说，还抢走了他的所有财物。阳翟人查出根底，前来寻仇，杀死十多名楚人。之后，双方冲突增大，一直闹到楚王那儿。楚王震怒，使将军景缺引军伐韩，声称要拔掉阳翟。阳翟是韩国的命根子，韩王闻报，四处调兵遣将。然而，刚刚经历过连番大战的韩人实在是太疲惫了，根本无力抗楚。就在此时，秦使入韩，密见公仲朋，承诺出军助韩，条件是韩国脱纵入横，与秦结盟。韩王应下，按照秦使要求质押太子于咸阳。见秦国出面，楚王这才罢兵，韩国也因此而免于一场苦战。

之后是公孙衍赴韩，韩国渐渐恢复底气，于秦于楚都硬朗起来。

张仪此时提及这个话头，言外之意是明显的。

襄王看向公仲朋。

“于韩来说，伐楚是大事，”公仲朋给出个笑脸，“秦使可否容我计议一二？”

“这个当然。”张仪笑道，“不过，在下还想请大王与太傅一并将方城计议进去。”

“方城？”襄王、公仲朋几乎同时出声。

“正是！”张仪指向南方，“就是那个地方，由鲁关开始，东到叶城，南到宛城，西到大山深处，这可是一块不小的地盘哟！还有，听说宛地的乌金不比你们宜阳的差哟。”

二人各吸一口长气。

“呵呵呵，”公仲朋轻轻笑出几声，“张相国说笑了吧？方城之内，方二百余里，堪称楚国心腹之地，楚王重兵守护，韩国纵使有心，胃口怕也没有那么大呀！”

“是吗？”张仪反诘一句，“看来这块肥肉在下只能拱手让给魏人了！”

“魏人？”襄王急问。

“如果不出所料，就这辰光，魏王怕是在候着在下的话呢。”

襄王、公仲朋互望一眼，又不约而同地看向张仪。

“不瞒大王和太傅，”张仪看向东方，“在下已奉秦王旨意，约魏王、齐王一起伐楚。秦王之意，此番伐楚，列国都有好处。你们也都看到了，郢都那头大熊，块头实在太大了，油水更是不少，可它不知足啊，恨不得将天下列国全都吃进它的肚皮里才得尽兴。”

“魏王、齐王他们……肯出兵？”襄王不可置信。

“回禀大王，”张仪盯住他，“假若您是魏王，您正在与齐人大战，还战败了，损兵折将，正在那儿生闷气。楚人这又趁火打劫，悄无声息地将您的心头肉——襄陵八邑，一举割走，且是偷偷摸摸地割，您能忍下这口气吗？还有，假设您又是齐王。楚王使臣千里迢迢来到临淄，与您签下睦邻盟约。这盟约上的墨迹尚未干透，楚使尚在馆中，楚王就又派出一个使臣来，撕毁前面盟约不说，又在廷堂上当着众臣的面将您骂个狗血喷头，连祖宗八代也捎带了，您会咽下这口气吗？”

“嗯。”襄王点头道，“咽不下。”

“可楚蛮厉害，块头大，性凶猛，咽不下也得咽哪！”张仪接道，“是以襄陵失陷已经数年，魏王仍旧一声不响。不是他不想响，而是他在候机缘呀。齐王也是。然而眼下，机缘来了，那蛮王不顾天灾，不恤民难，倾巢伐秦，战败一次，仍不服输，又要再伐。你们说说，天底下有他这般野蛮的人吗？”说着重重叹出一声，“唉。”又重重摇头，脸上现出个无奈的表情。

“敢问秦使，”襄王来劲了，“若是伐楚，秦王他是……怎么个伐法？大家都有什么好处？”

“伐法只有一个，放倒那头蛮熊，把它肢解开来，凡出力者，都有一份。”

“怎么个肢解法？”

“秦王之意是，”张仪略略一顿，在几案上比画，“方城之内，归韩；方城之东，东至襄陵、项城，归魏；下东国之地，归齐。”

“秦王呢？”襄王急不迭道。

“汉中地。”

“嗯，”襄王吧咂几下，看向公仲朋，微微点头道，“这般分法，倒是合理。”

“大王，这方城之地，您还要吗？您若不要，在下就把这个人情一并送给魏王了！无论如何，在下曾为魏人，前些时又在魏数年，饮过不少魏水呢。”

“要要要。”襄王迭声应道，似又想到什么，看向公仲朋，“太傅？”

“敢问秦使，”公仲朋晓得襄王在想什么，看向张仪，“秦王拿什么来保障所言非虚呢？”

“对对对！”襄王紧忙附和，“他拿什么来保障呢？”

“契约！”张仪应道，“竹木雕刻，加盖秦国王玺！”

“听闻相国使郢之时，也曾与楚王订立盟约，双方签字画押，加盖玺印，可到后来，秦王把契约一把火烧了，有这事吗？”公仲朋使出杀器。

“有之。”张仪坦然应道。

“若此，让我们如何再相信秦王呢？我们这把契约签了，届时秦王不认，再放一把火烧了，岂不是……”公仲朋止住，静静地看着张仪。

“唉，太傅只是听说，”张仪长叹一声，应道，“在下却是亲历啊。事实是这样的，在下使楚之时，秦王是诚意与楚王睦邻的。可楚人并不领情，三番五次戏弄秦王，戏弄在下。”

“他们如何戏弄？”襄王来劲了。

“唉，说来难以启齿。”张仪又叹一声，“大王既然问起，在下就不顾脸皮了。楚人有乌金，出产犁铧，而关中秦人苦于耕地之苦，欲向楚人购买犁铧。秦人哪会想到，楚人竟以高于集市三倍的售价卖给秦人。这事儿是在下经办的，你们晓得，在下不是生意人，妥妥地让楚人坑了。可契约既签，打烂牙齿也得认下，是不是？在下不顾秦王责怪，坚持履行契约，向楚人支付数千镒足金的货款，全是关中之民一口一口攒下来的血汗钱哪。可楚人呢，收下货钱，竟然不给犁铧，说是以盐抵账。在下无奈，只好再次认下，与楚人又签契约，约定依据市价用楚盐抵扣所欠货款。结果呢，在下又签错了，契约刚立，市场上的楚盐就开始翻了倍涨价。这事儿大王也当清楚。楚盐涨价多少呢？说来你们不信，不到一月，涨价八倍！可契约呀，在下已经签了，得认哪！秦人是欲哭无泪呀！二位不晓得，秦王在拿到楚盐之后，把在下召进宫中，摆下一大席的盛宴，却没放一星盐珠子。秦王问在下，这菜肴好吃吗？在下说，要是有点儿盐就更好吃了。秦王说，这盐哪，寡人是真的吃不起呀。大王啊，您这想想，在下听到秦王那话，脸上该是有多烫啊！可这是契约呀，仪是秦王的相国，代表的是秦王，是秦国，打烂牙也得咽到肚子里呀。”

“后来呢？”襄王急听下文。

“后来就是太傅所问的了。”张仪侃侃说道，“秦王对我说，相国呀，无论如何，楚人得罪不起，寡人还是想与楚人睦邻。我说，与楚室和亲如何？结秦楚之好。秦王问，怎么和？我说，王叔有个公主，叫芈月，才貌双全，大王可纳为后妃。大王说，寡人已纳魏女为后，怎么能再纳一后呢？我说，那就纳作妃子。大王认下，托仪赴郢都求聘，并以商於六百里作为聘礼，因为楚王对那块土地太在意了。不过，秦王也有一个要求，就是楚国不能既睦秦又睦齐，因为桑丘之事，秦王对齐王憋下一肚子的火气。仪受王命，再赴郢都，楚王见仪心诚，同意婚约，答应与齐绝交，使人与仪斟酌契约。有鉴于前番两次契约失误，仪这一次留下心眼，处处防备，结果呢，依旧是防不胜防。眼见契约落定，楚王眼前红人陈轸跳出来，先是百般设套，后是百般反对。因为陈轸与仪有隙，对秦王有怨，他最害怕的是楚、秦和好，他最想要的是楚、齐和好。廷辩中，陈轸提出秦王先给地，楚王后断齐交。这怎么能成呢？

仪坚决不同意。楚王急了，说，那就同时履约，如何？我说，大王圣明啊。既为契约，就该当同时履约。结果呢？仪回到咸阳，将楚女交给秦王纳入后宫，专心等候楚王断绝齐交的音讯。现在看来，楚王根本没有诚意，因为他又使陈轸使齐断交。陈轸使齐，天天在临淄吃喝玩乐，就是不断交。这边楚王特使昭睢守仪府中，拿着契约日日催逼，仪急了，只好拿着契约去求秦王。秦王怒了，将仪一顿臭骂，亲手将那契约一把火烧了！唉，仪里外不是人，正在无可奈何中，只好对昭睢说，愿将秦王赐仪的於城六里地献给楚王，结果呢，楚王就怒了，出重兵伐我。在败于丹阳之后，这又举全楚之力，再度伐我。这一战，楚王孤注一掷，自寻死路，秦王想躲也是躲不掉，只好传旨应战，同时使仪约请大王并魏、齐出手，将那大熊分解吃了。”

一席话说完，襄王、公仲朋再无疑惑。

襄王当场拟旨，使猛将暴鸢将兵三万，与秦合兵连横，征伐楚国。

韩人有钱，相国府宅极为气派。府门高大、庄严，门前矗立的一对石狮比人高出一头。

张仪跳下辎车，没有看那府门，只盯住石兽，看完这个，又看那个，更到近前抚摩了几把。

府门开着，没有人守护。

俟跟班的小厮从车上抬下一只礼箱，张仪方才离开石兽，带小厮走进府门。

院中停着两辆辎车，几个仆从正在装载行李。两人又抬一只大箱走出来，走在后面的是府宰，见到他们，搁下行李箱，走前揖礼：“客人是——”

“在下是公孙先生的旧友，此来拜见故知！”张仪回礼。

府宰打量他一眼，揖道：“客人稍候，容小人禀报！”

府宰还没迈腿，公孙衍一手提只包裹走出，身后跟着夫人地香。地香的怀中抱个孩子，另一个大点儿的男孩跟在她身后，扛着一杆木枪。

见到张仪，公孙衍怔了下，大步走到车边，将手中包裹搁进车里，扬手道：“嘿，这不是从大秦国来的张相国吗？别来无恙乎！”

“公孙兄，您这是——”张仪看向院中的车乘。

“呵呵呵，”公孙衍笑了，“此地住腻烦了，这带婆娘、娃子兜兜风去。张兄不会是专程赶来送行的吧？”

“出在下意料了！”张仪回他个笑，“在下此来，本为谒见公孙兄，与公孙兄叙叙旧情，不想竟是赶巧了。”又向不远处的小厮招手，待他们过来，指礼箱，“这是在下离咸阳时，你弟妹托在下务必捎上的，说是送给嫂夫人，在下……呵呵，不敢怠慢哪！”

“敢问相国，是哪个弟妹所送？”公孙衍斜一眼礼箱。

“两个弟妹都有送呢。”

“呵呵呵呵，”公孙衍笑了，转对地香，指张仪，“犀角他娘，这位就是秦国相国於城君，”指箱子，“这是於城君的两位夫人送给你的，来，致个谢！”

地香放下孩子，款款过来，深深一揖道：“谢张大人，谢二位弟妹！”

“张仪恭贺嫂夫人喜得二子！”张仪拱手回礼，指向箱子，“两个侄子的礼品，两个弟妹也已备下了，尽在箱中！”

地香再次谢过，也没开箱验看，带孩子上车。

“辰光不早了，”公孙衍转身对张仪道，“两位弟妹的大礼，贱内已经收下，在下这要上路，敢问张兄还有事吗？”

张仪指指嘴唇：“想讨一口公孙兄府上的开水润润嘴皮子。”

“哈哈哈，水有什么味道，还是喝酒吧！”公孙衍伸手礼让，“相国大人，请！”

二人走进府堂，公孙衍寻到酒具，倒酒。张仪则四下里打量，见正堂供案上摆着一只红绸包裹，晓得里面是相印等相关物品。

公孙衍倒满一壶酒，斟好两爵，递给张仪一爵道：“未备佳肴，只好清饮了，来，张兄，为今日之见，干！”

二人饮尽。

“公孙兄，”张仪拿过酒壶，斟好，“不瞒您说，在下晓得您最终会走，只没想到有这么快。”

“在下也是遗憾，未能让相国尽兴啊。”公孙衍接过酒，一饮而尽。

“是呀，是呀，”张仪亦饮下，“在下此来，铆足劲儿要与公孙兄战上几合的，没想到您却……”长叹一声，“唉。”

“你‘唉’个什么？”公孙衍盯住他。

“‘唉’我自己呀。”张仪苦笑一下，再斟酒，“人生在世，知己难得。在这天下，知我者，一是苏兄，二就是您公孙兄。苏兄与我斗在大处，公孙兄与我斗在小处；苏秦与我斗在明处，公孙兄与我斗在暗处。大也好，小也好，明也好，暗也好，只要能斗，就是乐趣。你我此番好不容易见上一面，却不斗了，岂不失趣？”

“哈哈哈，”公孙衍大笑几声，举起酒爵道，“来，秦相大人，为你方才对在下的高评，干！”

二人碰过，饮尽。

“既然你我是斗在暗处，我守在这儿不就成明的了吗？”公孙衍持壶，斟酒。

“呵呵，也是。”张仪笑了，“说说，公孙兄欲去何处斗我？”

“张兄难道不知吗？”

“在下能够想到的只有一处，魏国。”

“为什么？”

“因为魏国需要公孙兄。”张仪再发出一声长叹，“唉。”

“相国这又为何而叹？”

“为魏国。”

“所叹何事？”

“曾几何时，大魏雄视天下，而今却成这般。天下列国，除燕室之外，竟是谁家也不如了。就这辰光，即使韩王也低瞧魏王一等。身为曾经的魏人，在下……”张仪顿有足足一息，“这心里头是五味杂陈哪。在下想过多次，能使魏国复兴的只有一人，就是公孙兄您。方今魏王虽为草包，但草包有草包的好处。列国君侯中，先魏王仁、智、勇三者俱占，堪为能君，可大魏国恰恰也就败在他这个能君手里。”

“你说得是。”公孙衍应道。

“不过，”张仪接道，“如果公孙兄欲驱魏国与大秦作对，怕就要失望了。”

"为什么呢？"

"因为魏国不是秦国的对手。"

"那谁是？"

"赵国。"

"为何是赵国，而不是齐国？"

"因为苏秦常年住在赵国，很少住在齐国。"

"仅是为此吗？"公孙衍盯住他。

"还有一个，"张仪应道，"赵国有个年轻的君王，赵雍。能使举国之民穿胡服，行骑射，这个王就不得了！"

"来，为赵国，干！"公孙衍举爵。

二人饮尽。

"对了，公孙兄，"张仪斟酒，举爵，盯住公孙衍，"说句题外话。方今天下，可有您打心眼里服气的人？"

"有一个，可惜不是您。"公孙衍应道。

"呵呵呵呵，"张仪饮尽，再斟，"听公孙兄此话，是言不由衷啊！"

"哦？"公孙衍执爵，盯住他。

"你服气的人必是苏秦，而苏秦的对手是在下张仪。你服气苏秦，却不服气他的对手，岂不是言不由衷吗？"

"呵呵呵，"公孙衍笑了，"没想到张兄挺会衡量自己呢。顺便问句，张兄可有服气的人？"

"在下服气三个人。"

"厉害！能说说吗？"

"第一个是我师父，第二个是我师兄，第三个是我师姐。"

"苏秦呢？"

"苏兄呀，"张仪举酒，看向远方，若有所思，良久，轻轻咂出一口，"他是我所爱的人。"

"哈哈哈哈，"公孙衍大笑，举爵道，"来来来，为这几句妙对，干！"

二人干过，公孙衍拱手道："张兄，酒喝过了，在下这要上路了。"

“这一爵！”张仪再次斟满，递给公孙衍，“权为公孙兄饯行！”饮尽。

“衍在大梁等你！”

“仪不去大梁了，因为，大梁的事情已经搞定！”张仪淡淡一笑，目光自信。

“你会来的，且不会很久！”公孙衍又是一笑，意味深长。

“会怎么样来呢？”张仪晓得他的话里有话，盯住他。

“苏秦当年是怎么离开秦地的，张兄可问公子华！”公孙衍的眼睛眯起，射出诡诈的光，又补充一句，“苏子可是没有再回秦地哟。还有在下，也不会再去了，引领三军除外！”

张仪闭目良久又拱手，淡淡一笑道：“真有这日，在下落魄于大梁，还会与你小斗斗的！”

“候你！”

公孙衍离开新郑，韩襄王正好遂心，当日就将相府印绶等交还公仲朋了。秦使张仪也不着急回去，安心在驿馆住下，时不时入宫与襄王饮酒作乐，偶尔议下时局。

几日之后，张仪驱车出城，在常驻韩地的黑雕引领下径投安陵，在安陵城外一座老宅子门外停下。

张仪下车，使人抬着礼箱，上前敲门。

开门的是个少妇，二十来岁，扯着一个不到三岁的女孩。

“客人是——”女人问道，目光落在后面的礼箱上，似是从未见过这般大的箱子。

“阿嫂，冷先生在家吗？”张仪拱手道。

“在家，在家，”那女人迭声应道，转对女孩子，“去叫阿大，有客官寻他！”

孩子进去，不一会儿，对张仪道：“阿大说了，他没空，你走吧！”

“呵呵呵呵，”张仪蹲下来，抱起小女孩，“告诉阿叔，你叫什么？”

“冷锋，冰冷的冷，刀锋的锋。”小女孩应道。

“嗬，你这名字太厉害了，是你阿大给起的吧？”

“是我阿大起的。”

“你阿大在哪儿，为阿叔带路寻他，好吗？”张仪回头，朝仆从努嘴。

御者并那黑雕仆从抬起礼箱，走进屋子。女人将二人引进客堂，安排茶点去了。

由冷锋指路，张仪穿过两进院落，来到第三进，见冷向躺在院中的一把竹椅上，闭着眼睛露着肚脐晒太阳。看到他来，冷向没动，眼睛也没睁开。

“阿大，客人进来了，他说有事，还带个大箱子呢！”冷锋走到椅边，悄声说。

“冷向没有客人，也不待客，这在晒日头呢。”冷向抬起手，指向大门，“来人请走吧。”

冷锋朝张仪做个鬼脸，指了指冷向，又指向前院。

“冷锋，”张仪笑了，就地坐下，指向前院，“那只箱子里有你的礼物，特好玩儿，你这就寻去！”

“好哩！”冷锋噌地去了。

“你是——”冷向出声了，眼皮睁开一道细缝，斜睨他一眼。

张仪没有答话，而是习惯性地绕着冷向的躺椅转起圈子来，一边转着，一边拿眼盯住他。

冷向闭上眼睑，嘴角浮出一丝冷笑。

张仪转完一圈，又转一圈。

在转完第三圈后，张仪停下，且刚好停在他的身前，将阳光挡了个结实。

“这位客人，你挡住我的阳光了！”冷向出声。

“在下张仪，有扰先生了！”张仪拱手道。

“张仪？”冷向略吃一惊，坐起来，睁开眼睛，盯住他，“可是秦相张仪？”

“正是在下。”张仪淡淡一笑，又是一拱手。

“失敬了！”冷向将衣襟缓缓拉上，扣好衣带，坐正，拱个手，

“是哪阵风儿吹你来此？”

“仪受命而来！”

“所受何命？”

“一个先生并不陌生的老人的命。”

“他是——”冷向盯住张仪。

“尸子。”

“尸子？”冷向精神一振，“哪一个尸子？”

“尸佼，先生的师父。”张仪不动声色，轻轻砸下一锤。

“你——”冷向打个冷战，盯住他，两眼射出冷光，“何以晓得尸佼是我师父？”

“如果在下没有听错的话，冷先生是向尸佼老先生磕过头、行过拜师礼的！”张仪加重语气，实实地又砸一锤。

“你听何人所说？”冷向的声音似从牙缝里挤出。

“尸子。”

“你……见过他？”冷向震惊了。

“呵呵呵，”张仪笑出几声，“见过不止一次，还喝过不少酒呢。老夫子的酒量，在下服了！”

“可是在蜀地见他的？”冷向的声音软下来，目光也柔和了。

“巴地。”

“他……老人家身体可好？”

“这辰光应该还活着。只是下雨辰光膝盖会疼，他疼起来龇牙咧嘴的，就拼命喝酒。”

“是风湿。他不该到巴地，那儿湿气太大。”

“先生错了，”张仪应道，“巴人有药专治这病，听尸子说，自来巴地之后，他的膝盖骨已好许多了呢。”

“如此倒好！”冷向扯回话题，“师父请大人捎的什么话？”

“有天尸子喝多了，”张仪看向远处，眯起眼睛，“就是这般，对在下说，他这一生只收过两个弟子，一个是卫鞅，前半程走得不错，后半程走偏了。还有一个，就是先生您了。”顿住，闭目。

“师父是怎么说我的？”冷向语气急切。

“尸子说，先生前半程走得谨慎，后半程或有振作。”

冷向闭目。

良久，冷向睁眼：“师父还说什么了？”

“说的多了，具体到先生，当是还有一句。”张仪顿住。

“怎么说？”冷向憋不住了。

“就是如何振作。”张仪斜他一眼。

“如何振作？”

“辅秦，成就大业。”

冷向再次闭目，又过良久，缓缓说道：“师父有所不知，冷向尘世的心已经死了。”

“先生的心没死。”

“你何出此断？”

“冷锋！”张仪淡淡一笑，“如果先生的心真的死了，小公主该叫冷冰才是。”

“好吧，”冷向看向张仪，“你说，在下该当如何振作？”

“叫嫂夫人备下酒肴，你我大喝一场，而后，先生就随在下前往韩都，效力于韩！”

“效力于韩？”冷向怔了。

“你是韩人哪，能为母国做些事情，岂不更好？”

“这……”冷向拧会儿眉头，“师父不是说，让在下辅秦吗？”

“为韩国效力，也可辅秦。”

“怎么辅？”

“你我合力，促进秦韩睦邻，连横拒纵。”

“可韩王……”

“韩王那儿，由在下举荐。”

是日，二人把盏畅饮，家国天下无不论辩，冷向已经死去的心满血复活。次日晨起，冷向随张仪赶赴新郑。又三日，韩襄王将冷向迎入宫中，拜为上卿。

公孙衍真的到大梁去了。

由新郑至大梁，道直且宽，始与终不过两百来里，驷马之车本该一日就到的，但公孙衍似乎并不急切，走走游游，时不时地遇到水泽，还带他们娘仨戏水半日。及至大梁，已是第三日傍黑，晚霞映照在大梁城西的十里长亭上。

长亭旁边停着一溜儿车，打头的一辆车是王辇。

王辇旁边站着一人，正在翘首西望。

公孙衍看清楚了，是魏国襄王，但没有王服冠冕。

襄王旁边没有别人，连内侍也没有，只有一排侍卫，远远地站在后面。

公孙衍没有下车，也未理他，顾自驾车驰近。

望到公孙衍，襄王深揖一礼道："来人可是魏人犀首？"

这声亲切的"魏人犀首"四字显然打动了公孙衍。

公孙衍喝马停车，纵身跳下，回个大礼道："魏人犀首在此！"

"魏嗣恭候多时了！"魏嗣再次深揖，亮出大名。

"犀首叩见魏王大驾！"公孙衍回过礼，看向王辇，故作不知，"大王这是——"

"你，下来，"魏嗣指向王辇驭手。

驭手下来。

魏嗣指向公孙衍的辎车道："驾御这辆！"转对公孙衍，礼让，"公孙先生，请！"

公孙衍怔了一下，上车。

魏嗣不由分说，噌地跳上御位，扬鞭催马，朝大梁方向疾驰而去。

众侍卫无不震惊。

赶到魏宫，天已黑定。宴席早已备好，一边是王后与两个公主候在一席，接待地香和两个孩子，一边是魏嗣携公孙衍之手，另室入席。

"衍何德何能，竟然劳动大王为衍躬身驾御？"入席之后，公孙衍方才寻到机会，拱手致谢。

"哈哈哈，什么大王呀，你就叫我魏嗣好了！"魏嗣笑出几声，"对你讲，想当年，这世上嗣所敬服的人只有二人，一个是庞大将军，再一个就是你犀首。今朝得为犀首驾车，是嗣大幸！"

“这……”公孙衍怔了，“大王何以敬服衍呢？”

“河西那场奔袭战哪！”魏嗣赞道，“河西虽败，但那一场奔袭战，魏嗣是真服，越想越服。魏嗣原以为是张猛干的，后来才知，真正的功臣是你犀首。”

“嘿，”公孙衍苦笑一声，“都是往事了，不堪回首。”看向魏嗣，“哦，对了，衍有一疑。”

“犀首请讲。”

“衍奔大梁，事发突然，走时更未声张，大王何以知晓此事，提前守在那亭边？”

“听秦使讲的。”魏嗣直人快口，“他说，犀首已辞韩相，正在赶赴大梁的路上。嗣心里那个乐呀，使人天天沿道打探，不料你犀首走走停停，急得我呀，呵呵呵。”

公孙衍这才晓得是张仪透的风，感慨一声，看向魏嗣道：“衍为落势之人，敢问大王为何守候？”

“为你这个天下大才呀！”魏嗣斟酒，爆粗了，“他娘臭屁的，先王过世那辰光，魏嗣新立，欲寻个相邦。苏秦举荐你，嗣也视你为最佳人选，可他娘的，那个婆娘死活不允！”

“衍晓得她！”公孙衍淡淡一笑。

“啥？”魏嗣惊了，“我还没说是谁呢，你哪能就晓得了？”

“是大王的枕边人，且是大王在征伐邯郸时投奔去的，对不？”公孙衍又是一笑。

“是呀，是呀，”魏嗣迭声应道，“那个臭娘们，真他娘的迷人，一到床榻上，让人是欲仙欲死哩！”

“之后她悄悄走了，是不？”

“是呀，来时不声不息，走时也是，他娘的，让我一连郁闷好几天呢。”魏嗣斟满酒，递给公孙衍，“来，喝酒，魏嗣为你犀首和夫人、孩子接风！”

“大王非但不必郁闷，反倒该庆幸才是！”公孙衍接过酒，与他碰一下，饮尽。

“是哩，是哩，”魏嗣笑道，“她再不走，嗣就让她吸干了，活不到这辰光！”

“呵呵，”公孙衍苦笑一下，摇头道，“衍不是让大王庆幸这个。”

“哦？”魏嗣盯住他。

“大王可知她是何人？”公孙衍笑问。

“何人？”

“天香。”

“天香？”魏嗣眯眼道，“可是安邑眠香楼里的那个天香？”

“正是。”

“老天！”魏嗣摸摸下巴，自语，“怪道申哥的魂儿没了呢，她娘的！”

“你的申哥也正是死于她手！”

“啥？”魏嗣又是一惊。

“是她写信约你申哥前往宋地，你申哥认出了她的字，赶去约会，在约会地点被人射死，后又被嫁祸给齐人了。”

“老天！”魏嗣两眼大睁，良久，眯起来，“咦，她为何要杀我申哥？”

“因为她不想让你的申哥成为未来的魏王！”

“你是说，她……想让我当？”

“是的，那辰光她已经守在大王身边，将大王搞定了，认为大王才是她想要的未来魏王。”

魏嗣听得冷汗直冒，好半天，方才回到现实，盯住公孙衍道：“你……怎么晓得这些？”

“外面那个人，”公孙衍指向外庭，“就是贱内，想当年，她叫地香。”

“啊？”魏嗣叫出一声，瞪会儿大眼，“那……天香为何一定要让嗣当魏王？”

“想让你当魏王的不是她，是另有其人。”

“谁？”

“秦王。”

魏嗣目瞪口呆。

公孙衍端起酒爵道："衍借大王的酒，谢大王为衍御车！"

"她……她是何人？"魏嗣仍旧沉浸在方才的语境里。

"是秦国黑雕台里的黑雕，这辰光当在楚国！"

"黑雕台？"魏嗣喃喃自语，"这名字倒是听说过呢。"

"是秦国培养细作的地方，设在终南山里。"

"老天，"魏嗣摸一下自己的脑瓜子，举爵道，"来来来，为天香能够留着魏嗣的脑袋，干！"

二人畅饮几爵，魏嗣捂住壶，看向公孙衍道："犀首，在喝醉之前，嗣有几桩大事先行求教。"

"大王请讲！"公孙衍拱手道。

"楚人伐秦，秦使向嗣求助，要嗣出兵伐楚，嗣左思右想，正没个踏实主意，你这来得正好呢。"

"大王可以许给秦人一个人情，伐楚！"公孙衍应道。

"哟嘿，"魏嗣一拍大腿，"寡人想的也是这个。他娘臭屁哩，楚人不是东西，夺我襄陵八邑——"说完一拳砸在案上，震得盘盏全弹起来。

"大王可知怎么伐？"公孙衍笑问。

"还能怎么伐？打呀，夺回襄陵八邑！"

公孙衍摇头。

"那……"魏嗣盯住他。

"伐而不战，作壁上观，既不得罪秦，也不得罪楚！"

"襄陵呢？"

"大王还在想着宋国吗？"公孙衍问道。

魏嗣摇头。

"襄陵本为宋土，大王不想宋国，襄陵就是虚地。再说，楚王视襄陵甚重，必留重兵守护。大王费力争虚，不如轻松得个实呢？"

"何处为实？"

"叶城。"

"秦使承诺，只要寡人出兵伐楚，西自叶城，东至襄陵，南到项城，秦王全部划给寡人。"

“秦王的话，大王能相信吗？”公孙衍笑问。

魏嗣吧咂几下嘴皮子。

“大王，”公孙衍接道，“叶城在方城之内，得叶城，即得楚国方城。得方城，可控宛城，北向制韩，南向制楚，又不至于把楚王得罪太苦。”

“你说得是！”魏嗣略略一想，转对候在身边的内臣，“去，到公叔府上，将他的那个什么……相印拿来，哦，对了，传旨于他，诏命他为……”魏嗣摸会儿头皮，“太师吧，这个位儿适合他！”

使齐的是芈月的弟弟魏冉。因在前番的丹阳之战中立下战功，魏冉被秦王破格任命为五大夫，这辰光又在张仪举荐下出任使齐的王使。

张仪让魏冉使齐，几乎就是白送他一份功劳，因为让齐王伐楚是无须口舌的。齐王所候，无非是个时机与借口。今朝时机已到，有秦王求助，借口也算是齐了。因而，魏冉上朝并无多话，见过使臣之礼，呈上秦王国书并问聘礼物，就回馆驿守候回音了。

果然，齐王候的正是这个。秦使走后，根本没过廷议，齐王就召田婴、匡章、田文三人，干净利索地封匡章为主将，田文为副将，率领五都之军六万，择吉日伐楚。

从匡章口中得知伐楚是为救秦，孟子二话没说，赶至齐宫，请求觐见。

齐王宣见。

“听闻大王要兴兵伐楚，可是真的？”孟子见过大礼，直入主题。

“夫子之意是，楚国不该伐？”齐王反问。

“伐国在义，敢问大王，伐楚之义在何处？”孟子几乎是质问了。

“楚王使臣辱骂寡人于廷，难道不该伐他吗？”

“楚王使臣辱骂大王于廷，是使臣之错。”

“夫子所言大谬也！”齐王反驳道，“使臣既为楚王所派，他的口就是楚王的口，他的身就是楚王的身！”

“看来大王是不知使臣了！”孟子淡淡一笑。

“啥？”齐王生气了，“你说寡人不知使臣？”

“正是。”孟子朗声道，“为使之道，古今一焉，一在立信，二在传言。”

“此二者，可有什么说法？”齐王凝眉。

齐王真还不知这些。

“作为使臣，不妄行谓之立信，不溢辞谓之传言。”孟子侃侃言道，“楚使宋遗不守使节之礼，叫骂于廷，可谓妄行。”

“溢辞呢？”齐王好奇了。

“溢辞就是言过其实之词。溢辞有二，一谓溢美，一为溢恶。”

“何为溢美？何为溢恶？”齐王倒是起兴致了。

“使臣所传之词当为君上所言。君上喜，多出美言，是谓溢美之词；君上怒，多出恶言，是谓溢恶之词。古今善使者，既不传溢美之词，亦不传溢恶之词。宋遗……”

“别别别，”齐王拦住他，一脸纳闷，“为使之人当传君上之词。君上喜，则传之以喜，君上怒，则传之以怒，这当是好使臣呀，夫子为何……”盯住孟子，目光征询。

“为使之道，在于表达诚意，消弭纷争，而非搬弄是非，挑起纷争，否则，为君者就不需要派遣使臣了，直接派三军开战即可。是以可知，古今使臣，既不传美辞，亦不传恶辞……”孟子侃侃而言。

“慢，”齐王再次止住，眯起眼，“不传恶辞可解，这不传美辞，寡人就不懂了。美辞既为赞美对方，表达的正是诚意，使臣为何又不能传呢？”

“譬如说大王您吧，一时喜秦，说些溢美之词，讲给使臣。使臣前往传话，前脚刚走，大王不知何处又听来秦王有悖于大王之处，于是龙颜震怒，破口大骂秦王，大王您说这……”孟子顿住话头。

“是呀。”齐王挠头了。

“楚王正是这般，前番喜，使陈轸来，传美辞；后番怒，使宋遗来，传恶辞。于是，大王震怒，烹之于廷门。”

“是了。”齐王拱手赞道，“老夫子果是博学，寡人受教矣！不过，身为使臣，既不传美辞，又不传恶辞，该传何辞？”

“常辞。”

“何为常辞？”

“去其矫，卸其饰，可为常辞。”

“去其矫？卸其饰？”齐王咂摸了会儿味道，看向孟子，“这就是夫子方才所说的诚意，是不？”

“正是。”孟子应道，“不矫不饰之辞，可为不喜不怒之情，出自宽仁大义之心，是以君子邦交，不以喜，不以怒；是以善使者，不劝成，不斗巧。斗以巧者，始于成，终于败；饮以礼者，始于敬，终于乱；以美辞传言者，始于谅，终于仇。古今邦交，案例比比皆是，以大王学识，轲就不赘述了。请大王还是回到宋遗……”

“宋遗！”齐王一下子就来气了，“寡人一听到这个名字，心里就冒大火，现在想来，下锅煮是便宜他了，该将他剁作肉酱、喂给狗吃才是！”

“大王难道从来就没有想过自己的不是吗？”孟子盯住他。

“寡人有何不是？”齐王的目光直射过来。

“两军阵上，不斩来使，何况是大国邦交？”孟子发飙了，“陈轸与宋遗，两个使臣接踵而至，一人溢美，一人溢恶，实乃楚、秦斗法之果。英明之君，当透过重重迷雾，看清事物本真。可大王您呢？前听溢美之词，与楚立马交好，签睦邻之约；后听溢恶之词，与楚立马交恶，烹楚王之使。难道大王总是这般爱听溢美之词吗？难道大王从未琢磨过楚王为何这般出尔反尔吗？难道大王仅凭一人之词，就说风是风、说雨是雨吗？若有疯犬追咬大王，难道大王就与疯犬对咬不成？”

一连串的雷霆之问压得齐王透不出气了，他呼哧呼哧喘息了一阵儿，又挤出一句出兵理由：“不说这个宋遗了，楚使伐秦，秦王求救，寡人总不能见死不救吧？”

“敢问大王救秦理由？”孟子气势如虹，二目如电。

“这……”齐王怔了下，“魏人攻赵，先王救之；魏人攻韩，先王又救之；今朝楚人攻秦，寡人若不救之，岂不是……”

“大王啊，”孟子长叹一声，“难道您就是这般比于先齐王吗？难道您就是这般是非不分、善恶不论吗？”

“老夫子，你……”齐王气极，手指孟夫子。

“秦行卫鞅之法，内以苛法压制百姓，外以强力征伐邻邦，失道于天下，堪称虎狼之邦，天下无人不知。苏秦合纵六国，是为制秦。魏人伐赵，是背六国之盟，失义于天下，是以先齐王伐之；魏人伐韩，再失义于天下，是以先齐王又伐之。今楚王举全国之力，伐虎狼之秦，是替纵亲国出头，堪称正义之师，大王非但不去助力，反倒助秦伐楚，岂不是助纣为虐了吗？”

“你……”齐王指向他，浑身颤抖，“老夫子，说完了吧？”

“说完了！”孟子朗声应道。

“说完了，就走吧。”齐王拂袖，大声，“来人，送客！”

不待来人“送客”，孟子噌地起身，长袖一拂，也不道别，扬长而去。